Femke Roobol

Tulpenliebe

ROMAN

Aus dem Niederländischen
von Wibke Kuhn

Ullstein

Besuchen Sie uns im Internet:
www.ullstein-taschenbuch.de

Deutsche Erstausgabe im Ullstein Taschenbuch
1. Auflage März 2018
© für die deutsche Ausgabe Ullstein Buchverlage GmbH, Berlin 2018
© 2016 Femke Roobol
Umschlaggestaltung: zero-media.net, München
Titelabbildung: © Girl Reading in a Sunlit Room, Carl Holsoe (1863–1935)/
Private Collection/Photo © Connaught Brown, London/Bridgeman Images
Satz: LVD GmbH, Berlin
Gesetzt aus der Minion
Druck und Bindearbeiten: CPI books GmbH, Leck
ISBN 978-3-548-28970-0

Für Lars

I

Eine kluge Malerin

Oktober 1635 – April 1636

Hier malte noch jemand mit gutem und klugem Verstand.

Samuel Apzing über Judith Leyster in seiner
Beschrijvinge ende lof der stad Haerlem in Holland, 1628

1

Mit einem dumpfen Geräusch fiel der Klopfer an die Tür des Ateliers in der Korte Barteljorisstraat. Ich trat einen Schritt zurück und schaute an der Fassade empor, hinter der nicht die Geschäftigkeit herrschte, die ich erwartet hatte, sondern vielmehr Totenstille.

Es war das Ende eines Arbeitstags, gegen sechs Uhr. Die Sonne stand schon tief und verschwand hinter den Hausdächern. Mein Körper warf einen lang gestreckten Schatten auf den Boden, der mir folgte, wenn ich mich bewegte.

Zwei Kinder schoben einen Karren in die schmale Gasse. Ich drückte mich an die Wand, damit sie vorbeikamen.

Das magere Mädchen drehte sich nach mir um, als sie mich passiert hatten. Im Gesicht hatte sie einen schwarzen Fleck, und der Saum ihres Rockes hatte sich gelöst. »He!« Der Junge blieb stehen und streckte die Hand aus. »Hast du ein Stück Brot für uns?«

Ich schüttelte den Kopf.

»Und Geld?«

»Nein«, sagte ich, und die Kinder liefen weiter. Ich strich mir ein paar lose Strähnen aus dem Gesicht und klopfte an eines der Fenster, was aber auch keine Reaktion auslöste.

Vorsichtig drückte ich gegen das raue Holz der Tür, und tatsächlich ging sie knarrend auf. Ich warf einen flüchtigen Blick in den leeren Gang. Am Ende hing ein hochgeraffter Vorhang. »Juffrouw Leyster!« Ich wartete kurz, dann trat ich einfach ein.

Meine Augen mussten sich erst an das Dämmerlicht gewöhnen. Der Arbeitsplatz war größer, als man von außen vermutet hätte. Einige Fensterläden waren geschlossen, und es brannten gerade mal zwei Kerzen.

Judith schaute von ihrer Staffelei auf. Ihre Malerschürze und die Ärmel ihres Kleides waren voller Farbflecken, ihre Haare waren straff zurückgebunden und ließen ihre hohe Stirn sehen. Wir waren uns schon mal auf dem Fleischmarkt begegnet, aber das hatte nie zu einem richtigen Kennenlernen geführt.

»Kann ich Euch helfen?« Sie stand auf und legte Pinsel und Palette aus der Hand.

Ich machte einen höflichen Knicks. »Ich bin Hester Falliaert. Hättet Ihr kurz Zeit für mich?«

Ihre lebhaften Augen betrachteten mich neugierig. »Ist es wichtig? Wenn nicht, kommt bitte morgen wieder, ich wollte gerade aufhören.«

»Es dauert höchstens ein paar Minuten.« Meine Worte klangen hölzern vor Nervosität, und ich hatte Angst, dass sie mir meine Bitte abschlagen würde. »Darf ich bei Euch arbeiten?« So plump hatte ich die Frage eigentlich nicht vorbringen wollen. Vater sagte immer, dass man mit Schmeichelei weiterkam als mit einer direkten Frage. »Nie zu gierig sein. Nicht alle Karten gleich auf den Tisch legen, bevor du sicher bist, dass du einen guten Vorschlag machen kannst.« Ich konnte mir einen ärgerlichen Seufzer nicht verkneifen.

»Wie soll das aussehen?« Judith ließ den Blick über mich wandern und blieb an meiner Jacke hängen, die meine Herkunft als Kaufmannstochter sofort verriet. »Malt Ihr denn?«

Ich stolperte über meine eigenen Worte, als ich ihr erzählte, dass ich seit meinem elften Lebensjahr bei meinem Onkel Elias in Leiden in der Lehre gewesen war. Nach meiner Ausbildung war ich noch länger geblieben, um mein Meisterstück zu machen, und nachdem er nun ins Ausland gezogen war, wohnte ich wieder zu Hause bei meinem Vater. Den anderen, den wichtigsten Grund verriet ich nicht. Auf ihrem Gesicht zeigten sich Skepsis und Ungläubigkeit. Sie wusste nicht, dass ich genauso gut war wie die meisten Maler in Haarlem.

Wir standen uns minutenlang im Zimmer gegenüber. Aus der Ferne hörte ich Straßenlärm: Eine Mutter rief ihr Kind, ein Wagen ratterte über die Pflastersteine. Die Glocken des Glockenturms bei der Grote Kerk begannen zu läuten. Ich scharrte mit den Schuhen über die Fliesen.

Das Atelier sah sehr ordentlich aus. Der Boden war gefegt, an der Wand stand ein Arbeitstisch mit einem Stein, auf dem man Pigmente reiben konnte. Es roch nach Leinöl und Farbe. Am liebsten hätte ich sofort ein paar Pinsel ausgepackt und mit dem Malen begonnen. Drei Staffeleien standen für den nächsten Tag bereit. Auf der ersten, mit Seitenlicht vom Fenster, damit kein Schatten auf die Leinwand fiel, wenn man die Farbe auftrug, stand ein halb vollendetes Porträt. Das zweite zeigte die Bleichwiesen außerhalb von Haarlem, und das dritte war ein Stillleben. In diesem wohlorganisierten Atelier würde sich jeder Künstler sofort an die Arbeit machen wollen.

»Warum ausgerechnet bei mir?« Judiths Stimme klang sanft. Mit den Pinseln in der Hand ging sie zu dem Tisch in der Ecke, auf dem ein Pinselhalter stand. Sie goss ein wenig Öl aus einer Kanne hinein und legte die Pinsel in den Behälter. Ihre Handgriffe – Tätigkeiten, die ich selbst jahrelang tagtäglich verrichtet hatte, um die Pinselhaare weich zu halten – riefen eine Sehnsucht in mir hervor, die fast zu groß für meine Brust war.

Mit verschränkten Armen zwang ich mich zum Stillstehen. »Ihr seid die einzige Frau in der Stadt.«

Sie drehte sich zu mir um. »Ist das denn wichtig?«

»Ja.« Wenn ich ihr hätte schmeicheln wollen, hätte ich gesagt, dass sie die Beste war. Aber ich verstand mich nicht so gut auf schöne Worte. »Bitte. Bringt mir bei, wie man seinen eigenen Arbeitsplatz leitet, so wie Ihr.«

Sie wusch sich die Hände in einem Wassereimer und trocknete sie an ihrem Rock ab. Ein Lächeln kräuselte ihre Lippen. »Sag einmal, wie alt bist du eigentlich, Hester Falliaert?«

»Sechsundzwanzig.«

»Und was malst du so alles?«

»Porträts, Stillleben, Blumen.«

Mit einer Handbewegung forderte sie mich auf, mich zu setzen.

Als ich an diesem Morgen aufgewacht war, sah ich als Erstes aus dem Fenster auf den kleinen Platz hinter unserem Haus. Es war ein schöner Tag, der Himmel war blau, und die Sonne schien mit aller Kraft. Ich nahm mir vor, einen Spaziergang durch die Stadt zu machen, damit Haarlem und ich uns wieder aneinander gewöhnen konnten. Ich wollte die Herbstfarben mit eigenen Augen sehen und die Orte aufsuchen, an denen ich zum letzten Mal als kleines Mädchen gewesen war.

Als ich nach unten kam, stand das Frühstück schon auf dem Tisch. Ich gab meinem Vater einen Kuss und setzte mich an den Ebenholztisch.

Während des Essens rutschte mein Vater ungeduldig auf dem Lederbezug seines Stuhls hin und her. »Heute Abend kommt Korneel Sweerts vorbei, der Tuchhändler.«

Die Hand, in der ich mein Brot hielt, begann zu zittern. »Bitte?«

Vater beugte sich tiefer über seinen Teller. »Er ist ein guter Geschäftsfreund.«

Lustlos nahm ich noch einen Bissen. Man brauchte kein Gelehrter zu sein, um zu verstehen, warum Sweerts seit meiner Heimkehr dreimal die Woche mit kleinen Geschenken vorbeikam.

Das Brot schmeckte mir nicht mehr, und ich schob meinen Teller beiseite. »Wo kann ich meine Sachen hintun, Vater? Mein Schlafzimmer ist zu klein.«

Er wich meinem Blick aus. »Wir finden schon Platz für dich, mein Schatz.«

Ich wartete darauf, dass er noch mehr sagte, aber sein Blick wanderte nur ein paarmal zum Porträt meiner verstorbenen Mutter, als würde er sie um Rat fragen.

Bevor ich aus Leiden weggegangen war, hatte es nichts gegeben, was meinem Vorhaben, ein eigenes Atelier zu eröffnen, im Weg gestanden hätte. Meine ganze Jugend bestand aus Malen, und ich dachte, dass es immer so bleiben würde. Kleinere Schwierigkeiten in meinem Leben hatte mein Onkel, der Bruder meiner Mutter, geregelt. Früher hatten die Wärme und Zuneigung meines Onkels und seiner Frau mir das Gefühl gegeben, dass ich vor der Außenwelt beschützt wurde. Doch dann veränderte sich alles, und die Malerwerkstatt wurde geschlossen. Jetzt, wo ich wieder in Haarlem war, verursachte mir der Umstand, dass ich vor neuen Herausforderungen stand, sowohl Angst als auch Nervosität.

Nach dem Gebet stand mein Vater mühsam auf.

»Setzt Euch Eure Gicht wieder so zu?« Ich legte ihm eine Hand auf den Arm.

»Es geht schon.« Er gab mir einen Kuss auf die Stirn.

Nachdem er den Raum verlassen hatte, starrte ich noch einen Augenblick ins Kaminfeuer, bevor ich nach oben ging, um mein Umschlagtuch zu holen.

Auf meiner Staffelei stand ein gerade vollendetes Porträt einer Frau. Ich hatte es in Leiden gemalt und noch nicht mit Firnis überzogen. An den Türpfosten gelehnt, betrachtete ich den gesenkten Kopf, die Falten ihrer Haube und die verschiedenen Schattierungen von Bleiweiß in ihrer Schürze. Das Sonnenlicht verlieh den Wangen der Frau eine hellrote Glut. Es war ein schönes Gemälde, und es würde sich einmal prächtig an der Wand eines Käufers ausnehmen.

Tränen stachen hinter meinen Lidern, als ich mir das Umschlagtuch fester um die Schultern zog. Es blieb mir nichts anderes übrig, als mir eine Stelle bei einem anderen Maler in der Stadt zu suchen. Die Erste auf meiner Liste war Judith Leyster. Ich hoffte, dass sie mich empfangen würde.

»Derzeit nehme ich keine Lehrlinge auf«, sagte Judith. »Und du hast ja schon deinen Meister gemacht, warum kommst du überhaupt zu mir?«

Ihre Worte holten mich zurück in die Gegenwart. »Ich bin noch nicht bereit, eine eigene Werkstatt aufzumachen. Von den praktischen Dingen habe ich keine Ahnung.«

Wortlos schenkte Judith einen Becher Wein ein.

Meine Hand zitterte leicht, als ich danach griff. »Ich bezahle dich auch. Ich habe in den letzten Jahren gespart.«

»Es geht mir nicht ums Geld.« Mit angespanntem Blick stand Judith auf. »Obwohl, im Grunde schon ...«

Ich verstand nicht, was sie meinte, und das konnte sie wahrscheinlich an meinem Gesicht ablesen.

»Einer meiner Lehrlinge ist zu Frans Hals übergelaufen. Das Lehrgeld, das er mir schuldet, muss ich mir jetzt irgendwie über die Gilde zurückholen.« Sie nahm eine von den Schweineblasen, in denen die Farbe aufbewahrt wurde, und behielt sie einen Moment in der Hand, bevor sie

sie wieder zwischen die anderen legte. »Seine Mutter will seine Sachen zurückhaben. Bis der Vertrag aufgelöst ist, will ich mich an niemand anderen binden.«

»Aber die Prozedur kann sich doch noch monatelang hinziehen, wenn nicht Jahre!« Frustriert klammerte ich die Hände umeinander. »Ich brauche *jetzt* einen Platz.«

»Es tut mir leid, aber ich kann dir nicht helfen«, sagte Judith mit einer entschuldigenden Geste. Sie wechselte das Thema und fragte: »Woran arbeitest du derzeit?«

»An gar nichts. Meine Staffelei steht derzeit in meinem Schlafzimmer.« Hilflos lehnte ich mich zurück. In diesem Augenblick saß Vater in seinem Sessel mit der geschwungenen Rückenlehne, und Sweerts war wahrscheinlich schon unterwegs zu unserem Haus.

Mit einem Schritt trat Judith neben mich und nahm meine Hand. »Bist du schon bei jemand anderem gewesen?«

Ich schüttelte den Kopf. »Ich dachte als Erstes an dich, weil du auch eine Frau bist. Selbstständig, mit einem eigenen Geschäft. Wenn es jemand versteht, dann doch du.«

Mit gerunzelten Brauen sah Judith auf ihre Schuhe. »Ich werde mich umhören, ob es irgendwo anders einen Platz für dich gibt. Kannst du morgen wiederkommen?«

Ich nickte nur, denn ich brachte kein Wort mehr heraus.

Rötliches Abendlicht fiel über die Hausdächer. Das Wasser in den Grachten spiegelte die Giebel, und die Blätter der Linden sahen aus wie Gold. Ich ging an der Apotheke im Barteljorissteeg vorbei, aber ich ging nicht hinein, um neue Pigmente zu kaufen. Ich brauchte keine.

Mein nächstes Gemälde hatte ich schon im Kopf. Ich sah die Komposition vor mir: ein Stillleben. In der Mitte eine Vase, die auf einem Tisch steht, ein Strauß, ein paar Tulpen. Ich konnte mit dem Hintergrund beginnen, und wenn Frühling war, würde ich bunte Blumen pflücken und sie malen. Aber keine Insekten mehr, auch wenn sie das Gemälde lebendiger machten. Nach dem, was mir in Leiden passiert war, würde ich niemals mehr versuchen, Schmetterlinge auf die Leinwand zu bannen.

Auf dem Heimweg blieb ich kurz vor der Melkbrug stehen. In der Bucht schaukelten die Schiffe auf den Wellen der Spaarne, und in der Ferne sah man Vaters Lagerhaus. Ich drehte ihm den Rücken zu.

Meine Füße trugen mich wie von selbst zum Grote Houtpoort. Hier trat ich auf den Kai. Im letzten Licht des Tages war Haarlem von betörender Schönheit: Die Grote Kerk überragte alles, die Spaarne wand sich wie eine Schlange quer durch die Stadt. Die Fleischhalle auf dem Markt war verziert mit Rinder- und Schafsköpfen, neben der Fischhalle warfen die Fischverkäufer gerade ihre Abfälle weg. Vom Zentrum liefen die Straßen und Gassen in alle Richtungen, wie die Fäden eines Spinnwebens.

Auf der anderen Seite der Stadtmauer lagen die Gärten der Reichen und die Tulpenpflanzungen. Im Frühling und Sommer ging ich gern zwischen den Blumen spazieren, aber im Herbst gab es wenig zu sehen. Da steckten zwar schon die Zwiebeln in der Erde, aber die Blumen kamen erst in ein paar Monaten.

Der Wind riss an meinem Rock und meinem Mantel.

Ich zog mir die Haube vom Kopf, sodass meine Haare um mich herumflatterten. Lange betrachtete ich die Landschaft. Die Ränder der Wolken leuchteten orangerot, ein Pärchen stand ganz still auf dem Geldelozepad und hielt sich im Arm. Sonst war kein Mensch zu sehen.

Wie aus dem Nichts landete ein grauer Vogel mit krummem Schnabel neben mir. Er schlug mit den Flügeln und wippte drohend hin und her.

»Guter Gott, steh mir bei.« Ich wagte nicht, mich zu bewegen. Das Tier richtete sich auf, und sein Schnabel öffnete und schloss sich. Es kam noch ein Stück näher, und ich hatte schreckliche Angst, dass es nach mir picken würde. Da ich befürchtete, es mit jähen Bewegungen zu reizen, ging ich auf alle viere und kroch rückwärts, ohne den Blick von ihm zu nehmen. Der Vogel hüpfte ein Stück von mir weg, und ich atmete erleichtert auf. Das große Tier hatte Ähnlichkeit mit einer Gans, war aber keine. Es musste eine andere Art sein, die ich nicht kannte. Als Vorbote schlimmer Ereignisse war er aus einem anderen Land hierhergeflogen.

Ebenso unerwartet, wie er aufgetaucht war, flatterte er wieder davon. Mit der Hand über den Augen sah ich ihm nach. Die Dunkelheit war bereits hereingebrochen, und es wurde kalt. Trotzdem standen mir die Schweißperlen auf der Stirn, und ich trocknete sie mit meiner Haube ab. In dem Versuch, das übermächtige Angstgefühl abzuschütteln, schloss ich kurz die Augen.

Als der Vogel nur noch ein Pünktchen ganz weit oben am Himmel war, stand ich auf und klopfte mir den Staub von den Kleidern.

2

Unser Haus aus rotem Backstein mit dem Treppengiebel lag am Wasser, nicht weit vom Lager. Über der Tür stand *Gott behütet das Schiff* in den Stein gemeißelt.

Der Text beruhigte mich. Wenn Gott über die Waren und Schiffe meines Vaters wachte, beschützte er sicher auch seine Wohnung.

Der Flur war leer. Die Kupferschälchen auf den Schränken glänzten im Licht der Kerzen, die Keramikteller an der Wand lagen im Schatten. Die Tür zu Vaters Kontor stand offen, aber er saß nicht darin.

Im Spiegel an der Wand sah ich mein blasses Gesicht. Meine Haare standen vom Kopf ab, und ich versuchte, sie mit den Händen glatt zu streichen. Meine Kopfhaut prickelte.

Ohne mich einmal umzusehen, war ich nach Hause gerannt und hatte dabei die ganze Zeit das Gefühl, dass irgendetwas Schreckliches über unseren Köpfen hing. Jetzt kam mir meine Angst auf einmal lächerlich vor.

Die Fensterläden vor den Bleiglasscheiben waren alle geschlossen. Irgendwie erleichterte mich das. Denn jetzt war die Stadt mit all ihren Gefahren ausgesperrt, und das unheilvolle Gefühl schwebte nun nur noch ganz am Rand meines Bewusstseins.

Auch Maertge war nirgendwo zu sehen. Als meine Mutter starb und Vater mich zu Onkel Elias und Tante Antje schickte, blieb sie bei ihm. In den letzten Jahren hatte sie für ihn gesorgt, wie sie es schon für mich getan hatte, als ich noch ein Säugling war.

Da kam sie auch schon, ich hörte ihre Röcke über den Marmorboden schleifen. Sie wischte sich die Hände an der Schürze ab.

»Kind, wo bist du denn gewesen?« Sie trug eine strenge Miene auf dem runzligen Gesicht zur Schau, aber ihre grauen Augen sahen mich liebevoll an.

Ich wollte ihr von dem Vogel erzählen, überlegte es mir aber anders. Warum sollte ich sie unnötig beunruhigen? »Ist er schon da?«

»Sie sitzen im Esszimmer und warten auf dich. Wie siehst du bloß aus!«

»Ich bin gerannt.«

»Lass mich mal deine Hände anschauen.«

Ich versuchte, sie hinter dem Rücken zu verbergen. »Heute hab ich keine Farbe angefasst …« Meine Stimme erstarb unter ihrem entschlossenen Blick. Ich verübelte ihr nicht, dass sie mich noch immer wie ein Kind behandelte, weil sie mich eben nur als kleines Mädchen gekannt hatte.

»Schon gut. Komm mit«, sagte sie.

Während Maertge mir in der Küche Wasser über die Handgelenke goss und meine Arme und Hände abschrubbte, wanderte mein Blick über die gefliesten Wände und blieb am Bild eines Jungen und eines Mädchens mit einem Reifen hängen. Das Mädchen erinnerte mich an mich selbst. Ich war ungefähr acht und spielte noch Hüpfspiele und Murmeln, als ich Haarlem verließ. Ich hatte ganz schrecklich geheult, als meine Tante mich abholen kam. Meine Wangen brannten vor Zorn, und ich weigerte mich, meinem Vater einen Abschiedskuss zu geben.

An meine Mutter konnte ich mich kaum erinnern: Sie beugte sich über mich, und ihre braunen Haare fielen wie ein Schleier vor ihr Gesicht. Wenn ich mich ganz stark konzentrierte, konnte ich fühlen, wie weich ihre Hand war, mit der sie mir über die Wange strich. Ihr Bild war schon sehr verschwommen. Wenn ich an sie dachte, war es wie mit einem Traum, den man am nächsten Morgen eigentlich schon wieder vergessen hatte.

Für Vater war sie keine Illusion: Sie war noch jeden Tag bei ihm, weil ich ihr ähnelte. Ich hatte ihre goldbraunen Augen geerbt und das wilde Haar, das sich einfach nicht bändigen ließ. Manchmal, wenn er müde war, nannte er mich Cornelia statt Hester. Hatte er mich deswegen aus Haarlem fortgeschickt? War der Anblick einer kleinen Kopie seiner verstorbenen Frau zu schmerzhaft? Jetzt, wo ich erwachsen war, war meine Entrüstung verflogen. Ohne Vaters Entschluss wäre ich keine Malerin geworden und wäre jetzt vielleicht mit meiner Aussteuer beschäftigt. Allein bei dem Gedanken lief es mir kalt den Rücken hinunter.

»Du hast keine Zeit mehr zum Umziehen.« Maertge hatte offenbar nichts von meiner Nervosität bemerkt. Sie bürstete meine Jacke ab. »Wo ist deine Haube?«

Ich zog sie aus der Tasche, die um meine Taille hing, unter meinem Rock.

»Schieb deine Haare darunter.«

Ich gehorchte, und sie drehte mich im Kreis, bis mir schwindlig wurde.

Sie seufzte tief. »Das muss reichen.«

Im Esszimmer stand Korneel Sweerts vom Stuhl auf. Die spanischen Teppiche dämpften meine Schritte, als ich zum Tisch ging. Im Ofen leckten die Flammen an den Holzscheiten.

Trotzdem blieb es kühl in diesem Zimmer, das nur benutzt wurde, wenn wir Gäste hatten.

Steif verbeugte sich Korneel in meine Richtung, und ich begrüßte ihn mit einem Knicks. Mein Blick huschte zu meinem Vater. Auf seinem Gesicht lag die Verärgerung über meine Verspätung im Widerstreit mit der Erleichterung darüber, dass ich doch noch aufgetaucht war. »Hester«, sagte er.

Ich gab ihm einen Kuss auf die Wange.

Händereibend verfolgte Korneel meine Bewegungen. »So ... da ist sie ja endlich. Die Malerin.«

Statt zu antworten, straffte ich nur den Rücken.

»Wie war Euer Tag, Juffrouw Falliaert?« Seine Höflichkeit war gepaart mit einem Funken von Interesse in seinen Augen.

»Wunderbar.« Ich biss die Zähne zusammen. »Ich habe Judith Leyster besucht.«

Er lächelte, ohne etwas zu sagen.

Ich sah ihm kühl in die Augen. »Sie zieht in Erwägung, mich in ihre Dienste zu nehmen.«

Die Nasenflügel des jungen Kaufmanns bebten. Es hätte mich nicht überrascht, wenn er mich ausgelacht hätte. Aber vielleicht war er auch nur nervös, denn seine Wangen hatten sich gerötet. Nach kurzem Schweigen beschloss er, meine Bemerkung zu ignorieren, er senkte einfach den Kopf und ging mit großen Schritten in eine Zimmerecke. »Ich habe ein Geschenk für Euch.«

Meine Kiefer verkrampften sich. Ich überlegte noch, wie ich dieses Geschenk mit Anstand ablehnen konnte, da drehte er sich auch schon mit einem teuer aussehenden Topf auf dem Arm um. Ich erwartete, dass der Topf leer war, aber als Korneel ihn vor mir in die Höhe hielt, sah ich, dass er mit Erde gefüllt war.

»Als ich das letzte Mal hier war, ist mir Eure Malerei ins Auge gefallen.« Er zeigte auf ein Gemälde an der Wand, das ich vor Jahren angefertigt hatte. Damals war ich stolz darauf, heute schämte ich mich für die simple Komposition. Die Blätter der Tulpe sahen unbeholfen und amateurhaft aus.

»Was für eine Tulpe ist das?«, fragte er.

Ich zuckte mit den Schultern. »Eine ganz normale ›Switser‹-Tulpe vielleicht? Ich hab sie auf dem Boden vor den Stadtmauern gefunden, in der Nähe der Türme. Wahrscheinlich war sie von einem Wagen gefallen, sie war richtig schön und noch gar nicht verwelkt.«

Korneels Wams war von guter Qualität, besser als das meines Vaters. Er trug eine pechschwarze Hose, und um seinen Hals hatte er einen Spitzenkragen. Er tat sein Bestes, um Eindruck auf mich zu machen, und ich hätte mich geschmeichelt fühlen sollen, aber alles an ihm widerte mich an.

»Das ist eine ›Admiraal de Fransche‹.« Korneel klopfte an den Keramiktopf.

Vater machte eine unerwartete Bewegung. Aber er hielt den Mund, als wartete er ab, wie sich das Gespräch zwischen Korneel und mir weiter entwickelte.

Ich verschränkte die Arme vor der Brust. Was sollte ich mit diesem Geschenk? Warten, bis die Tulpe im Frühjahr wuchs, und hoffen, dass ich dann Lust hatte, sie zu zeichnen? Ich wusste nicht mal, wie eine »Admiraal« aussah, und ehrlich gesagt interessierte es mich kaum, ob sie mich am Ende so faszinieren würde, dass ich sie zeichnen wollte. »Was für eine Farbe hat sie denn?«

»Weiß-rot. Geflammt.« Korneel grinste und reckte sein Kinn in die Luft.

Sogar ich wusste, dass mehrfarbige Tulpen seltener waren als einfarbige. Tulpenzwiebeln als Handelsware. Ich schüttelte den Kopf. »Ich mag es lieber, wenn sie draußen wachsen, auf einer Wiese oder in einem Garten.«

»Natürlich. Wollen wir abmachen, dass Ihr sie für mich malt, wenn sie aufgeblüht ist?«

Korneel stellte den Topf neben der Tür auf den Boden. »Ich konnte nicht anders. Diese Zwiebel wiegt knapp zehn Gramm, und ich habe sie gegen ein Pferd getauscht. Sie ist genauso viel wert wie eins von meinen Vollblütern!« Wieder grinste Korneel und tauschte einen Blick mit meinem Vater.

In diesem Moment begriff ich es: Sie hatten das alles

inszeniert. Es versetzte mir einen Stich, dass mein Vater bei dieser Scharade mitmachte.

»Ich geh mal eben nachsehen, wo Maertge mit dem Essen bleibt.« Er stand auf, ohne mich anzusehen.

Nur mit Mühe konnte ich mir die beißende Bemerkung verkneifen, die ich ihm gerne an den Kopf geworfen hätte, bevor er das Zimmer verließ. Ich fragte mich, was er wirklich von Sweerts hielt. Je teurer das Geschenk, umso größer die Erwartungen.

Von Korneels Mut war nicht mehr viel übrig, als wir allein waren. Vorsichtig fasste er meine Hand und hielt sie zwischen seinen beiden. »Und wenn ich mein Haus verkaufen müsste.«

Seine Stimme klang leidenschaftlich, und ich befreite mich aus seinem Griff. »Ihr dürft mir keine Geschenke mehr bringen.«

Er machte eine leichte Verbeugung. »Nichts ist zu viel für die Frau, von der ich mir ein Ja erhoffe.«

Nachdem das große Wort heraus war, überfiel mich tiefe Müdigkeit. Ich schlug die Augen nieder. »Gehen wir doch zu Tisch«, sagte ich.

Gerste mit Pflaumen und Zimt. Brotsuppe. Wurzelgemüse in Butter und Schafshack mit Rosinen und Äpfeln. Maertge tischte ein Gericht nach dem anderen auf. Unser Abendessen bestand sonst meistens nur aus Brot, Butter und Käse. Wir aßen zu Mittag warm. Vater kam extra dafür nach Hause, wenn er am Hafen gewesen war. Manchmal gab es abends eine Fischpastete oder kalte Rippchen. Diesmal hatte Maertge so richtig aufgefahren, wahrscheinlich hatte sie den ganzen Tag in der Küche gestanden. Dass sie sich solche Mühe gab, konnte nur eines bedeuten: Vater hoffte, dass ich Korneels Werbung ernst nahm.

Als Maertge Mandeln, Rosinen und Pflaumen gebracht und uns ein Stück Apfelkuchen serviert hatte, fand ich gedanklich keine Ruhe mehr. Mechanisch schob ich mir das süße Gebäck in den Mund, obwohl mir ganz schlecht davon wurde. Zu meiner Erleichterung sprachen wir nicht mehr über die »Admiraal« oder über eine eventuelle Ehe. Vater und Korneel unterhielten sich leise über Schiffsladungen und Stoffe. Ich lauschte ihrem Gespräch, als sie über eines von Korneels Schiffen sprachen. Wochenlang hatte es vor Haarlem in Quarantäne gelegen, weil unter der Besatzung die Pest ausgebrochen war.

»Heute Abend habe ich einen unbekannten Vogel bei der Stadtmauer gesehen.«

Die Gesichter der zwei Männer wandten sich mir zu. »Er war grau und viel größer als eine Gans.«

Zu meiner Überraschung bekreuzigte sich Korneel. War er etwa Katholik? Dann war eine Ehe mit einer protestantischen Kaufmannstochter nicht gerade naheliegend.

»Waren da noch mehr von solchen Vögeln?« Korneel war blass geworden und rutschte auf seinem Stuhl hin und her.

»Nein, nur einer. Er hat nach mir gepickt.«

»Ein Vorbote.« Korneel unterdrückte einen Schauder, und meine Angstgefühle, die während des Essens in den Hintergrund gerückt waren, begannen sich wieder zu rühren.

»Das wird schon nichts sein.« Vater griff nach einer der Schüsseln auf dem Tisch.

»Traut ihr euch denn noch, weiße Pflaumen zu essen? Es ist doch allgemein bekannt, dass die die Pest übertragen.«

Korneels Augen huschten ängstlich hin und her, als wäre der Schwarze Tod schon im Haus.

»Die stehen jeden Tag auf meinem Speisezettel, und ich habe keinerlei Symptome.« Vater lächelte, aber ich ließ die Pflaume, die ich mir gerade in den Mund schieben wollte, wieder auf meinen Teller fallen.

»1624 saß ein grauer Vogel auf einem der Kirchtürme in Amsterdam. Danach brach dort eine schreckliche Epidemie aus. Und was sagt Ihr zu der Insektenplage in Nijmegen Anfang dieses Jahres? Ist das etwa kein Vorzeichen?«

»Ich weiß nicht.« Vater sah schon nicht mehr so sicher aus.

»Die Strafe Gottes für unsere Sünden.« Korneel faltete die Hände. »Hört auf meine Worte.«

Er tupfte sich die Stirn mit dem Hemdsärmel ab. »Schlimme Zeiten stehen uns bevor.«

3

Nachdem Korneel gegangen war, sah ich meinen Vater an. »Eine Heirat?«

Er verzog sein Gesicht zu einer Grimasse. »Ich wollte es erst mit dir besprechen.«

»Aber dann habt Ihr es doch lieber aufgeschoben, hm?«

Er nickte und fuhr sich hilflos mit der Hand durchs graue Haar. »Du hast ihn doch nicht etwa zurückgewiesen?«

Ich bekam eine Gänsehaut am ganzen Körper und schob mir die Hände unter die Achseln. »Ihr kennt meine Zukunftspläne.«

»Und für einen Ehemann ist darin kein Platz?«

Ich schloss die Augen und versuchte, mich gegen das Gefühl von Verzweiflung zu stemmen. Ich dachte an Jacob, den Lehrling von Onkel Elias, den Ersten, den ich in mein Herz gelassen hatte. Nie wieder …

Wie sollte ich es Vater erklären?

Bevor ich etwas herausbrachte, strich er mir über die Wange. »Ach, ich verstehe schon. Du willst lieber nicht«, sagte er.

Ich schüttelte den Kopf.

Überrascht stellte ich fest, dass Vater mich viel besser kannte, als ich gedacht hätte. Jahrelang waren wir voneinander getrennt gewesen, sowohl durch seine Trauer als auch durch den Krieg mit den Spaniern. In der Zeit war Onkel Elias wie ein Vater für mich, viel mehr, als es mein eigener Vater je gewesen war. Dennoch: In dem Moment, als ich zurückkam, war es, als hätte es nie eine Entfernung zwischen uns gegeben.

Mir kam ein schrecklicher Gedanke. Wenn Korneel nun Bescheid wusste? »Ihr habt doch nichts von den Gründen erwähnt, weswegen Elias mich zurückgeschickt hat, oder? Ich meine … das wäre …«

»Wofür hältst du mich denn, Kind? Aber wir können es nicht ewig geheim halten, die Menschen sprechen nun mal miteinander. Ich hoffe für dich, dass niemand auf die Idee kommt, es der Gilde zu sagen. Das würde deine Erfolgsaussichten beträchtlich schmälern.«

Ich blieb ihm die Antwort schuldig und knabberte an meinen Nägeln.

»Ach, wie ähnlich du Cornelia bist …«

Mir wurde innerlich ganz warm von Vaters Bemerkung. Ich sah es als ein Kompliment, mit meiner Mutter verglichen zu werden. Sie war die Tochter eines Webers gewesen. Ihr Vater hatte Muster gezeichnet und kleine Baumwoll- und Seidenstücke gewebt. Meine Mutter hatte auch ein gutes Gefühl für Farben und Stoffe gehabt. Hatte ich von ihr das Talent geerbt, verschiedene Farbschattierungen zu erkennen? Bei Spaziergängen in der Stadt fielen mir die Schattierungen im grünen Laub auf, und der Himmel war nie einfach nur grau oder blau. In den Wolken kam auch Rosa oder Gelb vor, nicht nur Weiß. Ich wusste, dass ich die Welt mit anderen Augen betrachtete als andere Menschen. Später zeigte Onkel Elias mir eine unendliche Farbpalette und lehrte mich, meinen Farbeinsatz zu verfeinern. Aber es war ein hübscher Gedanke, dass meine Fähigkeit, Nuancen zu unterscheiden, in erster Linie von meiner Mutter kam. So fühlte es sich an, als würde ein Teil von ihr in mir weiterleben.

Mit einem lauten Geräusch fiel eins der Holzscheite im Kamin um, und ich blickte erschrocken auf. Ein heftiger Windzug blies die Kerzen in ihren Halterungen aus, der Geruch von Bienenwachs stieg mir in die Nase. Das Zimmer wurde jetzt nur noch vom Feuer beleuchtet.

Vater kniete sich auf den Teppich vor dem Kamin und nahm sich einen glühenden Span, mit dem er die Kerzen wieder ansteckte.

Dicke Regentropfen strömten über die Butzenscheiben. Wieder schoss mir der Gedanke durch den Kopf, dass uns etwas zustoßen würde. Wie keine andere wusste ich, wie ein unbekümmertes Dasein in einen Albtraum umschlagen konnte. Der Vogel und jetzt auch noch der jähe Wetterumschwung – diese Vorzeichen riefen ein beklommenes Gefühl in mir hervor.

Als könnte Vater meine Gedanken lesen, stand er auf und legte einen Arm um mich. »Es ist nichts, Hester. Korneel ist ziemlich abergläubisch. Er hat dir doch nicht etwa Angst gemacht?« Seine Stimme beruhigte mich, seine Hand lag warm auf meiner Schulter.

Er schob mich sanft auf einen Stuhl und schenkte mir ein Glas Wein ein. »Erzähl mir doch mal ein bisschen mehr von Judith Leyster.«

Ich entspannte mich und begann zu erzählen. Er unterbrach mich nicht, als ich ihm von meinem Besuch berichtete, meine Erzählung brachte ihn sogar ein wenig zum Lächeln. »Was haltet Ihr davon?« Meine Muskeln waren so angespannt, dass mir Rücken und Hals wehtaten.

»Und wenn sie dich nicht annimmt?«

»Dann werde ich eben weitersuchen.«

Mit einer resoluten Geste stellte Vater sein Glas auf den Tisch. »Sweerts findet es nicht schlimm, dass du malst. Ich habe ihm gesagt, wenn er meine Tochter heiratet, wird er sich wohl oder übel daran gewöhnen müssen, dass ihre Hände immer voller Farbflecken sind.«

»Habt Ihr denn nicht zugehört?« Mein Rock verhakte sich hinter einem Stuhlbein, als ich aufsprang. Heftig zerrte ich am Stoff, woraufhin der Saum aufriss. »Ich will eine eigene Werkstatt.«

Vater schüttelte den Kopf. »Akzeptiert die Gilde denn überhaupt noch eine Frau?«

Er sprach aus, was ich irgendwo tief in meinem Herzen auch befürchtete. Das war einer der Gründe, warum ich nach Haarlem zurückgegangen war. In Leiden kannte ich keine einzige Frau, die der Sint-Lucas-Gilde beigetreten wäre.

»Sie haben Judith schon eingetragen. Auch Sarah van Baalbergen wurde vor ein paar Jahren aufgenommen. Ich will einfach in der Stadt meine Arbeiten verkaufen, und das geht nur, wenn ich eingetragen bin.«

Mit einem Hauch von Mitleid in den Augen schaute Vater mich an. Alles in mir bäumte sich auf. Schreien und Heulen würden mir jetzt Erleichterung verschaffen, aber ich ließ meinen Gefühlen keinen freien Lauf. Ich hatte selbst schon sämtliche Argumente aufgelistet. Frauen konnten durchaus selbst für sich sorgen, dafür gab es Beispiele genug. Aber es waren oftmals Witwen, die das Geschäft ihres verstorbenen Mannes weiterführten. Sie schlossen sich keiner Gilde an, weil sie einfach unter dem Schutz ihres Vaters oder Bruders weiterarbeiten konnten.

»Ich möchte gern, dass du über Sweerts' Antrag nachdenkst.«

Ich senkte den Kopf. Natürlich war ich darauf vorbereitet. Von Vaters Standpunkt aus betrachtet war Korneel keine schlechte Wahl. Und die Vereinigung von zwei Geschäftsvermögen war noch immer einer der besten Gründe für eine Heirat, auch Korneel würde es dadurch nur besser gehen. Doch Vater war nicht unvernünftig, und wenn es darauf ankam, würde er auf mich hören.

»Wisst Ihr, dass er Katholik ist?«

Mein Vater nickte müde. »Er ist bereit, zu unserem Glauben überzutreten.«

Ich stellte mich ans Fenster und schaute hinaus. Der Regen trommelte immer fester aufs Dach. Das Wasser rauschte durch die Dachrinnen und floss durch die Rinnsteine an der Straße weiter. Langsam begann das Feuer im Kamin herunterzubrennen, und ich kniete mich hin, um in der Asche zu stochern.

»Ich werde nicht ewig leben.«

Ich erschrak vor der Traurigkeit in seiner Stimme, wagte aber nicht, ihn anzusehen, und blieb mit dem Schürhaken in der Hand auf den Knien sitzen.

Vater hustete kurz. Sein Gesicht war grau, und er schob

seinen Wein beiseite. Auf seiner Stirn, direkt unter dem Haaransatz, glitzerten ein paar Schweißtropfen.

»Ich würde dich so gern gut versorgt zurücklassen«, sagte er.

Wie konnte ich ihm in diesem Moment erklären, dass ich diesen Antrag auf keinen Fall in Erwägung zog? Vater war noch keine fünfzig, aber er sah älter aus, und sein Blick war stumpf. Doch er vergaß, dass ich kein kleines Mädchen mehr war, für das er die Entscheidungen treffen musste. Das Malen hatte eine Frau aus mir gemacht. Jeden Tag beschloss ich selbst, wo ich den Pinsel ansetzte. Ich stellte mir eine Leinwand ohne fremde Hilfe auf. Über Thema, Farbeinsatz und Pinselstrich entschied nur ich allein. Nachdem ich anfangs die Arbeiten meines Onkels nachgeahmt hatte, entwickelte ich innerhalb weniger Jahre meinen eigenen Stil.

Auf Vaters Gesicht zeigte sich eine Grimasse.

Ich wollte ihn nicht enttäuschen. »Ich verspreche es dir.«

»Danke.« Er schloss die Augen. »Das ist alles, worum ich dich bitte«, sagte er.

4

Am nächsten Morgen war ich in aller Frühe wieder bei Judiths Werkstatt. Diesmal kam gerade ein junger Mann heraus. Wir machten gleichzeitig einen Schritt nach vorn und stießen gegeneinander.

»Au! Pass doch auf!« Sein Mund war ein schmaler Strich.

»Pass doch selbst auf.« Die Worte entschlüpften mir, bevor ich sie zurückhalten konnte.

Wir wichen unseren Blicken aus. Ich biss mir auf die Lippe, während er mit schmerzverzerrter Miene die Stelle an seinen Rippen rieb, mit der mein Ellbogen unsanft in Kontakt gekommen war.

»Ach, vergessen wir's.« Seine Wut verschwand so gut wie sofort, ein Lächeln breitete sich auf seinem Gesicht aus.

»Gern.« Ich lächelte zurück und betrachtete ihn genauer. Er hatte dunkelgrüne Augen, die herausfordernd lachten und ihn sofort charmant wirken ließen. Zu meinem Missfallen errötete ich unter seinem Blick. Sowie er meine roten Wangen bemerkte, gingen seine Mundwinkel noch ein Stück in die Höhe. Bescheiden schien er ja nicht gerade zu sein. Ob er wohl Judiths Bediensteter war? Ich vermutete nicht, denn seine Kleidung kam offenkundig von einem guten Schneider. Auf seinen braunen Haaren trug er eine Samtmütze.

Flüchtig glitt sein Blick über mein Gesicht. »Hab ich dir wehgetan?«

»Nein«, sagte ich. Ich ihm natürlich schon, aber ich hatte keine Lust, mich zu entschuldigen. »Ist Judith Leyster zu Hause?«

»Ja, geh nur rein.« Mit einer schwungvollen Armbewegung machte er einen Schritt zur Seite, um mich durchzulassen. Falls er neugierig auf mich sein sollte, ließ er es sich nicht anmerken. Nach einem kurzen Blick auf das Skizzenbuch unter meinem Arm bog er summend um die Ecke.

Ich zuckte mit den Schultern und schlug ihn mir aus dem Kopf.

Judith begrüßte mich fröhlich und warf mir eine Schürze mit lauter Farbflecken zu. Ich fing sie auf und band sie mir um die Taille.

Auch heute war das Atelier leer. Ich fragte mich, wo die übrigen Lehrlinge waren. Vielleicht hatte sie sie weggeschickt nach den Unannehmlichkeiten mit dem Lehrling, der zu Frans Hals übergelaufen war.

Ein wenig missmutig dachte ich an die geschäftige Werkstatt von Onkel Elias. Neben mir hatte es noch zwei Gesellen gegeben, Jacob und Steven, die immer dafür sorgten, dass etwas los war.

Steven hatte seine eigene Werkstatt eröffnet, kurz bevor Onkel Elias schloss, aber vor ein paar Jahren arbeiteten wir alle noch gemeinsam an einem Gruppenporträt. Der Auftraggeber wollte es so schnell wie möglich haben. Irgendjemand – ich glaube, es war Jacob – schlug vor, für das Gemälde eine ganze Wand frei zu machen. Zu Mittag stellten wir die Arbeitstische an die andere Seite des Raumes, und Steven zimmerte ein neues Regal zusammen, für die Töpfe, Farbbehälter und Pinsel. Ich half meinem Onkel, die Leinwand auf einen Untergrund zu spannen, der aus mehreren Brettern bestand. Jacob trug zuerst den Leim als Bindemittel auf. Darüber kam eine Schicht Kreide, der ein wenig Bleiweiß beigegeben war. Am Ende waren wir alle müde, aber zufrieden.

»Ihr habt hart gearbeitet«, sagte Onkel Elias zu den Jungen. Er zog ein Geldstück aus dem Beutel. »Holt euch mal eine Kanne Bier.«

Er legte den Arm um mich, und dann betrachteten wir gemeinsam die Grundierung. »Dieses Mal wirst du richtig mithelfen, Hester. Keine Handlangertätigkeiten wie das Farbemischen. Keine Übungen mehr – du wirst jetzt richtig malen!« Die Lachfältchen rund um seine Augen vertieften sich. »Aber vergiss nicht, was du gelernt hast. Wenn du einfach nachmachst, was du siehst, wird es nicht mehr als ein schwacher Abklatsch. Nicht die Ähnlichkeit zählt, sondern das, was du aus dem Motiv machst.«

Ich versuchte, meine Stimme zu beherrschen. »Ich werde Euch nicht enttäuschen.«

Er lächelte, und ich legte meinen Kopf an seine Schulter. »Mit so viel Talent wie deinem kannst du überhaupt nicht enttäuschen.«

Natürlich war es nicht das erste Mal, dass ich den ganzen Prozess von der Skizze bis zum Endergebnis mitmachte, aber dieses Zusammengehörigkeitsgefühl war neu für mich. Zum ersten Mal empfand ich mich wirklich als ein Mitglied dieser Gruppe. In den Monaten, in denen wir zusammen an diesem Gemälde saßen, wurde das noch dadurch verstärkt, dass wir so eng zusammenarbeiteten. Heimlich schaute ich auf Jacobs feste Hand, auf die treffsicheren Linien, die er damit auf die Leinwand warf. Obwohl ich selbst nur die weniger interessanten Teile gestalten durfte, zum Beispiel eine Schärpe, die einer von den Männern um den Oberkörper geschlungen hatte, oder die Federn an ihren Hüten, war ich stolz auf meine Mitwirkung. Sogar bei diesen scheinbar unwichtigen Details musste ich gut aufpassen, welche Farbe ich benutzte, um die Illusion von Schatten oder Glanz zu wecken. Als das Gemälde endlich fertig war, stellte ich mich oft davor und schaute es lange nur an. Das Allerschönste und vielleicht auch Seltsamste war der Umstand, dass die Teile, die von mir stammten, im Ganzen aufgegangen waren. Niemand konnte mehr sehen, was genau nun die Lehrlinge gemalt hatten und was der Meister.

»Komm. Du bist doch hier, um zu arbeiten, oder?« Judith stand neben den beiden Staffeleien in der Mitte des Zimmers.

Ich hatte erwartet, dass wir uns zuerst ein wenig unterhalten würden, so wie gestern. Dass sie mehr über mich erfahren wollte und ich ihr meine Zeichnungen zeigen sollte.

Ich legte mein Skizzenbuch aus der Hand und krempelte die Ärmel hoch.

»Was hältst du von dieser Aufstellung?« Judith sprach schnell und benutzte die Hände, um ihre Worte zu unterstreichen. »Möchtest du noch etwas an der Komposition verändern?«

Wir musterten einen Obstkorb und ein Weinglas auf einem blauen Tischtuch. Irgendetwas fehlte, aber ich wusste nicht, was es war. Auf einem Brett hinter uns stand ein Bierkrug aus Zinn. Ich stellte ihn auf die linke Seite des Tisches und kniff ein Auge zu. »Das stellt die Symmetrie wieder her.«

Judith legte den Kopf auf die Seite. Einen Moment hatte ich Angst, dass ich zu weit gegangen war, dann breitete sich ein Lächeln auf ihrem Gesicht aus. »Du hast recht. So ist es besser.«

Sie nahm noch zwei Äpfel und Weintrauben aus dem Korb und legte sie in den Vordergrund. Jetzt war das Stillleben viel ausgeglichener. Ohne zuerst mit Kreide die Umrisse auf die Leinwand zu werfen, zog Judith mich mit sich in eine Ecke des Zimmers.

Obwohl ich überrascht war, akzeptierte ich ihre Methode. Ich nahm mir ein paar verschiedene Pinsel mit Schweineborsten und einen mit Eichhörnchenhaaren, um auszuprobieren, welche mir am meisten zusagten. Am liebsten arbeitete ich mit meinem eigenen Werkzeug, aber das lag zu Hause. Mit der Palette in der Hand überlegte ich, welche Pigmente ich für den Krug brauchte. Erst musste ich die Schattierungen von Licht und Dunkel auf die Leinwand bringen, und wenn diese Schicht getrocknet war, wurde die endgültige Farbe darüber aufgetragen.

Beim Reiben der Pigmente kehrte Ruhe in meinem Kopf ein. Ich suchte mir Bleiweiß und Schwarz heraus. Aber Zinn hatte einen Blauschimmer, grauer als Silber und nicht so glänzend. Auch ein wenig Smalte kam hinein. Das ließ sich zwar nur mühsam mit Leinöl mischen, aber ich hatte keine andere Wahl. Ohne einen Hauch von Blau würde es nicht aussehen wie Zinn.

Das Reiben war schwere Arbeit. Mit schmerzverzogenem Gesicht richtete Judith sich auf.

Mit einem Palettmesser mischten wir die Pigmente mit dem Leinöl, danach setzten wir uns vor die Staffelei.

Zu Anfang schaute ich noch ab und an zu ihr hinüber. Wir hatten unterschiedliche Techniken. Sie hatte einen lockeren Stil und einen gröberen Pinselstrich als ich. Meine Perspektive war vielleicht ein wenig besser, aber ich bewunderte die Art, wie sie die Farbe auftrug.

Nach einer Weile vergaß ich ganz, dass sie da war. Das hier war es, was ich gut konnte, hierfür lebte ich. Wenn jemand mich bitten würde, etwas über mich zu erzählen, würde ich antworten, dass derjenige sich ansehen sollte, wie ich malte. Sogar die Art, wie ein schlichter Bierkrug auf der Leinwand erschien, verriet etwas über meine Persönlichkeit. So wie der Krug von Judith auch etwas über ihren Charakter aussagte. Derselbe Gegenstand, in einem anderen Licht gesehen.

Ich atmete den Geruch der Farben ein und genoss es.

Als ich gerade das letzte bisschen Bleiweiß von meiner Palette kratzte, merkte ich, dass sich das Licht in der Werkstatt verändert hatte. Heute Morgen war das Sonnenlicht in einer schrägen Linie über die Hälfte der Bodenfliesen gefallen, jetzt war nur noch ein schmaler Lichtstreifen in Fensternähe übrig.

Die Muskeln in meinem Hals und Rücken protestierten, als ich von meinem Stuhl aufstand und mich streckte. Ich stellte die Palette mit dem Kissen, auf das ich meine Hand beim Malen gestützt hatte, an die Wand. Ich hatte keine Ahnung, wie spät es war. Mir knurrte der Magen, und mein Mund war ganz trocken. Aber das alles waren nur Kleinigkeiten, wenn die Welt um einen herum verschwand und man nichts anderes mehr sah als den eigenen Pinsel und die sorgfältig gewählte Farbe.

Mit glänzenden Augen trat Judith neben mich. »Als du gestern in meiner Werkstatt aufgetaucht bist, wusste ich nicht, was ich von dir halten sollte. Du hattest ja nur deinen Onkel als Lehrmeister.« Mit dem Finger berührte sie die obere Kante des Bierkrugs auf dem Gemälde. »Wie schaffst du es, dass das Metall so glänzt?«

Bevor ich antworten konnte, fing sie an zu lachen. Es war ein ansteckendes Lachen, bei dem mir von innen ganz warm wurde.

»Wir werden noch genug Zeit haben, darüber zu sprechen. Willkommen!«

Da begriff ich erst, dass ich soeben meine Meisterprüfung ein zweites Mal abgelegt hatte. »Ich bin also angenommen?«

»Natürlich.«

Auf dem Heimweg konnte mir nichts oder niemand mein Lächeln nehmen. Korneel Sweerts war Vergangenheit. Ich hatte keinen Grund, mich noch mit ihm zu beschäftigen. Er war nur ein Geschäftsfreund meines Vaters. Ich würde ihm seine Geschenke zurückgeben und ihm sagen, dass ich keinen Wert mehr auf seine Brautwerbung legte.

So schön das Wetter gestern Nachmittag gewesen war,

so rau war es jetzt. Die Sonne verbarg sich hinter einer dichten Wolkendecke. Meine Nase begann zu laufen. Ich wischte sie am Ärmel ab. Die ganze Zeit sah ich Judiths Werkstatt vor meinem inneren Auge. In diesem Raum würde ich in der nächsten Zeit jeden Tag verbringen. Das erstickende Gefühl, das mich die letzten Tage im Griff gehabt hatte, war verschwunden, ich konnte endlich wieder frei atmen.

Ohne zu überlegen, schlug ich einen Weg ein, den ich sonst nie nahm. Der Abstand zwischen den Häusern war hier so gering, dass meine Röcke an den Wänden entlangstreiften. Auf dem Stoff blieb eine schwarze Spur zurück. Als ich versuchte, den Fleck wegzuwischen, ging hinter mir eine Tür auf.

»Hilf mir bitte.« Die Worte wurden so leise geflüstert, dass ich nicht wusste, ob ich sie richtig verstanden hatte.

Ich warf einen Blick über die Schulter und erstarrte. In der Tür stand eine junge Frau, der die losen Haare bis auf die Schultern fielen. Sie trug keine Haube, und auf den Armen hielt sie ein Kind, dessen Beine schlaff herabhingen.

»Bitte! Meine Tochter«, sagte die Frau in eindringlichem Ton. »Ich brauche einen Arzt!«

Das Kind war nackt. Sogar im schwachen Licht der Gasse waren die Beulen deutlich zu sehen.

Dröhnend fiel die Tür hinter der Frau ins Schloss, als sie ein paar Schritte in meine Richtung machte. Erst in dem Moment fiel mir das »P« an der Hausmauer auf. Ich rannte davon, als wäre mir der Teufel auf den Fersen.

5

Es war nicht das erste Mal, dass die Pest meinen Weg kreuzte.

Ich war fünfzehn, als die Pechfässer in Leiden angestochen wurden. Es war ein wunderbarer Sommer gewesen. Ende August hatte Tante Antje nach einer beschwerlichen Entbindung Maria auf die Welt gebracht. Als ich zum ersten Mal meine Nichte im Arm hielt, konnte ich mich kaum bewegen. Ihre Haare waren so weich wie die Daunen eines kleinen Kükens. Ich zupfte das Tuch zurecht, in das sie gewickelt war, damit ihr ja nicht zu kalt wurde. Antje wandte uns den Kopf zu. Ihr Gesicht war gezeichnet von der Erschöpfung, aber sie lächelte. In den letzten Jahren hatte sie eine Reihe von Fehlgeburten gehabt, deshalb hatte niemand mehr mit diesem Gottesgeschenk gerechnet.

»Sie ist wunderschön«, sagte ich.

Antje nickte und schloss die Augen. Vorsichtig legte ich ihr das Kind wieder in die Arme, und sie streichelte ihm die Wange. Nach einer Weile fiel ihre Hand schlaff zurück auf die Bettdecke, und ich legte Maria in ihre Wiege. Ich machte mir Sorgen wegen der Ringe unter Tante Antjes Augen, mit denen sie so zerbrechlich aussah, dass ich ihr zuflüsterte, sie solle sich keine Sorgen machen. Ich würde für ihre Tochter sorgen.

Meine Tante hörte mich nicht, sie bewegte sich nicht mal im Schlaf.

Ich fühlte die Verantwortung auf meinen Schultern,

aber es war keine Verpflichtung, die mich belastete, sondern vielmehr eine Gelegenheit, wirklich etwas zu bewirken. Ich wollte Maria alles beibringen, was ich wusste. Wie man ein Huhn rupft und dass die Fettränder an einer Hammelkeule schmierig sind. Welchen Pinsel man für ein bestimmtes Detail auswählt, und wie man Farbe in einer Schweineblase aufbewahrt und mit einem Nagel verschließt. Dass sie ihre Träume wahr machen konnte, wenn sie ihrem Herzen folgte. Mein Leben lang wollte ich ihre große Schwester sein. Ich flüsterte unsinnige Worte in Marias vollkommene kleine Ohrmuschel, und sie machte leise Schmatzgeräusche, als würde sie allem zustimmen, was ich sagte.

Ich dachte, dass es immer so bleiben würde, doch dann kam der Schwarze Tod.

Eines Nachmittags im September lief ich mit einem Skizzenbuch in der Hand durch Leiden. Wo immer ich hinschaute, sah ich mit Brettern verbarrikadierte Häuser, an deren Türrahmen man Strohbündel genagelt hatte. In wenigen Wochen hatte die Krankheit rasend schnell um sich gegriffen. Auf dem Markt blieben Stände geschlossen, und viele Läden öffneten ihre Türen überhaupt nicht mehr. Die Totenglocken läuteten ununterbrochen, und die Straßen wurden leerer und leerer.

Ein Trauerzug ging an mir vorbei, und ich drückte meine Zeichnungen an die Brust und blieb stehen. Hinter dem Sarg ging ein Mann her. Seine ausdruckslosen Augen glitten über mich hinweg. Der matte, resignierte Blick machte mir mehr Angst als der Karren, auf dem die Leichen lagen, und nachdem die Leute vorübergeschlurft waren, atmete ich erleichtert ein. So schnell wie möglich setzte ich meinen Weg zum Stadttor fort.

Beim Friedhof der Pieterskerk stand eine große Gruppe von Jungen. In letzter Zeit hatten sie sich immer öfter versammelt, um ihrer Ratlosigkeit und ihrem Zorn Ausdruck zu verleihen. »Der Schwarze Tod! O Herr, befrei uns von der Pest!« Ihre Schreie hallten von den Mauern wider.

Heute waren sie nicht mehr wiederzuerkennen: Manche sprangen in die Gräber und hielten die Totengräber davon ab, die letzte Ruhestätte der Toten zu bereiten. Die Panik in ihren Augen grenzte an Wahnsinn, und von ihrem überspannten Geschrei schnürte es mir den Magen zusammen. Sie benahmen sich so aggressiv, dass die Totengräber vor ihnen zurückzuckten. Als einer von ihnen in meine Richtung schaute, wich ich hastig in den Eingang zurück.

Während ich vor den Mauern der Stadt im Grünen saß und Skizzen machte, sah ich die ganze Zeit noch die verzerrten Gesichter der jungen Männer vor mir. Die Art, wie sie ihre Hilflosigkeit ausgedrückt hatten, kam mir jetzt fast unmäßig vor, denn auf der Wiese zwischen den Butterblumen und Gänseblümchen schien der Tod unendlich weit weg. Mit geschlossenen Augen hielt ich mein Gesicht in die warmen Sonnenstrahlen. Es war kaum vorstellbar, dass in diesem Moment die Träger in die Häuser gingen, um die Erkrankten mitzunehmen.

Solange meine Familie nicht betroffen war, blieb die Pest

etwas, was mein Leben nicht wirklich berührte. Frauen liefen jammernd hinter den Särgen ihrer verstorbenen Männer her, und ich verspürte durchaus Mitleid, aber es drang doch nicht ganz zu mir durch. Kinder riefen nach ihrem Vater und ihrer Mutter, und ich blieb stehen und sah sie an, aber ich wusste doch, dass ich nichts für sie tun konnte. Danach lief ich weiter, in der Überzeugung, dass wir in Sicherheit waren. Wir spielten nicht, wir gingen jeden Sonntag in die Kirche und falteten unsere Hände zum Gebet. Onkel Elias ging nicht zu den Huren, Tante Antje verschenkte abgelegte Kleidung an die Armen. In meinem Hochmut dachte ich, dass Gott uns verschonen würde.

Zwei Wochen später bekam meine Tante Kopfschmerzen und Fieber und klagte über Durst.

Ich kniete mich an ihr Bett und benetzte ihre Lippen mit einem nassen Tuch. »Was fehlt ihr?« Ich drehte mich ruckartig zu Onkel Elias um.

Er schüttelte nur hilflos den Kopf.

»Soll ich den Arzt holen?« Ich stand schon wieder auf den Füßen. Im Nebenzimmer begann Maria zu weinen.

»Geh du mal zum Kind.« Mein Onkel beugte sich über seine Frau und strich ihr die Haare aus der verschwitzten Stirn.

Ich glaube, er wusste in dem Moment schon, dass es keine Rettung mehr gab, obwohl wir erst einen Tag später die Beulen entdeckten.

Meine Tante lebte nicht mehr lange. Und auch meine wunderbare kleine Nichte Maria mit den blauen Augen, die mich ansah, als würde sie alles verstehen, starb.

Meine Welt wurde zurückgestutzt auf die vier Wände unseres Hauses, und ich verlor eine Weile jede Lust, einen Zeichenstift oder einen Pinsel anzufassen.

An dem Abend, an dem ich die Frau mit ihrer toten Tochter gesehen hatte, konnte ich nicht einschlafen. Die Erinnerungen spukten mir im Kopf herum. Das Mondlicht fiel durch einen Spalt zwischen den Vorhängen meines Alkovenbettes, sodass es aussah, als wären die Laken in Silber getaucht. Die Umrisse des Schranks und des Tisches mit meinen Malsachen waren gerade noch zu erkennen.

Diesmal war ich nicht so anmaßend anzunehmen, dass wir uns dem Tanz entziehen konnten. Die Krankheit war so tückisch wie ein glatter Aal, der einem durch die Finger schlüpft. Jeder würde dran glauben müssen, Hoch ebenso wie Niedrig, Arm ebenso wie Reich.

Wenig später schrak ich auf, als jemand an meine Tür klopfte. »Hester!« Es war Maertge.

Ich setzte mich in den Kissen auf. »Was ist los?«

»Komm bitte kurz raus und schau nach deinem Vater.«

»Jetzt?« Ich riss mir die Schlafhaube vom Kopf und schüttelte mein Haar. Es war schrecklich warm in meinem Bett.

»Ja. Ich stehe hier sicher nicht zum Scherz im Nachthemd und barfuß auf den Steinfliesen …«

Maertge klang gereizt. Aber ich hörte auch noch etwas anderes, einen besorgten Unterton. Ich schlug die Decken zurück und ließ sie nicht länger warten.

Sie hielt eine Kerze in der Hand und presste die dünnen

Lippen aufeinander. Aus ihrem Blick sprach Verwirrung und auch Schmerz.

Ich verstand nichts, aber mir war, als würde sich eine kalte Hand um mein Herz schließen. »Vater?«

Sie nickte.

Seine Gicht, dachte ich. Oder hatte er etwas Verkehrtes gegessen?

»Ich habe gehört, wie er sich übergeben hat«, sagte Maertge. »Er hat mich weggeschickt, als ich kam, um nach ihm zu sehen. Aber das gefällt mir alles gar nicht.«

Ich hörte nicht mal mehr richtig zu, ich rannte die Treppe hoch und nahm mit jedem Schritt zwei Stufen auf einmal.

Vater saß aufrecht in seinem Alkoven. Aus dem nassen Nachthemd stieg ein unangenehmer Schweißgeruch, und seine Wangen waren feuerrot.

Ich drehte mich zu Maertge um, die hinter mir auf der Türschwelle stand. Es sah so aus, als würde sie sich nicht trauen, ins Zimmer zu kommen. »Hol etwas, womit wir ihn waschen können!«

Sie schüttelte den Kopf. »Schau ihn doch einmal genau an …«

Verblüfft über ihre Weigerung tat ich, was sie sagte, und schlug die Decke zurück.

»Durst …«, murmelte mein Vater. »Kopfweh.«

Es war ein Echo aus der Vergangenheit. Die Stimme meiner heiser flüsternden Tante vermischte sich mit Vaters Worten, und ich wusste nicht mehr, ob ich ihn oder sie hörte.

»Bind dir die Haare zusammen«, sagte Maertge.

»Warum?«

»Tu, was ich dir sage.« Ihr Blick war so ernst, dass ich gehorchte und meine Locken unter die Nachthaube schob, die ich immer noch umhatte.

»Zieh ihm das Hemd weg.«

»Aber das geht doch nicht.« Ich warf ihr einen Blick von der Seite zu.

»Bitte, Hester.«

Meine Hände zitterten, als ich Vaters Hals entblößte.

»Ist das keine Beule?« Maertges Augen glänzten.

»Ich weiß nicht. Gib mir mal kurz die Kerze.«

Sie zögerte, bevor sie ins Zimmer trat und mir den Kerzenhalter in die Hand drückte.

Auch als ich hinleuchtete, sah ich nichts. Ganz ruhig durchatmen, sagte ich mir. Ich versuchte, das Zittern meiner Hände zu unterdrücken, und streckte sie nach seinem Hals aus. Seine Haut fühlte sich warm an, aber ich konnte nichts sehen. Bis ich meine Hand weiterschob und plötzlich eine kleine Schwellung fühlte. Ich zog die Hand weg, als hätte ich mich verbrannt, und konnte gerade noch einen Aufschrei unterdrücken.

Meine Augen begegneten Maertges Blick. Ein Teil von mir wollte es leugnen, ein anderer Teil wollte in Tränen ausbrechen. Die Krankheit war in unser Haus gekommen.

6

»Wie lang geht es ihm schon so?« Ich deckte Vater wieder zu. Sein Gesicht verzog sich, und sein Kopf rollte auf dem Kissen hin und her, während er rasselnd Luft holte.

»Du kennst ihn doch.« Maertge ging wieder zurück zur Tür. Als sie sich zu mir umdrehte, sah ich, dass ihre Augen weit aufgerissen waren und sie genauso bleich wie ihr Nachthemd war. »Er klagt nie.«

»Gestern hatte er aber noch nichts.«

Sie zog ratlos die Schultern hoch.

Der Mann im Bett sah ihm überhaupt nicht mehr ähnlich. Vater hatte ein kräftiges Gesicht: einen breiten Kiefer und ein ausgeprägtes Kinn. Wenn er den Arm um einen legte, war es eine feste Umarmung. Jetzt sah sein Körper eingefallen aus, die Haut spannte sich über den Wangenknochen, und seine Gesichtsfarbe war aschgrau.

»Soll ich den Arzt benachrichtigen?«

»Noch nicht.« Ich ließ mich von Maertges überraschtem Blick nicht stören.

Ich wollte gern einen Augenblick mit ihm allein sein, bevor die Fremden hereingestürmt kamen. Sie würden entscheiden, dass unser Haus und Herd ansteckend waren, und uns auftragen, die Fenster und Türen zu verbarrikadieren. Innerhalb weniger Stunden würden wir mit dem P an der Tür gebrandmarkt werden, und unser Leben würde schlagartig zum Stillstand kommen.

»Für dich ist es noch nicht zu spät«, sagte ich.

Wir sahen uns an. Maertge rührte sich nicht.

»Kannst du irgendwo hingehen?« Der Stuhl in der Ecke knarzte, als ich mich daraufsetzte. Meine Beine waren ganz schwach, ich hätte gute Lust gehabt, den Krug, der auf dem Tisch stand, auf den Boden zu werfen.

»Was meinst du, wo ich hingehen sollte?«

»Geh zu deiner Schwester nach Heemstede. Niemand weiß, dass du hier bist. Wenn du jetzt gehst, brauchst du nicht in Quarantäne zu leben.«

In ihren Augen flackerte Hoffnung auf. Es war ein freudloser Funke, der fast sofort wieder erlosch, und ich sah, wie sie mit sich selbst rang. »Ich …«

»Sonst wirst du wahrscheinlich sterben.« Meine Worte klangen grausamer als beabsichtigt.

Maertge seufzte. Sie legte den Kopf schief und schob die Unterlippe vor. »Und was ist mit dir?«

»Ich gehe nirgendwohin.«

Uns war beiden klar, dass dies ein wichtiger Moment war. Ich musste ihr einen kleinen Schubs geben, damit wir nicht alle starben.

»Vielleicht bringen sie ihn ins Pesthaus.« Maertge zögerte immer noch.

»Nein.« Ich schüttelte den Kopf. »Er bleibt einfach hier, in seinem eigenen Bett. Ich will nicht, dass andere ihn pflegen.« Vor elf Jahren war meine Tante ins Sint-Caecilia-Haus gebracht worden, das extra für die Pestkranken eingerichtet worden war. Onkel Elias hoffte, dass sie dort genesen würde. Als die Träger sie hochhoben, begann ich gerade, den Boden zu wachsen. In unserer Werkstatt stand alles still, aber ich musste mich irgendwie beschäftigen. Wäre ich nur aufgestanden. Hätte ich doch bloß die Hand ausgestreckt, um das weiche Haar meiner Tante zu berühren, oder auf irgendeine Art zur Kenntnis genommen, dass sie sie fortbrachten. Ich saß wie festgenagelt am Boden und starrte stoisch vor mich hin. Meine Finger umklammerten den Lappen so fest, dass meine Knöchel schneeweiß hervortraten. Ich merkte nur am Rande, dass mein Onkel ins Zimmer kam. Er schwieg. Als wir Maria weinen hörten, blickte ich auf.

»Ich geh schon«, sagte er.

Ich stand auf, als Onkel Elias verschwunden war. Vom Geruch des Bohnerwachses musste ich würgen, und von diesem Moment an brachte ich ihn immer mit Tod in Verbindung. Nie wieder bohnerte ich Holz, und wenn das Dienstmädchen in Leiden damit beschäftigt war, konnte ich gar nicht schnell genug aus dem Haus rennen.

»Schaffst du das denn allein?« Mit besorgter Miene strich Maertge mir über den Ärmel.

»Natürlich.« Eine Träne lief mir an der Nase entlang, und ich fing sie mit der Zunge auf. »Aber du wirst mir fehlen.«

Zögernd umarmten wir uns. Diese Frau hatte mich auf dem Arm gehabt, als ich noch ein Säugling war, und ich hatte aus ihrer Brust getrunken. Als Vater mich nach Leiden schickte, bettelte sie ihn an, mitgehen zu dürfen. Und jetzt schickte ich sie weg. Es fiel mir schwer, unglaublich schwer. »Warte kurz.« Ich riss mich von ihr los und kritzelte ein paar Worte auf einen Zettel, den ich auf dem Tisch am Fenster gefunden hatte. »Für Judith Leyster. Kannst du ihr das in ihr Atelier in der Korte Barteljorisstraat bringen? Damit sie weiß, warum ich morgen früh nicht bei ihr auftauche. Und jetzt beeil dich! Und schick uns den Arzt!« Ich gab Maertge einen sanften Stoß Richtung Tür.

Sie schaute sich noch einmal um, dann war ich allein mit Vater.

Unruhig saß ich auf dem Stuhl neben den halb zugezogenen Vorhängen des Alkovenbetts. Ich zog sie weiter auf. Das flackernde Kerzenlicht ließ Schatten über die Wände tanzen. Vaters Lider zitterten, und Schweißperlen traten auf seine Oberlippe. Ich sprang auf, um Wasser zu holen, und riss ein Stück vom Bettlaken in Streifen. Einen der Lappen band ich mir vor den Mund, einen anderen machte ich nass und legte ihn Vater auf die glühende Stirn. Schon öfter hatte ich gehört, dass ein Brei aus Taubenkot das Feuer aus den Beulen ziehen sollte. Ich zögerte jedoch: Sollte ich warten, bis der Arzt hier war, um ihn zu fragen? Zu meinem eigenen Schutz brauchte ich Gewürznelken. Hatten wir Gewürznelken im Haus? Keine Ahnung, ich könnte in der Küche suchen.

Ich ließ mich wieder auf den Stuhl plumpsen und legte die Hände in den Schoß. So musste ich hilflos zusehen, wie Vater sich ruhelos im Bett hin und her warf. Ab und zu starrte er auf einen Punkt hinter mir im Zimmer. Er sagte nichts und gab keine Antwort, wenn ich ihn ansprach.

Einmal schlief ich ein und schrak wieder hoch, als er sich schreiend im Bett aufsetzte. Ich nahm ihn bei den Oberarmen und drückte ihn sanft zurück in die Kissen. Unter meiner Berührung keuchte er vor Schmerz. Durch den Stoff seines Nachtgewandes spürte ich die Schwellungen unter seinen Achseln. Nur mit großer Mühe konnte ich die Tränen zurückhalten.

Er schlug die Augen auf, aber ich hatte nicht den Eindruck, dass er mich wirklich sah.

»Könnt Ihr mich hören, Vater?«

Die Stille fühlte sich an wie eine Zurückweisung.

Es schien eine Ewigkeit zu dauern, bis der Tag anbrach. Von der Kerze war nur noch ein Stummel übrig, als das erste Licht durch einen Spalt zwischen den Fensterläden drang.

Energisch öffnete ich die Fenster. Kalte Luft strömte herein und vertrieb den Gestank von Schweiß und Krankheit. Am Horizont zeigte sich ein Streifen von rot-orangem Licht. Die Sonne stieg jetzt zügig empor, bis sie sich über die Dächer erhoben hatte und ihre Strahlen über die ganze Stadt warf. Es war ein erbarmungslos schöner Tag, genauso wie zu Anfang dieser Woche.

Warum kam der Arzt nicht? Ich merkte, dass ich bereit war, alles war besser als dieses sinnlose Warten.

»Ich komm gleich wieder.«

Ich rannte die Treppe hoch. Mein Skizzenbuch lag an seinem gewohnten Platz, die Schachtel mit der Kreide lag halb versteckt unter ein paar Zeichnungen. Mit einer Entschlossenheit, die mich selbst überraschte, klemmte ich mir beides unter den Arm.

»Mal dir deinen Kummer einfach weg«, hatte Onkel Elias gesagt, als wir allein zurückgeblieben waren. Ich dachte nicht, dass es mir helfen würde, aber nach einer Weile merkte ich, dass er recht hatte. Arbeit zerstreute meine Gedanken, und nach ein paar Wochen war der Schmerz zu einer empfindlichen kleinen Stelle in meinem Herzen geworden, die nicht größer war als eine Walnuss. Ich erwartete jedoch nicht, dass er jemals ganz verschwinden würde.

Was ist Liebe, Vater? Ich sah die Liebe in der ersten Linie, die ich aufs Papier zeichnete, in der Rundung seiner Wange, in den Falten neben seinem Mund.

Die Kreide glitt in rasendem Tempo übers Papier. Stück für Stück erschien Vaters Gesicht. Während ich beschäftigt war, vergaß ich seine Qualen. Ich betrachtete die Runzeln auf seiner Stirn, die Falte zwischen seinen Augenbrauen. Ich wollte ihn festhalten, bevor es zu spät war, bevor sich das Leid auf seinem Gesicht zu deutlich abzeichnete.

Wir hatten nicht genug Zeit gehabt, um uns wieder kennenzulernen. Ich hatte erwartet, dass wir noch eine ganze Weile in diesem Haus zusammenwohnen und uns bei Tisch über alles Mögliche unterhalten würden. Manchmal waren wir uns nicht einig, aber er unterbrach mich nie und nahm mich so, wie ich war. Ich freute mich immer auf seine Bemerkungen zu meinen Bildern, denn er hatte ein gutes Auge.

Doch die Zeichnung, die ich jetzt machte, brachte ihn mir wieder als den Vater näher, der er früher gewesen war. Ich ging an seiner Hand an der Spaarne entlang, und das Blau des Himmels spiegelte sich in seinen lachenden Augen.

In meiner Erinnerung schien immer die Sonne.

Ein Brennen hinter meinen Augen zwang mich, mit dem Zeichnen aufzuhören. Müde lehnte ich mich zurück. Auf meinem Schoß lag ein detailliertes Porträt. Ich hatte den Schmerz auf seinem Gesicht nicht ganz übergehen können, aber die Erinnerung an den, der er einmal war, linderte meinen Kummer.

Ich legte das Papier beiseite, streckte mich und trat ans Fenster.

Draußen war die Stadt bereits wach. Menschen liefen auf der Straße hin und her. Sie blieben stehen, plauderten, lachten. Aus der Richtung des Markts trug mir der Wind das Geschrei der Verkäufer herüber. Ein Fuhrmann schnalzte mit der Zunge und zog die Zügel an. Jeder war auf dem Weg irgendwohin, zum Bäcker, zum Fischverkäufer, zum Wiegeplatz. Irgendwohin, ohne dass ihnen bewusst wäre, wie glücklich sie waren. Es war ein ganz normaler Tag.

Ein Mann im schwarzen Anzug und Hut blieb vor unserem Haus stehen. Zwei andere folgten ihm etwas langsamer und mit deutlichem Widerstreben. Sie schauten an der Fassade empor, und ich wusste mit Gewissheit, dass sie mich alle drei sahen. Trotzdem grüßten sie mich nicht, aber sie steckten die Köpfe zusammen, um sich zu beraten.

Als sie an die Haustür hämmerten, straffte ich den Rücken und sprach mir selbst Mut zu.

7

»Ja, es ist die Pest«, sagte der Arzt. Er zog die Handschuhe aus und steckte sie unter seinen Gürtel, bevor er sich zu mir umdrehte. Er hatte ganz hellblaue Augen. Sie waren rot gerändert, als hätte er in letzter Zeit zu wenig geschlafen. »Das Gleichgewicht zwischen den vier Körpersäften ist gestört. Könnt Ihr kurz mit mir nach draußen kommen, Juffrouw?«

Um die Pesterkrankung festzustellen, hatte er nur wenige Minuten gebraucht – dazu musste er nur Vaters durchgeschwitztes Nachtgewand beiseiteziehen. Über Nacht hatte sich die Schwellung an seinem Hals in ein schwarzes Geschwür verwandelt.

Es erschütterte mich, wie schnell das alles ablief. Aber ich konnte es dem Arzt nicht verübeln, dass er Vater nicht weiter untersuchte, seinem Gesicht war anzusehen, dass er so schnell wie möglich von hier fortwollte.

Widerstrebend folgte ich ihm aus dem Zimmer. Im Tageslicht fielen die ausgetretenen Stellen in den marmornen Bodenfliesen im Flur besonders ins Auge.

Mit starrem Blick hörte ich, wie die Worte an mir vorbeizogen, die ich alle schon einmal gehört hatte: »Verhaltensregeln ... Fensterläden zulassen ... Pesthaus.«

Vor der halb offenen Tür standen die zwei Männer und unterhielten sich gedämpft. Es waren die Träger, die gekommen waren, um Vater zu holen, und erst jetzt fiel mir der Karren auf, der neben ihnen stand.

»Kein Pesthaus«, sagte ich. Ich versuchte, meiner Stimme einen festen, entschiedenen Klang zu verleihen.

Auf der Stirn des Pestarztes zeigten sich tiefe Falten. »Dann seid Ihr so gut wie tot.«

»Das liegt in Gottes Hand.« Ich reckte das Kinn vor.

»Und Eure Mitbewohner?«

»Ich bin allein.«

Er ließ den Blick auf mir ruhen. »Kein Diener?«

Ich schüttelte den Kopf. »Unser Dienstmädchen ist gerade bei ihrer Schwester in Heemstede.«

»Hm.« Er rieb sich das Kinn. »Tja, dann ...« Er führte den Satz nicht zu Ende, legte sich aber den Mantel um die Schultern. »Passt gut auf Euch auf. Und Euer Vater ... Manchmal kommt auch mal jemand wieder auf die Beine.«

»Kann ich etwas für ihn tun? Einen Breiumschlag für seine Beulen?«

Sein Gesicht verzog sich mitleidig. »Wegerich und Ringelblume helfen manchmal. Oder Safran. Das Beste ist aber einfach, wenn Ihr und Euer Vater Euch gänzlich von der Außenwelt abschottet.«

Der Mann ging zur Tür, in Gedanken war er schon draußen. Er gab uns schon auf, bevor wir gestorben waren.

»Und Gewürznelken?« Meine Stimme überschlug sich. Er war meine letzte Verbindung zur Außenwelt – wenn die Tür hinter ihm ins Schloss fiel, war ich ganz von der Welt abgeschnitten.

»Weihrauch, Wacholder. Ihr könnt alles ausprobieren. Und wascht Euch selbst regelmäßig mit Essig.« Trotzig wich er meinem Blick aus. »Ihr könnt mich wieder rufen lassen, wenn sich Karbunkel bilden. Die müssen aufgeschnitten werden.«

»Aufgeschnitten?«

»Ja, damit der Eiter hinauskann.«

Ich seufzte. »Wie viel bin ich Euch schuldig?«

»Fünf Stüber.«

Was für ein Halsabschneider. Aber ich musste froh sein, dass er überhaupt das Haus betreten hatte. Ich hatte schon Geschichten von Ärzten gehört, die in der Tür stehen blieben und von dort ihre Diagnose stellten. Er lief mir nach, als ich zum Büro ging. An der Wand hing ein Hirschkopf, eine Jagdtrophäe, die mein Vater vor langer Zeit einmal auf dem Landgut eines Kunden errungen hatte. Die Augen schauten ein wenig trübsinnig auf uns herab.

Ich versuchte den Gedanken zu verdrängen, dass mein Vater nie wieder auf seinem Stuhl mit den geschwungenen Beinen sitzen würde. Der Tisch unter dem Fenster verschwand fast unter den ganzen Papieren. Das Tintenfass stand neben dem Buch mit den Bilanzen, ein Gänsekiel lag auf einem halb vollendeten Brief. Ich suchte nach dem Kästchen aus Eichenholz mit den silbernen Beschlägen. Es stand in einem Schrank in der Ecke. Der Deckel ließ sich leicht nach oben klappen, und ich zählte die Stüber auf meine Handfläche.

Die Finger des Arztes schlossen sich um die Münzen, und dann verschwanden sie in seiner Geldbörse. Davor hatte er keine Angst, bei aller Ansteckungsgefahr. Seine blauen Augen schauten forschend in mein Gesicht, und es sah aus, als wollte er noch etwas sagen, wagte es aber nicht. Er tippte sich an die Hutkrempe und war verschwunden, bevor ich mich über ihn ärgern konnte.

Von draußen hörte man ein rhythmisches Hämmern auf unserem Türrahmen. Durchs Fenster sah ich, wie die zwei Träger das P an unserem Haus befestigten. Ich drückte mir die Hände auf die Ohren und sackte in die Knie.

In der Küche fiel die Stille am meisten auf.

Als Kind war ich gerne aus den Wohnräumen hier heruntergekommen und hatte dann mit baumelnden Beinen auf dem Tisch gesessen, um zuzusehen, wie Maertge einen Kuchenteig knetete. Der feine Zucker rieselte neben die Schüssel, und ich feuchtete meinen Zeigefinger an und tauchte ihn in die dünne Schicht. Ich leckte ihn ab, und Maertge schalt mich gutmütig wegen meines klebrigen Mundes.

Jetzt, wo das Feuer erloschen war, war es kalt. Über dem Vorratsschrank hing das blecherne Kästchen mit den Kerzen. Ich zählte noch sieben Kerzen, das reichte für eine Woche, wenn ich sparsam war. Die Lade, in der die Zinnteller und -becher waren, stand halb offen. Es sah aus, als wäre Maertge noch im Haus und könnte jeden Augenblick hereinkommen. Unten im Schrank standen zwei Fässchen, eines mit Heringen und eins mit Stinten. Ich fasste das Brot und die Butter an, ich war froh, dass von gestern noch etwas übrig war. Auf einem der Regalbretter fand ich Trauben auf einem Teller. Sie bekamen schon braune Ränder. Ich konnte den trostlosen Anblick kaum ertragen und schob mir ein paar in den Mund. Zwei Hähne, die noch nicht gerupft waren, lagen in Hafer, damit sie frisch blieben. Außerdem war noch ein halber Käse im Vorratsschrank und ein Topf Oliven. Gewürznelken konnte ich leider nirgends entdecken.

Ich wusste schon gar nicht mehr, wann ich zum letzten Mal etwas gegessen hatte, und brach mit zitternden Fingern ein Stück Brot ab. Es war trocken und alt und blieb mir in der Kehle stecken, aber als ich es hinuntergeschluckt hatte, fühlte ich mich schon nicht mehr ganz so schwach. Ich machte mir nicht die Mühe, das Bier in einen Krug zu gießen, ich trank es gleich aus der Karaffe, die auf dem Tisch stand.

Gerade wollte ich ein paar Stinte aufwärmen, als ich von draußen lautes Geschrei hörte. Jemand hämmerte kräftig gegen das Fenster und schlug mit der Faust an die Tür.

Ich warf die Fische auf den Tisch, schlich auf Zehenspitzen durch den Flur und legte mein Ohr an die Holztür.

»Hester! Bist du da?« Es war die hohe Stimme von Judith.

»Geh weg«, sagte ich. »In diesem Haus ist es gefährlich.«

»Ach, so ein Unfug. Wir können doch kurz was besprechen. Mach mir auf.«

Sobald ich den Riegel der Hintertür aufgeschoben hatte, sah ich Judith auf dem kleinen Hof stehen, nur wenige Schritte von mir entfernt. Sie winkte mir zu.

»Komm nicht näher«, sagte ich und lehnte mich an die Hauswand. Schräg hinter Judith kam gerade ein Mann durchs Tor. Er war nicht so bunt gekleidet wie letztes Mal, als ich ihn vor dem Atelier angerempelt hatte, aber er hatte noch denselben selbstsicheren Blick. Unter dem Arm trug er eine zusammengerollte Leinwand. Er machte eine kurze Verbeugung in meine Richtung und trat ein paar Schritte vor, bis er neben Judith stand.

»Das ist Christiaan Blansjaar«, sagte sie. »Das sind ja schreckliche Neuigkeiten mit deinem Vater.«

Ihr Gesicht war nicht schön, aber sehr lebendig. Ich hätte es gern einmal gemalt. Schade, dass sie ihr glattes Haar so streng nach hinten kämmte, ich war neugierig, wie es aussehen würde, wenn sie es offen trug. Seltsamerweise interessierte ich mich trotz seiner hübschen Erscheinung weniger für ihren Diener. Der trug am anderen Arm einen Korb, den er jetzt behutsam neben ihre Füße stellte.

»Sechs Wochen Quarantäne. Wie hältst du das aus?« Judith trat vor, aber ich hielt sie mit einer Geste auf.

»Ich meine es ernst, bleib dort stehen. Ich hab das alles schon mal erlebt. Die Verhaltensvorschriften, die der Stadtrat erlassen hat, so grausam sie auch aussehen mögen, sind nicht umsonst. Ich möchte niemanden treffen, und du kannst mich auch nicht mehr besuchen kommen. Vielleicht habe ich mich auch schon angesteckt ...«

»Unsinn. Du siehst noch genauso gesund aus wie gestern. Ich weigere mich zu glauben, dass du die Pest hast. Wie steht es um deinen Vater?«

»Nicht so gut.«

Judith nickte. »Es gibt nur eine Art, wie man die Quarantäne aushalten kann: Malen. Darum bin ich gekommen, um dir das hier zu bringen.« Sie lachte mir zu, und auf einmal war mir schon gar nicht mehr so düster zumute. »Christiaan ...«

Der Blick ihres Dieners, als er den Korb wieder aufhob, entging mir nicht.

»Lass ihn ruhig stehen«, sagte ich. »Ich nehme ihn gleich mit rein.«

Erleichterung zeichnete sich auf seinem Gesicht ab.

»Ab heute wird er jeden Tag bei dir vorbeikommen, um sich zu erkundigen, ob du etwas brauchst. Nicht wahr, Christiaan?«

Der Mann nickte, während sein Blick hin und her huschte zwischen dem kahlen Baum an der Mauer und dem Toilettenhäuschen, dessen Tür halb offen stand. »Für dich mache ich das schon.«

Ich wusste nicht, warum er so mit Judith sprach, aber ich wusste, dass mir hier eine Verbindung zur Außenwelt in den Schoß fiel, und brachte vor lauter Rührung kein Wort hervor.

»Ich habe ein paar von den häufigsten Pigmenten aus meinem eigenen Vorrat mitgebracht.« Judith öffnete einen Behälter. Ihre Fingerspitze färbte sich grün. »Ich weiß natürlich nicht, woran du gerade arbeitest, aber du kannst uns dann ja sagen, was du noch brauchst. Das können wir alles später verrechnen.«

»Das kann ich nicht annehmen.«

»Natürlich kannst du. Du würdest dasselbe doch auch für mich tun.«

Würde ich das wirklich? Da war ich mir gar nicht so sicher. Wahrscheinlich hätte ich nicht den Mut gehabt. Ich war nur deswegen nicht davongelaufen, weil ich meinen Vater so liebte. Aber Judith stand hier, obwohl wir uns noch gar nicht so gut kannten. »Danke schön.« Ich schluckte den Kloß in meiner Kehle hinunter.

»Brauchst du sonst noch etwas?«

Ich zuckte mit den Schultern. »Wir haben keine Gewürznelken im Haus.« Ich wollte es nicht, aber meine Stimme klang weinerlich.

Sie überraschte mich, indem sie mich in die Arme nahm.

»Pass doch auf!« Ich machte einen Schritt zurück. »Wer weiß, was alles an meinen Kleidern hängt!«

»Höchstens ein bisschen Dreck von der Straße. Christiaan bringt dir morgen Gewürznelken mit. Dann wirst du nicht krank.« Sie schaute mich mit ihren dunklen Augen an. »Ich komme bald wieder. Alles Gute für deinen Vater.«

Christiaan stand schon am Tor. »Bis morgen«, sagte er. Ich hätte nicht sagen können, ob sein Blick spöttisch oder mitleidig war. »Dir auch vielen Dank«, sagte ich.

Er machte sich nicht die Mühe einer Verbeugung. Seine ganze Haltung gab mir Rätsel auf, er war nicht die Art

Diener, die ich gerne in meinen Diensten hätte. Ich überlegte, was mein Vater wohl von ihm halten würde.

In Gedanken sah ich ihn oben liegen, ganz allein in seinem Alkovenbett.

Wenn es ein normaler Tag gewesen wäre, hätte ich ihm Judith vorgestellt, wir hätten zusammen gegessen, und er hätte mit seiner ruhigen Stimme gefragt, ob er eines von ihren Bildern sehen dürfte.

In einem klaren Moment wusste ich sehr wohl, dass es zu dieser Bekanntschaft nicht mehr kommen würde. Ich wusste, dass Vater sie mögen würde, aber er war schon so dünn wie der Dunst, der manchmal an kalten Tagen über der Spaarne hing. Und genauso, wie ich in solchen Momenten das andere Ufer durch den Nebel nicht mehr erkennen konnte, konnte ich mir auch nicht vorstellen, wie ich alleine klarkommen sollte.

Ich nahm den Korb und die Leinwand vom Boden auf und schloss die Tür hinter mir. Das laute Geräusch des Riegels tat mir in den Ohren weh, und vor meinem inneren Auge erschien das düstere Caecilien-Haus für die Pestkranken in Leiden. Ich schüttelte den Kopf, um das Bild zu verscheuchen. Mit schleppenden Schritten ging ich die Treppe hinauf.

Die Leere des Hauses schluckte mich.

8

Vater hatte in seinem Delirium die Decken von sich geworfen, und sein Nachtgewand war hochgerutscht.

Seit gestern hatte er schwarze Flecken auf der Haut. Der Anblick seiner nackten Beine machte mich verlegen, und ich zog den Stoff wieder nach unten. Diese sanfte Berührung reichte schon, dass er aufschrie und wild um sich schlug.

Ich zuckte zurück, als eine der Beulen, die ungefähr so groß war wie ein Hühnerei, aufplatzte. Sicherheitshalber wusch ich mir die Hände mit Essigwasser, obwohl ich keinen Eiter auf meinen Händen sah.

Sowie die Beulen aufgingen, rief ich einen Jungen auf der Straße zu mir ans Fenster. »Willst du dir einen Groschen verdienen?«

Er schaute mich mit großen, ängstlichen Augen an, aber er nickte heftig.

Ich schob ihm einen Brief hin. »Das ist für den Pestarzt.«

Er bedeckte seine Hand mit dem Ärmel seines schmuddeligen Hemds und steckte das Papier in die Tasche. »Und mein Groschen?«

Ich gab ihm das Geld, obwohl ich nicht sicher wusste, ob er den Arzt wirklich holen würde. Das Ganze war jetzt zwei Tage her. Der Arzt war immer noch nicht gekommen, und ich wusste in der Zwischenzeit nicht, was ich anfangen sollte.

Ich hatte die Leinwand, die Christiaan und Judith mir gebracht hatten, ausgerollt und aufgespannt. Erst arbeitete ich in dem Zimmer, in dem Vater lag, aber einen halben Tag später verlegte ich mein improvisiertes Atelier in das Zimmer, in dem wir immer zusammensaßen. Jeder seiner Seufzer, jede seiner Bewegungen lenkte mich ab, und wenn ich ein schönes Porträt machen wollte, durfte ich meine Konzentration nicht verlieren. Diesmal hatte ich keine Hilfe bei der Auswahl der Farben und dem Mischen der Farbe. Ich wollte ein fröhliches Bild malen: Vaters kantigen Kiefer, seine kräftige Nase und den breiten Mund. Einen Mann in der Blüte seines Lebens. Stattdessen sah ich die ganze Zeit die Skizze eines Sterbenden vor mir. Weit offene Augen, tiefe Falten, die ganze Zerbrechlichkeit des Daseins. Und obwohl ich wusste, dass das ein viel schöneres Gemälde abgab, hatte ich Angst vor dem, was auf der Leinwand erscheinen würde. Auf die eine oder andere Art zwang mich die Zeichnung, ihn nicht aufrecht in einem Stuhl zum Leben zu erwecken, wie ich mir vorgenommen hatte, sondern in seinem Alkoven.

Ich hatte angesichts der Krankheit meine eigenen Verhaltensmaßregeln ergriffen.

Das Nachthemd, das ich an dem Abend anhatte, als Maertge und ich die Pest entdeckten, hatte ich im Ofen verbrannt. Im Krankenzimmer trug ich immer dasselbe Kleid, ich band mir ein Tuch vor den Mund und wusch mir Hände und Gesicht mit Essig, sobald ich mit meinen Handreichungen fertig war.

Den ganzen Tag kaute ich die Gewürznelken, die Christiaan vorbeigebracht hatte, zusammen mit Bier, gebratener Hammelkeule und einer Palette.

Als Christiaan das nächste Mal kam, schien er ein wenig entgegenkommender und blieb für eine kleine Plauderei stehen.

Ich merkte, wie ich mich auf ihn freute, jetzt, wo meine Welt auf einmal so klein geworden war.

Heute erklang das verabredete Pfeifen früher als sonst. Ich mischte gerade Bleizinngelb und Indigo auf meiner Palette, um das Grün der Gardinen wiederzugeben. Auf dem Kopf hatte ich eine Malermütze, und ich trug ein fleckiges Kleid. Ohne mir die Mühe zu machen, mich umzuziehen, ging ich ihm entgegen. Ich hatte Angst, dass er die Sachen sonst einfach abstellte und wegging, ohne dass ich heute mit jemandem sprechen konnte. Als ich ihn so im Sonnenlicht stehen sah, in wieder einem anderen Wams und mit demselben Samthut auf dem Kopf, den er getragen hatte, als ich ihn das erste Mal traf, wünschte ich fast, dass ich mir doch etwas anderes angezogen hätte.

»Wie geht es heute?« Christiaan zwinkerte mir zu.

Ich zuckte mit den Schultern. »Du siehst ja festlich aus.«

»Ich habe einen Termin bei der Gilde. Vielleicht ein Auftrag.«

»Für Judith?«

Er lächelte. »Nein, für mich.«

Was für einen Beruf hatte er eigentlich?, überlegte ich.

»Du hast keine Ahnung, wer ich bin, oder?« Seine Augen funkelten.

»Nun, ich dachte ...«

»Dass ich Judiths Laufbursche wäre.«

»Eigentlich schon.«

Über sein Gesicht zog ein Schatten, aber er erholte sich im Handumdrehen. »Ich bin Maler. Wir sind einander noch nicht vorgestellt worden.«

»Nein«, sagte ich. »Außerdem bin ich noch nicht so lange zurück in Haarlem.«

»Das ist eine gute Entschuldigung. Wollen wir noch mal von vorne anfangen?«

Ich musste loslachen. »Schon wieder? Ich bin Hester.«

Die Sonne verschwand hinter einer vorüberziehenden Wolke. Es war ein guter Tag, um aus der Stadt zu gehen und zu zeichnen, ein Morgen, um den Herbst zu genießen.

»Ja, das hat Judith mir schon erzählt.«

Ich wartete auf mehr, aber Christiaan schwieg und musterte seine Nägel, unter denen er alle möglichen Farbkleckse hatte, die mir vorher nie aufgefallen waren, weil ich ihn nie so genau angesehen hatte. Auf einmal wollte ich nicht mehr, dass er wegging, und suchte nach Gesprächsstoff. »Was machst du?«

»Im Moment? Heute Nachmittag kommt mein Modell. Ein Kaufmann.«

»Wer denn? Vielleicht kenne ich ihn ja.«

»Im Ernst?« Seine Nasenflügel bebten. »Er ist ein wichtiger Mann, Korneel Sweerts heißt er.«

»Was für ein Zufall!« Ich trat ein paar Schritte vor. »Der kommt regelmäßig in unser Haus.«

Christiaan zuckte nicht unbedingt zurück, aber er ging

trotzdem ein Stück rückwärts. Ich kam mir so dumm vor. Die verdammte Pest! Ich untersuchte mich regelmäßig auf Schwellungen, nachts tastete ich meine Leisten und Achselhöhlen ab, aber ich hatte nichts, ich war so gesund wie eh und je. Und dennoch begrub ich mich lebendig in diesem Haus.

Ich klappte den Korb auf und ließ die Finger über die Dinge gleiten, die Judith für mich ausgesucht hatte.

»Du kennst Sweerts also?«

»Nur zu gut.« Mir fiel ein, dass ich nichts mehr von meinem Verehrer gehört hatte, seit mein Vater krank geworden war. Er hätte mir ja zumindest einen Brief schicken können, um mir Mut zuzusprechen und mich wissen zu lassen, dass er an mich dachte.

Nach dem Tod meiner Tante war es auch so still geworden, und ich konnte mich noch erinnern, wie ich durch das leere Atelier schlenderte, weil die Auftraggeber wegblieben. Sollte es mit den Geschäften meines Vaters am Ende ebenso gehen?

In der Zwischenzeit hatte Christiaan schon weitergeredet, und ich hörte nur noch das letzte Stück seines Redestroms: »… gar nicht klar gewesen, dass du die Tochter eines reichen Kaufmanns bist.«

»Ach ja …?« Ich wusste nicht, was ich erwidern sollte.

Christiaan hielt meinen Blick fest.

Ich hatte das Gefühl, dass er mich jetzt zum ersten Mal richtig ansah. Und ich kam nicht dahinter, ob ihm gefiel, was er sah.

Da hörte ich über mir einen dumpfen Schlag.

Der Apfel, den ich aus dem Korb genommen hatte, glitt mir aus der Hand und rollte Christiaan vor die Füße.

Mit einer schnellen Bewegung seines Schuhs schob er ihn beiseite. »Was war das?«

Ich raffte die Röcke und lief los. Auf der Treppe hörte ich Christiaan hinter mir keuchen.

Als ich an der Türschwelle stand, erfasste ich mit einem Blick das Durcheinander. Der Vorhang des Alkovens war heruntergerissen, der Waschtisch war umgefallen, das Essigwasser strömte über die Holzdielen. Vater lag daneben auf der Seite, sein Mund weit aufgerissen, die Augen groß und erschrocken.

»Oh Gott.« Mit einer Mischung aus Abscheu und Angst sah Christiaan mich an. Er stand wie angewurzelt neben mir.

»Ich muss ihn wieder ins Bett legen.«

»Du nimmst seine Füße.« Christiaan machte Anstalten, meinem Vater unter die Achseln zu greifen.

Doch ich dachte an die eiergroßen Beulen und hielt ihn zurück. »Nimm lieber seine Beine.«

Er nickte und griff nach Vaters Knöcheln.

Obwohl Vater schrie wie am Spieß, zerrten wir ihn wieder ins Bett, wo ich ihm Kissen in den Rücken stopfte. Er starrte durch mich hindurch. »Cornelia?« Er hustete, und zwischen seinen Lippen erschien eine blutige Blase, die ich mit einem Tuch abwischte.

»Ruhig«, sagte ich. »Ganz ruhig. Ich bin es, Hester.«

Als ich mich umdrehte, begegnete ich Christiaans aufmerksamem Blick. Ich wandte mich ab. Seine Hände schienen zu zittern, aber vielleicht bildete ich mir das auch nur ein.

Zitternd ließ ich mich auf einen Stuhl sinken. Das war das Ende, ich wusste es auf einmal ganz sicher. Die Flecken unter der Haut, die Eiterbeulen, das Blut – Vater würde nicht wieder gesund werden.

»Wer ist Cornelia?«, fragte Christiaan.

Unten zeigte ich ihm das Porträt meiner verstorbenen Mutter. Er legte die Hände auf den Rücken und musterte das Bild ausführlich. »Du siehst ihr ähnlich.«

»Das sagen die Leute auch, ja.«

Christiaan ging durchs Zimmer. Vor meiner Staffelei blieb er stehen. »Das ist sehr gut. Man fühlt so richtig ...« Er verstummte und beugte sich vor. Auf seinem Gesicht stand die Überraschung geschrieben, als hätte er nicht erwartet, dass ich tatsächlich malen konnte. »... den Todeskampf.«

Ich trat neben ihn. »Es ist noch nicht fertig.«

»Nein«, sagte er.

Wir starrten beide auf die Leinwand.

Ich fing sein flüchtiges Lächeln auf und wusste nicht, was ich denken sollte.

»Für wen machst du das?«

Ich schaute ihn direkt an. »Für denjenigen, der mich dafür bezahlt. Ich habe vor, mein eigenes Atelier zu eröffnen. Ich werde demnächst bei der Sint-Lucas-Gilde vorsprechen.«

Er legte den Kopf schräg, als ob ihm die Idee, dass dieses

Porträt Handelsware sein könnte, noch nicht gekommen wäre. Ich wusste nicht, ob es ihm gefiel. Er lächelte wieder, und jetzt sah er ganz jungenhaft aus.

»Wie schaffst du es, dass die Farbe der Haut so schön matt aussieht?« Christiaan musterte mich mit leichter Überraschung. »Deine Fleischfarbe ist wirklich subtil. Von wem hast du das gelernt?«

»Von meinem Onkel.«

Bevor ich wusste, wie es geschah, waren wir ganz vertieft in ein Gespräch über Pinselführung und Farbtechniken. Es war eine Erleichterung, sich ein paar Minuten einfach mal mit einem Kollegen zu unterhalten, ohne an Krankheit oder den Tod zu denken.

Beim Abschied bedankte ich mich bei ihm. »Nicht jeder wäre mit ins Haus gekommen.«

Er winkte ab, aber ich sah, dass er sich über meine Worte freute.

Am Abend wischte ich im Kerzenlicht den Schweiß von Vaters Stirn und erinnerte mich an diesen kurzen Moment des Glücks. Danach nahm ich den Kerzenhalter, holte meinen Pinsel hervor und ergänzte auf meinem Bild noch die tiefen Furchen, die ich neben Vaters Mund gesehen hatte. Es war kein gutes Gefühl, seinen Schmerz in Farbe zu verewigen, aber ich konnte nicht anders, ich musste es zu Ende bringen.

9

Tags darauf starb mein Vater, ohne noch einmal zu Bewusstsein zu kommen. Die Karbunkel platzten fast alle auf einmal, seine Hände und Zehen verfärbten sich schwarz, und das Laken war durchtränkt von einer Mischung aus Urin und Blut.

Ich fiel auf die Knie, faltete die Hände und murmelte mit zusammengekniffenen Augen ein Gebet. Bei einem röchelnden Laut, der aus Vaters Brust kam, schlug ich die Augen wieder auf. Vorsichtig fasste ich seinen Arm. Wo ihm zuvor noch die leichteste Berührung seiner Haut unerträglich gewesen war, blieb er jetzt unbeweglich liegen.

Tränen strömten mir über die Wangen, als ich seine Augen mit der Hand schloss.

Ich blickte auf ihn hinunter. Wenn man sich die blau verfärbten Lippen wegdachte, hätte man denken können, er schliefe nur. Auf der einen Seite war ich froh, dass sein Körper aufgegeben hatte, auf der anderen Seite wünschte ich mir, dass er sich wieder aufsetzte und mich in die Arme nahm.

Im Spiegel mit dem Ebenholzrahmen erhaschte ich einen Blick auf mich selbst. Ich hatte das schmutzige Kleid an, das ich immer trug, wenn ich hier im Schlafzimmer war, und meine Haare hingen unter dem strengen Rand meiner Haube heraus. Aus meinem Gesicht war jede Farbe gewichen.

Ich schaute genauer hin. Unter meinen Augen sah ich dunkle Ringe, und meine Haut war fettig, neben dem Mund hatte ich eine dunkelrot verkrustete Wunde. Wieder tastete ich meine Achselhöhlen ab, aber ich fühlte immer noch keine Schwellungen. Den leichten Kopfschmerz, der sich eingestellt hatte, schob ich eher auf den Schlafmangel als auf eine Pesterkrankung.

Ich wünschte, wir hätten noch einmal miteinander reden können. Über seine Geschäfte war ich überhaupt nicht im Bilde, ich hatte keine Ahnung, wen ich benachrichtigen musste. Das Lager wurde schon seit Tagen vernachlässigt, nicht einer seiner Angestellten hatte Kontakt mit mir aufgenommen. Es musste ja noch Schiffe mit Stoffen geben, aber wie viele? Und wo waren sie im Moment?

Zu viele Fragen und keine Antworten. Das musste ich mir für später aufheben, jetzt kam erst einmal die Beerdigung mit den speziellen Auflagen.

Der Himmel war bedeckt, als ich hinter den Totengräbern herging. Ich war ganz allein.

Gestern Abend bei der Totenwache, bei der normalerweise Nachbarn, Familie und Freunde kamen, um ihr Beileid auszusprechen, war niemand erschienen. Wegen der strengen Bestimmungen waren sie alle weggeblieben.

Ich schaute mich zu unserem Haus um. Im Licht des frühen Tages sah es ganz normal aus, auch mit den geschlossenen Fensterläden. Die Laken, die bei einem Sterbefall sonst vor die Fenster gehängt wurden, fehlten auch.

Noch so eine Regel: Die Pest verbreitete sich unter anderem über das Stroh in den Betten und das Bettzeug.

Es war seltsam, wieder draußen zu sein. Die Bäume kamen mir kahler vor als noch vor ein paar Tagen. Ein rotbraun-gelber Teppich bedeckte den Boden und raschelte unter meinen Schuhen.

Früher war ich in die Blätterhaufen hineingesprungen und hatte sie mit den Händen hochgeworfen, bis mein Vater mit mir schimpfte, weil der Diener sie meinetwegen wieder zusammenharken musste. Es war verrückt, aber ich wusste schon fast nicht mehr, wie seine Stimme geklungen hatte.

Auf dem Friedhof wehte ein kräftiger Wind, ohne Mantel war es richtig kalt. Ich fror, seit Vater gestorben war, und ich wusste nicht, ob mir jemals wieder warm werden würde. Auch Mäntel waren per Auflage des Stadtrats verboten, genauso wie Blumen auf dem Sarg, aus Angst, dass sich dadurch die Pest leichter ausbreitete.

Der Pastor haspelte seinen Standardtext herunter. Ich stand frierend neben dem Grab, die Tränen liefen mir wieder über die Wangen. Nicht mal so sehr deswegen, weil Vater nicht mehr da war, sondern eher, weil sein Abschied so schnöde war, so ohne jede Feierlichkeit.

Am Rand des Friedhofs, neben einem Sarg, hielten sich drei Menschen aneinander fest: ein Mann, eine Frau und ein ungefähr siebenjähriges Kind.

Ich warf eine Handvoll Erde auf den Sarg. Noch bevor sie auf dem Deckel gelandet war, griffen die Totengräber zu ihren Schaufeln.

Leise flüsterte ich einen letzten Gruß, bevor ich mich umdrehte.

Als ich gerade unter dem Läuten der Totenglocken den Ausgang erreichte, sah ich sie. Sie stand im Schatten der Kirchenmauer. Ohne sich zu bewegen oder mich zu rufen. Ich hätte sie gar nicht gesehen, wenn ich nicht zufällig zur Seite geblickt hätte. »Was machst du hier?« Ich blieb in ein paar Schritt Entfernung stehen. »Warum bist du denn nicht in Heemstede?«

»Ich musste zurück.« Maertge fasste mich am Ärmel und zog mich näher zur Mauernische, sodass zufällig vorbeikommende Menschen mich nicht so schnell erkennen konnten. »Ich war bei meiner Schwester und konnte immer nur an euch denken.«

»Es ist dumm von dir, mich anzusprechen.« Ich versuchte, nicht auf ihre Tränen zu achten.

Sie drückte die Fäuste auf die Augen, aber die Tränen liefen zwischen ihren Fingern hindurch und strömten ihr über die runzligen Wangen.

»Er hätte in der Grote Kerk begraben werden müssen«, sagte sie. »Meneer Falliaert hätte ein Recht darauf gehabt.«

»Er ist an der Pest gestorben, Maertge. An der Pest! Die schert sich nicht um Herkunft oder Reichtum. Und ich versuche, dich zu retten!«

Sie schaute mich scharf an. »Du siehst ganz gesund aus.«

Ich zuckte mit den Schultern. »Das macht es nicht weniger gefährlich.«

Schweigend standen wir uns gegenüber.

Es kamen immer mehr Menschen vorbei. Ich hatte den Eindruck, dass einer uns einen flüchtigen Blick zuwarf, aber vermutlich spielte meine eigene Angst mir nur einen Streich. Nach dem Begräbnis hätte ich geradewegs wieder nach Hause gehen müssen, so lauteten die Bestimmungen. Ich hatte das Gefühl, dass mich jeder ansah, obwohl wir für die Passanten bestimmt völlig unauffällig aussahen. Zwei klatschende Frauen, die sich zufällig begegnet waren.

Der Sand unter meinen Füßen staubte und legte sich in einer dünnen Schicht auf meine Schuhe. Der Friedhof war gerade noch sichtbar von dieser windigen Ecke aus. Die Familie verließ jetzt das Gelände und kam auf unserer Seite heraus. Die Frau machte zögernde Schritte. Ihr Gesicht war kreidebleich, und ihre Augen lagen tief in den Höhlen. Neben ihrem Mund verliefen dünne Linien. Sie hatte die Krankheit auch schon, oder sie würde sie bekommen, das wusste ich ganz sicher. Unwillkürlich drückte ich mich an die Kirchenmauer. Der Rücken des Mannes war gebeugt, er zog mit zusammengepressten Lippen sein Kind weiter, das sich an seiner Hand festklammerte. Er war um einiges älter als die Frau, sein Haar war beinahe weiß.

Ihr Vater, dachte ich schnell. Ich hatte keinen Vater mehr. Erst jetzt drang es richtig zu mir durch, dass ich Waise war.

»Brauchst du etwas?« Maertge musterte mich aufmerksam.

Ich erschrak. Auf einmal sehnte ich mich nach dem

Feuer in der Küche. Ich wollte hinter meiner Staffelei sitzen, mit Palette und Pinsel in der Hand.

Man konnte von hier aus den Marktplatz sehen. Die ersten Stände wurden aufgebaut, ein Verkäufer stellte seine Waren auf. Eine Frau mit roten Haaren, die unter ihrer Haube hervorschauten, fragte ihn etwas. Sein Lachen dröhnte über den Platz, und die Frau lächelte auch. Die Bänder ihrer Haube bewegten sich leicht im Wind. Eigentlich ein ganz alltägliches Gespräch. Mir kam es vor, als wäre es Jahrhunderte her, dass das Leben so unbeschwert war. »Danke«, sagte ich. »Es ist besser, wenn wir uns nicht mehr sehen.«

Ich sah den gekränkten Ausdruck auf ihrem Gesicht, aber Maertge drang nicht weiter in mich.

Ich zwang mich, sie anzulächeln. »Es ist zu gefährlich für dich. Außerdem sorgt man gut für mich.«

»Wer sorgt für dich?«

»Die Malerin, bei der ich arbeite, Judith Leyster.«

Sie nickte langsam und trat aus dem Schutz der Mauer heraus, um sich unter die Menge zu mischen.

»Wenn du mich brauchen solltest, dann schick eine Nachricht an meinen Bruder am Wijdesteeg. Ich bleibe in der Nähe.«

Missmutig blickte ich ihr nach. Sie verschwand zwischen den Männern, die auf dem Weg zur Arbeit waren, und den Frauen mit den Einkaufskörben am Arm. Ich folgte ihr langsam, denn der Gedanke an zu Hause war nicht schön.

Sechs lange Wochen dehnten sich vor mir aus, und ich hatte keine Ahnung, wie ich sie füllen sollte.

10

Wenn ich noch eine Minute länger hier eingesperrt sitzen musste, würde ich wahnsinnig werden.

Seit Vaters Tod waren fünf Wochen vergangen. Fünfunddreißig lange Tage, in denen mehrere Wolkenbrüche die Stadt heimgesucht hatten. Es hatte auch gestürmt, Hagelkörner so groß wie Kiesel prasselten aufs Dach, und die Fensterläden klapperten. Ich warf noch etwas Torf ins Feuer, während ich mich mit geschlossenen Augen danach sehnte, den Regen auf meinem Gesicht zu spüren.

Die Tage reihten sich aneinander wie zu einer eintönigen Perlenkette. Grau. Oder pechschwarz. Ich wusste nicht immer genau, wann eigentlich Tag oder Nacht war. Ich sprang nur auf, wenn ich das wohlvertraute Pfeifen hörte. Dann öffnete ich die Hintertür und blinzelte ins grelle Licht, als wäre ich ein Igel, der nach tiefem Winterschlaf aus seiner Höhle kriecht.

Obwohl es verboten war, hatte ich Vaters Bettstroh heimlich in den Fluss geworfen, als es dunkel war. Seine Kleider lagen ordentlich im Schrank in der Ecke seines Schlafzimmers, dessen Tür ich abgeschlossen hatte. Ich widerstand der Versuchung, hineinzugehen. Das alte Kleid, das ich immer an Vaters Krankenbett getragen hatte, hatte ich im Hinterhof verbrannt. Auch das durfte man eigentlich nicht, laut Pestvorschrift.

Aber was sollte ich denn sonst tun?

Heute Morgen hatte ich festgestellt, dass mein Ocker aufgebraucht war. Außerdem hatte ich nur noch zwei Kerzen. Ich hatte vergessen, Judith oder Christiaan zu bitten, mir neue zu bringen.

In der Ecke stand der verhasste weiße Stock, den ich mitnehmen musste, wenn ich zur erlaubten Zeit in die Fleisch- oder Fischhalle ging. Ich nahm ihn und drehte ihn in der Hand hin und her.

An einem verhangenen Tag Anfang November war ich einmal mit diesem verdammten Ding hinausgegangen. Tröpfchen fielen von den Bäumen und landeten auf meinen Kleidern. An den Ästen hingen nicht mehr viele Blätter, und mir wurde klar, dass es jetzt bald Winter werden würde. Ich atmete tief ein. Es störte mich nicht, dass es kühl war, ich war einfach froh, dass ich nicht zu Hause eingesperrt war, wo mir die Decke auf den Kopf fiel.

Über der Spaarne löste sich der Nebel in den grauen Himmel auf. Das Wasser schlug glucksend gegen die Schiffsrümpfe, die Masten sahen dürr aus im spärlichen Licht. Alle Geräusche klangen gedämpft, als würde eine Daunendecke alles zudecken und verlangsamen. Es war noch nicht sehr hell, und die Farben waren nicht so leuchtend wie an einem Tag, an dem die Sonne durch die Wolken bricht. Da ich so mit den verschiedenen Gegenständen und Farben in dieser grauen, fremden Welt beschäftigt gewesen war, hatte ich zunächst überhaupt nicht auf die Menschen um mich herum geachtet.

Ein Mann mit einem großen Sack auf dem Rücken kam

mir auf der Langebrug entgegen. Als er so nah bei mir war, dass er mich besser sehen konnte, wich er zurück, bis er mit dem Rücken zum Gebäude der Leidener Schleuse stand.

Ich nickte ihm zu, aber er schaute mich kaum an.

Kopfschüttelnd ging ich an der Werft vorbei, wo einige Männer ihre Arbeit unterbrachen, um mich anzusehen. Ich ging immer weiter in die Stadt hinein.

Vier Mädchen spielten Seilspringen. Ich beobachtete, wie sich ihre Hände bewegten, und bekam Lust mitzumachen. Das Seil hing einen Augenblick still und landete dann mit einem lauten Klatschen auf dem Boden. Eins der Kinder fing an zu rennen. »Vorsicht vor der Frau!« Die anderen jagten ihm hinterher.

Auf dem großen Markt standen ein paar Bekannte von mir. Die Schwester eines Geschäftsfreundes von Vater, eine Freundin von früher und der Torfträger. Auf einer Tonne saß ein dicker Mann, daneben stand der Bader mit einer großen Zange, der sich anschickte, ihm einen Zahn zu ziehen. Aufmerksam verfolgten die Umstehenden seine Handgriffe. Eine Frau mit einem auffallenden Muttermal neben der Nase griff sich selbst an die Wange. Ein Junge mit blondem, bauschigem Haar musterte mit großen Augen die ausgestellten Instrumente und die blutbefleckten Lappen. Ein Stückchen weiter hinten kam ein Mädchen dahergehüpft, aber als sie mich sah, blieb sie stehen. Ihr fiel erst die Kinnlade herunter, dann stieß sie einen grellen Schrei aus, der von den Mauern widerhallte.

Die Frauen rafften ihre hellroten und blauen Röcke und

machten sich aus dem Staub, wie schon die spielenden Kinder ein paar Minuten zuvor. Die Herren waren etwas langsamer, aber es war nicht zu übersehen, dass sie ebenfalls Todesangst hatten. Die Zange fiel klirrend zu Boden, sogar der Patient nahm die Beine unter den Arm.

Nur ein Hund blieb auf dem Platz zurück und starrte mich mit seinen gelben Augen und heraushängender Zunge an. Als ich mit gesenktem Kopf weiterging, kläffte er mich kurz an.

Vor der Tür des Bäckers bedeutete mir ein Angestellter, dass ich meine Bestellung von der Straße her aufgeben müsse.

Vorbeigehende Menschen schlugen einen großen Bogen um mich, und das Brot warf man mir zu, sodass ich mich bücken musste, um es aufzuheben. Mit feuerroten Wangen wischte ich den Sand ab.

Als ich mich wieder auf den Rückweg machte, biss ich mir auf die Lippe, bis ich Blut schmeckte. Ich versuchte, den Stock unter meinem Umschlagtuch zu verbergen, aber er war zu lang und geriet mir zwischen die Beine, sodass ich über meine eigenen Füße stolperte und der Länge nach auf die Straße schlug.

Niemand kam mir zu Hilfe.

Ohne mich umzuschauen, stand ich auf und klopfte mir den Staub vom Rock.

Mit diesem verdammten Ding machte ich keinen Schritt mehr vor die Tür, aber Haarlem war das reinste Dorf, es begegnete einem ständig jemand, den man kannte.

Mit einer Kerze in der Hand ging ich die Treppe zum Dachboden hoch. An den schweren Balken hingen Spinnweben, die an meinen Händen kleben blieben, als ich sie zerriss. Ich stieg die Stufen zum Torfspeicher hinauf und erschrak, als ich den beinahe leeren Boden sah. Es hatte ja noch nicht mal den ersten Frost gegeben.

Es waren die kleinen, praktischen Dinge, mit denen ich zu kämpfen hatte. Mir wurde klar, was für ein Glück ich bis jetzt gehabt hatte, weil alles von Vater oder Maertge geregelt worden war, und davor von Onkel Elias. Heute Morgen hatte ich versucht, den Geschäftsbüchern zu entnehmen, wie viel Geld noch da war, aber ich wurde nicht schlau aus diesen ganzen Zahlen. Das Geldkästchen war halb leer, und ich hatte keine Ahnung, wie viele Rechnungen noch offen waren.

Ich stieß die Tür zu Maertges Zimmer auf und blieb zögernd auf der Schwelle stehen. Es kam mir falsch vor, einfach so einzutreten. Sie war gegangen, ohne ihre wenigen Besitztümer mitzunehmen. Unter dem Kissen schaute ein Stück von ihrem zusammengefalteten Nachthemd heraus, ein Spitzenkragen lag nachlässig hingeworfen auf einem Hocker. Das Schränkchen unter ihrem Alkoven hatte keine Tür, und ich sah einen grünen Rock und ein rotes Mieder, zwei lose Ärmel, eine Schürze und einen Kamm darin liegen.

Das Stroh raschelte, als ich mich aufs Bett setzte.

Hier hatte sie all die Jahre gewohnt. Trotz meiner Einsamkeit dachte ich weniger an sie, als ich sollte. Ich hatte einfach zu viel um die Ohren.

An einem Haken hing ein Umhang mit Kapuze, aus dem der muffige Gestank von altem Stoff aufstieg.

Ich legte ihn mir um die Schultern, zog die Kapuze über den Kopf und stellte im Spiegel fest, dass ich in diesem formlosen Mantel nicht wiederzuerkennen war.

Selbst mit dem Umhang war meine Freiheit nicht so groß, wie ich mir vorgestellt hatte. Niemand starrte mich an oder versuchte, mir aus dem Weg zu gehen. Es war mir egal, dass ich mich über die Verbote hinwegsetzte, trotzdem hatte ich die ganze Zeit das Gefühl, dass jeder, der halbwegs aufmerksam hinschaute, sofort sicher wusste, wer ich war. Ich zog am Stoff des Umhangs, bis mein Gesicht komplett dahinter verborgen war, und senkte den Kopf nach unten.

Als Erstes ging ich zur Apotheke in der Barteljorissteeg mit dem stolzen Einhorn auf der Fassade. In den Regalen hinter dem Verkaufstresen standen Töpfe mit Messingdeckeln, Sirupkaraffen und ein Mörser. Es war warm, und es roch nach Kräutern.

Ich schaute die Dame vor mir an, die so heftig hustete, dass sie den Apotheker mit dem hohen Hut nicht verstand, als er sie fragte, was sie brauche. Schließlich legte sie das Geld auf den Tresen und verschwand.

Der nächste Kunde erklärte, dass er schon alles versucht habe, aber trotzdem ständig auf die Toilette müsse.

Ich erkannte ihn an der Stimme, versuchte mich tiefer in meinen Mantel zurückzuziehen und tat so, als würde ich mich für einen Mörser mit dunkelrotem Pulver interessieren, der auf dem Tresen stand. Doch die Mühe hätte ich mir sparen können, denn Korneel Sweerts, von dem ich seit Wochen nichts mehr gehört hatte, achtete gar nicht darauf, was um ihn herum geschah.

Der Apotheker wühlte in seinen Pulvern, zog verschiedene Schubladen auf und fing an, akribisch Pflanzenwurzeln und Blüten abzuwiegen.

»Ich bin gleich fertig«, sagte er.

Korneel lief in der Apotheke auf und ab, und als er sich umdrehte, wandte ich mich schnell ab, sodass ich ihm den Rücken zukehrte.

»Kann ich Euch inzwischen helfen?« Mit breitem Lächeln kam die Apothekersfrau aus dem Hinterzimmer und schaute mich an.

»Ich hätte gern Ocker«, sagte ich.

»Was sagt Ihr?« Sie beugte sich so weit vor, dass ich schon befürchtete, die Brüste könnten ihr aus dem Mieder hüpfen.

»Ocker.«

»Hester?« Korneel riss die Augen auf und stolperte beinahe über die lächerlich großen Rosetten, die seine Schuhe zierten. »Hester ...«, wiederholte er.

»Ist das alles, was du sagen kannst?« Ich wollte nicht allzu angriffslustig klingen, aber auf einmal hatte ich keine Lust mehr auf dieses Versteckspiel und dieses lächerliche Verbot, nach draußen zu gehen. Ich hätte es am liebsten laut herausgeschrien: Nein, ich habe mich nicht angesteckt. Ich habe nicht die Pest!

Was hätte Vater in dieser Situation getan? Die Ruhe

bewahrt. Mit Müh und Not brachte ich ein Lächeln zustande.

»Korneel, wie geht es dir?«

Zwei Wochen zuvor hatte ich ihm einen Brief geschrieben. Ich hatte keine Ahnung, wie ich ihn anreden sollte, aber es schien mir angeraten, höflich zu sein. Deswegen hatte ich begonnen mit: »Sehr verehrter Herr«.

Beim Schreiben versuchte ich, sein Bild aus meinen Gedanken zu verbannen, denn jedes Mal, wenn ich seine glatten Haare und seine wulstigen Lippen vor mir sah, konnte ich kein vernünftiges Wort mehr zu Papier bringen.

Aber ich brauchte ihn.

In wenigen Sätzen umriss ich die Situation, ohne allzu sehr in die Tiefe zu gehen. Ich fragte nach praktischen Dingen, zum Beispiel, wie viele Schiffe gerade unterwegs waren oder im Hafen lagen. Ob er mir sagen könne, wie ich die Stoffe aus dem Lager abverkaufen konnte und wie die Abnehmer meines Vaters hießen.

Der schmeichelnde Ton des Briefes war mir nur zu bewusst: Die hochmütige, selbstständige Frau, die ihn an der langen Leine hatte, war verschwunden.

Ich unterzeichnete mit: »Eure liebende Verlobte«.

Als ich fertig war, lehnte ich mich auf Vaters Stuhl zurück. Er wäre stolz auf mich gewesen. Mein Ton war gemäßigt, und ich hatte nichts Voreiliges gesagt. Die Zufriedenheit, die ich empfand, wurde jedoch wieder zunichtegemacht durch die Verzweiflung, die sich meiner bemächtigte, weil ich so wenig wusste. Wäre ich ein Junge gewesen, hätte ich viel mehr Einblick in die Geschäfte gehabt und wäre nicht überall außen vor geblieben.

Meine Gedanken schweiften zu Judiths Malereiwerkstatt. Sie machte das ja auch allein, und dadurch hatte ich den Eindruck gewonnen, dass es ganz einfach war, sein eigenes Geschäft zu führen.

Ich seufzte und räumte Papier und Tintenfass weg.

Am nächsten Tag gab ich Christiaan den Brief. Aber auf eine Antwort hatte ich vergeblich gewartet.

»Wie kannst du es wagen!« Sweerts' Gesicht verzog sich zu einer Grimasse. »Du setzt uns alle der schrecklichen Krankheit aus!«

»Sei still.« Ich wollte ihn am Arm fassen, aber er wich zurück, bevor ich seinen Ärmel berühren konnte. »Es ist völlig unnötig, dass du dich so aufregst.«

»Du musst noch immer im Haus bleiben.«

»Nur heute nicht – ich brauche etwas, das nicht warten kann.«

Der Apotheker und seine Frau blickten auf.

Mir war bewusst, wie eng wir zu viert in diesem Raum voller gleich aussehender Flaschen und Tiegel standen. Die Situation zerrte an meinen Nerven.

Auf einem Bild hätte ich uns wunderbar wiedergeben können: Korneel mit zusammengekniffenen Augen und geweiteten Nasenflügeln. Wut. Die Apothekersgattin mit hochgezogenen Augenbrauen. Neugier. Die Hand ihres Mannes schwebt wie eingefroren über einem Mörser.

Angst. Ich reiße die Augen weit auf. Überraschung. Das Bild könnte »Vier menschliche Empfindungen« heißen.

Korneel fing sich wieder, nur das rasche Heben und Senken seines Brustkorbs verriet noch seine Aufregung.

»Hör zu«, sagte ich. »Ich brauche ein wenig Ocker, dann bin ich wieder weg. Niemand muss es erfahren, und ich verspreche, dass ich gleich wieder brav nach Hause gehe.«

Er schüttelte den Kopf. »Du bist unglaublich.«

Ich holte so tief Luft, dass die Fischbeinstreben in meinem Mieder krachten, und wechselte das Thema. »Hast du meinen Brief bekommen?«

Seine Wangen wurden rot, und er wandte den Blick ab. »Ja, der Brief … Ich hab ganz vergessen zu antworten. Ich hatte so viel zu tun.«

»So viel hattest du sonst nie zu tun, bevor mein Vater krank wurde.« Ich schluckte den Rest meiner Worte herunter.

»Ich bin dir nicht verpflichtet!«, sagte Korneel. Sein Blick huschte über mein Gesicht. »Bezahl du erst mal deine ausstehenden Rechnungen. Ich muss aufpassen, dass ich dabei nicht draufzahle …«

Meine Gereiztheit wuchs, ich musste mich zwingen, still stehen zu bleiben. Und atmete wieder aus. »Was meinst du damit? Welche Rechnungen? Ich hätte deine Hilfe gebraucht. Als wir uns das letzte Mal gesehen haben, hast du mehr oder weniger um meine Hand angehalten.«

»Das war damals. Jetzt ist die Lage anders.« Korneel besaß nicht mal den Anstand, mir in die Augen zu sehen. Er bat den Apotheker um Entschuldigung für unseren Streit. Es war natürlich nicht seine Schuld, aber was wollte man schon anderes erwarten von einer Kaufmannstochter, der man erlaubte, für ihren Lebensunterhalt zu malen?

»Andere Menschen haben mehr Mut in ihrem kleinen Finger als du in deinem ganzen Körper.« Ich stand so nahe vor Korneel, dass ich schales Bier und Zwiebeln in seinem Atem roch. »Sie bringen mir Essen und Pigmente. Von dir kommen nur lose Versprechungen.«

»Tja, was soll ich sagen?« Korneels fahlblaue Augen glitten über meinen alten Umhang, und er leckte sich über die Lippen. »Vielleicht warst du die Mühe am Ende doch nicht wert.«

Um mich herum verblasste die Welt. Es klatschte, als meine Hand seine Wange traf, und ein großer roter Fleck breitete sich bis zu seinem Hals aus.

»Jetzt reicht es aber!« Der Apotheker hob die Stimme. »Raus aus meinem Geschäft, Juffrouw!«

»Es tut mir schrecklich leid. Könnte ich bitte noch etwas Ocker von Euch bekommen?« Ich wunderte mich selbst, dass ich zu fragen wagte. »In ein paar Tagen ist meine Quarantäne vorbei. Wisst Ihr, ich habe mich nicht mit der Pest angesteckt. Und dieser Mann ...«

Aber die drei Menschen, die mir gegenüberstanden, waren für Argumente nicht empfänglich. Sie starrten mit unbewegter Miene auf den Boden.

Die Frau des Apothekers schüttelte schließlich den Kopf und schob mir ein Beutelchen in die Hand.

Auf der Straße schaute ich mich noch einmal um und

sah, dass Korneel unter der Markise stand und mir nachsah. Ich würde mir eine andere Apotheke suchen müssen. Weiß Gott, was er ihnen hinter meinem Rücken alles zuflüsterte. Und ich wusste auch immer noch nicht, was er da von ausstehenden Rechnungen gefaselt hatte.

Was auch immer mit mir geschehen mochte – ich wollte auf keinen Fall, dass dieser Widerling in meiner Zukunft eine Rolle spielte.

11

Sobald meine Quarantänezeit verstrichen war, kamen die Aasgeier aus allen Richtungen geschossen.

Als Erster kam der Bäcker. »Ich kenne Euren Vater schon seit Jahren, und bis vor Kurzem hat er immer bezahlt.« Er drehte seinen Hut in der Hand. »Ich will Euch nicht lästig fallen, aber … meine Frau fand, dass es nach vier Monaten langsam mal Zeit wurde.«

»Natürlich.« Ich bat ihn ins Kontor, wo ich mich an Vaters Schreibtisch setzte, meine Hand nach der Rechnung ausstreckte und ihm die Münzen abzählte, die ich ihm schuldete.

Auch der Torflieferant klopfte an. Ob ich die Lieferungen der letzten Monate wohl so schnell wie möglich zahlen könnte?

»Um wie viel geht es da?«

»Über zwanzig Stüber.«

Ich zählte ihm ebenfalls die Geldstücke ab und schob sie ihm über die Tischplatte zu.

In der Fleischhalle weigerte sich der Metzger, meine Bestellung auszuführen. »Tut mir leid wegen Meneer Falliaert, aber hier sind noch so einige Rechnungen offen.«

Ich gab ihm, was ich ihm schuldete. Sonst würde ich mein Fleisch in Zukunft woanders kaufen müssen.

Auf dem Rückweg fühlten sich meine Beine ganz schwer an, meine Füße schleiften über den Boden. Meine neu gewonnene Freiheit hatte ich mir anders vorgestellt.

Von allen Seiten zerrten sie an mir: der Schneider, der Schuster und der Zimmermann.

Ich wusste nicht mal, dass Vater so viele Kosten hatte auflaufen lassen, bevor er krank wurde.

Aber sie hatten alle ein Recht auf einen Teil des Geldes in Vaters Kästchen, und der Boden begann langsam durchzuschimmern.

Ende September war eines von Vaters Schiffen bei einem Sturm untergegangen. Der Verlust der Besatzung und der Ladung war ein harter Schlag für ihn gewesen, und ich konnte mich noch erinnern, wie er über seine Papiere gebeugt im Kontor gesessen hatte, als ob er es selbst nicht glauben könne.

Ich fragte ihn, ob die Sache ernste Folgen für uns hätte und wie ich ihm helfen könne.

»Mach dir darum keine Gedanken«, hatte er geantwortet.

Hätte ich nur nachgefragt, dann würde ich jetzt nicht so im Dunkeln tappen.

Ein Laufbursche brachte einen Brief des Notars, aus dem hervorging, dass sich mein Vater bei diversen Leuten große Summen geliehen hatte. Der Ton war höflich, aber zwischen den Zeilen las ich doch deutlich die Botschaft: Ein Toter konnte nicht mehr bezahlen, und ich war nun mal seine Erbin.

Jetzt verstand ich, warum Vater so gern gewollt hatte, dass ich Korneel heiratete.

Er fehlte mir ganz schrecklich.

Zum ersten Mal seit Wochen betrat ich sein Schlafzimmer. Aus irgendeinem Grund fiel es mir schwerer, hier zu sein als in seinem Kontor, wo mich seine ordentliche, runde Handschrift an das Durcheinander erinnerte, das er mir hinterlassen hatte.

Ich blieb auf der Schwelle stehen, bis ich mich wieder bewegen konnte. Mit der Hand strich ich über die grünen Vorhänge an seinem Alkovenbett. Ich ließ mich auf den Stuhl fallen, auf dem ich in den letzten Tagen vor seinem Tod gesessen hatte. Nach einer Weile stand ich wieder auf und öffnete die Türen des Schranks. Ich beschloss, seine glänzenden Lederschuhe und seinen Mantel zu verkaufen. Seine Leinenhemden waren auch noch gut genug, um sie wegzugeben.

Auf dem obersten Regalbrett lag ein Wams. Ich drückte es mir an die Nase, roch aber nur alten Stoff. Warum verschwand die Erinnerung an den Geruch der Menschen, die wir geliebt haben, als Erstes? Ich knüllte es zusammen und ließ es auf den Boden fallen.

Den ganzen Tag war ich mit dem Durchsehen der Garderobe beschäftigt.

Als ich fertig war, machte ich dasselbe mit meinen eigenen Sachen: Die einfachsten Kleider behielt ich, die teure Jacke legte ich zu Vaters für den Verkauf aussortierter Kleidung. Eine Kaufmannstochter würde ich nie mehr sein.

Ich säuberte die Toilette, die man nach den Regeln während der ganzen Quarantänezeit nicht säubern durfte. Ich riss das verhasste blecherne P vom Türpfosten und warf es in hohem Bogen in den Fluss vor unserem Haus. Am Ende des Tages zündete ich die Kerzen an und setzte mich mit einem Pflaumenkompott an unseren großen Esstisch.

In den dunklen Ecken des Hauses erschien mir Vater. Ganz kurz sah ich immer seinen Schatten, aber jedes Mal, wenn ich näher hinschaute, war er wieder weg.

Natürlich wusste ich, dass er gestorben war. Das Bild seines erbärmlichen Körpers würde ich niemals vergessen, aber der Wunsch war eben stärker als der Gedanke.

Ich schlug die Hände vor die Augen, und es war mir egal, als die Tränen auf meine Zeichnungen tropften und die Kreidestriche fleckig und schwächer machten.

Ich wollte nicht mehr hierbleiben.

Als ich am nächsten Tag in die Kleine Houtstraat ging, kam es mir vor, als würden sich lauter Würmer in meinem Bauch winden.

Das Haus mit dem Löwenkopf unter dem Treppengiebel stand zwischen beeindruckenden Gebäuden. Über den Fenstern waren Bögen aus Naturstein und in der Mitte ein gemeißelter Stein, auf dem ein Vogel mit seinen Jungen abgebildet war. Darunter stand: *In der Not erkennst du deine Freunde.*

Ein Dienstmädchen machte mir auf und klimperte mit den Augendeckeln, als sie mich sah. Sie rümpfte die Nase über meinen einfachen Rock.

»Ist er zu Hause?«

Sie knickste. »Ich werde Euch anmelden.«

Durch einen Gang mit halbhoher Täfelung, die so bemalt war, dass sie aussah, als wäre sie aus Marmor, führte sie mich zu einem Zimmer, das nur zu dem Zweck eingerichtet worden war, Besuchern zu imponieren. Auf dem Tisch lag ein Damasttuch, der Kamin war mit zahllosen Kacheln bedeckt. Auf den Schränken standen Porzellanvasen, die dem Blumentopf ähnelten, den Korneel mir geschenkt hatte. An der Decke hing ein Kupferleuchter. Es roch muffig. Die Kälte hatte sich in den Mauern festgesetzt.

Ich überlegte, wie oft dieser Raum wohl genutzt wurde.

Während ich wartete, legte ich die Hände auf den Rücken und betrachtete mich in einem Spiegel mit Goldrahmen. Ob ich die richtigen Worte finden würde, wenn er mir gegenüberstand?

Das Herz klopfte mir bis zum Hals, als Korneel nach einer guten Viertelstunde erschien. Er trug einen Hut und einen Mantel, anscheinend kam er gerade von draußen oder wollte gleich hinausgehen.

»Ich muss ehrlich sagen, ich habe es nicht geglaubt, als das Mädchen mir gesagt hat, dass du hier bist. Ich hoffe, du willst mich nicht noch einmal schlagen?«

In Gedanken hörte ich die Stimme meines Vaters. *Immer schön schmeicheln, mein Mädchen.* »Das hatte ich nicht vor, nein. Ich möchte mich für letzte Woche entschuldigen. Durch die Trauer war ich nicht mehr ich selbst. Danke, dass du mich heute empfängst.« Ich fummelte an den Schnüren meines Mieders herum, ich hasste meine eigenen holprigen Worte.

»Hm.« Mit einem Nicken zeigte Korneel auf eine der Bänke aus Eichenholz, die an der Wand standen.

Ich blieb stehen. »Ich brauche wirklich deine Hilfe.«

Er starrte mich mit ausdrucksloser Miene an. Ich gab ihm Gelegenheit, auf meine Worte zu reagieren, aber er schwieg beharrlich.

»Ich würde nicht fragen, wenn es anders ginge.«

Bedächtig strich sich Korneel über die flachsblonden Haare seines Spitzbarts, der sein Gesicht noch länger wirken ließ, als es ohnehin schon war. Er ließ sich Zeit mit seiner Antwort. »Wie viel ist es?«

Ich spürte, wie sich mein Magen zusammenzog, und presste die Hand aufs Zwerchfell. Aus meinem Korsett zog ich den Brief des Notars, in dem Vaters Schulden aufgelistet waren, und gab ihn Korneel.

Seine Augenbrauen schnellten empor, seine Augen liefen schnell über die Zeilen. Dann schüttelte er den Kopf, und ein mitleidiger Ausdruck trat in seine Augen. »Das ist eine beträchtliche Summe. Ich wüsste nicht, wie ich dir da helfen könnte. Und warum sollte ich überhaupt?«

Ich versuchte zu lächeln, aber mein Gesicht kam mir vor wie eingefroren.

Das Zimmer begann sich um mich zu drehen, ich musste mich am Kaminsims festhalten. »Du warst doch mit meinem Vater befreundet, oder nicht? Du wolltest mich sogar heiraten.«

Korneel wandte mir den Rücken zu.

Ich musterte ihn, konnte aber aus seiner Haltung nichts ableiten. Ich bereute meine letzte Bemerkung und hätte alles gegeben, sie zurücknehmen zu können.

Bei der letzten Begegnung hatte er mich schon bis ins Mark gedemütigt, und ich ihn auch. Zwischen uns konnte nichts Gutes mehr gedeihen, aber ich hoffte, dass er sich an seine Beziehung zu meinem Vater erinnern und entsprechend handeln würde.

Mit ein paar Schritten war ich neben ihm und legte ihm die Hand auf den Ärmel. »Ich könnte dir das Haus und das Geschäft meines Vaters verkaufen.«

Ein Zittern durchlief ihn, er drehte sich um und wir schauten uns an. »Und dann?«

»Mit dem Geld, das du mir gibst, wären die Schulden beglichen.«

Seine Hand bewegte sich wie von selbst auf mich zu.

Ich bewegte mich nicht, als er behutsam mein Kinn nach oben drückte.

»Ach, Hester. Wie schade, dass das alles nichts geworden ist«, sagte er. Seine Stimme klang sanft, und in seinem Atem lag etwas Süßliches, was ich nicht recht zuordnen konnte. Mein Herz klopfte heftig, aber ich befreite mich nicht aus seinem Griff.

Korneels Augen funkelten. »Wenn du nicht so kratzbürstig gewesen wärst, hätten wir es sehr schön zusammen haben können.«

Jetzt versuchte ich mich doch loszumachen, aber seine Finger hielten mich fest wie eine Zange. So standen wir uns gegenüber, und mit jedem Augenblick, der verstrich, merkte ich, wie meine Wut wuchs.

Da ging hinter uns die Tür auf, rasche Schritte näherten sich.

Verdutzt ließ Korneel mich los.

»Kommst du?« Die hellblauen Augen einer Frau musterten mich von oben bis unten. Sie war ungefähr so alt wie ich, und ihre Haare waren fast weiß. Sie hatte ein blasses Puppengesicht. Abgesehen von ihren Augen war alles an ihr klein; ihre Taille hätte man mit zwei Händen umfassen können.

»Natürlich, mein Schatz.« Korneel hakte sie unter. »Meine Verlobte, Petronella Casteleyn.«

»Du …« Ich musste mir auf die Zunge beißen.

Petronella starrte mich mit einem Lächeln an, von dem mir ganz kalt wurde.

Sie weiß es, dachte ich. Korneel hatte ihr erzählt, dass wir uns beinahe verlobt hätten, und sie konnte ihren Triumph nicht verbergen.

Ich verließ das Zimmer so würdevoll wie möglich, mit hoch erhobenem Haupt, aber klammen Händen.

Nachts spürte ich Sweerts' Fingerspitzen immer noch auf der Haut. Wenn seine neue Liebe uns nicht gestört hätte, was wäre dann geschehen? Hätte er Ja gesagt? Und wenn er mir geholfen hätte, hätte ich dann eine Gegenleistung erbringen müssen?

Ich wälzte mich von einer Seite auf die andere und tat kein Auge zu.

In aller Frühe klopfte jemand ans Fenster. Bis ich die Beine über die Bettkante geschwungen hatte und nach unten gelaufen war, war bis auf einen dicken Kater die Straße leer. Mit zitternden Fingern faltete ich den Zettel auseinander, der auf den Flur geweht worden war.

Ich mache es. K. S.

Ein Lächeln stahl sich auf meine Lippen, als ich die Tür wieder abschloss.

Am Abend packte ich meine Kleider und Malsachen zusammen und nahm Mutters Porträt von der Wand.

Auf dem Boden stand der Blumentopf mit der Tulpenzwiebel darin, die ihr Bestes gab, um sich den Weg ans Licht zu bahnen. Durch die Erde konnte ich die kleine grüne Spitze spüren, und der Gedanke, dass ich niemals erfahren würde, was für eine Tulpe zum Vorschein kam, wenn ich sie hier stehen ließ, gefiel mir nicht. Daher stellte ich sie zu den anderen Dingen, die ich mitnehmen wollte.

Im Kontor schüttete ich die restlichen Münzen aus dem Geldkästchen und steckte sie in einen Beutel, den ich unter dem alten Umhang verbarg.

Ich schaute mich nicht um. Dies war niemals mein Zuhause gewesen. Meine Verbindung zu diesem Ort war mein Vater, und da er jetzt nicht mehr lebte, hielt mich nichts zurück. Ich ging mit kaum mehr Gepäck als mit dem, das ich mitgebracht hatte.

Ein Junge mit einem Handkarren wartete vor dem Haus auf mich und streckte die Hand schon nach dem Geldstück aus, bevor er auch nur ein Bündel anfasste.

Ich ging mit ihm an der Spaarne entlang.

Die Silhouetten der Häuser hoben sich schwarz vor dem Himmel ab, durch die Lücken zwischen den Fensterläden flackerte hie und da ein Licht auf.

Ohne das sonstige Gedränge der Schiffe plätscherte der Fluss munter vor sich hin.

»Bleib ruhig hier stehen«, sagte ich. »Den Rest schaffe ich schon allein.«

Der Junge nickte und verschwand im Dunkeln, ohne sich umzusehen.

Bevor ich anklopfte, schaute ich zum Fenster hoch, hinter dem Schatten im Kerzenlicht tanzten. Als sie mir aufmachte, fiel ich in mich zusammen. »Darf ich reinkommen?«

Judiths dunkle Augen sahen mich ernst an. Ohne ein Wort nahm sie mich in die Arme und zog mich hinein in die Wärme ihres Hauses.

12

Ein Mann, den ich nicht kannte, brachte mir einen Brief von Onkel Elias aus Rom. Er war noch an die Anschrift unseres Hauses an der Spaarne adressiert.

Mit angespanntem Gesicht legte ich ihn zu den anderen, die ich von meinem Onkel bekommen hatte, seit er auf Reisen gegangen war. Ich hätte ihm von Vaters Tod schreiben müssen, von meinem Umzug und der Hoffnung auf einen Platz in der Sint-Lucas-Gilde. Aber ich konnte nicht. Nein, es war noch zu früh, um die Siegel seiner Schreiben zu brechen, die Wunde war noch zu frisch.

Er würde von Jacob erzählen und mich fragen, ob ich ihm verzeihen konnte.

Und ich hatte keine Ahnung, wann ich dazu in der Lage sein würde.

Ich strich meinen Kragen glatt und pulte die Farbe unter meinen Fingernägeln heraus. Bevor ich mir die Haare hochsteckte, bürstete ich sie, bis sie glänzten.

Judith kam hoch und schaute mich an.

»Hast du kein Tuch für deinen Ausschnitt?« Sie legte ihre Hand auf mein Mieder. »Das ist viel zu nackt.«

»Du hast recht«, sagte ich. »Ich glaube, das hab ich vergessen einzupacken, als ich herkam.«

»Warte kurz.« Judith rannte die Treppe wieder hinunter. Ein paar Minuten später kam sie mit einem spitzengesäumten Tuch aus Leinen zurück und drapierte es über meinem Ausschnitt. »So ist es besser.«

Mit den aufgerollten Bildern unter den Armen gingen wir nach draußen und bogen in die Smedestraat.

Für Dezember war es immer noch nicht sonderlich kalt. Letztes Jahr um diese Zeit war die Spaarne schon zugefroren, hatte mir Vater geschrieben, und auch in Leiden waren die Grachten wochenlang eisbedeckt. Am Sonntag nach der Kirche banden wir uns außerhalb der Stadtmauern unsere Schlittschuhe an. Ich spielte mit Onkel Elias und Jacob und Steven Golf auf dem Eis.

Steven hielt seinen Schläger mit dem Bleikopf umklammert, als wäre er eine Waffe, und Jacob schlug die Bälle in alle Himmelsrichtungen. Ich hatte mir eine Hose ausgeliehen und hetzte mir die Lungen aus dem Leib, um den Ball zu erwischen. Da auf dem Eis viel los war, war das nicht ganz ungefährlich. Einmal holte ich so weit nach hinten aus, dass ich eine Frau mit dem Schläger am Kopf traf.

»Du Bohnenstange! Du Hure!« Sie schimpfte, bis wir so weit weg waren, dass wir sie nicht mehr hörten.

Die Jungen lachten so heftig, dass sie kaum noch stehen konnten. Am Ende gewann ich überlegen.

Jacob starrte mich an, bis mir unwohl wurde unter seinem Blick und ich ihn anschnauzte: »Was schaust du denn so, ist was?«

Um meine eigene Verlegenheit zu verbergen, fuhr ich rasch davon.

Je näher wir der Herberge kamen, in der sich die Sint-Lucas-Gilde versammelte, umso flatteriger wurden meine Nerven.

Judith stupste mich an: Was meinte ich zu diesem Mann, der mit einem Fass auf dem Rücken an uns vorbeistolperte? Hatte der nicht einen echten Charakterkopf? Das wäre eine prächtige Zeichenvorlage. Und ob ich den Hund gesehen hätte, der fast so aussah wie ein Wolf? Von seinen gelben Augen könnte man richtig Albträume kriegen. Ich nickte und beschränkte mich auf unbestimmt dahingemurmelte Antworten.

Als wir vor De Bastaertpijp standen, nahm ich Judith die Rollen ab.

»Danke. Für alles.«

Sie winkte mit der üblichen Lässigkeit ab.

»Ich meine es ernst«, sagte ich. »Ohne dich …«

»Jetzt geh schon rein und zeig's ihnen!«

Ich stellte mich auf die Zehenspitzen und gab ihr einen Kuss auf die Wange. »Ich tu mein Bestes.«

Sie ließen mich in der Gaststube warten.

Über dem Kaminsims hingen mehrere Gemälde. Ohne die Bilder genauer zu studieren, beugte ich mich vor, aber der Staub auf meinen Schuhen lenkte mich ab. Ich hatte die Spitzen heute Morgen poliert, aber sie sahen immer noch so aus, als könnten sie etwas Schuhcreme vertragen. Vorsichtig stampfte ich auf, rieb energisch über das Leder und sah zu, wie die Sandkörnchen zwischen den Bodendielen verschwanden.

Die aufgerollten Bilder unter meinem Arm wurden mir zu schwer, und ich legte sie auf den Boden.

Es dauerte lange. Je mehr Zeit verstrich, umso heftiger klopfte mein Herz. Meine Kehle fühlte sich rau an und wie zugeschnürt. Das gefilterte Licht, das durch die kleinen Bleiglasfenster in den Raum fiel, ließ das Zimmer düster und stickig wirken.

Schließlich kam ein dünner Mann mit dunklem Haar

und einem Ziegenbärtchen herein und verkündete, dass die Herren jetzt bereit waren, mich zu empfangen.

Auf Händen und Füßen raffte ich meine Bilder vom Boden zusammen.

Er führte mich in ein anderes, kleineres Zimmer.

Hinter dem Tisch saßen der schwarz gekleidete Vorsitzende und die Altmeister und betrachteten mich. Ich konnte ihre Mienen nicht deuten. Meine Gedanken schweiften zu Korneel Sweerts und seinen teuren Anzügen.

Der Dickste von ihnen ergriff das Wort. Er hatte sich das schüttere Haar quer über den Schädel gekämmt, damit es so aussah, als hätte er noch mehr. »Ich bin Meister Hendrik Poth. Und das sind Graf Meynerts Fabritius, Johan van de Velden und Floris van Dyck.«

Er sprach die Namen überdeutlich aus, als wäre ich zurückgeblieben oder eine Ausländerin.

Ich verbeugte mich vor ihnen. Van Dyck kannte ich, ich hatte schon ein paar Stillleben von ihm gesehen.

Der Vorsitzende deutete auf den dunkelhaarigen Mann, der zur Feder griff und eine Seite in einem dicken Buch umblätterte. »Das ist Pieter Saenredam. Er wird alles notieren, was wir hier besprechen.«

Ich setzte mich gegenüber von ihnen hin und faltete die Hände im Schoß.

»Mein Beileid zum Tode Eures Vaters. Es war die Pest, nicht wahr?« Poth streckte die Hand nach meiner Leinwand aus.

Ich schluckte die Tränen hinunter, die mir sofort in die Augen steigen wollten. »Letzten Oktober.«

Dann rollte ich vorsichtig meine Arbeiten auf dem dunkelroten Tischtuch aus.

»Die Besten unter uns gehen als Erste.«

Mein Gesicht versteifte sich bei dieser abgedroschenen Bemerkung.

Die anderen drei Herren beugten sich über die aufgerollten Leinwände. Die erste zeigte Leiden. Ich wusste noch, dass ich monatelang von der reinsten Arbeitswut befallen war.

»Dein Meisterstück«, hatte mein Onkel gesagt. »Hiernach liegt dir die Welt zu Füßen.«

Als ich jetzt hier saß, fühlte sich das nicht mehr so an.

Die Altmeister und der Vorsitzende flüsterten miteinander, als wäre ich gar nicht anwesend.

Ich betrachtete die Porträts, die hinter ihnen hingen. Männer, die genauso stur aussahen wie die, die hier vor mir saßen, starrten mich mit ihren gemalten Augen an, als wollten sie mich auf die Waagschale legen.

»Wann habt Ihr das gemacht?« Van de Velden strich sich das schulterlange Haar aus dem Gesicht. Er sah nicht so steif aus wie die anderen und schaute etwas freundlicher drein.

»Vor ungefähr neun Jahren.«

»Damals wart Ihr noch sehr jung.« Die Überraschung auf seinem Gesicht wäre unter anderen Umständen amüsant gewesen, aber jetzt schnürte sich mein Magen zusammen.

»Ungefähr siebzehn.«

Gewichtig nickend überblätterten sie das Porträt der

Frau mit der Haube, ohne mir Fragen zu stellen, ebenso das Stillleben mit den zwei Heringen auf einem Tisch. Das letzte Bild war das von Vater auf dem Totenbett.

Fabritius richtete seine hellen Augen auf mich. »Dramatisch. Ihr benutzt die Clair-Obscur-Technik?«

»Natürlich. Das Gesicht muss weißer sein als der Körper. Ich wollte das Leiden des Menschen darstellen, kurz bevor er ins Paradies eingeht.«

Ich hasste mich selbst für das, was ich sagte. Dieses Gemälde hätte ich lieber für mich behalten, aber ich brauchte es, weil mein früheres Werk nicht gut genug war.

Sie besprachen sich wieder, und diesmal schnappte ich ein paar Worte auf. »Für ein Mädchen ... typisch feminin ... Gefühl ...«

Ich umklammerte meine Finger.

»Du darfst keine Angst zeigen«, hatte Judith betont, bevor wir zur Herberge aufbrachen.

Ich lächelte van de Velden an. Er schaute als Erster weg, und ich setzte mich noch aufrechter hin.

»Warum wolltet Ihr uns das hier zeigen?« Poth tippte mit dem Finger auf die Stadtansicht.

»Ich möchte mich gerne in die Gilde aufnehmen lassen.«

»Das hatte ich schon befürchtet.« Fabritius schüttelte den Kopf. »Warum?«

Ich stand auf und machte mich so groß wie möglich. »Ich nehme an, Ihr wisst, dass ich nach dem Tod meines Vaters das Haus an der Spaarne verlassen musste?«

Er nickte wohlwollend. »Wir haben gehört, dass Euer

Vater Schulden hatte. Ganz beträchtliche, wenn ich das richtig verstanden habe.«

Am liebsten hätte ich ihm gar nicht geantwortet, ihn einfach bei den Schultern gepackt und durchgeschüttelt.

Ich schloss die Augen. Als ich sie wieder aufschlug, sah ich, dass Saenredam die Feder sinken ließ und an seinem Schnauzbart zupfte. Sein Blick ließ sich ebenso als Schadenfreude deuten wie als Mitgefühl.

»Das Lager war leer. Ich hatte erwartet, dass noch Stoffballen da sind, die ich verkaufen könnte, aber wie sich herausstellte, waren sie alle verschwunden.« Meine Hand zitterte, als ich eine Haarsträhne unter die Haube zurückschob. »Ich habe nichts mehr. Der Kaufmann Korneel Sweerts hat das Haus übernommen, und ich werde die Schulden begleichen. Aber jetzt muss ich dafür sorgen, dass ich selbst ein Einkommen erziele.«

Die fünf Männer schauten mich mit ausdrucksloser Miene an.

Ich fühlte mich nackt, bar jeder Würde. Die führenden Mitglieder der Gilde ließen mich zappeln, und ich hatte nichts anderes zu bieten als mich selbst und das, was ich machte. Ich stand vor ihnen in meiner ganzen Verletzlichkeit, und sie zuckten nicht mit der Wimper.

»Das ist das, was ich kann.« Ich legte meine Finger auf die Bilder.

»Nun, ich muss sagen, es ist ziemlich ungewöhnlich.« Poth rollte das Stadtbild auf. »Ihr habt kein genau umrissenes Genre. Und die Konkurrenz in dieser Stadt ist mörderisch.«

»Kein genau umrissenes Genre? Was meint Ihr damit?«

»Eine Stadtansicht, Stillleben, Porträts. Ich weiß nicht, was ich mir darauf für einen Reim machen soll. Ist das der Wankelmut einer Frau?«

Die fünf Männer lachten.

»Oder vielleicht wollte ich auch einfach, dass Ihr meine Entwicklung sehen könnt?«

Poth verengte die Augen zu Schlitzen und fuhr sich mit der Hand übers Kinn.

Die anderen hatten auf einmal alle irgendetwas zu tun. Der eine zupfte sich einen Fussel vom Ärmel, der andere rieb sich die Augen. Der Schreiber schraubte eine neue Spitze an seine Feder, und Floris van Dyck schenkte sich einen Krug Bier ein.

»Wo habt Ihr noch mal Eure Lehre gemacht?«

»In Leiden, beim Maler Elias van den Broecke, dem Bruder meiner verstorbenen Mutter.«

Wieder rieb sich Poth das Kinn. »Ach ja, Cornelia. Ich kann mich noch gut an sie erinnern. Eine schöne Frau.«

Da ich nicht wusste, was das mit der Sache zu tun hatte, hielt ich den Mund.

»Die Werkstatt Eures Onkels wurde doch geschlossen, oder?« Das war wieder van de Velden. Er streckte die Beine unter dem Tisch aus.

»Er ist in Italien, wenn Ihr das meint.«

»Ja, in der Tat.«

Während des nun folgenden Schweigens rollte ich die Leinwände auf.

Poth betrachtete mich von der Seite. »Warum habt Ihr kein Blumenbild mitgebracht? War Euer Onkel nicht darauf spezialisiert?«

Es durchfuhr mich wie ein Blitz: Sie wussten Bescheid. Irgendwie hatten sie erfahren, was passiert war, bevor ich heimkehrte. Das Herz schlug mir bis zum Hals, während mir klar wurde, dass diese Sache mich verfolgen würde, bis ich mir selbst einen Namen gemacht hatte und sie endlich abschütteln konnte.

»Er hat diese Bilder verkauft. Aber ich bin erwachsen und suche mir meine Themen selbst. Ende dieses Monats werde ich siebenundzwanzig.«

Sie sagten noch immer nichts, aber ich sah sie nachdenken. Eine Frau, die schon längst verheiratet sein könnte.

Mein letztes Fünkchen Hoffnung starb, als die Männer auch aufstanden.

»Wir müssen darüber nachdenken.«

Ich straffte den Rücken. »Ihr findet mich bei Judith Leyster.«

Das wussten sie natürlich schon: Die Gilde wusste über alle Maler in der Stadt Bescheid.

»Solange Ihr kein Mitglied seid, dürft Ihr in der Stadt und der Umgebung keine Bilder verkaufen.«

»Das würde ich auch niemals wagen.«

»Und Juffrouw Leyster begeht eine Ordnungswidrigkeit, wenn sie Euch als Lehrling aufnimmt.«

Als Lehrling? Ich musste ihn falsch verstanden haben. Trotz meiner übergroßen Anspannung konnte ich ein Lachen auf meine Lippen zaubern. »Sie lässt mich bei sich wohnen, weil ich kein eigenes Dach über dem Kopf habe.«

Zwei der Herren hatten noch den Anstand, mich mit einem schuldbewussten Blick zu bedenken. Poth nicht. Er hatte sich schon umgedreht, bevor ich eine Verbeugung in seine Richtung machen konnte, und seine ganze Haltung vermittelte mir, dass er mich schon vergessen hatte, bevor ich das Zimmer verlassen hatte.

Laute Stimmen schlugen mir entgegen, als ich die Tür zum Gasthaus De Koning van Frankrijk öffnete. Das Licht der Kerzen blendete mich.

Frans Hals hob seinen Krug, um mich zu begrüßen, und ich musste mich zu de Grebber durchdrängeln. Seine Söhne Pieter und Albert und seine Tochter Maria malten auch und hatten mit Judith zusammengearbeitet. Heute Abend war nur der Vater anwesend, seine Söhne waren zu Hause geblieben oder saßen in einem anderen Gasthaus in der Nähe. Maria war mit dem Töpfer Wouter de Wolff verheiratet und wohnte in Utrecht.

An der Wand hinter Frans de Grebber malte der Wirt den nächsten Kreidestrich neben die anderen, mit denen er festhielt, wie viel ein Gast schon getrunken hatte.

Judith saß mit einer Gruppe Freunde in einer Ecke ganz hinten. Sie spielten Karten und hatten Branntwein bestellt, um nach dem langen Tag in der Werkstatt die Glieder zu lockern. Als sie die Karten zusammenstrich, zog Judith fragend die Augenbrauen hoch.

Ich schüttelte den Kopf.

Sie sagte etwas zu Jan Molenaer, einem befreundeten Maler.

Ich hatte ein bisschen Angst vor ihm, weil seine Stimme so hart klang und er so gut wie nie lachte. Er kam jeden Tag in Judiths Werkstatt vorbei, trank ihr Bier aus und machte Bemerkungen zu ihrer Arbeit.

»Was haben sie gesagt?« Judith musste schreien, um sich über den Lärm verständlich zu machen.

Ich legte meine Leinwände auf den Boden neben den Tisch. »Sie werden drüber nachdenken.«

Christiaan schob mir ein Glas in die Hand.

Beim ersten Schluck Schnaps stiegen mir die Tränen in die Augen.

»Komm, setz dich zu uns«, sagte er. »Heute werden sie ja doch noch nichts sagen.«

Ich nickte und setzte das Glas wieder an die Lippen. Diesmal war ich vorbereitet und ließ es etwas ruhiger angehen, aber meine Wangen begannen trotzdem zu glühen.

Forschend schaute Christiaan mich an, während Judith rastlos auf ihrem Hocker hin und her rutschte.

Ich hatte keine Lust, noch mehr zu erzählen. »Vergessen wir das jetzt einfach mal«, sagte ich, um die Wichtigkeit der Gilde herunterzuspielen. »Es wird ja doch nichts.«

»Warum so düster?« Christiaan schenkte sich selbst auch noch einen Schnaps ein. »Du stehst doch hinter dem, was du machst, oder?«

»Natürlich.« Ich lächelte. Der Gedanke, dass meine Arbeit nicht gut genug für die Gilde sein könnte, war mir tatsächlich nie gekommen.

Er beugte sich zu mir herüber. »Oder hast du Angst, dass sie dich nicht aufnehmen, weil du eine Frau bist?«

»Das ist mir durchaus mal in den Sinn gekommen, doch. Ihre Gesichter haben nicht viel verraten.«

Und da kam die andere Frage noch dazu. Der Branntwein sprudelte aus meinem Magen nach oben, und ich schmeckte Säure im Mund.

»Was für ein Unsinn«, sagte Judith. »Mich haben sie doch auch einfach aufgenommen, oder nicht?«

Wir sahen uns an, und ich zuckte mit den Schultern.

»Noch einen?« Judith hob mein Glas hoch, und ich nickte.

Als sie mir eingeschenkt hatte, leerte ich es in einem Zug. »Na, das ist doch gleich besser. Wollen wir noch eine Runde Karten spielen?«

13

Am Ende des Abends saßen nur noch Christiaan und ich in der Gaststube. Judith hatte schon vor Stunden Jan Molenaer untergehakt und mir zugezwinkert. »Ich werd die Tür nicht verriegeln.«

Ich wusste vor Verlegenheit nicht, wo ich hinschauen sollte, aber ich hatte auch keine Lust, mit ihnen nach Hause zu gehen.

Der Alkohol lockerte Christiaans Zunge, machte ihn aber zugleich auch etwas ruhiger. Seine Augen huschten nicht mehr hin und her, und der Muskel in seiner Wange, der oft nervös zuckte, blieb still.

Als die zweite Karaffe Schnaps fast leer war, wusste ich, dass er seine Wohnung und das Atelier mit seiner älteren Schwester Elsken teilte und dass er der Jüngste in der Familie war, von der allerdings nur noch seine Schwester und er am Leben waren. Ich erfuhr, dass er fast drei Jahre älter war als ich und dass er seine Lehre bei de Grebber gemacht hatte.

»Und deine Eltern, sind die noch am Leben?« Als er mir noch einmal nachschenken wollte, legte ich meine Hand auf das Glas.

»Nein. Die sind schon vor Jahren bei einem Brand ums Leben gekommen.« Seine Finger bewegten sich wie von selbst zur Kerze, die auf dem Tisch stand, und ballten sich zur Faust, kurz bevor sie die Flamme erreichten. »Das Jahr 1623 werde ich niemals vergessen.«

Über seiner Nase entstand eine Falte, die ich gerne gestreichelt hätte. »Hast du schon immer in Haarlem gewohnt?«

Er nickte. »Aber vielleicht lass ich irgendwann alles stehen und liegen und gehe nach Amsterdam.«

Ich versuchte mir vorzustellen, wie ich mich in dieser großen Stadt fühlen würde. Einmal war ich mit meinem Onkel dort gewesen und war schwer beeindruckt von den hohen Häusern und den vielen Menschen auf den Straßen. »Ich nicht.«

Lächelnd schauten wir beide in die flackernde Kerze auf dem Tisch.

»Was ist denn damals passiert?«, fragte ich.

Sein Lachen verstummte.

Zögerlich schob sich meine Hand über den Tisch zu ihm und drückte kurz seine Finger. »Du brauchst es mir nicht zu erzählen.«

»Ach, das ist jetzt ja schon lange her«, sagte er. »Aber findest du das denn nicht langweilig?«

»Natürlich nicht. Sonst würde ich ja nicht fragen.«

Seine Augen füllten sich mit Tränen, als er die Geschichte erzählte. Wie sein Vater als kleiner Junge schon den großen Brand von 1576 erlebt hatte, dass er sein ganzes Leben lang Angst vor dem Feuer hatte und jeden Abend vor dem Schlafengehen einen Eimer Wasser neben die Tür stellte. »Das Schicksal wollte es, dass das Feuer ihn letztlich doch tötete«, sagte Christiaan leise, während er sich mit der Hand über die Augen wischte.

Ich musste an meinen Großvater denken. Auch er hatte oft von dem Feuer erzählt, das ein ganzes Viertel von Haarlem in Schutt und Asche gelegt hatte. Seltsam, ich hatte schon jahrelang nicht mehr an ihn gedacht, aber jetzt sah ich ihn auf einmal vor mir, wie er gichtgekrümmt auf seinem Stuhl am Fenster saß. Mit heiserer Stimme beschrieb er, wie der Brand in der Brauerei Het Ankertje an der Spaarne ausgebrochen war. »Weißt du, mein Kind, das war damals ein Wachhaus für spanische Soldaten. Sie hielten uns zurück, als wir löschen wollten, und der Wind fachte die Flammen noch weiter an. Das Feuer griff so schnell um sich, dass wir am Ende nur noch hilflos zuschauen konnten.« Ich schauderte wieder, wie ich schon als junges Mädchen gezittert hatte, wenn ich an die Häuser und ihre fliehenden Bewohner dachte.

Christiaan erzählte weiter von der Nacht, in der sein Elternhaus abgebrannt war. Die Ursache war niemals geklärt worden. Es mochte eine umgefallene Kerze gewesen sein oder ein Span, der aus dem Kamin auf den Teppich gefallen war.

Christiaan konnte sich noch erinnern, wie er aus dem Schlaf hochgeschreckt war, weil ihm beißender Rauch in die Nase stieg. Sein Bruder Thijmen und er schliefen zusammen im Obergeschoss, seine Schwester Elsken und seine Eltern unten.

Er riss einen Streifen vom Laken ab und band ihn sich vor den Mund. Grob rüttelte er Thijmen wach und hielt ihn an, dasselbe zu tun. Sein schlaftrunkener Bruder reagierte nur langsam, und Christiaan blieb nicht stehen, um auf ihn zu warten.

»Ich wollte die Treppe hinunterrennen, aber die Flammen leckten schon bis zur Mitte der Stufen empor.«

Er trank sein Glas aus und starrte auf seine Hände.

»Grauenvoll.« Ich war völlig gebannt von der Geschichte, ich konnte den Rauch des Feuers geradezu riechen.

»Vor dem Fenster stand eine Leiter. Ich kletterte hinaus und konnte mich so retten. Das Holz war jedoch morsch, und unter Thijmen, der ein bisschen größer und schwerer war als ich, brach eine Sprosse, und er stürzte.«

Ich schlug mir die Hand vor den Mund.

»Ja, er starb tatsächlich. Er schlug mit dem Kopf aufs

Pflaster, und ich stand daneben.« Christiaans Stimme klang jetzt völlig ausdruckslos, aber die Trauer stand ihm ins Gesicht geschrieben.

»Wie schrecklich.«

Er zog langsam die Schultern hoch. »Der Wassereimer meines Vaters reichte natürlich nicht, weil das ganze Haus lichterloh in Flammen stand. Drinnen hörte ich Elsken schreien. Ich trat mit voller Kraft gegen die Tür, aber ich bekam sie nicht auf. Schließlich warf unser Nachbar eine Scheibe ein. Ich sah eine riesige Stichflamme, und dann erschien plötzlich meine Schwester am offenen Fenster. Mit Hilfe von ein paar Passanten habe ich sie herausgezogen. Wir bildeten eine lange Eimerkette und schöpften Wasser aus der Spaarne, um den Brand zu löschen. Für meine Eltern war es jedoch zu spät. Sie lagen Arm in Arm in den rauchenden Trümmern.«

Ich sah die Bilder, die er mit seinen Worten zeichnete, ganz deutlich vor meinem geistigen Auge. In seinen langen Wimpern glänzten Tränen, die auch noch hängen blieben, als er blinzelte. Nach einer Weile beugte ich mich näher zu ihm und lehnte den Kopf an seine Schulter. »Es tut mir so schrecklich leid für dich.«

Er wischte sich die Augen ab und brach die unangenehme Stille, die nach meinen Worten entstanden war. »Willst du noch was trinken?«

Ich schüttelte den Kopf. »Nein, ich finde, es ist schon furchtbar spät.«

Christiaan schaute zum Wirt hinüber, der die Krüge und Becher auf einem großen Tablett zusammengestellt hatte und jetzt nach hinten trug. »Du hast recht. Vielleicht sollten wir besser gehen.«

Der Wind war stärker geworden, und ich fror bis auf die Knochen. Wir mummelten uns in unsere Kragen, schauten in den Himmel und verabschiedeten uns ein wenig linkisch vor der Tür des De Koning.

Mit einem seltsamen Gefühl von Unwirklichkeit lief ich durch die stille Straße.

Auf Zehenspitzen schlich ich die Treppe hoch in mein Zimmer unter den Dachbalken, wo ich mich auf meinen Strohsack fallen ließ.

Mitten in der Nacht wachte ich keuchend auf, gequält von den schrecklichen Bildern, die auf meiner Netzhaut erschienen. Ich tastete nach dem Skizzenbuch neben meinem Bett und nahm einen Stift in die zitternden Finger. Auf dem Papier erschien Christiaans Geschichte. Das brennende Haus, die Leiter, ein Junge mit Tränen wie funkelnde Diamanten an den Wimpern. Er hielt seinen Bruder in den Armen. Der qualmende Trümmerhaufen dessen, was vormals ein stolzes Haus gewesen war. Die Körper eines Ehepaars zwischen den Trümmern.

Erst als all das zu Papier gebracht war, konnte ich die Augen wieder schließen und schlafen bis zum Morgen.

Die Komposition meines nächsten Themas war nicht so ungeschickt, wie ich mich fühlte. Während Judith den Sohn eines Freundes porträtierte, arbeitete ich in Ermangelung eines besseren Einfalls die Zeichnung einer Leidener Mühle aus, die ich schon vor langer Zeit gemacht hatte. In diesem Bild steckte überhaupt keine Seele, und wäre Onkel Elias hier gewesen, hätte er sich so lange hinter mich gestellt, bis ich eine andere Perspektive gewählt hätte.

Auf der Leinwand mit dem jungen Flötenspieler trug Judith viel feinere Pinselstriche auf, als ich bis jetzt von ihr gesehen hatte. Das rote Barett auf dem Kopf des Jungen war die einzige auffallende Farbe auf dem Bild, sie sprang dem Betrachter entgegen und zog seine gesamte Aufmerksamkeit auf sich. Die Schatten an der Wand sorgten für einen großartigen Kontrast. Sie hielt den Pinsel mit solcher Leichtigkeit, dass es aussah, als wäre sie mit ihrem Arbeitsgerät verwachsen. Ich wollte sie gerade fragen, warum sie nur eine Mauer als Hintergrund gewählt hatte, da drehte sie sich nach mir um.

»Gefällt er dir?«, fragte sie. »Du bist spät nach Hause gekommen.«

»Ich glaube schon. Christiaan hat mir von dem Brand erzählt, bei dem seine Eltern ums Leben gekommen sind.«

»Jaja, der Brand.« Sie nahm den Blick nicht von ihrer Leinwand.

»Was meinst du damit?«

Mit gereizten Bewegungen wischte sie ihren Pinsel an einem Tuch ab. »Versteh mich nicht falsch. Er ist ein guter Freund von mir. Oder eigentlich von Jan.«

»Ja?« Ich ließ meinen Pinsel jetzt ebenfalls ruhen.

»Diese Geschichte erzählt er jedem, vor allem Frauen, die ihm gefallen.«

»Aber es ist doch auch schrecklich, oder nicht?« Ich

mischte Braun und Weiß auf meiner Palette. »Wenn ich so etwas erlebt hätte …«

»Das ist es nicht, Hester. Wir erleben alle mal etwas Schreckliches. Weißt du eigentlich, dass mein Vater Weber war?«

Überrascht blickte ich auf. »Genau wie mein Großvater.«

»Tatsächlich?« Judith lächelte. »Mein Vater stammte aus Flandern.«

»Meine Familie auch! Meine Großmutter habe ich nie kennengelernt, aber ich bin nach ihr benannt. Und Großvater wohnte in der Vlamingstraat.«

»Daher also dein Nachname – ich fand die ganze Zeit, dass er so einen flämischen Klang hat. Irgendwann kaufte mein Vater die Brauerei De Leyster, aber nach einer Weile gingen die Geschäfte nicht mehr gut. Als er in Konkurs ging, war das sehr schwierig für unsere Familie. Das ist einer der Gründe, warum ich eine Lehre gemacht habe. Und du hast auch vor nicht allzu langer Zeit deinen Vater verloren, aber dich höre ich nicht die ganze Zeit jammern. Nein, wir werden stärker durch solche Dinge, so ist das Leben. Ich finde, dass Christiaan in der Vergangenheit hängen bleibt. Sein Geheule über den Brand hab ich mir mittlerweile schon unzählige Male anhören müssen.«

»Bist du jetzt nicht ein bisschen hart?« Ich malte ein paar Striche auf den Korpus meiner Mühle.

»Es geht das Gerücht, dass er sich selbst ganz schnell in Sicherheit gebracht hat«, sagte sie.

»Ja, das ist verständlich.«

Judith presste die Lippen zusammen und mischte Braun und Grün. »Ich hab schon zu viel gesagt.«

Schweigend malten wir weiter, aber die Stille hatte etwas Aufgeladenes. Ich ließ Judiths Worte auf mich wirken, ich versuchte zu verstehen, was sie mir damit sagen wollte. Eifersucht konnte es nicht sein. Die kannte ich weiß Gott gut genug, um sie wiederzuerkennen. Jacob, mein Jacob. Ich hätte deine Eitelkeit sehen müssen, so wie mir ja auch Christiaans Selbstüberschätzung bewusst war. Beides charmante Männer, aber oberflächlich.

Wir arbeiteten noch eine Weile, aber ich war mit meinen Gedanken nicht mehr bei der Sache. In letzter Zeit störte Jacob immer wieder meine Konzentration. Meine Hand rutschte ab. »Ach, verdammt!« Ich hatte einen hässlichen dunklen Fleck auf der Leinwand hinterlassen.

Judith gab mir einen alten Lappen, um ihn wegzuwischen. »Hör nicht drauf, was ich gesagt habe. Ich will nur nicht, dass Christiaan dir wehtut.«

»Nein«, sagte ich. »Ich bin froh, dass du ehrlich sagst, was du denkst.«

»Er ist ein Schürzenjäger.«

»Sprechen wir nicht mehr darüber.« Ich mischte ein bisschen Weiß in den grünen Schatten und suchte einen Pinsel mit zwei Haaren heraus. »So schön find ich ihn nun auch wieder nicht.« Hinter die Mühle zeichnete ich die zarten lindgrünen Blätter an einen Baum. Aber schließlich wurde meine Hand mit dem Pinsel ganz steif und meine Augen tränten. Ich warf alles hin und streckte meine verkrampften Finger.

Judith stand auf und zog das Wachstuch beiseite, das wir morgens angebracht hatten, um das Sonnenlicht zu dämpfen, weil es sonst zu direkt auf die Leinwand gefallen wäre. »Zeit für einen Spaziergang«, sagte sie.

Ich nahm mein Umschlagtuch vom Haken. »Es ist schon fast unheimlich, wie du meine Gedanken lesen kannst.«

Lachend drehte sie sich zu mir um. »Das ist bei dir nicht so schwierig, Hester.«

Meine düstere Laune verflog, sobald wir aus dem Haus traten und ich die frische Luft einatmete. Ich vergaß das verbissene Gesicht von Christiaan und schüttelte das Gefühl ab, dass ich etwas Schrecklichem gerade noch entkommen war.

14

Am Dreikönigstag war es nass und windig. Der Jahreswechsel hatte sich in aller Stille vollzogen. Freudlos erstreckte sich der Januar vor mir, und der graue Himmel mit den tief hängenden Wolken machte es noch schlimmer. Morgens buk ich einen Königskuchen, versteckte eine Bohne im Teig und ließ das Gebäck auf der Fensterbank abkühlen.

Judith biss von meinem Kuchen ab und verkündete, dass er ganz wunderbar schmecke, sie aber trotzdem kurz arbeiten würde. Am Abend könnten wir die Arbeit ruhen lassen und feiern.

Während ich das schmutzige Geschirr abwusch, schaute ich aus dem Fenster auf die nasse Welt dort draußen. Es fühlte sich trostlos an, diesen Tag einfach so verstreichen zu lassen. Ich konnte mich an so viele fröhliche Stunden aus meiner Jugend erinnern.

Jedes Jahr suchten Onkel Elias und seine Freunde drei Könige aus ihrer Mitte aus. Zwei von ihnen zogen weiße Gewänder an, der dritte ein schwarzes, und der färbte sich auch das Gesicht mit Ruß. Wir luden die Nachbarn zu einem Mittagsmahl ein. Am Abend zogen wir mit einem Papierstern und Kerzen die Straße entlang, tranken Bier mit Zucker und aßen Schmalzgebäck.

Vor zwei Jahren hatte mich meine Freundin Trijntje noch einmal zu sich eingeladen, um bei dem Kinderspiel mitzumachen, das wir »über die Kerzen springen« nannten. Ich dachte, es müsste einfach sein, weil ich es schon so oft gemacht hatte, doch ich stolperte und der Saum meines Rockes geriet in Brand.

Ihre Brüder schrien, sie stand stocksteif daneben, und ich versuchte vergeblich, die Flammen zu löschen. Meine Beine stachen und brannten, Blasen bedeckten schon meine rote Haut, und ich schrie lauthals vor Schmerz. Da kam Jacob angerannt, warf mich über die Schulter und rannte so schnell er konnte vom Raamsteeg, wo wir wohnten, zur Rapenburg-Gracht.

Ohne mich abzusetzen, sprang er aufs Eis. Wir schlitterten ein Stück, bis wir kurz vor einem Eisloch unter einer Brücke zum Stehen kamen. Er tauchte mich bis zur Taille ins eiskalte Wasser, während er mich unter den Armen festhielt.

Als wir nach Hause kamen, klapperten meine Zähne, und ich schlotterte am ganzen Körper. Onkel Elias warf einen Blick auf uns und schalt Jacob gnadenlos aus. »Du Narr! Du Dummkopf! Was ist dir bloß eingefallen, Hester da rauszuschleppen? Ihr hättet durchs Eis brechen können!«

Breitbeinig stand Jacob vor ihm. Um seine Stiefel bildete sich eine schmutzige Pfütze, und aus meinem Kleid tropfte das Wasser und lief in einem Rinnsal über den Boden. Eines von den Dienstmädchen kam aus dem Hinterzimmer und legte mir ein Tuch um die Schultern. Sie führte mich in meine Kammer, zog mir die nassen Sachen aus, steckte mich in mein Alkovenbett unter die Decken und rieb meine Beine mit einer Mischung aus Johanniskraut und Wegerich ein. Sie murmelte etwas in sich hinein, was ich nicht verstand, weil sie mir kurz zuvor eine bittere Flüssigkeit eingeflößt hatte. Ich fühlte, wie meine Gliedmaßen schwer wurden, und eine angenehme Wärme breitete sich in meinem ganzen Körper aus.

Später steckte Jacob seinen Kopf zur Tür herein. Er hatte sich verkleidet, und sein blondes Haar rahmte sein Gesicht ein wie ein Heiligenschein. Ich wurde rot bis unter die Haarwurzeln.

»Wie geht es dir?«
»Ich bin müde«, sagte ich. »Und meine Beine tun weh.«
Sein Blick wurde sanfter. »Das wird alles wieder gut.«
»Dank dir, ja.«

»Ach.« Er zuckte mit den Schultern und machte einen zögerlichen Schritt ins Zimmer. »Es war wirklich dumm von mir, dich in dieses Eisloch zu tunken. Ich hoffe, dass du nicht krank wirst.«

Er war schon fast wieder draußen, als ich ihn zurückrief.

»Danke schön.«

Mir fielen die Augen zu. Und bis heute weiß ich nicht sicher, ob ich mir eingebildet habe, dass seine Lippen meine Stirn streiften.

Die Gilde schickte mir einen nichtssagenden Bericht, in dem stand, dass es in Haarlem derzeit genügend Maler gebe, die sich auf dem engen Markt Konkurrenz machten. In geschwungenen Buchstaben rieten sie mir, nach Leiden zurückzugehen, wo ich vielleicht das Atelier meines Onkels führen könne, bis er zurückkam. Ich knüllte den Brief zu einer kleinen Kugel zusammen und warf sie quer durchs Zimmer.

»Was soll ich jetzt machen?« Poths Blick verfolgte mich, seit ich vor ihm gestanden hatte. »Ich bin die Tochter eines Haarlemer Bürgers, und ich habe ein Recht auf Arbeit in dieser Stadt. Das hat nichts mit meinem Talent zu tun!«

»Natürlich nicht«, sagte Judith, die mir einen Becher Buttermilch eingeschenkt hatte. Ich trank ihn aus und stellte ihn geräuschvoll auf den Tisch.

Auf einem Hocker neben dem Küchenfeuer versuchte ich, die tröstlichen Gerüche meiner Kindheit wiederzufinden: geschmolzene Butter und Muskatnuss, Brathuhn und

Zitronenkuchen. Aber in diesem Haus wurde nur wenig gekocht. Nach der Arbeit gingen wir in ein Gasthaus und bestellten dort eine Buchfinken- oder Hühnchenpastete, Mangold mit Milch und Speck oder weiße Bohnen mit Pflaumen und Sirup.

Ich heulte wie ein Kind, das hingefallen ist und seine Mutter nicht finden kann. Judith kniete sich neben mich und legte ungeschickt einen Arm um mich. »Du kannst so lange bei mir wohnen, wie du ein Obdach brauchst.«

Aber ihre hängenden Schultern sprachen eine andere Sprache, und die Ringe unter ihren Augen verrieten, dass sie sich lange Nächte über ihre Geschäftsbücher gebeugt hatte. Sie kämpfte mit anderen Malern um die wenigen Aufträge in Haarlem, und nun hatte sie noch ein weiteres Maul zu stopfen. Ich trug bei, was ich konnte, aber die Münzen aus Vaters Kästchen schwanden schneller dahin, als ich gedacht hatte. Material und Pinsel, Zeichenpapier und Leinwand waren teuer für jemanden, der fast nichts besaß.

»Wenn ich nur einen Ort hätte, an den ich gehen könnte«, sagte ich, als wir in ihr Atelier gingen.

Sie fasste mit den Fingern mein Kinn und zwang mich, ihr ins Gesicht zu schauen. »Du hast einen Platz. Hier.«

»Ich werde mich auf die Suche nach einer anderen Lösung machen.«

»Das ist vorläufig ganz unnötig.« Sie runzelte die Stirn, schien etwas sagen zu wollen, schwieg dann aber wieder.

»Ich glaube, du tust nur vor mir so, als wäre alles in bester Ordnung.«

Judith setzte sich an ihre Staffelei, griff aber nicht zum Pinsel. Mit starrem Blick schaute sie auf die Schalen mit den Farbpigmenten, die am Rand des Tisches standen. »Ich will dir deinen Traum nicht kaputt machen.« Sie rutschte auf ihrem Stuhl herum und straffte den Rücken. »Du siehst darin ein Ideal. Du hast es dir gewünscht, und jetzt, wo die Gilde dich abgewiesen hat, siehst du keinen Ausweg. Ich würde manchmal gerne etwas von dieser Last loswerden.« Sie berührte mit der Fingerspitze den rauen Rand einer Schale. »Oder sie mit jemandem teilen.«

Sie lächelte vor sich hin, ihr Gesicht entspannte sich, und ich fragte mich, woran sie wohl gerade dachte. Mit ihr zusammen dieses Atelier führen – das war eine Möglichkeit, an die ich gar nicht gedacht hatte. Haarlem würde staunen: nicht eine, sondern gleich zwei Frauen an der Spitze einer florierenden Malerwerkstatt.

»Kannst du wirklich nicht zu deinem Onkel gehen?«

Peng. Ich stand wieder mit beiden Beinen auf dem Boden. Wer auch immer ihr als Partner vorschwebte, ich war es nicht.

»Das ist unmöglich.« Ich hätte ihr gern erzählt, warum ich nicht nach Leiden zurückging, aber beim bloßen Gedanken an die Geschehnisse, die meinen unabwendbaren Abschied bedeutet hatten, verkrampfte sich alles an meinem Körper. »Er ist auf Reisen.«

Es wäre so wunderbar, wenn ich endlich einen Strich unter die Vergangenheit ziehen könnte: Ich mochte nicht an Dingen hängen bleiben, die vorbei waren. Aber es wollte mir nicht gelingen, diese Erinnerung aus meinem Gedächtnis zu löschen.

Das Atelier war erfüllt von den Männerstimmen von Christiaan und Jan. Sogar Judith unterbrach ihre Tätigkeit, und ich sah es als guten Vorwand, meinen Pinsel auch kurz ruhen zu lassen.

Jan zog Judith an der Hand mit zum Fenster, sie steckten die Köpfe zusammen und flüsterten. Dass ich nicht früher gesehen hatte, wie es sie zueinanderzog wie die Motten zum Licht!

Kunst war also nicht das Einzige, womit sich Judith beschäftigte. Ich kam mir albern vor, weil ich sie um etwas beneidet hatte, was ich als devote Hingabe betrachtete. Sollte am Ende beides gleichzeitig möglich sein? Jan und Judith ein Paar – diese Möglichkeit wäre mir nie in den Sinn gekommen. Unwillkürlich musste ich wieder an Jacob denken, und was alles hätte sein können, wenn er sich anders entschieden hätte.

»Jan war in Kindertagen Judiths Nachbar«, hörte ich Christiaan hinter mir. »Das Haus seiner Eltern stand gleich hinter der Brauerei ihres Vaters. Wusstest du das nicht?«

»Nein.« Es war das erste Mal, dass Christiaan und ich uns nach unserem Abschied vor dem Gasthaus wiedersahen, und ich betrachtete ihn kurz unter halb niedergeschlagenen Lidern. Ich musste zugeben, dass er heute mal wieder wunderbar aussah: Seine Haare waren gebürstet, und sein Anzug war auf seine Augenfarbe abgestimmt.

Auf dem Kopf trug er ein Barett mit Straußenfedern, und seine Schuhe zierten glänzende Silberschnallen. Er erinnerte mich eher an einen Kaufmann als an einen Maler.

»Sie haben zusammen Seifenblasen gemacht und Hüpfspiele gespielt. Du wohnst bei ihr im Haus, und ihr habt wirklich noch nie darüber geredet?«

Ich schüttelte den Kopf. »Wir hatten andere Dinge zu besprechen.«

»Ich hab keine Ahnung, was er in ihr sieht.« Als er merkte, wie ich ihn anschaute, fügte er hastig hinzu: »Obwohl es keine schlechte Idee ist, eine Frau zu heiraten, die auch Malerin ist.«

»Heiraten?« Meine Hände zitterten, als ich ein Kreidestück vom Tisch nahm, der zwischen den Staffeleien stand.

»Hast du noch nie daran gedacht? Ach komm, das liegt doch auf der Hand!«

»Noch nie.« Ich lachte, obwohl es nichts zu lachen gab. Natürlich hatte ich damals durchaus an eine Heirat mit Jacob gedacht, wie hätte es anders sein können?

15

Nach dem Unfall mit den Kerzen war es mir schwerer gefallen, mit Jacob im gleichen Zimmer zu sein.

Im Frühling saß ich einmal vor der Tür des Hauses und zeichnete, als Trijntje vorbeilief. An ihrem Arm baumelte ein Eimer, der bei jedem Schritt geräuschvoll gegen ihre Hüfte schlug. »Was machst du da?«

Ich klappte mein Skizzenbuch zu. »Ist noch nicht fertig.«

Sie setzte sich neben mich auf die Holzbank. »Bitte, zeig's mir doch mal.«

»Nein, ich mag nicht.«

»Das find ich aber schwach von dir.« Schulterzuckend rutschte sie ein Stückchen von mir weg. »Was hast du denn zu verstecken?«

Mein Herz wollte mir fast aus dem Brustkorb springen. Rasch schaute ich mich um. »Ich glaube, ich bin verliebt.«

Trijntje lächelte. »Das wird aber auch Zeit, du malst ja immer nur. So findest du nie einen Mann.«

Ich zog die Augenbrauen hoch. »Wenn ich jemals heiraten würde, dann nur einen Maler.«

Jetzt war es an Trijntje, mich skeptisch anzuschauen. »Fängst du schon wieder an.« Meine Freundin hatte kein Bedürfnis, etwas zu lernen. Sie saß den ganzen Tag an ihren Näharbeiten: Röcke, Kragen, Hauben. Ich wusste nicht, auf wen sie wartete, denn ich hatte noch nie bemerkt, dass sie irgendjemandem besonderes Interesse entgegengebracht hätte. Der bloße Gedanke, überhaupt einmal zu heiraten, schien ihr zu genügen.

Als ich sie näher zu mir heranwinkte, beugte sie sich vor. Ihre Haube roch nach Stärke, über ihre Wangen zogen sich rote Äderchen. Ich schlug das Skizzenbuch wieder auf.

»Aber das ist ja …«

»Jacob, genau. Weißt du noch, wie er mich letzten Winter gerettet hat?«

Trijntjes Wangen wurden noch ein bisschen röter. »Na ja, was heißt retten ... Ich finde, du warst nicht in Lebensgefahr.«

»Du wolltest doch wissen, was ich mache.«

Sie beugte sich noch weiter über meine Zeichnung. »Es sieht ihm schon ähnlich. Willst du es ihm schenken, wenn es fertig ist?«

»Vielleicht. Er schaut mich oft an, wenn wir arbeiten. Glaubst du, dass er mich hübsch findet?«

Trijntje stand auf. »Warum nicht? Frag ihn doch.« Sie strich sich den Rock glatt.

»Das trau ich mich nicht.«

»Soll ich es für dich tun?«

»Nein!«

Sie lachte. »Ich muss gehen, ich glaube, Mutter hat mich gerufen. Träum schön weiter.«

Ich schaute ihr nach, wie sie verschwand und wie keck sie dabei ihren Kopf hielt. Neben das Porträt von Jacob zeichnete ich Trijntjes Gesicht. Den sonst so fröhlichen Blick in ihren Augen ersetzte ich durch den amüsierten, den sie mir zugeworfen hatte, bevor sie mich allein ließ. Dann wischte ich ihr Bild gleich wieder weg. Es gefiel mir nicht, ihre Köpfe so nah beieinander zu sehen.

Sogar Onkel Elias merkte irgendwann, dass ich um Jacob herumschlich. Wir stellten unsere Staffeleien, die erst nebeneinandergestanden hatten, an einen anderen Platz, aber das Tischchen mit den Malwerkzeugen teilten wir weiterhin. Mein Onkel sah, wie meine Finger versehentlich die von Jacob streiften, wenn wir gleichzeitig nach etwas griffen, und wie ich sie länger als nötig auf seinen ruhen ließ. Er bemerkte, wie ich mich nach dem Arbeitstag, wenn alles längst aufgeräumt war, täppisch herumdrückte und zögerte, ins Wohnhaus zurückzugehen. Ich folgte Jacobs Bewegungen mit den Blicken, wenn er Pigmente mahlte, aber nur, wenn er es nicht merkte. Unsere Gespräche bekamen auf einmal etwas Verlegenes.

Im Sommer, zu der Zeit, als ich gerade letzte Hand an ein Gemälde für einen unserer Auftraggeber legte, fragte mich Onkel Elias, ob ich gerne heiraten würde.

»Ist das das Letzte, was du für mich tust, Hester?«

»Warum?«

Als mein Onkel erzählte, dass er mich schon eine geraume Weile beobachtete und fand, dass Jacob und ich gut zusammenpassten, hielt ich den Atem an. Er sagte, er fände es schade, wenn ich wegginge, aber er sei immer darauf gefasst gewesen, dass es eines Tages geschehen würde.

»Ich weiß ja nicht mal, wie Jacob mich findet. Wir sind ja nie allein.«

Onkel Elias legte mir die Hand auf die Wange. »Geh doch mal mit ihm spazieren, dann wirst du es schnell genug herausfinden.«

Judith und Jan lachten und plauderten, und ich wandte Christiaan das Gesicht zu. »Heiraten ist das Letzte, woran ich im Moment denke. Die Gilde hat meinen Antrag abgelehnt.«

Seine Augen weiteten sich noch ein wenig, aber davon abgesehen rührte er sich nicht. »Hattest du erwartet, dass sie dich annehmen?«

»Warum denn nicht?«

Als er grinste, kam ich mir lächerlich vor. Wie lustig, dass ich meinte, Judith sei keine Ausnahme von der Regel, wie witzig, dass ich einen Platz in Haarlem verlangte. Ich wandte ihm unwirsch den Rücken zu und griff wieder zu meiner Palette. Während ich die Umrisse der Mühle ausmalte, war ich mir seiner Anwesenheit viel zu sehr bewusst. Er stand mit verschränkten Armen neben mir und beobachtete meine Hände. Schließlich reichte es mir. »Ich werde für heute aufhören.«

Er ließ den Blick von meinem Bild zu mir wandern und schien kurz zu überlegen. »Komm mit«, sagte er und zog mich am Ärmel mit nach draußen.

»Wo gehen wir denn hin?«

Ich bekam keine Antwort, und wir bogen um eine Ecke und um noch eine Ecke, bis wir vor einem hohen, schmalen Haus an der Bakenessergracht stehen blieben.

Drinnen drang mir der vertraute Geruch von Terpentin, Öl und Holzkohle in die Nase, und mir wurde klar, dass er mich in seine eigene Werkstatt mitgenommen hatte.

»Ist das Absicht, dass du mir dein Atelier ausgerechnet an dem Tag zeigst, an dem mein Traum von einer eigenen Werkstatt zerplatzt ist?«, fragte ich, aber er senkte den Kopf und meinte, dass er mich nur ein bisschen ablenken wolle. »Na, dann versuch es mal«, sagte ich.

Bevor sich meine Augen an das spärliche Licht gewöhnt hatten, wusste ich nicht recht, wohin ich meine Füße setzen sollte. An den Wänden und auf dem Boden standen Leinwände aller Art und Größe: kleine Porträts, größere von Menschengruppen. Seine Palette hatte gerade mal vier Hauptfarben: Bleiweiß, braunes und gelbes Ocker, Kienruß. Hie und da ein Detail in Zinnoberrot oder Alizarinrot für ein Kleidungsstück. Der Stil war grob, als hätte er die Farbe aufgetragen wie bei einer Skizze. Auf der anderen Seite des Zimmers standen noch mehr Bilder, aber die zeigten mehr Einzelheiten, zum Beispiel eines vom Inneren der Grote Kerk. Die Bögen waren sehr detailgetreu gezeichnet, die kleinen Gestalten im Hintergrund schön ausgearbeitet.

»Die sind nicht alle von mir«, sagte Christiaan, der meinem Blick gefolgt war. »Ich verkaufe sie auch für andere.«

Ich interessierte mich am meisten für sein Werk und bückte mich, um es genauer zu betrachten. »Warum lässt du das Interieur hinter den Figuren weg?«

»Grau und Braun allein trocknen schneller, auf die Art dauert es nicht so lange, bis ein Bild fertig ist. Außerdem kann mein Lehrling selbstständig daran arbeiten.«

Ich schwieg. Ich hielt nichts davon, so zu malen, aber freilich kostete mehr Farbe auch einen Haufen Geld, und der Preis müsste um einiges höher ausfallen, wenn man auf seine Kosten kommen wollte. Was würde Onkel Elias wohl zu diesem Atelier sagen, in dem die Produktion vor Komposition und Stil ging? Ich kannte die Antwort: Er würde den Kopf schütteln und sagen, dass Gott einem Maler sein Talent nicht gegeben hatte, damit er es leichtsinnig verwaltete. Ich konnte mich nicht recht entscheiden, ob diese Art zu arbeiten eher auf Bequemlichkeit oder auf mangelndes Talent hindeutete.

»Schau mal hier.« Christiaan stand vor einem Ebenholzschrank mit Intarsien aus Elfenbein und Perlmutt. Hinter den Türen kamen Bilder von Tulpen und kunstvoll verzierte Schubladen zum Vorschein. Als er eine Schublade nach der anderen aufzog, hoben sich die Schalen, Fossilien und Mineralien von dem Untergrund aus dunklem Samt ab, auf dem sie drapiert waren. Er nahm ein paar Gegenstände heraus, einen großen Stein, ließ die Einzelteile einer Korallenkette durch die Finger gleiten. Ich hatte noch nie so ein übervolles Raritätenkabinett gesehen. Onkel Elias hatte nur ein Regal, das vor allem mit Schmetterlingen und Insekten zum Abzeichnen gefüllt war. An der Wand neben Christiaans Schrank hingen vier Blumenbilder.

»Selbst gemacht?«

»Nein, ich finde, das ist eher ein Motiv für eine Frau«, sagte er. Er kniff die Augen ein wenig zusammen und versuchte meine Reaktion zu ergründen. »Aber meine Schwester ist ganz versessen darauf, und außerdem ist es in Mode. Hast du auch manchmal Blumen gemalt?«

»Natürlich. Und mein Onkel und seine Lehrlinge ebenfalls.«

Doch er schien mich gar nicht zu hören, sondern schaute gierig ein paar Münzen an. »Findest du nicht, dass ein Maler von Berufs wegen zum Sammeln verpflichtet ist?«

In den Schubladen lagen genug Dinge, die ich gerne für meine Bilder verwendet hätte. Es schien mir durchaus nützlich, eine möglichst große Sammlung aufzubauen, aber ich fand, dass die Gegenstände im Dienst der Kunst stehen sollten und dass man sie nicht kaufen durfte, weil man sie einfach besitzen wollte. Ich glaubte jedoch nicht, dass Christiaan eine Antwort erwartete, denn er war ins nächste Zimmer weitergegangen, wo er auf die Büste eines Mannes mit Vollbart deutete.

»Meine Kunstkammer«, sagte er.

»Oh.« Wider Willen war ich beeindruckt.

Wir gingen zum nächsten Stück. Wir drehten eine Runde und ließen keine Ecke aus, bis mir ganz schwindlig war von all den Bronzestatuetten, den Schädeln und dem Porzellan.

»Wie gefällt es dir?« Er schaute mich an wie ein Kind, das mit beiden Händen im Honigtopf gewesen ist.

»Es ist ein bisschen viel.« Ich verstand den Sinn dieser ganzen Pracht nicht, machte aber ein höfliches Gesicht. Es erinnerte mich an den Abend, als Korneel mir die Tulpenzwiebel geschenkt hatte. Nicht, weil daraus eine schöne Blume wachsen würde, sondern weil sie den Wert eines Pferdes hatte. »Woher hast du das Geld für diese ganzen Sachen?«

Seine Werkstatt stand in krassem Gegensatz zu der von Judith. Wenn sie sich an die Buchhaltung setzte, war ihre Stirn voller Sorgenfalten.

»Manche Stücke habe ich über andere Kunsthändler gekauft. Man entwickelt ein Näschen dafür.«

Eine Tür ging auf, und eine Frau trat über die Schwelle. Sie war klein und trug ein schwarzes Kleid, was seltsam war bei jemandem, der nicht aus einer der reichsten Familien von Haarlem stammte. Hinter dem breiten Rand der Haube mit den langen Seitenteilen verschwand ein Teil ihres Gesichts. Trotzdem fiel mein Blick sofort auf die straffen rosaroten Streifen auf der linken Seite, während die rechte Seite so glatt war wie die Haut eines Säuglings. Ohne zu überlegen, wich ich zurück. Es sah so schmerzhaft aus und so schrecklich hässlich. Aber schließlich gewann meine gute Erziehung die Oberhand, und ich wandte mitleidig den Blick ab.

Sie schämte sich jedoch kein bisschen, sie kam mit leichten Schritten auf uns zu, und ihre Stimme klang hell und fest, als sie fragte: »Wer ist deine neue Freundin, Bruder?« Ein leises Lächeln spielte um ihre Lippen.

Christiaan stellte die Vase aus der Hand, die aus China stammte, wie er mir gerade erzählt hatte. »Ich wusste gar nicht, dass du zu Hause bist. Hester, das ist meine Schwester Elsken.«

Sie schaute mich mit ihren großen Augen an.

»Schade, dass du mir nicht eher Bescheid gegeben hast, dass du Besuch mitbringst, Christiaan. Aber es ist genug da.« Sie deutete hinter sich und fragte: »Du bleibst doch zum Essen, oder?«

16

Im Gegensatz zur Kunstkammer war die Küche nüchtern eingerichtet: helle, halbhoch gekachelte Wände und ein eingebauter Alkoven. Über dem Herd hing ein Topf, in dem das Essen köchelte, und auf dem schwarz-weißen Boden standen Wannen, in denen Bettzeug einweichte. Es roch nach einer Mischung aus nasser Wäsche, Seife, Süßholz und Kreuzkümmel.

»Bist du sicher, dass du mich einladen willst?« Zweifelnd machte ich einen Schritt in die Küche. Auf dem Tisch türmte sich ein Riesenberg. Überall flogen die Federn eines halb gerupften Hühnchens herum, Äpfel waren über die Tischplatte gerollt. Da stand eine Schüssel, in der Weißbrot in Milch zerfiel. Ich sah Safran in einem Mörser, ein Häufchen Kreuzkümmel, Eidotter in einem Gefäß und etwas, was so aussah wie Asche. »Es sieht so aus, als hättest du gerade ziemlich viel zu tun.«

»Ich wollte mir die Haare blonder färben«, sagte Elsken. Sie stand mitten in der Küche und schaute sich etwas verloren um. »Und meine Haut heller. Deswegen die Ziegenmilch und das Brot. Und der Safran und die ganzen anderen Sachen.« Sie deutete auf das Chaos rundherum. »Ich brauche noch Buchsbaumblätter ... die müssen hier auch irgendwo liegen ...« Mit zwei Schritten war sie beim Tisch und wühlte zwischen den Sachen, wobei sie versehentlich das Gefäß mit den Dottern auf den Boden warf. »Oh, ich putz es gleich weg.«

Sie ließ den Dreck liegen und machte das Fenster auf. Einen Moment blieb sie reglos stehen und schloss die Augen. Ich wusste nicht, was ich tun sollte. Gehen? Etwas zu ihr sagen? Straßenlärm drang herein: Gehämmer, ein bellender Hund, gefolgt von einem Schrei und einem Aufheulen. Spielende Kinder, Lärm. Ein Schmelztiegel von Geräuschen.

Elsken bewegte sich wieder. »Ich weiß nicht, was ich gedacht habe, ich war abgelenkt. Die Suppe ist fast fertig.« Sie griff sich eine Handvoll Federn, woraufhin auch andere aufgewirbelt wurden und auf den klebrigen Dottern landeten.

»Setz dich doch kurz hin«, sagte ich zu ihr. »Geht es dir gut?«

»Ich weiß nicht.« Elsken ließ sich von mir zu einem Stuhl führen. Ihr Gesicht war knallrot, die straffen Narben hoben sich davon ab. »Wenn nur Christiaan nicht hereinkommt, bevor ich aufgeräumt habe.«

»Ich glaube, der ist noch einen Moment beschäftigt.«

Wir hatten ihn in dem überfüllten Zimmer mit seinen Schätzen allein gelassen. Vorläufig war er ganz damit beschäftigt, in den Kästchen mit den antiken Münzen zu wühlen und seine Fossilien und Muscheln zu studieren.

Ich schaute mich nach Wasser um und sah einen Eimer in der Ecke stehen. »Wird das Haar wirklich blonder von dem Zeug?«, fragte ich, während ich ein Tuch auswrang und den klebrigen Matsch aufwischte.

»Ja.« Elsken, die inzwischen nach einem Besen gegriffen

hatte, stellte ihn wieder aus der Hand und nahm ihre Haube ab. Ihre Haare fielen ihr über die Schultern bis zur Taille. Prachtvolles, dickes, goldenes Haar. Ich starrte sie mit offenem Mund an.

»Ich finde, das brauchst du gar nicht.«

Sie verzog das Gesicht zu einer Grimasse. »Ich habe auch ein Rezept, mit dem man seine Haare pechschwarz färben kann. Aber das funktioniert bei mir natürlich nicht. Man braucht dazu die Rinde eines Feigenbaums und Alaune. Ich glaube, auch noch ein paar andere Sachen. Das würde bei dir schon gehen, denke ich, dein Haar ist dunkel genug. Wenn du deine Mütze abnimmst, kann ich es richtig einschätzen. Möchtest du?«

»Nein, danke.«

»Ein andermal vielleicht? Dann suche ich das Rezept heraus. Jemand hat es mir einmal aufgeschrieben.«

»Ja, ein andermal vielleicht.« Meine Hand zuckte zu meinem Kopf. Elsken sah aus, als wäre sie imstande, mir meine Haube einfach so abzuziehen.

»Aber ich rede und rede hier ... tut mir leid. Er bringt fast niemanden mehr mit nach Hause.«

»Ich gehe nirgendwohin.« Mit der Hand berührte ich Elskens Haar. Seidenweich. »Ich würde dich schrecklich gerne malen.«

»Ach, lieber nicht«, sagte sie, und ihre Augen füllten sich mit Tränen.

Ich merkte, dass ich rot wurde, aber ich konnte meine unbedachten Worte nicht zurücknehmen.

Als Christiaan eine halbe Stunde später hereinkam, saßen wir schon mit unserer Suppe am Tisch. Die Tischplatte war blank geputzt, die Hühnerfedern waren mit dem Rest des Mülls in der Gracht verschwunden. Beim Aufräumen hatten wir gelacht und geplaudert, als würden wir uns schon seit Jahren kennen. Alles ging wie von selbst. Ich hatte Äpfel geschält, und sie hatte einen Teig ausgerollt. Der Kuchen war wunderbar gelungen. Irgendwie erinnerte sie mich an meine verstorbene Tante. Mit ihr wurde langweilige Hausarbeit auch immer etwas Besonderes.

Elsken war eine gute Zuhörerin und verstand mich ohne viele Erklärungen. Aber als ihr Bruder in die Küche kam, zog sie sich sofort in sich zurück, als gäbe es nicht genug Platz für sie beide.

Sie brach ein Stück Brot ab und tunkte es in die Suppe. Er würdigte sie keines Blickes, sagte nicht, dass es lecker schmeckte, machte ihr keine Komplimente. In seiner Anwesenheit klang ihre Stimme leiser, sie schob die Haare unter ihre Haube und zog sich die Seitenteile so weit wie möglich ins Gesicht. Mit dieser Geste unterstrich sie ihre Narben nur noch.

Kurz bevor Christiaan eingetreten war, hatte ich ihr gerade von Jacob erzählen wollen. Ich hatte das Gefühl, dass sie mich verstehen würde. Ihre Augen hatten Schreckliches gesehen, sie erzählten eine eigene Geschichte. Gerade solche Menschen, die keine alltägliche Erscheinung waren, zogen mich an. Ihr Leben wollte ich festhalten, nicht das von irgendeinem Aufschneider, der sich für die Nachwelt verewigen lassen wollte. Die konnten andere Maler porträtieren, ich ging meinen eigenen Weg.

»Suche das Ungewöhnliche«, hatte Onkel Elias immer gesagt. Das war eine der ersten Lektionen, und ich hatte sie niemals vergessen. »Erfasse die Seele.«

Elsken, die unbekümmert von einem Rezept erzählte, wie man sich die Haare schwarz färben konnte – das war die Frau, die mich faszinierte. Sie wollte ich auf Leinwand verewigen.

Als Christiaan mich zurück zu Judiths Haus begleitete, gingen wir schweigend nebeneinander durch die Straßen. Es war eine kalte, helle Nacht mit Sternenhimmel. Ich schaute nach oben, verwirrende Gedanken gingen mir durch den Kopf. Es war ein seltsamer Abend gewesen.

»Ich hoffe, meine Schwester hat dich nicht abgeschreckt«, sagte er, als wir schließlich in der Korte Barteljorisstraat stehen blieben.

»Ich mag sie.«

Er biss die Zähne zusammen und zog seinen Kragen zurecht.

»Sie stand eine ganze Weile völlig neben sich. Wenn ich sie nicht …«

»Was?«

Er nahm noch einen Anlauf. »Wenn ich sie nicht in mein Haus aufgenommen hätte, würde sie jetzt irgendwo am Straßenrand sitzen und betteln.«

»Aha.«

Er wischte sich mit der Hand über die Augen. »Nach

dem Brand dauerte es Wochen, bevor sie überhaupt wieder ein Wort sagte. Jetzt spricht sie viel zu viel. Schier nicht aufzuhalten, ich werde noch ganz wahnsinnig davon.«

»Sie ist nett, Christiaan.«

»Ich weiß, jeder findet sie charmant.«

»Es ist mehr als Charme. Sie ist …« Ich versuchte, die richtigen Worte zu finden, um Elsken zu beschreiben. »Goldig.«

»Goldig?« Christiaan brach in Gelächter aus. »Das ist das letzte Wort, das mir zu ihr einfallen würde.«

Nachdenklich schaute er mich an. Ganz unerwartet nahm er auf einmal meine Hand, schob den Ärmel meines Kleides ein Stück hoch und drückte zart die Lippen auf die Innenseite meines Handgelenks. Es geschah so schnell, dass ich keine Zeit hatte, meinen Arm zurückzuziehen. »Schlaf gut.«

Die Wärme seiner Handfläche brannte mir noch auf der Haut, als ich die Tür öffnete. Hinter dem vorgezogenen Vorhang, am Eingang zum Atelier, flackerte Licht auf. Judith war noch wach.

Sie schaute von ihren Unterlagen auf, als sie mich hereinkommen hörte. »Wo bist du gewesen? Ich hab auf dich gewartet.«

Ihr Gesicht war grau, unter ihren Augen zeichneten sich dunkle Ringe ab. Als ich heute Nachmittag weggegangen war, war sie ein kicherndes Mädchen gewesen, das sich mit seinem Liebsten herumbalgte, jetzt saß hier eine alte Frau. Ich war zu müde, um sie zu fragen, was los war.

»Christiaans Schwester hat mich zum Abendessen eingeladen.«

»Du hast Elsken getroffen? Wie geht es ihr?«

»Gut. Ich dachte, ihr wärt befreundet.«

»Nein, nur mit ihrem Bruder.«

»Ich geh jetzt ins Bett.«

Judith nickte und schien noch etwas sagen zu wollen, schluckte ihre Worte aber herunter.

»Ist noch was?«

»Das hat Zeit.« Sie lächelte, und ich fand, dass sie traurig aussah.

Trotzdem hakte ich nicht nach, sondern drehte mich um und schleppte mich die Treppe hoch.

17

»Ich muss mit dir reden.« Ich schoss hoch, als ich plötzlich die Stimme hörte, und stieß mir den Kopf am Balken über dem Bett. Wie ein Gespenst stand Judith auf der Schwelle meiner Dachkammer, und im Kerzenlicht schimmerten ihre nackten Waden durch das dünne Nachthemd. Ihr Gesicht lag im Schatten, die feinen Haare fielen ihr über die Schultern.

»Komm rein«, sagte ich und rieb mir die Beule auf der Stirn.

Mit steifen Bewegungen setzte sie sich ans Ende meines

Strohsacks, die Kerze stellte sie vor sich auf den Boden. Sie fuhr mit den Fußsohlen über die Dielen.

»Tut mir leid, dass ich dich geweckt habe.«

»Macht nichts.«

Judith nickte und schien nach Worten zu suchen. So verlegen war sie sonst nie, und so still hatte ich sie auch selten gesehen. Wenn ich an sie dachte, hatte ich immer ihre geschäftigen Hände vor Augen, die Farbe für mich anmischten.

»Es konnte doch nicht mehr warten«, sagte sie. »Ich lag schon im Bett, aber ich muss es dir jetzt sagen.«

Ich setzte mich gerade hin, zog ein Kissen hinter meinem Rücken hervor und legte es auf meinen Schoß. Ich hatte einen Knoten im Magen, mein Mund war ganz trocken.

»Sag es einfach.«

Sie seufzte und strich mit den Fingern mein Laken glatt. Die Kerzenflamme zuckte und zischte. Die Stille war so dick wie Sirup, aber ich wartete, bis Judith bereit war, mir zu erzählen, was sie auf dem Herzen hatte. Ich hatte keine Ahnung, wie ich sie ermutigen konnte.

Sie rieb sich mit beiden Händen Kopfhaut und Schläfen. Dann beugte sie sich vor, sodass ich ihren Gesichtsausdruck nicht sehen konnte. Sie war kaum zu verstehen, als sie sagte: »Ich werde Jan heiraten. Und dann ziehen wir nach Amsterdam.«

Ich legte das Kissen neben mich und zog die Beine an, sodass ich die Arme um die Knie schlingen konnte. Nichts war schlimmer, als zu niemandem zu gehören. Ich wusste nicht, ob ich heulen oder lachen sollte. Dieses enge Haus war ein Zufluchtsort für mich, abends streckte ich mich hier auf meinem schmalen Bett aus und schlief, ohne zu träumen. Das Atelier fühlte sich für mich an wie mein eigenes, und Judith war wie meine ältere Schwester, auch wenn ich nur ein paar Monate jünger war. Wie lange trug sie das schon mit sich herum? Und warum hatte sie mich nicht früher ins Vertrauen gezogen?

Das Haus von Onkel Elias sah dem von Judith ähnlich. Es war auch hoch und schmal, mit Bogenfenstern und Fensterkreuzen an der Fassade. An dem Tag, als Jacob und er abreisten, schloss mein Onkel sämtliche Läden. Ich lauschte dem Knirschen der Läden, und mir war zumute, als würde ich innerlich absterben. Haarlem war mir fremd geworden, ich wusste nicht, ob ich dort jemals wieder Wurzeln schlagen konnte. Eine Weile schien es ganz so, als hätte es gelingen können, aber jetzt ging Judith auch weg.

»Wann?«, fragte ich, als ich meine Stimme wiedergefunden hatte.

»Mitte Mai werden wir das Aufgebot bestellen. Ein bisschen dauert es also noch. Bis dahin kannst du natürlich hier wohnen.«

Judith und Jan, Jan und Judith. Eine Hochzeit. Er hatte so eine laute Stimme, seine Augen lachten selten, und sein Talent kam nicht annähernd an ihres heran. In den Tavernen war bekannt, dass sie ihn im Auge behalten musste, weil er so oft in Schlägereien verwickelt wurde. Was fand sie an diesem jähzornigen Kerl? Ja, sie kannten sich schon ewig, sie hatten mehr oder weniger nebeneinander gewohnt und teilten sich manchmal auch die Malutensilien. Aber warum mussten sich die Dinge ständig ändern, warum konnte nicht einfach alles mal ein paar Jahre gleich bleiben?

Meine Hände umklammerten meine Knie noch fester. Die Hilflosigkeit zerrte an meinem Körper und hielt mich davon ab, Judith zu gratulieren. Ich konnte mich nicht für sie freuen, irgendetwas hielt mich davon ab, mich zu bewegen, ihr einen Kuss zu geben oder auch nur auf die Schulter zu klopfen.

»Ich verstehe natürlich, dass es schwierig ist für dich, Hester.«

Ich zog an einem Wollfaden an der Decke und schaute nicht zu ihr, überallhin, bloß nicht zu ihr.

»Warum er?«

Sie zuckte mit den Schultern. »Ich liebe ihn.«

War es so einfach? Reichte das schon? Ich musste laut auflachen, und Judith schaute mich an, als wäre ich verrückt.

»Zusammen haben wir eine Zukunft«, sagte sie und wickelte sich eine Locke um den Finger. »Mit meiner Werkstatt geht es nicht so gut. Das Hin und Her mit dem übergelaufenen Lehrling hat mich viel Kundschaft gekostet. Es wird das Beste sein, wenn wir irgendwo anders neu anfangen.«

Und was ist mit mir?, war mein kindischer Gedanke. Was für Möglichkeiten blieben mir dann noch? Stück für Stück ergriff die Panik von mir Besitz, meine Ruhe verschwand, und bevor ich mich's versah, saß ich schluchzend da.

Judith rutschte vom Fußende näher zu mir, ich fühlte die Wärme ihrer Haut durch den Stoff ihres Ärmels und legte meine Wange an ihren Arm. Ich weinte und weinte und konnte schier nicht aufhören. Sie strich mir über die Haare. Nach einer Weile entspannten sich meine Schultern, und ich bekam wieder Luft. Mein Atem ging regelmäßiger, und schließlich verstummte mein Schluchzen.

Dann überfiel mich die Scham, ich setzte mich auf und trocknete mir die Augen mit einem Zipfel meiner Bettdecke.

Ich traute mich nicht, sie anzuschauen, aus Angst vor dem Mitleid in ihren Augen.

»Schlaf jetzt. Wir reden morgen weiter.« Judith wusste offenbar nichts mehr zu sagen, sie stand auf und nahm den Kerzenhalter vom Boden.

»Schade, dass dein Onkel im Ausland ist.«

Immer nur der Vorschlag, dass ich zu ihm zurückgehen sollte. Würde ich das überhaupt wollen, wenn es ginge?

Als ich die Augen schloss, war ich wieder im überfüllten, stickigen Atelier. Hinter seiner Staffelei stand Onkel Elias mit der Malermütze auf dem Kopf. Es war schon später Nachmittag, ich sah es am Licht, das auf den Boden fiel. Wo war Jacob? In den letzten Monaten hatte ich ihn vor mir gesehen, aber nie richtig deutlich. Jetzt bohrte sich sein Bild jedoch mit gnadenloser Klarheit in meine Erinnerung. Als wäre er die ganze Zeit in einer verschlossenen Flasche gewesen, aus der jetzt der Verschluss herausschoss, weil man sie zu kräftig geschüttelt hatte. Sein ovales Gesicht mit dem spitzen Kinn, das blonde Haar, das ihm bis auf die Schultern fiel, und die tief liegenden Augen mit den hellen Wimpern waren wieder da. Ich hatte ihn regelmäßig gemalt, aber nach unserem Abschied hatte ich in meinem Buch nie wieder zurückgeblättert.

Ich fasste einen Beschluss, obwohl ich wusste, dass danach zwischen uns alles anders sein würde. Am Abend hatte es mir schon auf der Zunge gelegen, Elsken davon zu erzählen, warum also nicht Judith? Sie hatte so viel für mich getan.

»Weißt du, warum ich nicht nach Leiden zurückgehen kann?«

Judith hatte mir bereits den Rücken zugekehrt und stand auf der Schwelle. Jetzt drehte sie sich um und schüttelte den Kopf.

»Willst du es wissen?«

»Natürlich.«

»Ich hätte es dir gleich erzählen sollen, als wir uns kennengelernt haben.«

Viel zu hastig begann ich. »Meneer van Asperen, ein Tuchhändler, der nicht reich genug war für einen Garten voller Tulpen, wollte ein Gemälde von einem Blumenstrauß in einer Vase, umflattert von Schmetterlingen. Blumen und Insekten waren inzwischen meine Spezialität geworden, und Onkel Elias gab den Auftrag mir.«

Ohne die Kerze abzustellen, kam Judith ins Zimmer zurück und setzte sich wieder aufs Bett. »Erzähl weiter«, sagte sie.

»Ich arbeitete ungefähr ein Jahr an dem Bild, trug Schicht für Schicht auf, bis es genau die richtige Farbe und den richtigen Glanz hatte. Im Sommer war es fast fertig, durchs Fenster tönte das Getschilpe der Spatzen, im Atelier war es glutheiß. Die Sonne schien durch die Fenster, und wir hängten Laken auf, um die viel zu starken Strahlen abzuschirmen. Ab und zu tupfte ich mir Gesicht und Hals mit einem Tuch ab. Der Schweiß lief mir in Strömen über den Körper, und die losen Löckchen an meinen Schläfen wurden feucht. Onkel Elias las in Karel van Manders Buch über die Malerei, aber dann legte er es aus der Hand, um sich meine Arbeit anzusehen. Ich fragte ihn, ob ich Mennigrot für die Schmetterlingsflügel verwenden sollte, und er meinte, ich solle die Farbe abschwächen, bis sie sich der blassroten Farbe der Blumen annähere. Er machte mir ein Kompliment – er fand, es sehe so aus, als hätten sich die Schmetterlinge auf die Leinwand gesetzt und könnten jeden Moment davonflattern.«

Ich hielt inne und schaute Judith ins Gesicht, über das das Kerzenlicht tanzte.

»Erzähl weiter«, ermunterte sie mich.

Ich wusste nicht, ob ich es konnte. Das Geheimnis, das ich seit meiner Rückkehr mit mir herumtrug, war zu peinlich. Seufzend versuchte ich, die richtigen Worte zu finden. »Ich malte die dünnen Linien auf den Flügeln mit höchster Konzentration. Als das Bild fertig war, trat ich einen Schritt von der Leinwand zurück und betrachtete das Ergebnis. Es war ausnehmend gut gelungen, und ich war zufrieden mit meiner Arbeit.«

Meine Stimme zitterte, das ärgerte mich. Ich holte tief Luft, bevor ich fortfuhr. »Jacob stellte sich neben mich und bemerkte, es gebe Maler, die im letzten Moment Schmetterlingsflügel in die noch nasse Farbe drückten und danach wieder abzogen, sodass Schuppen zurückblieben, die dem Bild einen perlmuttfarbenen Glanz verliehen. Er sagte, dass die meisten Auftraggeber es nicht mochten, wenn man sich die Arbeit auf diese Art erleichterte, und dass sie das Bild dann nicht mehr haben wollten. Es sei, als ob der Maler falschspielen und sich nicht auf seine Malkunst verlassen würde. Mein Onkel erwiderte, dass in seinem Atelier niemand Schmetterlingsflügel auf seine Gemälde drücke. Ich hörte ihr Gespräch, maß ihm aber keine Bedeutung bei.«

Wieder hielt ich inne. Judiths ernstes Gesicht lähmte mich fast. Aber ich hatte mit meiner Erzählung angefangen, jetzt musste ich sie auch zu Ende bringen. Dass Judith sie nicht kommentierte, war gut. Sonst hätte ich überhaupt nicht mehr den Mut aufgebracht, die Geschichte zu erzählen. Ich räusperte mich und klemmte die Hände zwischen die Beine.

»Dann fuhr Jacob mit dem Finger über einen der Schmetterlinge auf der Leinwand. Ein wenig Farbe blieb an seiner Haut, und er wischte sich die Hand an der Hose ab. Sein Blick war kühl, und er runzelte die Stirn, bevor er sich zu Onkel Elias umdrehte. ›Findet Ihr Hesters Schmetterlinge genauso gut wie mein Stillleben, Meister?‹

Mein Onkel schaute ihn ernst an. ›Du bist schon auf einem sehr guten Weg. Aber du musst noch viel lernen.‹

›Und sie?‹

Seine Stimme klang so verbittert, dass ich aufblickte. Onkel Elias lächelte. ›Hester auch, aber ich finde, dass dieses Gemälde viel von ihrem Talent zeigt.‹

Mit starrer Miene schaute Jacob weg. Als mein Onkel ihm auf die Schulter klopfte, schüttelte er den Kopf und verließ das Atelier, und wir blieben bestürzt zurück.«

Judith starrte mich konzentriert an. Die Kerze hatte sie inzwischen auf den Boden gestellt.

»Am Tag zuvor hatte Jacob noch so anders ausgesehen, dass ich jetzt völlig verwirrt war. Am Nachmittag hatte er gelacht, weil ich beim Arbeiten mit dem zweihaarigen Pinsel immer die Zungenspitze aus dem Mund schob. Nur mit äußerster Konzentration konnte ich die Einzelheiten der Beine und Fühler wiedergeben. Ich schöpfte Wasser aus einem Eimer in der Ecke des Ateliers und spritzte Jacob nass. Er wiederum hielt meine Hände fest, bis Onkel Elias uns zur Ordnung rief. Er wollte nicht, dass etwas umfiel, und schickte uns hinaus, und das ließen wir uns kein zweites Mal sagen.«

Ich setzte mich zurecht. Die Erinnerung an jenen Tag stand mir nur zu deutlich vor Augen, und ich hatte Mühe, meine Gefühle im Zaum zu halten.

»Das Wasser in den Grachten war flach und stank. Wir konnten die Stadt nicht schnell genug hinter uns lassen. Die Blätter an den Bäumen hatten so viele Grünschattierungen, dass ich sie kaum mehr benennen konnte. Jacob hakte sich bei mir unter, und wir spazierten zum Stadttor hinaus. So still er in der Werkstatt immer war, so gesprächig war er jetzt. Er begleitete seine Worte mit großen, heftigen Gesten, und ich betrachtete ihn mit wachsender Zuneigung.

Ich atmete die Sommergerüche ein. Das Flötenkonzert der Vögel tönte fröhlich in meinen Ohren, und ich ließ die Fingerspitzen über die Akeleien gleiten. Kohlweißlinge, Zitronenfalter, Tagpfauenaugen und Blaue Feuerfalter tanzten um uns her, sie waren noch schöner, als ich sie malen konnte. Von allen Tieren, die ich in meiner Lehrzeit studiert habe, mochte ich die bezaubernden bunten Schmetterlinge am liebsten. Sie landeten auf den Blumen in den Gärten, sogen mit ihrer aufrollbaren Zunge den Nektar heraus und tanzten im Sonnenlicht auf und nieder. Ich beneidete sie um ihre Freiheit, ihren Flug durch die Luft, die Leichtigkeit ihres Daseins.

Der Spaziergang mit Jacob war einer der glücklichsten Nachmittage in meinem ganzen Leben.«

»Du warst verliebt«, sagte Judith. »Hatte er dich auch so gern?«

»Ich glaubte es. Woher hätte ich wissen sollen, dass er mir solchen Kummer bereiten würde?«

Judith legte mir die Hand auf den Arm. Es war eine tröstliche Geste, die mir den Mut verlieh, fortzufahren.

»Als das Bild fertig war, kam Meneer van Asperen in die Werkstatt. Wir standen zu viert da: Onkel Elias, Jacob, der Kaufmann und ich. Van Asperen beugte sich so weit vor, bis seine Nase fast die Leinwand berührte. Ich versuchte, seinen Gesichtsausdruck zu deuten, aber er schaute unverwandt auf die Komposition.

Nach einer Weile erklärte er fröhlich, dass er das Bild schön fand. Gut gelungen, vor allem die Schmetterlinge.

Onkel Elias schaute beiseite, ich drehte mich errötend um zu den Brettern mit den Schalen, Schädeln, Steinen und Mineralien und sah ganz bewusst nicht zum Schrank mit den aufgespießten Insekten in den verschiedenen Schubladen. Auf einmal kam mir Jacobs Bemerkung mit den Schmetterlingsflügeln wieder in den Sinn, und ich fühlte, wie die Angst sich meiner bemächtigte.«

Meine Augen füllten sich mit Tränen.

Judith kam zu mir und legte mir einen Arm um die Schulter. »Was auch immer passiert ist, so schlimm kann es doch nicht sein, hm?«

»Was dann kam, veränderte meine Zukunft. Der Kauf wurde besiegelt, und wir verabredeten, dass Jacob das Bild zum Haus des Kaufmanns bringen sollte. Die Einzelheiten wollten die beiden Männer untereinander absprechen. Onkel Elias ließ uns allein, und auch van Asperen war verschwunden, bevor ich es merkte. Jacob blieb stehen und starrte meine Arbeit an.

Ich wünschte mir so sehr ein freundliches Wort von ihm. Er war noch immer Geselle, obwohl er ein Jahr älter war als ich. Vorher war mir das noch nie so bewusst gewesen, aber als er mit kritischem Blick die Blumen und die Vase anstarrte, überlegte ich, ob das wohl zu einem Problem zwischen uns werden könnte.

Obwohl ich schon Meister war, musste ich mich mit indirekten Komplimenten zufriedengeben. Ich hatte das Bild ganz allein entworfen und vollendet, aber die Wertschätzung brachte Meneer van Asperen meinem Onkel entgegen, nicht mir.

Jacob fuhr sich über die Lider. Als er wieder aufblickte, war sein Blick verändert.«

18

Ich machte mich von Judith los und setzte mich gerade hin. Es musste schon sehr spät sein, und ich hatte meiner Freundin immer noch nicht alles erzählt.

Ich erzählte, dass van Asperen Jacob zu einem Gläschen Branntwein eingeladen hatte. »Am nächsten Tag kam der Kaufmann zurück ins Atelier und schrie: ›Ihr seid ein Betrüger!‹ Seine Stimme überschlug sich, er wedelte mit dem Finger vor Onkel Elias' Gesicht hin und her und versetzte ihm einen Stoß, sodass mein Onkel zurückprallte und über einen Hocker fiel. ›Niemand nennt mich einen Betrüger.‹ Er stand auf, und ich befürchtete, dass er auf seinen Besucher losgehen würde, so wütend war er.

›Aufgeklebte Schmetterlinge auf Euren Gemälden! Ihr denkt doch wohl nicht, dass ich mir das bieten lasse!‹

Ich schaute mich hinter dem Rücken unseres Auftraggebers nach Jacob um, der die Augen niederschlug. Zum ersten Mal sah ich das Lächeln, das um seine Lippen spielte, in einem ganz anderen Licht.

Die folgende Diskussion über das Bild war so schrecklich anzuhören, dass ich mir die Hände auf die Ohren presste. Obwohl Onkel Elias immer wieder beteuerte, dass aus seinem Atelier keine Bilder kamen, auf denen die Insekten nicht gemalt waren, wetterte van Asperen weiter und wollte auf kein vernünftiges Argument hören. Niemand erwähnte, dass das Gemälde von meiner Hand stammte, aber ich war überzeugt, dass es nur noch eine Frage der Zeit war, bis ganz Leiden es wusste.«

»Dein Ruf«, sagte Judith. »Deswegen hast du dir so einen Kopf um die Sint-Lucas-Gilde gemacht. Du hast dich gefragt, ob sie Bescheid wissen.«

»Ja.« Mit den Fingern malte ich Kreise auf das Muster der Decke.

»Ich zog Jacob am Arm nach draußen und fragte ihn, ob er das getan hätte. Am Tag zuvor hatte er als Letzter mit unserem Kunden geredet. Ich blieb hartnäckig, und schließlich gab er zu, dass er van Asperen diesen Zweifel in den Kopf gesetzt hatte. Er hatte ihm dieselbe Geschichte erzählt wie uns, und daraufhin hatte der Kaufmann selbst seine Schlussfolgerungen gezogen.

Ich sagte Jacob, dass ich so etwas nie von ihm gedacht hätte. Onkel Elias hatte ihn immer gut behandelt, hatte ihn viel mehr machen lassen, als ein Lehrmeister einem Lehrling für gewöhnlich erlaubt hätte. Es ging auch nicht um Onkel Elias, sagte Jacob, sondern um mich.

Mir blieb der Mund offen stehen – ich hatte ja gedacht, dass er mich mochte. Er zog ein mitleidiges Gesicht, und ich hatte gute Lust, ihn zu schlagen.«

»Warum?« Judiths Stimme war nur noch ein Flüstern. »Hattest du dich so in ihm getäuscht?«

Ich konnte sie nicht mehr sehen, weil es so dunkel war. Die Kerze war während meiner Erzählung erloschen, und ich hatte es überhaupt nicht bemerkt.

»Ich schluckte meine Wut und Enttäuschung hinunter und fragte Jacob ganz ruhig, was er damit bezweckt habe. Er zuckte nur mit den Schultern.«

Ich hatte ihn dasselbe gefragt wie Judith mich gerade: »Warum?«

»Du bist ein Mädchen«, sagte er nur. Er schaute mich an, als ob ich etwas Glitschiges wäre, das unter seiner Schuhsohle klebte. »Trotzdem lobt der Meister dich immer in den siebten Himmel. Jeden Tag muss ich mir anhören, wie er mich kritisiert, während er dich …« Er verzog das Gesicht und spuckte auf den Boden.

Eine ganze Weile konnte ich mich nicht rühren und versuchte, an nichts zu denken. Ich starrte nur auf das vertraute Fenster, hinter dem die Magd und der Knecht arbeiteten. Niemand war herbeigekommen, als wir uns stritten. Hätte ich seine Eifersucht vorausahnen müssen? Ich hätte eigentlich Wut fühlen müssen, dachte ich. Oder Kummer.

Aber ich fühlte nichts.

»Das Gemälde war bereits an van Asperen verkauft, und am Ende bezahlte er auch den vereinbarten Preis«, erzählte ich. »Aber er war so angewidert, dass er es in ein Gasthaus mitnahm und sagte: ›Bitte, die Herren Kunstliebhaber! Ich häng das Ding hier mal an die Wand, bietet doch einfach, was es Eurer Meinung nach wert ist.‹

Wenn ich das richtig verstanden habe, wechselte das Bild für fünfundzwanzig Gulden den Besitzer, und danach kam es für zwanzig Gulden in die Hände eines Bäckers, der es sich zu Hause über den Kamin hängte. Zwanzig Gulden! Van Asperen hatte zig Taler dafür hingelegt.

Innerhalb weniger Wochen gingen die Aufträge zurück, und nach einer Weile beschloss Onkel Elias, das Atelier auf unbestimmte Zeit zu schließen und eine Reise zu unternehmen, bis Gras über die Sache gewachsen war. Er erzählte niemandem, dass das Gemälde nicht von seiner Hand stammte, und soviel ich weiß, hat er Jacob gebeten, den Mund zu halten. Ich dachte tatsächlich, dass die Sint-Lucas-Gilde dahintergekommen wäre, doch als sie mir ihre Ablehnung übermittelten, schlugen sie vor, ich solle doch zurückgehen nach Leiden, also denke ich, dass ich mich getäuscht habe.«

Judith bewegte sich, das Stroh in der Matratze raschelte, aber ansonsten blieb es ganz still. Ich überlegte, was sie jetzt wohl von mir dachte.

»Es gab ein Gespräch zwischen Jacob und meinem Onkel, bei dem ich nicht dabei sein durfte. Diesmal erhob niemand die Stimme, hinter der Tür war kein Geräusch zu hören. Ich stand davor und drückte das Ohr ans Holz, aber nach einer Weile schlich ich mich weg und setzte mich an den Tisch, wo ich mit gesenktem Kopf darauf wartete, dass sie hereinkamen.

Was sie besprochen hatten, verrieten sie mir nicht. Onkel Elias schrieb Vater, dass ich nach Hause kommen würde.«

»Ich verstehe das nicht«, sagte Judith. »Warst du nicht wie eine eigene Tochter für ihn?«

»Doch.«

»Aber warum hat er denn dann keine andere Lösung gesucht?«

»Ich weiß es nicht.«

»Du warst sein Lehrling, er hat dich die Meisterprüfung machen lassen! Das hätte ich von deinem Onkel nicht erwartet. An seiner Stelle hätte ich Jacob weggeschickt.«

»Ich auch.«

Als nichts geschah und die Auftraggeber wegblieben, weil jeder, der in Leiden irgendetwas darstellte, von dem Skandal gehört hatte, ging ich zu meinem Onkel.

»Was macht der Verräter noch hier?«

Er unterbrach das Spülen der Pinsel nicht, er schaute mich nur ruhig über den Rand seiner Brille an. »Der Junge hat es schon schwer genug. Wir sind wie eine Familie für ihn.«

»Und ich? Ich bin Eure eigene Nichte! Warum stellt Ihr Euch nicht hinter mich?«

»Ich habe niemandem erzählt, dass das Gemälde von dir war. Es gibt auch keinen Grund, warum irgendjemand es erfahren sollte. Hester …« Er ließ den Pinsel los und legte mir die Hand auf die Schulter. »Du musst ihm das verzeihen. Jacob ist noch jung, und ich weiß ganz sicher, dass er so etwas nie wieder tun wird.«

»Nein, ich verzeihe es ihm nicht.«

Onkel Elias seufzte und zog meinen Kopf an sich. Der Samt seines Wamses war ganz weich, aber die Knöpfe drückten sich schmerzlich in meine Wange. Ich spürte, wie er mir über die Haare strich. »Mein liebes Mädchen«, sagte er. »Es war falsch von Jacob, so eifersüchtig auf dein Talent zu sein. Aber kannst du nicht darüberstehen?«

Ich machte mich aus Onkel Elias' Umarmung los. Die ganze Nacht hatte ich wach gelegen, während ich darüber nachdachte, was ich mit dem Judas tun sollte. Fortjagen war noch das Geringste, was mir einfiel. Ich würde seinen Ruf zerstören, dafür sorgen, dass er keinen Fuß mehr auf den Boden bekam. Er sollte Leiden verlassen. Ich wollte, dass Onkel Elias ihn ausschalt und ihm eine Tracht Prügel verpasste. Meine Wut war so groß, dass ich mich zähneknirschend im Bett herumwälzte.

Und jetzt bat mich mein Onkel, so zu tun, als wäre das alles gar nicht geschehen, mich zu benehmen wie die Nonne, die die Hände zum Gebet faltet und lächelnd die andere Wange hinhält.

Ich konnte es nicht. Alles, was ich vor meinem inneren Auge sehen konnte, war süße Rache.

Was mich letztlich am meisten traf, war die Tatsache, dass Elias nicht mich mit auf seine Italienreise nahm, sondern ihn, Jacob.

Eine junge Frau reiste nicht ins Ausland, nicht mal, wenn sie die Nichte eines Meistermalers war. Ich wollte von den ganzen fadenscheinigen Begründungen und Ausreden nichts wissen und hörte überhaupt nicht mehr zu, was er sagte. Mein Onkel hielt meine Hand fest, aber ich zog sie weg.

Mein Gepäck wurde eingeladen, die Tür der Kutsche klappte zu. Durchs Fenster sah ich, wie Jacob mir traurig zulächelte. Ich wandte ihm den Rücken zu.

Kam dort nicht das Schiff, das mich über Kaag und Haarlemmermeer nach Haarlem bringen sollte? Erst als die Kutsche fast außer Sichtweite war, wagte ich es, mich umzuschauen. Nichts würde mehr so sein wie früher.

19

Der Februar ging trocken und glänzend zu Ende, und ihm folgte ein nasser, stürmischer März. Verschwunden war der wunderschöne blaue Himmel. Er machte Platz für graue Wolken und unablässig herabströmenden Regen. Ich hatte mich darauf gefreut, wieder mehr hinauszugehen, damit ich nicht die ganze Zeit diese verstohlenen, fröhlichen Blicke sehen musste, die Judith ihrem Jan zuwarf. Seit unserem Gespräch behandelte sie mich mit einer Mischung aus Mitleid und Traurigkeit, worauf ich unfreundlich und kurz angebunden reagierte. Vielleicht wäre es besser gewesen, ihr gar nichts zu erzählen.

Um den zwei Turteltäubchen nicht im Weg zu sein, ergriff ich jede Gelegenheit, Einkäufe zu erledigen. Schmerz sickerte durch jedes Wort, das wir wechselten. Es war so unangenehm für mich, ihr Glück zu sehen.

Und ich wusste immer noch nicht, wo ich hingehen sollte. Kurz erwog ich, doch in die Werkstatt in Leiden zurückzugehen, aber im nächsten Moment verwarf ich diesen Gedanken wieder. Es war eine lächerliche Idee, die mir einfach nur die Verzweiflung eingegeben hatte.

Einen echten Winter hatten wir kaum gehabt. Da es keinen richtigen Frost gegeben hatte, konnte sich die Pest in rasender Geschwindigkeit erneut ausbreiten. Es dauerte nicht lang, und die Pechtonnen gehörten wieder zum Straßenbild, genauso wie die vielen blechernen »P« an den Türrahmen. Während die Zahl der Opfer anstieg, befiel mich dieselbe Beklommenheit wie letzten Herbst, und der Gedanke, Haarlem zu verlassen, sprach mich immer mehr an.

In der Schlange vorm Bäckerladen schlugen die hörbaren Worte gegen mich wie die Wellen des Meeres. Zwei Frauen, jede mit einem Korb am Arm, unterhielten sich leise. Über das Wetter, über ihre Kinder. Am Ende kam das Gespräch auf die Pesttoten, wie am Ende jeder Unterhaltung.

Aus dem Geflüster drangen Namen zu mir durch. Noordhoven. Pieter, Greet und Carolus, ihr dreijähriger Sohn. Und dann war da noch eine ältere Schwester, die bei ihnen wohnte: Maertge.

Mir setzte kurz das Herz aus, und ich trat aus der Schlange heraus. Ich lief am Rathaus mit seiner imposanten Fassade vorbei, durch die Fleischhalle, in der sich die

Metzger anschrien. Neben der Fischhalle warf ein Verkäufer die Fischköpfe auf einen Haufen, es stank nach Abfällen und Salz.

Auf meinen Wangen vermischten sich die Tränen mit dem Regen. Ich hatte fest vorgehabt, mein altes Kindermädchen zu besuchen, aber es hatte sich nicht ergeben. Jetzt würde es niemals mehr möglich sein, und dieses Wissen war mir unerträglich.

Auf einem meiner Streifzüge durch die Stadt begegnete mir Elsken. Ich stand gerade vor der Waage, beobachtete ein baumelndes Bündel am Hebekran und nahm sie erst wahr, als sie mir eine Hand auf den durchweichten Ärmel legte. Die schwere Ladung wurde von einem der Schiffe gelöscht, die hier angelegt hatten. Ich wischte mir den Regen aus den Augen und lächelte sie an.

»Ich freue mich, dich zu sehen«, sagte sie. »Schade, dass du nie mehr bei uns vorbeigekommen bist.« Sie musterte mich forschend. »Das liegt doch nicht etwa an mir?«

Ich brach in Gelächter aus.

»Wieso das denn?«

Sie lachte mit, schaute aber gleich wieder ernst. »Manche Menschen fühlen sich davon abgeschreckt.« Mit der Fingerspitze berührte sie eine ihrer Narben.

»Das ist doch lächerlich.«

Zusammen liefen wir weiter und blieben unter dem überdachten Abschnitt des Haarlemer Bachs stehen. Der Regen prasselte aufs Dach herab, und darunter war es fast gemütlich. Wir unterhielten uns über alles Mögliche: das Wetter, wie man am besten Pasteten buk und ein altes

Hemd flickte. Es war seltsam, wie mir solche alltäglichen Gesprächsthemen das Herz wärmten.

»Ich muss gehen«, sagte sie, als die Glocken anfingen zu läuten. »Christiaan weiß nicht, wo ich bin.« Es war das erste Mal, dass sie ihren Bruder erwähnte, und dabei zog ein Schatten über ihr Gesicht. Vielleicht bildete ich es mir ein, denn als ich einmal kurz blinzelte, waren die Falten auf ihrer Stirn wieder verschwunden.

»Wir gehen heute Abend in eine Komödie, die vor Jahren schon mal aufgeführt wurde. Jetzt ist gerade wieder eine Theatertruppe in der Stadt. Kommst du mit?«

»Ich weiß nicht …« Ich hatte das Gefühl, dass so ein Stück nichts für mich war. Ich stellte mir ein stickiges Theater vor, eine dicht gedrängte Menschenmenge auf schmalen Holzbänken und auf dem Podium eine derbe Frau mit einem Mieder, aus dem ihre Brüste halb heraushingen. Mein Vater mochte solche Theaterstücke gar nicht, und in meiner Kindheit hatte mir das Puppentheater auf dem Marktplatz auch recht bald gereicht. Ich blieb nie stehen, wenn Kasperle seine flachen Witze riss.

»Komm doch mit«, bat Elsken eindringlich. »Mein Bruder wird sich auch freuen, dich wiederzusehen.«

Es waren nicht ihre letzten Worte, die mich überzeugten, sondern die Vorfreude in ihren Augen. »Na gut.«

Schließlich standen wir nicht in einem beengten Raum, sondern auf dem Marktplatz inmitten einer großen Menge und blickten auf eine hastig zusammengezimmerte Bühne vor dem Rathaus. Es war endlich trocken, aber ich war doch froh, dass ich meinen Umhang wieder herausgeholt hatte, denn am frühen Abend war es nicht gerade warm. Über unseren Köpfen zogen dunkelgraue Wolken in beängstigender Geschwindigkeit vorbei, die Vorhänge der improvisierten Kulissen flatterten hin und her. Drei Männer mit Flöte, Trommel und Geige stimmten die ersten Takte eines Kasperle-Lieds an.

Der Monolog von Knelis Joosten, dem Säufer, begann. Er sang, dass er scharf auf Lijsje Flepkous sei, aber sie halte ihn für einen verschwendungssüchtigen Kahlkopf. Trotzdem würde sie ihn schon haben wollen, aber dann schob ihre Mutter der Sache wieder einen Riegel vor.

Dann kam Lijsje auf die Bühne. Sie sah überhaupt nicht aus wie die vollbusige Frau, die ich mir vorgestellt hatte. Sie war eine junge Frau mit großen dunklen Augen. Die Haare hingen ihr offen über den Rücken und schwangen mit, als sie uns spöttisch erklärte, dass die Männer uns Frauen immer einwickelten und uns in den Himmel lobten. Unser Haar sei wie Gold, auch wenn wir pechschwarzes Haar hätten. Wir seien anmutig, auch wenn wir uns bewegten wie die Kühe. Das sei alles nur eitle Schmeichelei. Lijsjes Ton veränderte sich, als sie weitersang von den prächtigen braunen Augen ihres Liebhabers, wie gerne sie ihn in ihren Armen hatte. Einen Augenblick verstand ich es nicht mehr, bis ich ihren herausfordernden Blick sah.

Die Sänger und die Musikanten schwiegen.

Elsken stieß mich an. »Wie findest du es?«

»Lijsje ist eine Frau nach meinem Herzen«, sagte ich.

Auf der anderen Seite von Elsken stand Christiaan kerzengerade und rührte keinen Muskel. Unsere Blicke kreuzten sich kurz, dann schaute er wieder stur geradeaus. Ich fragte mich, warum er mitgekommen war, er schien sich überhaupt nicht zu amüsieren.

Auf der Bühne sangen sie ein anderes bekanntes Lied. Mit Hilfe eines Gastwirts machte Lijsje Knelis sehr schnell betrunken.

Um mich herum brüllte und klatschte das Publikum, als man dem eingeschlafenen Liebhaber gequirlte Eier in die Hose goss. Er schoss hoch, das schallende Gelächter hallte von den Mauern der Gebäude wider. Als sie ihm eine Büchse mit Schießpulver an den nackten Hintern hielt, erkannte Knelis, dass Lijsje ihn in die Falle gelockt hatte.

»Was fühl ich da in meinem Arsch? Eine brennende Kerze setzt mich in Marsch!«

Mir liefen die Lachtränen über die Wangen. Elsken und ich lehnten uns aneinander.

»Danke für die Einladung«, sagte ich, als wir hinter der sich verlaufenden Menge hergingen. »Es war viel besser, als ich gedacht hätte.«

»Ja, oder?« Elsken hakte sich bei mir unter. »Dir hat es wohl nicht so gefallen«, sagte sie zu Christiaan.

»Ich muss dabei an gewöhnliche Dinge denken – Jahrmarkt, Katzenkloppen und Gänseköppen.«

Ich schauderte und atmete den muffigen Geruch der Grachten ein. »Gänseköppen, das ist doch einfach nur grausam.«

»Ich freu mich aber, dass ihr euch gut amüsiert habt. Ihr wart schöner anzusehen als das Theaterstück.« Christiaan lächelte Elsken an, und sie beantwortete seine Worte mit einem Stoß gegen seinen Ellbogen.

»Wie auch immer, es ist schön, einen ungezwungenen Abend zu haben, ohne ständig daran zu denken, dass ich mir eine andere Bleibe suchen muss, wenn Judith wegzieht«, stellte ich fest.

»Geht sie denn weg?« Elsken warf einen Blick auf ihren schweigenden Bruder.

»Sie heiratet demnächst«, sagte er.

»Das hast du mir gar nicht erzählt.«

»Nein, das hab ich vergessen.«

»So was Wichtiges!« Elsken ließ meinen Arm los und blieb stehen, stützte die Hände in die Hüften und schaute Christiaan an.

»Hör auf.« Sein Mund war ein schmaler Strich, seine Augen waren auf einmal wieder kühl.

Ein kleiner Junge rannte an uns vorbei, das patschende Geräusch seiner Füße durchbrach die beklemmende Atmosphäre. Wir schauten ihm alle drei nach, bis er um die Ecke verschwunden war.

»Wollen wir noch ein Gläschen trinken gehen?«, schlug ich vor.

Die Geschwister schauten mich an. Zum ersten Mal fiel mir auf, dass sie die gleichen Augen hatten. Dunkelgrün, mit einem braunen Rand um die Pupille.

Wir gingen in ein Wirtshaus, in dem ich noch nie gewesen war. Es war voll und verraucht, und plötzlich tat es mir doch leid, dass ich nicht gleich nach Hause gegangen war.

Die drei Schauspieler vom Theaterstück waren auch in der Gaststube. Knelis blieb seiner Rolle treu und trank direkt aus der Karaffe. Das Mädchen, das die Lijsje gespielt hatte, hatte ihren Rock gefasst und ließ ihn im Takt der Musik mitschwingen. Ein Mann zog sie auf seinen Schoß, aber sie gab ihm einen Klaps auf die Wange, trat ihn gegen das Schienbein und glitt tanzend davon. Christiaan konnte die Augen kaum von ihr abwenden.

Elsken suchte sich ein ruhiges Eckchen, während Christiaan zum Tresen ging, um uns etwas zu trinken zu holen. Er kam nicht gleich zurück, sondern blieb bei den Tänzern und der Schauspielerin hängen.

Elsken folgte meinem Blick. »Der Trottel ...«

»Christiaan?«, fragte ich. »Aber den brauchen wir doch gar nicht.«

»Du nicht, du hast einen Beruf. Aber was kann ich schon? Waschen, kochen, bügeln, nähen.« Sie rieb sich mit der Hand über die glatte Wange. Im Profil sah sie aus wie eine Madonna.

»Das hilft mir auch nichts. Manchmal glaube ich fast, man hat nur Erfolg, wenn man einen Mann an seiner Seite hat. Sogar Judith musste dran glauben.«

»Aber dir wird doch bestimmt irgendwas einfallen, oder?«

Schweigend zog ich die Schultern hoch. »Viel Zeit ist nicht mehr. Ich kann natürlich versuchen, ihre Werkstatt fortzuführen. Das einzige Problem ist, dass die Gilde meinen Antrag abgelehnt hat. Die Dekane und die Altmeister, denen ich einem nach dem anderen gerne gequirlte Eier in die Hose gießen würde!« Wir lachten beide, aber mir war nicht mehr so fröhlich zumute wie vorhin, während des Theaterstücks.

Hinter uns stimmten Musikanten eine Melodie an, und die Schauspielerin fing an zu singen. Die Umstehenden und Christiaan klatschten im Takt mit. Das Mädchen drehte sich um ihn, er berührte ihren Hals.

»Sieht so aus, als würden wir doch nichts zu trinken bekommen.« Ich stand auf und drängelte mich an der Gruppe vorbei, die sich um die Schauspieler geschart hatte.

Christiaan sah mich gar nicht, Lijsje legte ihm ihr Umschlagtuch um den Hals und zog ihn an sich. Mir wurde ein bisschen schwindlig von dem Gefühl, das mich befiel, als ich sah, wie sie sich an den Händen fassten, und ich wandte den Blick ab.

Es kostete mich Mühe, die Bierkrüge gerade zu halten, und als mich jemand anrempelte, spritzte etwas über den Rand. Im Zickzack und ohne noch mehr zu verschütten, kam ich zurück in unsere Ecke.

»Wie der sich aufführt.« Elsken stützte die Ellbogen auf den Tisch, ihr Kinn ruhte auf den Händen. »Warum muss er immer alle Aufmerksamkeit auf sich ziehen?«

Die Musiker spielten die ersten Takte eines Liedes, das auch im Theaterstück gesungen worden war. Jeder kannte es, jeder sang mit. Das Mädchen machte sich aus Christiaans Umarmung los und kletterte auf den Tresen, wo sie als Königin des Gasthauses über allen aufragte. Sie dirigierte ihr Publikum mit den Händen. Ich bewunderte ihre

Kühnheit, die Leichtigkeit, mit der sie alle Männer um den Finger wickelte.

Aber nach einer Weile hatte ich genug vom andauernden Lärm und den betrunkenen, grapschenden Männern. Der begierige, heiße Blick in Christiaans Augen machte mich sehr nervös, weil er mich irgendwie ständig an Jacob erinnerte.

20

Bevor sie nach Italien reisten, hatte Jacob einen Versuch unternommen, die Sache beizulegen. Es war ihm nur zu deutlich anzusehen, dass Elias ihn zu mir geschickt hatte, als er plötzlich vor mir stand. Es war eigenartig still im Atelier. Steven war schon vor Wochen weggegangen, um woanders seine Lehre zu beenden, die Magd war in der Küche, und Onkel Elias hatte sich auch verzogen. Als ich gerade die letzten Sachen wegräumte, hörte ich Jacobs Stimme hinter mir und erschrak.

Ich schnappte nach Luft. »Ich will nicht mit dir reden!«
»Bitte, Hester.«

Ich ließ die Pinsel auf den Boden fallen. »Gehen wir hinaus.« Ohne mein Umschlagtuch vom Haken zu nehmen, lief ich hinaus.

Die Wolken waren so dunkel, dass das Licht ganz dämmerig war. Es war nasskalt, und ich schauderte in meinem dünnen Kleid. Jacob stellte sich neben mich, ich trat einen Schritt zurück.

Ich steuerte rasch das nächstgelegene Stadttor an. Er keuchte und schob die Zweige des Gestrüpps beiseite, durch das ich vorangeprescht war.

»Jetzt bleib doch mal stehen«, sagte er.

Ich blieb stehen und drehte mich zu ihm um. »Warum? Wozu soll das gut sein, wo doch ohnehin schon alles beschlossen ist?«

»Es tut mir leid.« Er hob die Hand, als wollte er meine Wange berühren, ließ sie aber wieder sinken.

»Was nützt mir das, dass es dir leidtut? Ich pfeif drauf!« Ich stampfte weiter, die Tränen liefen mir über die Wangen.

»Ich habe überhaupt nicht bedacht, was das für uns für Folgen haben könnte.« Er rieb sich übers Gesicht und schaute mich von der Seite an. »Dass wir das Atelier zumachen … dass du zurückmusst zu deinem Vater …«

»Dass du so etwas tun konntest! Aber du hast jetzt eine aufregende Reise in Aussicht – ich hab überhaupt nichts mehr! Onkel Elias schickt mich zurück zu einem alten Mann, den ich kaum kenne.«

Ich hätte Lust gehabt, Jacob wehzutun, ihm meine Nägel in die Schultern zu krallen und ihm in den Magen zu schlagen. Jede Nacht malte ich mir ein anderes Szenario aus, in dem er erbarmungslos Prügel bezog und auf der Straße landete.

»Jetzt beruhig dich doch. Komm, wir gehen zusammen zurück. Oder wir gehen was trinken.«

»Kommt überhaupt nicht infrage.«

Er zog an meinem Ärmel, ich drückte die Finger gegen die Fischbeinstäbe meines Mieders.

Warum sollte ich auf ihn hören? Es ging ihm doch nur um sein eigenes Gewissen. Oder Onkel Elias hatte von ihm verlangt, dass er Frieden mit mir schloss, bevor sie wegfuhren.

»Ich habe dich als Freund betrachtet, nein, sogar mehr als das. Als jemand, mit dem ich mir gern eine Zukunft aufgebaut hätte. Wir hätten ein Malerpaar werden können, unser eigenes Atelier aufmachen können. Es ist deine Schuld, dass ich alles verloren habe. Meine Zukunft und mein Zuhause.«

»Hester …« Jacob fuhr sich mit der Hand durchs Haar. »Wir, zusammen?«

»Jetzt ist mir natürlich klar, dass du nie auf diese Idee verfallen wärst.« Ich ging weiter, nicht ganz so schnell wie vorher, mit kleinen, steifen Schritten.

Er folgte mir schweigend und holte mich ein.

»Ich habe nie gewollt, dass wir unsere Werkstatt schließen müssen.«

»Zu spät.«

»Und ich habe schon manchmal an so was gedacht. An uns, meine ich.«

»Aber dann hast du die Idee verworfen.«

Er ergriff meine Hand und streichelte mir ungeschickt die Finger. Verlangen zeigte sich in seinen Augen, doch sein Begehren verwirrte mich.

»Lass mich los«, stieß ich wütend zwischen den Zähnen

hervor und befreite mich aus seinem Griff. Diesmal ließ *ich* ihn stehen, und ich nahm mir vor, nie wieder ein Wort mit ihm zu wechseln.

In der glühend heißen Wirtsstube saß das Mädchen jetzt auf Christiaans Schoß. Das Bier kam mir wieder hoch.

»Ich gehe.« Ich griff nach meinem Umhang und steuerte auf den Ausgang zu.

Als ich draußen an der Luft war, beruhigte sich mein Herzschlag wieder etwas. Die Pflastersteine glänzten im letzten Licht.

Elsken trat neben mich. »Was ist da drinnen passiert?«

»Die Wärme, der Branntweindunst, der Lärm – mir ist einfach schwindlig geworden.«

Sie fasste mich an den Schultern und drehte mich um, sodass ich sie ansehen musste.

»Hej«, sagte sie. »Christiaan ist ein Dummkopf. Und das Flittchen geht morgen in die nächste Stadt und führt dort ihre Kunststückchen auf.«

»Warum meinst du, dass ich ein Auge auf ihn geworfen habe? Judith hat mich vor ihm gewarnt. Und so schön ist er nun auch wieder nicht. Entschuldige, er ist immerhin dein Bruder ...«

»Nein.« Elsken ließ meine Schultern los. »Du hast schon recht.«

»Es hat wirklich nichts mit Christiaan zu tun, dass ich rauswollte.«

»Ich verstehe schon.« Sie faltete die Hände und schaute mich an. »Also, bis bald.«

Bevor ich mich's versah, war sie davongerannt, mit wehenden Röcken und klappernden Schuhen.

Ich starrte ihr nach, dieser rätselhaften Frau mit den zwei Gesichtern.

»Schönen Abend gehabt?« Judith blickte von den Papieren auf, über die sie gerade gebeugt saß.

»Es war ein bisschen komisch«, antwortete ich.

Sie schenkte mir ein Glas Wein ein. »Es war doch eine Komödie, oder?«

Ich nickte. »Kennst du Elsken Blansjaar?«

»Die Schwester von Christiaan? Nur flüchtig. Wie ist sie denn? Schade, dass sie diese schlimmen Narben hat.«

Ich wollte protestieren. In meinen Augen waren diese unebenen Hautflächen gar nicht so furchtbar hässlich. Wenn ich sie vor mir sah, dachte ich an ihren kerzengeraden Rücken und die schlanke Taille und ihre funkelnden Augen mit den langen Wimpern. An ihr helles, ansteckendes Lachen, bei dem ich meine eigenen Sorgen vergaß. Wie wir von unserer Umgebung gesehen werden, wird uns nicht immer gerecht.

Judith redete weiter. »Diese Geschwister sind ein seltsames Paar. Eine Hassliebe, wenn du mich fragst. Was genau an dem Abend geschehen ist, als der Brand ausbrach, weiß ich nicht. Angeblich spricht Elsken nicht darüber. Christiaan hingegen sehr wohl, wie du weißt. Vor ein paar Jahren ging das Gerücht um, dass seine Geschichte nicht so ganz der Wahrheit entsprach.«

»Ich habe den Eindruck, sie glaubt, dass er mir gefällt.«

»Und?« Judith schob die Blätter beiseite, legte die Füße auf den Tisch und lehnte sich zurück. »Ist das so?«

»Ich weiß nicht, was ich von ihm halten soll. Im einen Moment überrascht er mich, zum Beispiel, als er einfach in unser Pesthaus marschierte, um mir zu helfen, als Vater starb. Und im nächsten Moment schleckt er irgendeine kleine Hure ab. Was soll ich mir darauf für einen Reim machen?«

Sie grinste und zuckte mit den Schultern. »Da ist er doch wie die meisten Männer, findest du nicht?«

»Woher weiß man, ob einer der Richtige ist?« Ich starrte auf die Scheite im Kamin, trank mein Glas leer und stellte es auf dem Boden ab. »Ich habe mich in Jacob getäuscht, und jetzt habe ich das Gefühl, dass ich mich nie wieder auf meinen inneren Kompass verlassen kann.«

»Es ist genauso wie mit dem Motiv eines Bildes. Intuition. Wie findest du die richtige Farbgebung für dieses Motiv? Warum setzt du den ersten Pinselstrich so und nicht anders? Im tiefsten Inneren deines Herzens weißt du, dass es gut ist, dass es so wird, wie du es dir vorher überlegt hast.«

Judith schenkte mir noch ein Glas ein. Der dunkelrote Wein funkelte im Glas mit dem dicken Griff, dessen Noppen wie Weintrauben gearbeitet waren.

»Woher hast du es bei Jan gewusst?«

»Eines Tages haben wir einander angeschaut, und da wusste ich, dass wir uns lieben.«

Die Flammen knisterten, wir nahmen beide einen Schluck Wein.

»Wenn du nun doch einen Mann willst, dann such dir einen Maler.« Zum ersten Mal sagte ich es ohne Bitterkeit.

»Vielleicht gilt das nur für uns.« Judith stand auf und gab mir einen Kuss auf die Wange. »Ich kann mir keinen anderen Mann wünschen. Gute Nacht.«

»Schlaf gut.« Als ich alleine dort saß, musste ich an Christiaan denken, an Jacob, die Maler. Und zum ersten Mal seit längerer Zeit dachte ich auch wieder an Korneel Sweerts. Wie hätte mein Leben ausgesehen, wenn ich seinen Antrag angenommen hätte?

In der Ecke des Ateliers stand der Porzellanblumentopf, den er mir geschenkt hatte. Die Tulpe hatte sich ihren Weg nach oben gebahnt. Wo vor ein paar Monaten noch ein grüner Sprössling gewesen war, sah man jetzt einen festen Stängel mit Blättern. Und darüber bildete sich die Knospe, wie eine Krone.

21

Kurz nach Ostern organisierte Jan Miense Molenaer eine Lotterie. Die Lose wurden vorher bezahlt, und jeder Gewinner bekam eines seiner Gemälde.

Judith fragte mich, ob ich mitmachen wolle. »Das ist ein toller Weg, ein Bild von dir an die Öffentlichkeit zu bringen, ohne dass die Gilde sich darum schert.«

»Du meinst, dass es gesetzeswidrig ist.«

»Na ja … was heißt schon gesetzeswidrig … Mit ihren strengen Regeln fordert die Gilde so was doch selbst heraus.«

»Ich möchte in Haarlem eigentlich keine Bilder verkaufen, nachdem sie mich abgelehnt haben.«

Judith verfolgte mit dem Blick eine Spinne, die sich träge von einem Deckenbalken herunterließ. »Vielleicht weiß ich was. Ich werde Jan sagen, dass du Interesse hast.«

Auch Onkel Elias in Leiden hatte einmal zusammen mit anderen Malern eine Lotterie organisiert. Sie wählten die Motive aus, die am besten bei dem Publikum ankamen, das von solchen Veranstaltungen angezogen wurde – nämlich Blumen und Landschaften.

Aber mein Onkel hatte es zu umständlich gefunden. Er musste ein passendes Lokal finden, jemanden, der die Lose zog, und eine unabhängige Person, die garantierte, dass die Leute Geld dafür zahlten. Nach ein, zwei Malen beschloss er, dass das nichts für ihn war, und er beschränkte sich von da an auf Auftraggeber, die von selbst den Weg in sein Atelier fanden. Davon gab es glücklicherweise genug.

Am folgenden Tag hörte ich ein Geräusch hinter mir, als ich gerade mit dem roten Dach des Gebäudes neben der Mühle beschäftigt war. Ich blickte auf und sah, dass Jan hinter mir stand. »Du hast mich erschreckt«, sagte ich.

»Du weißt schon, was du tust.« Jan folgte den Bewegungen meiner Hand auf der Leinwand. Früher hatte er meiner Arbeit überhaupt keine Aufmerksamkeit gezollt. Ich hatte ihn im Verdacht, dass er mich als einen fortgeschrittenen Lehrling von Judith betrachtete. »Du hast die Bewegung des Wassers vor der Brücke unglaublich gut eingefangen.«

»Das klingt so, als würde dich das überraschen.« Ich entspannte meine Schultern und lehnte mich zurück.

»Judith sagt, dass du etwas hast, was gut genug für meine Lotterie ist.«

Ich führte ihn zu einer Ecke des Ateliers, in der meine alten Bilder auf dem Boden standen. Das Bild von Vater auf seinem Totenbett stellte ich beiseite und sagte zu Jan, dass ich es selbst behalten wollte. Ich zeigte ihm das Frauenporträt, das ich auch der Gilde gezeigt hatte, denn ich fand, dass es eines meiner gelungensten Werke war, abgesehen von meinem Bild mit den Schmetterlingen.

Er nickte, während er sich mit dem Handrücken die Nase rieb. Mir fiel auf, dass seine Knöchel wund waren, und ich erinnerte mich, wie Judith mir erzählt hatte, dass er vor einer Woche in eine Schlägerei verwickelt gewesen war.

»Es war nicht seine Schuld, aber er hat die Beherrschung verloren, als der andere ihn herausforderte und schlug, gerade als er das De Koning verließ.«

Ich musste wieder an Jacob denken, und wie meine Zuneigung abgekühlt war, als sich herausstellte, dass er nicht derjenige war, den ich zu kennen geglaubt hatte. Ich kam zu dem Schluss, dass man manchmal die Augen vor der Wahrheit verschloss und in anderen Situationen nicht.

»Wie viel willst du für dieses Porträt?« Molenaer klang

kurz angebunden und sachlich. Er hielt das Bild auf Armlänge von sich und betrachtete es.

»Ich weiß nicht, was normal ist. Im Übrigen hat mir die Gilde verboten, meine Arbeiten in Haarlem zu verkaufen.«

»Weißt du was? Wir nehmen es mit und bieten es unter meinem Namen an. Dann schauen wir, wie viele Lose verkauft werden, und ich gebe dir einen Teil der Einnahmen ab.« Seine hellen Augen unter den buschigen Augenbrauen musterten forschend mein Gesicht.

Ich ging zur Arbeitsplatte und sortierte die verschiedenen Pinsel nach ihrer Dicke, während ich auf der Innenseite meiner Wange herumkaute. »Die Leinwand ist signiert.«

»Darauf wird niemand achten, glaub mir.«

»Na gut.« Vorsichtig hob ich die Frau mit der weißen Haube hoch. Er nahm das Bild und ging nach draußen. Als er an der Tür war, schaute er sich noch einmal um.

»Judith hat recht. Du übertriffst die Erwartungen.« Mit diesen Worten ließ er mich stehen, und ich starrte ihm mit offenem Mund nach.

Da ich froh war, dass demnächst zumindest irgendetwas von mir verkauft würde, beschloss ich, nicht zu reagieren. Ich hatte auch nie gedacht, dass ich mich jemals wieder wie ein Lehrling fühlen würde, dessen Arbeit namenlos den Weg zu einem neuen Eigentümer fand.

Das Haus von Gillis Willemszoon in der Nähe des Grote Houtpoort war überfüllt und warm. Willem Thomaszoon ging mit Weinkaraffen herum und begrüßte Judith und mich, als wir hereinkamen. Wir fanden einen Platz neben dem Maler Dirck Hals. Mein Herz tat einen Sprung, als er mir freundlich zunickte. Vielleicht brauchte ich die Gilde ja gar nicht, um Anschluss bei den anderen Malern in Haarlem zu finden.

Eine grobschlächtige Frau, die die gleichen Augen und den gleichen Mund hatte wie Jan Molenaer, ging mit einer Haube in der Hand herum, in die sie Lose tat. »Grietge Adriaens«, sagte Judith. »Meine zukünftige Schwiegermutter.«

»Die schaut aber ernst.«

Die Frau beratschlagte mit einem Mann mit schwarzem Bart, dessen Augen durchs Zimmer huschten, um jede Auffälligkeit im Raum zu erfassen.

»Wer ist das?«

»Hendrik van Adrichem. Er sammelt das Geld ein.«

»Bezahlen die Leute im Voraus?«

»Das ist ja der Sinn der Sache«, lachte Judith. »Ich geh mal kurz zu Jan.«

Mit einem Glas in der Hand schlenderte ich herum, bis ich am Tisch stand, auf dem die Preise aufgereiht standen. Auf den Bildern, die Molenaer anbot, waren in erster Linie lachende, trinkende, musizierende oder rauchende Menschen zu sehen. Es waren realistische Darstellungen, nach dem Vorbild von Frans Hals. Mein Porträt passte nicht gut dazu, außerdem war meine Pinselführung kontrollierter, und mein Modell schaute den Betrachter ernster an als Jans Modelle.

Ungefähr eine Stunde später ging schwungvoll die Tür auf, und Christiaan kam herein. Er blieb auf der Schwelle stehen und ließ den Blick durchs Zimmer schweifen, bis er an mir hängen blieb. Sein Gesicht hellte sich auf.

Das Bild von seinen Armen um die Taille der Schauspielerin tauchte vor mir auf, als er sich seinen Weg zu mir bahnte. Seine Verbeugung war höflich, konnte aber nicht das Verlangen in seinen Augen verbergen. Als er vor mir stand, machte ich einen Knicks.

»Jan hat gesagt, dass du auch ein Bild von dir verlost. Ist es das, das ich kenne?«

»Ich glaube nicht.«

»Soll ich raten?« Er beugte sich vor und studierte die Bilder mit dem Auge des Kunstkenners. Mir fiel wieder ein, wie er mir bei meinem Besuch in seinem Haus erzählt hatte, dass er auch Werke von anderen Malern verkaufte. Wenn ich einen Weg gefunden hatte, wie ich das Verbot der Gilde umschiffen konnte, würde ich ihn fragen, ob er etwas für mich tun könnte.

»Dies hier«, sagte er schließlich und zeigte auf das Gemälde der Frau.

»Richtig geraten. Aber ich glaube ja eher, dass du sehr gut weißt, welche Bilder von deinem Freund stammen.«

Er lachte. »Du hast recht, aber das von dir hätte ich trotzdem sofort rausgefunden. So verfeinert und voller Details.«

Hinter uns erhob Jan die Stimme, und wir suchten uns einen Platz. Ich trank mein Glas leer und stellte es vor mir auf den Boden. Grietge Adriaens mischte die Lose, während Jan an seinem Spitzenkragen herumfummelte.

»Liebe Leute, wir werden jetzt anfangen. Meine Mutter wird das erste Los ziehen.«

Ihre Finger waren kräftig und fleischig. Sie hatte Mühe, den Zettel auseinanderzufalten, und beugte sich weit vor, um die Ziffern vorzulesen. Jan riss ihn ihr aus der Hand, bevor sie die Zahl verkünden konnte.

»Sechsundzwanzig«, sagte er laut.

Ein Mann mit rotem Mantel stand auf. Jan nahm sein Los in Empfang und gab seiner Mutter ein Zeichen, das nächste aus der Haube zu ziehen.

Zu Anfang verfolgte ich noch gespannt, welche Nummer an der Reihe war, aber nach einer Weile verlor ich das Interesse. Ich hatte keine Ahnung, welche Zahl zu welchem Bild gehörte. Nach einem zweiten Glas Wein winkte ich Judith zu, aber ich machte keine Anstalten aufzustehen, als sie mir bedeutete, dass ich zu ihr kommen sollte. Ich saß hier ganz wunderbar in meiner Ecke, ich konnte den ganzen Raum überblicken und die Gesichter der Menschen beobachten, die für kleines Geld ein Kunstwerk gewinnen wollten. Sie waren gut gekleidet und gehörten nicht zu den Ärmsten der Stadt, aber als Kaufmannstochter hatte ich ein geübtes Auge und sah, dass sie nicht alle zur Elite gehörten. Doch es war mir egal, ob mein Porträt von der Frau nun an der Wand eines Webers oder eines Ratsherrn hängen würde, wenn es nur irgendwo zur Geltung kam.

»Nummer neun!« Würde es wohl noch lange dauern? Wenn Willem Thomaszoon vorbeikam, würde ich ihm ein Zeichen geben, dass er mir noch einmal nachschenken sollte.

Es war mindestens eine Stunde vergangen, bis Jans Mutter die Nummer eins aus der weißen Haube zog. Ein Herr mit hohem schwarzem Hut mit Quasten am Kragen hob die Hand und gab seinen Zettel ab.

Christiaan stieß Judith mit dem Ellbogen an. »Na, pass auf, jetzt kommt's.«

»O nein«, sagte sie. »Warum muss ausgerechnet er den ersten Preis gewinnen?«

»Wer?«, fragte ich. Keiner von den beiden antwortete mir, sie schauten mit alarmiertem Blick zu Jan Molenaer, der mit angespannter Miene um den Tisch ging und sich neben Judith stellte.

»Jetzt kriegt dieser Hundsfott auch noch einen Preis, und ich hab kein Geld für sein Los gekriegt.« Seine Stimme klang durch das ganze Stimmengewirr hörbar durch den Raum.

»Sei doch still«, sagte Judith, während sie ihn am Ärmel zog. »Meister Jasper van Heemskerck hat seinen Preis ganz redlich gewonnen.«

»Er hat sein Los nicht bezahlt. Der braucht sich nicht einzubilden, dass er seinen Preis bekommt.«

»Nun stell dich nicht so an, es kommt doch öfter vor, dass das Geld erst hinterher kassiert wird. Ist es nicht so, van Adrichem?«

Christiaan drehte sich zu dem Mann mit dem Bart um. Der nickte.

»Das Geld wird schon kommen.«

»Ich gebe ihm seinen Preis nicht«, wiederholte Jan. »Auch wenn er kein Bader wäre. Dieses aufgeblasene Stück!« Mit seinen geballten Fäusten sah er aus, als wollte er van Heemskerck gleich anfallen.

Judith fasste Jans Hand, während Christiaan ihn mit sanfter Gewalt zur Tür der Gaststube zog. Mit unbewegter Miene schaute der Herr, um den es ging, in eine andere Richtung, und Grietge Adriaens streckte die Hand nach dem nächsten Zettel aus.

Um uns herum ging es weiter fröhlich zu, nur die Bedienung hatte das Tablett mit den Krügen auf den Tisch gestellt und schaute genauso angespannt zur Tür wie ich. Meine Unruhe legte sich gleich wieder, als sie alle drei wieder hereinkamen. Um Judiths Lippen spielte ein vages Lächeln, Jan machte immer noch ein unfreundliches Gesicht.

Christiaan zwinkerte mir zu. »Ein Sturm im Wasserglas«, bemerkte er.

Aber als wir später hinausgingen, wo der Wind an unseren Kleidern riss und Judith und Jan Arm in Arm dahingingen, lachend die Köpfe zusammensteckten und sich angeregt unterhielten, merkte ich, wie es mir sauer aufstieß.

An diesen Abend dachte ich mit einem unguten Gefühl zurück, sogar noch, als Jan mir zwei Tage später das Geld für mein Bild in die Hand drückte, mir auf die Schulter klopfte und meinte, er sei froh, dass er mir hätte helfen können.

22

Ich saß an der Staffelei und überzog das Bild von der Mühle mit einer Schicht Firniss. Es war das Letzte, was ich in Judiths Atelier tun würde. Ich hatte im Haus bei einer alten Witwe in der Nähe des Zijlpoort ein Zimmer zur Untermiete gefunden. Sie war nicht besonders erfreut, als sie erfuhr, dass ich malte. Prompt verlangte sie einen Stüber mehr pro Woche. Ich hätte ihr gern gesagt, dass sie mir gestohlen bleiben konnte mit ihrem kleinen Verschlag und dem Strohsack voller Flöhe und Bettwanzen.

Hinter mir hörte ich schnelle Schritte, und noch bevor ich mich umdrehen konnte, flüsterte mir Christiaan ins Ohr:

»Bitte, Hester. Werde meine Frau.«

Seit dem Lotterieabend hatten wir uns nicht mehr gesehen. Jetzt erschien er auf einmal bei uns in der Korte Barteljorisstraat und überfiel mich. Judith werkelte in etwas Entfernung am Arbeitstisch herum. Es kostete mich einige Mühe, von meinem Stuhl aufzustehen. Schmerzlich fühlte ich die Muskeln in meinem Genick und Rücken. Seine Hände griffen nach meinen Händen, und starr wie ein Holzscheit ließ ich zu, dass er mich an sich zog. Seine Umarmung war ungeschickt, als müsste er noch herausfinden, wie man das am besten macht. Es war, als würde sich Jacob zwischen uns drängen, als wäre ich wieder zurück in einem anderen stickigen Atelier und der Mann, der mir das Herz gebrochen hatte, stünde mir gegenüber.

Wie war er denn auf diese Idee gekommen? Durch Elsken? Oder Judith?

Ich dachte über seinen Antrag nach. Du bist verrückt, sagte ich mir. Es ist keine zwei Wochen her, da hast du gesehen, wie er mit Frauen umgeht. Lehn seinen Antrag gleich ab, dann haben wir das hinter uns.

»Nicht hier«, sagte ich mit einem Blick auf Judith.

Gemeinsam verließen wir die Werkstatt, spazierten an der Gracht entlang, bis wir am Sint-Janspoort waren. Ich musste mich anstrengen, um mit ihm Schritt zu halten. Er merkte es nicht, stapfte einfach weiter und hielt mit der Hand seinen Hut fest.

Schweigend standen wir schließlich nebeneinander und schauten auf die Äcker und Felder. Zu beiden Seiten des Weges auf den Wiesen schlugen die Bäume aus, und die Vögel zwitscherten. Sah Christiaan die Farben des Frühlings genauso? Es hatte geregnet, ein frischer Geruch schlug mir entgegen.

»Warum?«, fragte ich nach einer Weile. Bevor ich eine Entscheidung fällte, musste ich erfahren, warum er eine Frau wollte, die er erst so kurz kannte, eine Frau, von deren Vergangenheit er nichts wusste.

»Du bist talentiert, ein Gewinn für meine Malerwerkstatt.« Er nahm den Hut ab und drehte ihn in den Händen. »Und ich finde dich schön«, fügte er hinzu.

»Das ist mir zu mager.«

»Wie meinst du das?«

»Ich hab dich mit Lijsje gesehen.«

Er schaute mich verständnislos an.

»Die Schauspielerin.«

»Ach, die. Das hatte doch nichts zu bedeuten. Ein bisschen poussieren, das ist alles. Außerdem war ich da noch ein freier Mann.«

Ich zupfte an meiner Oberlippe. »Du brauchst auch keine Haushälterin, dafür ist Elsken viel besser geeignet als ich. Wie findet sie es überhaupt, wenn noch eine Frau ins Haus kommt?«

»Sie gewöhnt sich schon dran.« Christiaan holte seine Pfeife heraus, steckte sie aber nicht an.

Ich ging ein Stückchen weiter. Eine sanfte Brise war aufgekommen. Er lief mir nach, dabei kam Sand auf seine Schuhe mit den silbernen Schnallen, und als wir wieder stehen blieben, wischte er gereizt den Sand von den Spitzen.

Die Blätter der hellgelben Narzissen schwankten hin und her, der süß-muffige Geruch der Hyazinthen kitzelte mich in der Nase. An einem Weidezaun legte ich die Arme auf den Holzbalken und betrachtete das intensive Grün der leuchtenden Wiese vor uns. Es juckte mich in den Fingern, diese Landschaft festzuhalten.

»Na, wie entscheidest du dich?« Christiaan klang unwillig, er legte seinen Hut auf den Zaun und zog an den spitzenbesetzten Manschetten seines Hemdes.

»Ich will nicht unter deinem Namen malen.«

Er verzog ganz leicht den Mund. »In Ordnung.«

Im Stillen wog ich die Gründe gegeneinander ab, die dafür und dagegen sprachen. Einerseits war es ein wunderbares Angebot, auf der anderen Seite brachte keiner von uns beiden Liebe mit in diese Verbindung.

»Und ich wähle meine Motive selbst.«

»Solange es zu meiner Werkstatt passt, finde ich das sogar sehr gut.«

Ich hätte mir nie vorgestellt, dass ich einmal so ein Gespräch mit einem Mann führen würde. Es fühlte sich eher an wie die Verhandlungen zu einem Kaufvertrag als ein Heiratsantrag. Ich musste an die schmutzige Kammer bei der Witwe denken. Ein Mensch musste schließlich überleben, und dafür musste man einen Preis bezahlen.

»Stell dir nur vor, was wir zusammen erreichen könnten. Unsere Kräfte vereinen, Dinge, die wir gut können, verstärken.«

Ebenbürtig sein, dachte ich, aber ich sprach es nicht aus.

»Wie bei Judith und Jan?«

»Genau so«, sagte Christiaan.

»Liebst du ihn denn?«, fragte Judith. Ich schwieg und drehte die Kreide in den Fingern. Bei jeder Drehung bröckelte wieder ein Stückchen ab. Judith legte ihre Hand auf meine.

»Ob du ihn liebst?«, fragte sie mit Nachdruck.

»Den Luxus kann ich mir nicht leisten.« Meine Stimme klang gemessen, meine Kehle war trocken, und der Kloß im Hals war so groß, dass ich ihn fast nicht hinunterschlucken konnte.

»Es ist deine Entscheidung, Hester.«

Ich rieb mir übers Gesicht und schüttelte den Kopf, als müsste ich eine Fliege verjagen. »Er kann manchmal ein bisschen ungeduldig sein, und er drückt sich nicht immer ganz höflich aus. Aber ich glaube, dass er das Herz am rechten Fleck hat.«

»Ist das ein Grund, ihn zu heiraten?«

Ich dachte an unsere Begegnungen zurück. In den langen Wochen nach dem Tod meines Vaters hatte er mich zum Lachen gebracht. Jeden Tag hatte ich mich auf ihn gefreut. Und ich sah auch vor mir, wie er mir trotz aller Ansteckungsgefahr geholfen hatte, meinen Vater wieder ins Bett zu legen.

»Er ist ein Sammler, aber er kann sich der Sachen, die er nicht mehr braucht, auch sehr schnell entledigen«, sagte Judith.

»Aber ich bin doch keine Sache.«

Sie lief auf und ab. »Ich bin ja angenehm überrascht, dass er nicht auch vom großen Tulpenwahn erfasst worden ist und wild damit handelt wie diese Kranken, die drauflosspekulieren, denen man die Narrenkappe aufsetzen müsste wie echten Verrückten. Im Grunde finde ich nämlich schon, dass er die Sorte Mensch dafür wäre: schnell kaufen und dann genauso schnell wieder verkaufen.«

»Ich wusste gar nicht, dass er dir so zuwider ist.«

Sie schaute mich an. »Zuwider? Nein, das nicht, aber irgendwas ist mit ihm.«

»Mich kauft er nicht.« Ich schaute mich um, wühlte zwischen den Lappen, suchte meine Pigmente. »Christiaan bietet mir einen Ausweg.«

Judith sagte nichts mehr. Stirnrunzelnd musterte sie meine zusammengepackten Sachen: die aufgerollten Leinwände, ein Bündel Kleider, den Blumentopf mit der Tulpe und das Porträt meiner Mutter. Sie fragte, ob ich es auch getan hätte, wenn sie mich nicht gezwungen hätte, mir eine neue Unterkunft zu suchen. Ich nickte stumm, aber ich wusste, dass ich ihr etwas vorlog.

Trotzdem packte ich einfach weiter; ich nahm den Umhang vom Haken, räumte meine Pinsel und das Skizzenbuch in eine Kiste. Ich band mir mein Umschlagtuch um und schleppte meine Staffelei zur Tür.

Judith lief auf und ab und blieb beim Kamin stehen. Sie lehnte sich mit der Stirn an den Sims.

»Das Ganze will mir gar nicht gefallen«, sagte sie.

»Lass es gut sein.«

Mein Kopf schwirrte vor Müdigkeit oder vom ganzen Vernünftigsein, ich wusste es nicht. Ich hätte mich so gerne von Liebe blenden, mich von einem Strom der Leidenschaft mitreißen lassen. Aber es gab auch andere Gründe für eine Heirat. Und er war kein hässlicher Mann, vielleicht konnten wir ja sogar lernen, uns zu lieben.

Ich ließ mich auf den Hocker vor der Staffelei plumpsen, der Raum drehte sich vor meinen Augen. Ich nahm vage wahr, dass Judith die Arme um mich legte, ihre Kleider rochen nach Kleber und Harz.

Machte ich einen Fehler? Das würde ich erst wissen, wenn ich mich auf das Abenteuer eingelassen hatte, das sich wie ein Teppich vor mir ausrollte. Die Farben kannte ich alle, aber das Muster war neu. Es war wie mit einer frisch aufgespannten Leinwand: Man wusste nie ganz sicher, was am Ende dabei herauskam, auch wenn man es sich vorher überlegt hatte.

II

Tulpenkoller

Mai 1636 – Oktober 1636

»Ach, lieber Tulpennarr, seid doch so töricht nicht.
Schaut Euch doch einmal um und seht, wie schnell es kann geschehen,
Dass Eure Blütenblätter fallen. Dann ist's vorbei, das eitel Streben.«

Aus *Geschockeerde Blom-Cap*
Pieter Jansz. Van Campen, 1637

23

Am Morgen meines Hochzeitstages stieg ich aus dem Bett, sobald es hell wurde, und zog das dunkle Kleid an, das ich mir von Judith geliehen hatte. Meine Finger kämpften mit den Knöpfen an den Ärmeln, und es kostete mich einige Mühe, den großen Spitzenkragen zu befestigen. Gestern hatte Christiaan meine Besitztümer aus dem Atelier und der Dachkammer schon abholen lassen.

Unten umarmte Judith mich schweigend und flocht mir dann die Haare. Als Letztes befestigte sie eine kleine Haube oben an meinem Hinterkopf. Ich wusste auch nichts zu sagen, wir frühstückten stumm, dann nahm ich ihren Arm, und wir gingen hinaus.

Die Sonne blendete mich, ich kniff die Augen leicht zu. Wir liefen an weißen und violetten Frühjahrsblumen in Blumentöpfen vorbei. Ihre starken, flachen Blätter mit den aufgerollten Rändern verkündeten lauthals den Frühling.

In der Kirche ließ Judith mich los und stellte sich neben Jan in die erste Reihe der Holzbänke. Ich war mir vage bewusst, dass Elsken hier stand, der Pfarrer, der laut aus der

Bibel vorlas, und Christiaan, der einen auffälligen Hut mit Pfauenfedern trug. Ob noch mehr Menschen anwesend waren, nahm ich gar nicht wahr. Bevor ich wusste, wie mir geschah, war ich im Gasthaus, wo man auf uns trank und Witze über die bevorstehende Hochzeitsnacht machte. In der Zwischenzeit musste ich auf die Frage des Pastors wohl »Ja« gesagt haben, und Christiaan hatte mir einen Ring mit einem riesigen Saphir auf den Zeigefinger geschoben.

Jemand klemmte sich eine Geige zwischen Kinn und Schulter und stimmte die ersten Takte einer fröhlichen Melodie an. Die Musik und das Klatschen der Gäste holte mich jäh wieder zurück in die Gegenwart.

Natürlich hatte ich heute Morgen beim Aufwachen an Jacob gedacht. An die Art, wie er beim Malen den Kopf schräg hielt, an seine geschickten Hände. An sein Haar, das in der Sonne so schön leuchtete. Ich musste an meine Träume denken, mit jemandem zusammen zu reisen und zu arbeiten, von dem ich dachte, dass er mich verstand.

Ich fand es traurig, dass meine Mutter und Tante Antje nicht dabei sein konnten, dass sie mir nicht die Haare machen und mir kluge Ratschläge geben konnten, wie ich mich verhalten sollte, wenn Christiaan heute Abend zu mir ins Bett kommen würde. Ich fand es auch traurig, dass Vater mir nicht aufmunternd zunicken und Onkel Elias nicht auf meiner Hochzeit tanzen konnte.

Elsken klopfte mir auf die Schulter. »Geht es dir gut? Du bist so blass.«

»Ja«, sagte ich. »Ich habe nur Hunger, ich habe heute Morgen nicht viel heruntergebracht.«

Sie schob mich auf einen Hocker, der an der Wand stand, und drückte mir eine Portion gebratenes Fleisch und Brot in die Hand. Dann reichte sie mir noch ein Glas. »Hier, trink das, dann geht es dir gleich besser.«

Ich schaute die lauten Gäste an, von denen ich die Hälfte nicht kannte, und spürte, wie mir vom Wein warm wurde.

Christiaan drängte sich zu mir durch. Er hatte sich seinen Teller mit Oliven, Käse und Artischocken vollgeladen, aß mit gesenktem Kopf und brach sich ein Stück Brot dazu ab.

Nachdem er den Teller zur Hälfte geleert hatte, drehte er sich zu mir. »Lecker. Nimm mal eine Olive.« Er schob sie mir zwischen die Lippen, die Gäste johlten und klatschten. Ich schluckte die Olive, ohne zu kauen. Sie schmeckte salzig wie das Meer. Ich hatte noch immer das Gefühl, einem Theaterstück zuzusehen. Der Ring mit dem blauen Stein war zu groß, ich musste die Finger zusammendrücken, um zu verhindern, dass er mir von der Hand rutschte. Wie sollte ich damit malen?

Als die Musikanten in der Ecke der Gaststube wieder anfingen zu spielen, nahm ich ihn ab und ließ ihn durch den Schlitz in meinem Rock in die kleine Tasche gleiten, die ich an einem Band um den Leib trug. Der Geiger bewegte nur seinen Kopf im Takt der Musik mit, der Flötenspieler seinen ganzen Körper.

»Komm, wir tanzen«, sagte Christiaan. »Es ist immerhin unsere Hochzeit.«

Während er mich in den Arm nahm und wir zwischen den anderen Paaren durchglitten, fiel mein Blick auf einen

Mann neben dem Kamin. Er saß breitbeinig da, in seinen Haaren fing sich das Licht der Kerzen, sodass sie wie Kupfer glühten. Seinen linken Mundwinkel hatte er zu einem schiefen Grinsen hochgezogen. Als er merkte, dass ich ihn ansah, wandte er sich ab.

»Ich muss mich kurz hinsetzen.« Keuchend machte ich mich von Christiaan los, ließ mich neben dem Mann auf einen Hocker plumpsen und wedelte mir mit der Hand Kühlung zu.

»Kennen wir uns?«, fragte ich den Unbekannten.

»Nein. Aber deinen frischgebackenen Ehemann habe ich schon mal getroffen«, antwortete er. »Florens Ravensbergen. Und du bist die Tochter von Luc Falliaert.«

»Ein Geschäftsfreund?«

»Wir waren befreundet. Ich bin Blumenhändler, und mit Blumen hat dein Vater nie gehandelt.«

Gott sei Dank nicht, denn dann hätten wir sicher noch mehr Schulden gehabt. »Warum habe ich dich dann noch nie gesehen?«

»Letztes Jahr war ich ziemlich beschäftigt.« Florens setzte seinen Hut auf. Er drückte seine Locken platt und ließ nur noch einen schmalen Streifen rötliches Haar sehen. »Ich war mehr im Wirtshaus, als mir lieb war.«

Wahrscheinlich schaute ich ihn immer noch verständnislos an. »Um mit Blumenzwiebeln zu handeln.«

»Oh.«

»Ein paarmal pro Woche gehe ich zu einem Kollegium in einer Kneipe.«

»Zu einem Kollegium?«

»Ja, dort werden Blumenzwiebeln versteigert. Man muss freilich wissen, welche Gasthäuser dabei mitmachen. Dort bieten dann allerlei Dummköpfe auf meine Ware, und ich verkaufe an den Höchstbietenden. Ich kann mich nicht beklagen.« Wieder zog er einen Mundwinkel leicht ironisch nach oben.

»Im Winter hatte ich mehr als genug Torf für meinen Kamin, ich habe gut davon leben können.« Mit seinen hellen Augen schaute er mich forschend an. »Dein Vater war ein großartiger Mann. Im Frühling und Sommer ging er gerne in meinem Garten spazieren. Er hat nie etwas von mir gekauft, aber er war durchaus ein Liebhaber. Es ist so schade, dass er nicht mehr lebt.«

»Ich vermisse ihn.«

»Wenn selbst ich immer noch Schwierigkeiten mit der Vorstellung habe, dass ich ihn nie wiedersehen werde, wie musst du dich dann erst fühlen?«

Nach kurzem Zögern fuhr Florens fort: »Luc hat gesagt, dass du Malerin bist.«

»Hat Vater mit dir darüber geredet?«

»Oft genug, und immer lobend. ›Meine Tochter‹, sagte er immer, ›hat die Gabe, zu sehen, was zu zeichnen die Mühe wert ist.‹«

Ich musste mir auf die Lippe beißen. »Manchmal bin ich blind.«

Er griff nach meiner Hand, und ich ließ ihn gewähren. »Passiert uns das nicht allen ab und zu? Hast du irgendwelche Bilder mit Blumen, Hester?«

Ich machte eine überraschte Bewegung. Einen Augenblick dachte ich, dass er darauf anspielte, was in Leiden passiert war, aber dann wurde mir klar, dass er einfach wieder den Gesprächsfaden aufnahm, und ich versuchte, meine Schultern zu entspannen. Dieser Mann mit dem warmen Blick konnte unmöglich von meinem Gemälde mit den Schmetterlingen wissen.

»Ich habe oft Blumen gemalt.«

Mit einer raumgreifenden Armbewegung zauberte er mir ein Bild seines voll erblühten Gartens vor Augen. Die »Einfarbigen«, die braune »Lak van Rijn«, die »Viceroy«. Und die weiß-purpurfarbene »Busscher«. Ich sah sie vor mir, einzig und allein durch seine Begeisterung.

Ein Schatten fiel über uns.

»Hester?«, fragte Christiaan. »Warum hast du dich denn in diese Ecke verkrochen?« Kühl nickte er dem Blumenzwiebelhändler zu. Ich machte meine Finger los.

»Meinen Glückwunsch«, sagte Florens. »Wie ich sehe, hast du hier eine seltene Blume gefunden.«

»Danke, Ravensbergen.« Christiaan streckte die Hand nach mir aus.

Florens machte eine Verbeugung in meine Richtung. »Ich freue mich, Euch kennengelernt zu haben, Juffrouw Falliaert. Ich hoffe, Euch wiederzusehen.« Ich musste grinsen bei seiner plötzlichen Höflichkeit.

»Mevrouw Blansjaar«, verbesserte Christiaan ihn mit zu Schlitzen verengten Augen.

»Was hieltet Ihr davon, demnächst ein Porträt von mir in meinem Garten zu machen? Zwischen den Tulpen?« Unbeirrbar schaute Florens mir direkt ins Gesicht.

»Gerne.«

Neben mir kratzte sich Christiaan am Hals. »Wenn du meiner Frau einen Auftrag erteilen willst, wäre es mir am liebsten, wenn du ins Atelier kommst, dann können wir das besprechen.«

Da war wieder das halbe Grinsen, das Florens' ganzes Gesicht zum Strahlen brachte und mir auch sofort ein Lächeln entlockte. Dieser Mann war erfrischend wie ein Regenschauer, der nach einem stickigen Tag die Hitze vertreibt. Ich senkte den Kopf, um meine Gedanken zu verbergen, und ließ mich wieder in die Mitte der Gaststube ziehen.

Um mich herum stampften die Gäste mit den Füßen auf die Holzdielen, hoben die Hände über die Köpfe und prosteten mir und meinem Ehemann zu. Er hielt eine Rede.

»Danke für eure Glückwünsche, aber jetzt gehen wir nach Hause.«

Lachen schallte durchs Wirtshaus, irgendjemand schrie etwas davon, dass jetzt die Kuh gemolken würde.

Ich fühlte, dass sich meine Wangen rot verfärbten, und folgte Christiaan zum Ausgang. Ravensbergen sah ich nicht mehr, als ich mich umschaute. Vielleicht hatte er sich unter die beschwipsten Gäste gemischt, oder er war schon gegangen.

Das Haus an der Bakenessergracht tauchte vor uns auf mit seinen dunklen Fenstern, hinter denen sich nichts und niemand bewegte. Drinnen stieß ich mir die Zehen am Tischbein und krümmte mich vor Schmerz. Mit einem schwelenden Kienspan aus dem Ofen steckte Christiaan eine Kerze an und leuchtete mir damit den Weg die Treppe hoch. Das Schlafzimmer war geräumig und kalt. Ein großes Bett mit einer roten Decke stand darin, ein Schrank und ein Tischchen mit einer Waschschüssel, auf das Christiaan den Kerzenhalter stellte. Er schloss die Fensterläden.

Da ich nicht wollte, dass er mich im Unterrock mit offenen Haaren sah, entledigte ich mich meiner Kleider so schnell wie möglich.

»Ich bin gleich wieder da«, sagte er und ließ mich allein.

Ich legte meine geliehenen Kleider in den Kleiderschrank. Ein Stuhl wäre hier sinnvoll, dachte ich. Ob ich wohl Gelegenheit bekommen würde, etwas zu verändern? Es war jetzt schließlich auch mein Haus.

Ich war schon unter die Decken gekrochen, als er mit zwei Gläsern und einer Flasche Wein zurückkam. Er schenkte mir ein und reichte mir ein Glas. Ich nahm einen großen Schluck. Wir hatten uns noch nicht mal geküsst, was musste ich erwarten? Auch Christiaan wirkte nervös, er trank sein Glas in einem Zug aus und stellte es auf den Tisch. Seine Hand schlug die Decken zurück. Er hatte sein Hemd anbehalten, dafür war ich ihm dankbar. Mein eigenes Glas stellte ich auf den Boden neben das Bett.

Sein Arm glitt um meine Taille, und er zog mich an sich. Ich lag wie erstarrt in seiner Umarmung und hielt den Atem an.

»Entspann dich, ich tu dir nicht weh.« Er war vorsichtig, streichelte meine Oberschenkel.

Langsam schob er meinen Unterrock hoch und betrachtete mich im Licht der Kerze. »Du bist wirklich sehr schön.«

Seine Stimme war zärtlich, seine Liebkosungen waren behutsam. Er zog sich das Hemd über den Kopf, und ich ließ meine Augen über seinen Körper gleiten.

Ich bemerkte den geraden Rücken, den flachen Bauch und die runden Hinterbacken. Alles an ihm war überraschend und neu, ich fühlte ein Zittern in mir, das ich nie zuvor gespürt hatte.

Vorsichtig berührte ich seine Brust.

24

Die Abende wurden stiller.

Sie verliefen ruhig, nicht zu vergleichen mit dem hektischen Alltag in Judiths Atelier. Kunden kamen und besichtigten die vielen Kunstwerke oder brachten selbst Gemälde mit, die sie verkaufen wollten. Christiaans Knecht und Lehrling, Franciscus, fegte den Boden. Er pfiff eine Melodie, die er auf der Straße aufgeschnappt hatte, während er eine Hose auf einem der Porträts malte. Manchmal fragte er, ob er noch mehr Farben mischen oder die Pinsel ausspülen sollte. Aber er fragte immer nur seinen Lehrmeister, nie mich.

Es dauerte eine Weile, bevor ich mich hineinfand. Ich hatte gedacht, ich könnte sofort mit einer meiner eigenen

Kompositionen beginnen. Aber in der Werkstatt gab es immer etwas zu tun: jemanden empfangen, der die Frau von Christiaan begrüßen wollte, bei einem Gemälde mithelfen, das eilig fertiggestellt werden musste. Hier die Hände von einem Herrn und eine Halskette einer Frau, dort ein Hintergrund. Ich durfte nicht zu lange darüber nachdenken oder mich zu lange mit der Wahl der richtigen Farbe aufhalten. Christiaan hatte ganz bestimmte Vorstellungen, was für Bilder aus seinem Atelier kamen, und ich war fast nie einer Meinung mit ihm.

Wir gingen nicht viel aus. Elsken kochte das Essen, und Christiaan sagte immer öfter, dass ich ihr in der Küche helfen solle.

Ich schaute ihn an und suchte nach dem Mann, der während meiner Quarantäne sechs Wochen lang jeden Tag vorbeigekommen war, um mich mit Essen und Malzubehör zu versorgen. Meistens fand ich ihn nicht. Aber dann drehte er sich um, fasste mich bei der Hand, um mir zu helfen, wenn wir bei einem Spaziergang auf die Stadtmauer kletterten, oder er lächelte mich an. Dann fiel mir wieder ein, warum ich ihm mein Jawort gegeben hatte, und ich sagte mir selbst, dass alles gut gehen würde. Wir mussten einander einfach noch besser kennenlernen.

Seit ich im Haus an der Bakenessergracht wohnte, hatte ich Judith zweimal gesehen. Einmal, als sie mich besuchte, und einmal in einem Gasthaus, wo ich Bier holte, weil Elsken mit der Wäsche beschäftigt war.

»Du strahlst ja richtig«, sagte ich, als sie vor mir stand.

»Das Leben ist schön.«

In ihren Augen spiegelte sich ihre Liebe zu Jan, und ich wurde mir sofort meiner eigenen stumpfen Erscheinung bewusst. Mein Haar kam unter meiner Haube hervor, und ich trug eine fleckige Schürze. An meinen Ärmeln klebte das Mehl, weil wir am Morgen Brot gebacken hatten. Ich hatte Rückenschmerzen vom Scheuern der Vortreppe, und es kostete mich einige Mühe, aufrecht zu stehen. In all den Jahren, in denen ich tagelang in derselben Haltung gesessen hatte, hatte ich solche Beschwerden nie gehabt.

Im Moment fühlte ich mich gehetzt. Wo ich früher den Sand in der Sanduhr langsam nach unten rieseln sah, kam es mir jetzt vor, als wäre er schon wieder durchgelaufen, obwohl ich das Glas doch gerade erst umgedreht hatte.

»Ich fühle mich auch schon fast wie zu Hause«, sagte ich. »Es braucht nur ein bisschen Zeit.«

»Woran arbeitest du gerade? Was malst du?«

Ich murmelte etwas von einem Bierkrug und einer Pfeife auf einem Stillleben.

Sie schüttelte den Kopf. »Lass dich nicht zu sehr von deinen Alltagsarbeiten schlucken, Hester.«

Ich versprach es ihr.

Judiths Trauung sollte nächsten Monat in der Grote Kerk stattfinden.

Ich mochte lieber nicht zu oft daran denken.

Mittags gelang es mir, mich ein paar Stunden davonzustehlen. Ich schnappte mir mein Skizzenbuch und Kreide, um außerhalb der Stadtmauer ein paar Zeichnungen zu machen. Zu Christiaan sagte ich, dass ich grässliche Kopfschmerzen hätte und frische Luft brauchte.

Er zog eine säuerliche Miene. »Aber bleib nicht zu lange weg, heute Nachmittag brauchen wir dich noch.«

Tja, schade, dachte ich.

Der hämmernde Schmerz in meinen Schläfen verflog, sobald ich draußen war. Ich schlenderte ein bisschen durch die Gegend und stand auf einmal unversehens im Kleine Houtweg. Der Blütenduft wurde immer stärker.

Mit dem Skizzenbuch unterm Arm lief ich zum Tor hinaus, und schon bald lag die Stadt mit ihren schmutzigen Grachten hinter mir. Als ich am ummauerten Garten eines Blumenhändlers vorbeikam, drückte ich auf gut Glück das Gartentor auf, weil ich unbedingt die gerade aufgeblühten Tulpen zeichnen wollte.

Neben seinem Schuppen beobachtete ein Mann meine Bewegungen. Ich erkannte ihn an den Haaren und dem schiefen Grinsen.

»Florens Ravensbergen.«

Er hatte einen Eimer in der Hand. »Mevrouw Blansjaar.« Er schüttete das Wasser in eine Gießkanne. »Schönes Wetter heute.«

»Ja«, sagte ich. »Ich wollte ein bisschen zeichnen.«

»Dann bist du hier am richtigen Ort.« Mit einer weiten Armbewegung beschrieb er einen Halbkreis. Ich hielt den Atem an. Wohin ich schaute, standen Tulpen. Ihre Blütenkelche und Blätter wippten im leichten Wind. Ihre Farben hoben sich grell vom blauen Himmel ab. Es würde ein ganz schönes Stück Arbeit werden, sie alle auf Papier zu bannen.

»Nicht dass ich wüsste, wann ich sie jemals benutzen könnte. Aber dann habe ich die Vorlagen schon«, murmelte ich.

Er nickte, aber ich sah ihm an, dass er nicht verstand, was ich meinte. Niemand bemerkte die Enttäuschung und die Kälte zwischen mir und meinem Mann, eine Kälte, die nur nachts im Dunkeln kurz auftaute, wenn er mich anfasste.

Wie konnte er auch wissen, dass Christiaan mich als Lehrling benutzte, der gerade seine erste Mallektion gehabt hatte.

Während Florens die Blumen besprühte und zwischen den Beeten hindurchlief, setzte ich mich ins Gras, lehnte den Rücken an den Stamm eines dicken Baumes und breitete meinen Rock auf dem staubigen Boden aus.

Meine Finger flogen übers Papier, so viel gab es festzuhalten. Heimlich machte ich auch ein flüchtiges Porträt des Mannes, der diese Farbenpracht erweckt hatte. Ich zeichnete seine Hände in der Erde, seine festen Arme mit der Harke, die Wölbung seines Rückens beim Unkrautjäten.

Ich überlegte, wie er wohl unter seinen schäbigen Kleidern aussah. Ach, hör doch auf, sagte ich zu mir selbst. Was hat dich denn gepackt? Und ich beugte mich noch eifriger übers Papier.

»Möchtest du etwas trinken?« Florens war vor mir erschienen. Die Frühlingssonne hatte ihm die ersten Sommersprossen auf die Nase gezaubert. Seine Haut war blass, wie bei allen Rothaarigen, aber sein Nacken war jetzt schon verbrannt. »Ich habe Bier.«

»Drinnen?« Ich zögerte. Die Straße war verlassen, niemand wusste, wo ich war.

»Ja, drinnen. Soll ich dir einen Krug rausbringen?«

»Nein, ich komme schon mit.«

Die Tür führte sofort in ein Zimmer, dem man anmerkte, dass hier ein Mann alleine wohnte. Keine Tischdecke, keine Kupferschalen oder Vasen. Auf der breiten Fensterbank standen hölzerne Behälter mit Erde und ein paar Sämlingen.

Die grünen Sprossen, die über den Rand schauten, erinnerten mich an meine eigene Tulpe. Als ich bei Christiaan eingezogen war, hatte ich die Blume auf den Hof gestellt und sie jeden Tag mit Wasser besprenkelt. Die Sonne hatte meiner Pflanze gutgetan, vor Kurzem war die Knospe aufgegangen wie die Schale einer reifen Kastanie. Wie Korneel mir letzten Herbst versprochen hatte, war die Blüte hellrot geflammt auf weißem Grund.

Florens erschien in der Tür, die wahrscheinlich in die Küche führte. »Möchtest du auch einen Teller Suppe?«

»Hmmm, ja«, sagte ich.

Die Sonne schien herein und wärmte mir das Gesicht. Es war still hier. Keine ratternden Karren, kein Gekeife von streitenden Nachbarinnen. Manchmal hörte man ein Glöckchen im Wind, das Läuten einer silbernen Glocke, ganz leise. Ich wusste nicht, woher das kam, aber es konnte mir ja auch egal sein. Schweigend löffelten wir unsere Suppe. Zu Hause lag Christiaan mir immer in den Ohren damit, was für Gewinne er mit seinem Handel machen konnte, wenn er einen seltenen Stein oder eine Muschel aufgetan hatte, und dann sagte er, ich solle mich drauf gefasst machen, dass morgen dieser oder jener Kaufmann kam, um seine Kunstkammer zu bewundern.

Aber hier schien Zeit nicht wirklich wichtig zu sein. Sogar die Bewegungen des Mannes, der mir gegenübersaß, waren irgendwie träge.

Als das Geklingel, das ich vorher schon bemerkt hatte, lauter wurde, sprang er jäh auf und rannte nach draußen. Ich stand etwas langsamer auf, ich war erschrocken über seine Besorgnis.

»Was ist denn passiert?«

Er stand im Garten und beugte sich über eins von den kleinsten Blumenbeeten. »Falscher Alarm. Muss wohl ein Tier gewesen sein.«

Ich folgte seinem Blick zu den dünnen Schnüren, die von der geharkten Erde zum Haus liefen und durch ein Fenster nach drinnen verschwanden. Eine war abgerissen, die Glöckchen lagen daneben auf dem Boden. Behutsam machte Florens alles wieder fest, ging die Schnüre ab, die fast unsichtbar befestigt waren. »Ich muss meine ›Sommerschöne‹ behüten. Von der habe ich nur fünf.«

Während die anderen Blumen schon teilweise ihre Knospen geöffnet hatten, war der Kelch dieser Tulpe noch geschlossen. Man konnte die erdbeerfarbene Zeichnung auf dem zarten Weiß schon sehen, aber die Kronblätter waren noch ganz fest geschlossen und beschützten den Stempel. Florens deutete zum Fenster.

»Die Schnüre reichen bis zu meinem Bett. Ich wäre nicht der Erste, dem man die Blumenzwiebeln vor der eigenen Nase aus der Erde gräbt.«

»Wer stiehlt denn bitte eine Blume?«

»Glückssucher, Gesindel, gierige Menschen. Mir fallen da schon ein paar ein. Solange sie unter der Erde wachsen, ist die Gefahr am größten. Sobald ich sie herausgenommen habe, kann ich mich wieder entspannen.«

Florens schlug das Skizzenbuch auf, das ich auf den Tisch gelegt hatte, und betrachtete die Zeichnungen von Menschen, Stadtansichten und Blumen. Seine Augen blieben nicht länger als nötig an seinem eigenen Porträt hängen. In aller Ruhe studierte er den Rest meiner Skizzen.

»Du liebst sie«, sagte er, als er das Buch zuschlug.

»Wen?«

»Die Blumen.«

Ich nickte und setzte den Krug mit dem schäumenden Bier an den Mund. Danach wischte ich mir mit der Hand die Lippen ab. »Ich habe schon eine ganze Weile keine mehr gemalt.«

»Warum nicht?«

Ich zuckte mit den Schultern. »Das ist eine lange Geschichte.«

Doch plötzlich begann ich zu erzählen, spontan und ohne lange nachzudenken. Vom Atelier meines Onkels, von meiner Jugend, vom Tod meiner Tante. Von meiner strohdummen Verliebtheit, Jacobs Zurückhaltung. Und zu guter Letzt von der Anschuldigung, die van Asperen erhoben hatte, der mein Gemälde dann für ein Spottgeld verkaufte. Ich war über mich selbst überrascht, weil ich so ruhig blieb wie ein spiegelglattes Meer. Ich fühlte mich ein bisschen wie ein Schiff, das sanft auf den Wellen schaukelte. Alles, was ich hier aussprach, würde unter uns bleiben, davon war ich überzeugt.

Er fragte nichts, sagte nichts. Von einem Brett hinter sich nahm er ein dickes Buch, das er vor mich hinlegte. Fragend schaute ich ihn an, und er bedeutete mir, dass ich es aufschlagen solle. Auf dem Titelblatt stand: *Tulpen, von echten Blumen abgezeichnet.*

Vorsichtig blätterte ich es durch. Auf jeder Seite ein Aquarell von einer Blume. Rosarote, rotweiße, marmorierte, geflammte und wie mit Federn gemusterte Blüten zogen Seite um Seite an mir vorbei. Ich las ihre Namen, ich sah mir an, wie viel sie wogen. Meine Finger folgten wie von selbst den dünnen Linien Wasserfarbe. Manche sahen unbeholfen aus, als hätte ihr Zeichner keine besonders feste Hand gehabt.

Schließlich schlug ich das Buch wieder zu. »Wunderschön! Aber warum hast du mir das gezeigt?«

Er schenkte mir noch ein Glas Bier ein. »Das sind alles Blumen, die hier in meinem Garten stehen. Im Winter sieht man sie nicht, aber meine Kunden wollen trotzdem wissen, was sie kaufen.«

Das verstand ich. »Im Frühjahr habe ich einen Blumentopf mit Erde bekommen. Der Schenker sagte, dass daraus eine Tulpe sprießen würde. Ich wusste nicht, was ich davon halten sollte, aber jetzt sieht es ganz so aus, als hätte er nicht gelogen. Genauso wie bei den Dingen, die ich mache, müssen auch deine Käufer Geduld haben.«

»Es geht darum, was herauskommt«, sagte er. »Ist es nicht genauso wie mit einem Gemälde? Man weiß nicht genau, was man bekommen wird, auch wenn man die Komposition vorher strikt festgelegt hat.«

»Ja«, sagte ich. Überrascht stellte ich fest, dass der Vergleich mit meiner Arbeit tatsächlich in vielerlei Hinsicht stimmte.

»Schönheit, die unter der Erde versteckt ist, genauso wie das, was du dir in deinem Kopf ausdenkst.«

Ich seufzte und dachte wieder an das Fiasko in Leiden. »Nicht jeder ist mit mir zufrieden.«

»Dummköpfe gibt es überall.«

Seine Worte gaben mir ein Gefühl von Kraft. Ich bedankte mich für die Suppe und das Bier und stand auf. Ich war viel zu lange fortgeblieben.

»Möchtest du nicht ein neues Florilegium für mich malen?«

Ein Auftrag? Mein erster. Dann fiel mir ein, dass ich nicht mehr allein beschloss, was ich tat. »Das muss ich mit Christiaan besprechen.«

Er wischte meine Worte vom Tisch. »Dein Ehemann ist mir völlig egal. Ich frage dich.« Er würde mich einfach bar bezahlen, ohne dass ich ihm eine Rechnung zu schreiben brauchte.

»Steck das Geld ein und gib nicht alles auf einmal aus,

dann kommt er doch nie dahinter. Es tut mir leid, aber ich mag ihn nicht. Er hat kein Auge für die Schönheit der Dinge in seiner Umgebung.«

Darüber musste ich lachen. »Warum gerade ich?«

Er legte mein Skizzenbuch geöffnet auf den Tisch, aufgeschlagen auf der Seite mit der flüchtigen Zeichnung, die ich von ihm gemacht hatte. »Weil du die Dinge aus dem richtigen Blickwinkel siehst.«

Auf dem Heimweg eilte ich durch die Straßen wie ein Kind, das mit einer Strafe rechnet. Es fing an zu regnen, harter, peitschender Regen, der mich völlig durchnässte. Meine Arme und Beine wurden ganz steif. Ich hatte keinen trockenen Faden mehr am Leib und lief sofort hoch, um mich umzuziehen.

In der Küche wrang ich meine Haare vor dem Ofen aus. Die Tropfen fielen zischend auf die warmen Bodenfliesen. Elsken saß über eine Näharbeit gebeugt. Sie blickte auf und lächelte mich an.

»Komm, ich kämme dich«, sagte sie.

Sie legte ihre Flickarbeit in den Nähkorb und nahm den Kamm vom Kaminsims. Vorsichtig entwirrte sie meine Locken. Wenn ich nicht das Gefühl gehabt hätte, mir Sorgen machen zu müssen, hätte ich so einschlafen können, mit ihrer festen Hand auf meinem Kopf. Sie summte leise vor sich hin.

»Hat Christiaan mich vermisst?«

Elskens Bewegungen kamen einen Augenblick ins Stocken. »Ich habe ihn heute Nachmittag noch gar nicht gesehen.«

Rastlos ging ich auf und ab. Als er endlich kam, würdigte er mich keines Blickes. Wir saßen am Tisch und reichten uns das Salz, das Fleisch, das Brot. Er aß mit niedergeschlagenen Lidern und gesenktem Kopf.

Nachdem wir fertig gegessen hatten, stand ich auf und stapelte die Teller aufeinander. Ich wandte ihm den Rücken zu und sagte: »Heute habe ich Florens Ravensbergen getroffen. Er hat gefragt, ob ich ein Blumenbuch für ihn machen möchte.«

»Nein.« Das Wort traf mich wie ein Peitschenschlag.

»Warum nicht? Du hast neulich selbst gesagt, dass Blumenmalen eine Beschäftigung für Frauen ist.«

»Ich will aber trotzdem nicht, dass du das machst. Irgendjemand würde die Verbindung herstellen.«

»Was meinst du damit?« Ich stützte mich auf den Tisch. »Wovon redest du?«

»Du brauchst kein Theater zu spielen, Hester. Ich weiß, warum du Leiden verlassen hast.« Er trat hinter mich und legte mir die Hände auf die Schultern.

»Wie …?« Ich schüttelte ungläubig den Kopf. Wer hatte es ihm erzählt? Judith? Nein, wahrscheinlicher war es, dass er vor der Hochzeit selbst Erkundigungen über mich eingezogen hatte. Es hatte ihn nicht abgehalten, mich zu heiraten, aber irgendwie traf es mich doch unangenehm.

Christiaans Finger drückten sich grob in mein Fleisch.

»Du verstehst jetzt sicher, warum du den Auftrag von Ravensbergen nicht annehmen kannst.«

Ich versuchte, mich aus seinem Griff herauszuwinden. »Dann male ich eben unter deinem Namen.«

Er schaute mich spöttisch an. »Das wolltest du doch nicht. Das war eine von deinen eigenen Bedingungen.«

Sein Blick schweifte zu Elsken, die stocksteif unserem Gespräch zuhörte.

»Und dann noch etwas«, sagte er. »Ich will nicht mehr, dass du einen ganzen Nachmittag verschwindest. Nicht mal, um zu zeichnen. Ich muss ein Atelier führen und will mich nicht fragen müssen, wo meine Frau eigentlich gerade steckt.«

Ich wollte schon reagieren, da sah ich Elskens Gesicht. Sie legte den Finger auf die Lippen. Ganz gegen meine Gewohnheit gab ich nach.

»Ich werde in Zukunft daran denken.«

Später im Bett war er kalt wie Eis.

25

Es verstrich eine Woche, und ich langweilte mich. Ich hatte einen Hut auf einem Porträt einer potthässlichen Frau mit roten Wangen gemalt, ein Brot auf einem Stillleben, das beinahe fertig war, und ein Hosenbein von einem Mann mit einer Laute in der Hand.

»Er benutzt mich«, jammerte ich bei Judith. Ich half ihr, Tischtücher und Bettwäsche zusammenzufalten und in eine Truhe zu räumen. Das Haus in der Korte Barteljorisstraat war so gut wie leer geräumt, es hatte keine Ähnlichkeit mehr mit dem warmen Zuhause, in dem ich letzten Winter so herzlich aufgenommen worden war.

»Er muss dir Gelegenheit geben, zu tun, was du selbst willst«, sagte Judith.

»Ich finde es ja nicht schlimm, ihm auszuhelfen, aber ... ich bitte dich! Teile, einzelne Fragmente seiner Kompositionen malen? Ich komme mir vor, als wäre ich wieder dreizehn.«

Judith zog eine Tagesdecke vom Bett und rollte sie zusammen. »Die kann ich nicht mitnehmen. Willst du die haben?«

»Gerne.« Es war eine schöne rot bestickte Decke, und ich glaubte nicht, dass Christiaan etwas dagegen hatte, wenn ich sie annahm. Sicher war ich allerdings nicht mehr. Wir waren noch nicht mal einen Monat verheiratet, und er rief »schwarz«, sobald ich »weiß« sagte. Am schlimmsten fand ich aber immer noch, dass er nichts von mir annehmen wollte.

Gestern hatte ich ihm vorgeschlagen, Lackrot mit Zinnober, Bleiweiß und hellem Ocker zu mischen, um die Hautfarbe auf seinen Porträts zu verbessern. Er biss sich auf die Lippe und sagte, er habe schon immer so gemalt, es gebe keinen Grund, irgendetwas zu ändern. Dabei wussten wir beide, dass sich seine Arbeit dadurch verbessern würde.

Ich verstand es nicht. Strebte nicht jeder Künstler nach Weiterentwicklung? Wenn man mit Herz und Seele arbeitete, wollte man voneinander lernen. Die Kunst hatte das verdient.

»Bereust du, dass du ihn geheiratet hast?« Judiths Blick glitt forschend über mein Gesicht. Ich zog einen Stapel Tücher aus dem Schrank. »Nein, wir müssen uns einfach nur aneinander gewöhnen.«

Franciscus saß an einer der Staffeleien und malte die Hände auf dem Porträt, das Korneel Sweerts von sich selbst anfertigen ließ. Es war Monate her, dass er dafür Modell gestanden hatte. Diesmal war ein Hintergrund auf der Leinwand zu sehen: Er stand neben einem Fenster, durch das man die Schiffe auf der Spaarne sah.

Für seine Verhältnisse hatte sich Christiaan lange mit diesem Bild aufgehalten, fast neun Monate. Ich war froh, dass Sweerts jetzt nicht mehr Modell saß. Es war schon schlimm genug, dass er demnächst vorbeikommen würde, um zu sehen, wie es mit seinem Bild stand.

Der Zeigefinger der einen Hand war viel dicker und länger als der andere. Die Hautfarbe war zu rosa, das Handgelenk zu derb und zu grobkörnig. Vorsichtig wies ich Christiaan auf die Fehler seines Lehrlings hin. Er musterte die Farbe mit leicht zusammengekniffenen Augen.

»Du hast recht. Franciscus, ich hab eine andere Arbeit für dich. Meine Frau wird das hier fertig machen.«

Innerlich jubilierte ich über diesen kleinen Sieg, aber ich würde mich hüten, es zu zeigen. Die Augen des Lehrlings funkelten vor Wut, als er mir seine Palette reichte.

Beherrscht setzte ich mich auf den Hocker und betrachtete das Bild meines ehemaligen Verehrers. Ich fand ihn nicht besonders gut gelungen, eine Ähnlichkeit war nur in groben Zügen zu erkennen. Die Seele des Kaufmanns hatte Christiaan nicht eingefangen, genauso wenig wie alle anderen Bilder, die sein Atelier verließen, irgendetwas von einer Seele zeigten.

Ich warf einen Blick hinter mich. Mein Mann legte Franciscus den Arm um die Schultern und redete ihm gut zu. »Du musst noch einiges lernen«, schnappte ich auf.

Ich beugte mich über die Schalen auf dem Tisch und mischte die richtige Farbe für die faltige Haut der Knöchel. Die Zeit verflog, während ich beschäftigt war, ich nahm es nur am Rande wahr, als Elsken mir einen Becher Buttermilch hinstellte und Christiaan mit einem Kunden einen Kauf abschloss. Ein paar Stunden später waren die Hände fertig.

»Ich wollte dich nicht stören.« Florens Ravensbergen betrachtete Korneels Bild. »Ein nettes Porträt.«

»Ich hab es nicht gemalt.«

»Das weiß ich.« Er ging weiter an den Wänden entlang und schaute die anderen Bilder an, die dort hingen und standen. Beim Bildnis meiner Mutter blieb er stehen.

»Cornelia. Es ist lange her, dass ich ihr Porträt gesehen habe.«

»Das ist nicht zu verkaufen. Ich habe nur noch keinen Platz gefunden, an dem ich es aufhängen kann.«

Ich verschwieg, dass ich es kurz nach der Hochzeit hatte aufhängen wollen, Christiaan aber erklärte, dafür sei nicht genug Platz. Als ich daraufhin eines der anderen Gemälde entfernen wollte, erschien ein zorniger Ausdruck auf seinem Gesicht, der ebenso schnell verflog, wie er gekommen war. Er küsste mich auf die Haare und schlang den Arm um mich. »Morgen suchen wir nach einer guten Lösung.«

Danach ließ ich das Porträt auf dem Boden stehen, sodass ich sie immer anschauen konnte, so wie in unserem Haus an der Spaarne.

»Was machst du hier?«

»Ich war gerade in der Nähe. Sag, wann kannst du mit meinem Auftrag anfangen?«

»Hast du meinen Mann schon gefragt?«

»Er ist nicht da.«

Ich wagte nicht, ihm zu sagen, dass Christiaan seinen Vorschlag abgelehnt hatte, und behauptete stattdessen, dass ich noch einmal darüber nachgedacht hätte und zu dem Schluss gekommen sei, dass ich nicht genug Zeit hätte, weil im Atelier so viel zu tun sei.

»Schade, es wäre genau die richtige Zeit, um einen neuen Katalog zu erstellen. In ein paar Wochen ist alles wieder verblüht.«

»Auch deine ›Sommerschöne‹?«, neckte ich ihn.

»Die auch.«

Ich zeigte ihm meine Tulpe, die sich endlich ganz entfaltet hatte. »Erkennst du sie? Ich glaube, sie trägt den Namen irgendeines Admirals.«

Wir hörten gar nicht, dass Christiaan hereinkam, aber auf einmal stand er vor uns. Er hatte einen neuen Mantel an, offenbar kam er gerade vom Schneider. Die Spangen auf seinen Schuhen funkelten im Sonnenlicht. Ich wusste, wie viel Arbeit es Elsken gekostet hatte, sie so auf Hochglanz zu bringen.

»Ah, Blansjaar. Da bist du ja. Ich will deiner Frau einen Auftrag erteilen.«

Was Florens bewogen hatte, sich mit der Anfrage nun doch an meinen Mann zu wenden, wusste ich nicht. Er zwinkerte mir zu, und ich drehte mich um.

Hinter mir senkte Christiaan die Stimme zu einem Flüstern. Jetzt erzählte er ihm von meinem skandalösen Ruf.

Ich lächelte leise in mich hinein.

Die Dämmerung zog herauf und nahm der Welt alle Farbe. Nachdem ich eine Kerze angezündet hatte, räumte ich meine Malsachen auf.

»Ich hatte doch gesagt, dass ich es nicht möchte«, sagte Christiaan, als Florens gegangen war.

»Was möchtest du nicht?«

»Dass du seinen Auftrag annimmst.« Er schlüpfte aus seinem Mantel und lief aus dem Atelier.

Ich folgte ihm die Treppe hoch zu unserem Schlafzimmer. Die Kerze flackerte in der Zugluft, die Zimmertür fiel vor meiner Nase ins Schloss. Die Klinke ließ sich nicht herunterdrücken.

»Was willst du?«

Ich drückte die Wange ans Holz und lauschte. »Dass ich ganz aufhöre? Dass ich nicht mehr mache, wofür ich ausgebildet bin, wofür ich lebe und atme?«

Die hölzernen Dielen knarrten unter meinen Füßen, als ich im Flur auf und ab lief.

Im Schlafzimmer hörte man ein dumpfes Poltern und einen Fluch.

Ich lehnte die Stirn an die Tür. Die Geräusche waren verstummt, die Stille war mindestens so beängstigend wie vorher der Lärm.

Es dauerte eine ganze Weile, bis er herauskam. Sein Gesicht sah im spärlichen Licht aus wie eine Maske.

»Ravensbergen hat gesagt, dass du ihm erzählt hast, was in Leiden passiert ist.«

»Ich fand das nur ehrlich.«

»Deswegen habe ich ihm versprochen, dass du seine Blumen malen kannst.«

Mir stockte der Atem.

Wahrscheinlich war es die klingende Münze, die ihn schließlich überzeugt hatte, mich das Florilegium machen zu lassen.

Christiaan stellte sich ganz dicht vor mich. Ich fühlte seinen Atem auf meiner Haut wie eine leichte Brise.

»So legst du mich nicht noch einmal herein.«

Bevor er wütend die Treppe hinunterstampfte, schubste er mich grob an die Wand.

26

Wir liefen die Koningstraat an der Beek entlang zum Grote Markt. In der Ferne hörte man die Stimmen der Kaufleute, die ihre Waren den Vorbeigehenden anpriesen. Das

Rasseln von Karren kam immer näher. An einer der hölzernen Brücken hielt Christiaan mich am Arm fest. »Warte kurz.«

Er zog seine Hose zurecht und nahm den Hut ab, um ihn sorgfältig noch einmal aufzusetzen.

Ich zog die Augenbrauen hoch. »Was ist mit dir?«

Er schaute sich um. »Da ist jemand vom Stadtrat. Es geht um die Anstellung bei den Cloveniers, und mein Name ist auch im Gespräch.«

»Hast du denn Ambitionen in der Bürgerwehr?«

Unter der Überdachung der Beek standen zwei Männer und unterhielten sich. Einen von beiden erkannte ich, es war der Bürgermeister. Er war blond und trug einen Anzug aus teurem Stoff, der andere Mann hatte schwarze Haare und einen dünnen Schnauzer. Ich schätzte die beiden auf ungefähr dreißig.

»Es gibt noch mehr, was du von mir nicht weißt.« Christiaan nahm den Hut noch einmal ab.

Ich zuckte mit den Schultern und betrachtete den Mann mit den schwarzen Haaren. Er hatte einen selbstbewussten Blick. Während er dem Bürgermeister lauschte, huschte sein Blick in alle Richtungen. Zu den jungen Frauen, die vorbeigingen, zu dem Verkäufer, der sich mit einem feilschenden Kunden stritt. Um diese Zeit war hier immer viel los; beim Kran an der Waage war Hochbetrieb, neben der Fleischhalle standen plaudernde Frauengrüppchen mit Einkaufskörben am Arm.

»Wer ist der andere?«

»Cornelis Coning.«

»Der Name sagt mir nichts.«

»Natürlich nicht.« Der verächtliche Zug um Christiaans Mund entging mir nicht. »Glücklicherweise gibt es Geschäfte, bei denen Frauen nichts zu suchen haben.«

»Dann erzähl es mir doch einfach nicht.«

Er hielt mich am Handgelenk fest, als ich weitergehen wollte. »Sitzt mein Hut gut so?«

»Wunderbar.« Ich sagte nicht, dass ich es lächerlich fand, das Ding schief aufzusetzen, nur weil es alle modebewussten jungen Männer so machten. Genauso wie die glänzenden Schnallen, die Spitzenmanschetten und das schwarze Wams aus teurem Tuch absolut notwendig waren, wenn man zur Elite zählen wollte.

»Wer ist Coning?«

»Ein Kupferstecher. Wir hoffen beide auf den Posten als Reserveoffizier bei den Cloveniers.«

»Ich dachte, für den Posten nehmen sie nur Junggesellen?«

Ein Schatten zog über sein Gesicht. »Coning ist auch schon seit ein paar Jahren verheiratet.«

Während wir auf die Männer zuliefen, zupfte Christiaan seinen Kragen zurecht. Der Bürgermeister wünschte ihm freundlich einen guten Morgen, Cornelis Coning bedachte ihn nur mit einem unmerklichen Nicken.

»Meine Gattin, Hester.«

»Mevrouw.« Die beiden Herren nahmen ihren Hut ab, und Cornelis Coning setzte ihn sich mit einer schwungvollen Bewegung wieder aufs Haar.

Der Bürgermeister lud Christiaan zu einem dreitägigen Festessen ein, das übermorgen beginnen sollte. Die ganze Stadt wusste, dass bei den Festen der Bürgerwehr die Mahlzeiten mit Ansprachen, Ernennungen und Versammlungen wechselten.

In Anbetracht seiner Vorliebe für nächtliche Fressgelage, bei denen junge Frauen das Bier ausschenkten, hätte es mich überrascht, wenn mein Mann diese Einladung abgelehnt hätte.

»Ich werde kommen«, sagte Christian, und das Lächeln auf seinem Gesicht verriet, dass er diese Einladung erwartet hatte. »Mein Atelier kann ich ja meiner Frau überlassen, sie ist ebenfalls Malerin.«

Ich schaute weg, merkte aber, dass er es diesmal wirklich so meinte. Die drei Männer lachten, aber mir wurde langsam beklommen zumute.

»Wir müssen weiter«, sagte ich.

Als wir außer Hörweite waren, fragte ich Christiaan, ob er ihnen von mir erzählt habe. Woraufhin er erwiderte, dass ihm mein Misstrauen auf die Nerven gehe. Wäre es denn in seinem Interesse, die ganze Stadt wissen zu lassen, was mir in Leiden passiert war?

»Das würde meine Erfolgsaussichten schmälern.«

Erleichtert atmete ich auf und bedankte mich für sein Vertrauen, mit dem er mir drei Tage die alleinige Leitung des Ateliers übertrug. Seine Augen verengten sich, und er wandte mir das Gesicht zu.

»Ich gehe davon aus, dass du es nicht verdirbst. Es ist eine Ehre, der Bürgerwehr als Reserveoffizier beizutreten. Vielleicht darf ich in einem halben Jahr sogar ein Bild von ihnen malen. Das letzte Mal ging dieser Auftrag an Frans Hals, 1627 war das. Diesmal will ich ihn haben.«

»Ich werde es nicht verpfuschen.«

Er drückte meinen Arm. Dann streckte er die Brust raus und strich sein Hemd glatt. Den Rest des Heimwegs legte er mit geradem Rücken zurück, in der strammen Haltung eines Soldaten. Er grüßte nach rechts und links, als hätte er den Posten bereits bekommen.

Als ich fünfzehn war, ergatterte Onkel Elias den begehrten Auftrag, die Herren der Leidener Bürgerwehr zu verewigen. Zusammen mit Jacob und Steven brachten wir unsere Malsachen und die Leinwand auf den Platz hinter dem Atelier, weil der Raum zu klein war für so ein riesiges Gemälde. Dort bauten wir eine Überdachung zum Schutz gegen Regen und Wind.

Wir begannen im Frühjahr und versuchten, vor Wintereinbruch fertig zu werden, um nicht mit erfrorenen Fingern arbeiten zu müssen. Gott sei Dank war der Sommer trocken, und zu viert kamen wir sehr gut voran.

Es gab ein gewaltiges Durcheinander, als die Herren sich für uns aufstellen sollten. Onkel Elias musste den Hauptmann mehrfach bitten, seine Männer zur Ordnung zu rufen – es konnte nun mal nicht jeder in der ersten Reihe stehen.

Ich fand die bunten Schärpen und die Federn auf ihren Hüten wundervoll. Wir machten Skizzen in dem Saal, in dem sie immer ihre Festgelage abhielten.

Ich konzentrierte mich auf ihre Gesichter, obwohl ich

wusste, dass mein Onkel mir niemals erlauben würde, sie zu malen.

Meine Hand flog übers Papier und zeichnete rote Wangen, glänzende Augen und lachende Münder. Das Bier floss in Strömen, sie stampften mit den Füßen im Takt der Musik mit. Es wurde später, und sie sangen immer lauter. Sie wähnten sich unbeobachtet in ihrem Haus, vergaßen völlig, dass ich sie beobachtete und festhielt. Manchmal kniff mir einer in die Brüste, aber ich brauchte nur meinen Stift hochzuhalten, um sie zu erinnern, dass ich keine Bedienung war und sie lieber auf ihre Ehre achten sollten.

Ich hatte die Zeichnungen lange aufbewahrt, und ab und zu holte ich sie hervor, um ihre Gesichter zu studieren. Auf dem Porträt schauten sie alle ganz ernst, als hätten sie die ganze Zeit stocksteif auf ihrem Stuhl gesessen, während die ganze Bande in Wirklichkeit chaotisch durcheinanderlief und ihr Festmahl eher einer Orgie glich.

Christiaan würde mir nach dem Gelage noch mehr erzählen können. Wenn er von seinem Ausflug zurückkam, würde er sicher nur noch schlafen wollen. Aber eines interessierte ihn noch viel mehr als der Branntwein, die anwesenden Frauen und der Rehbraten: Er wollte zu den Gockeln gehören, die immer in der ersten Reihe stehen mussten und ständig versuchten, den anderen die besten Körner wegzupicken.

Vier Tage später kam Christiaan nach Hause und schleppte sich wortlos an Elsken und mir vorbei. Wir tauschten einen Blick, und ich schüttelte den Kopf. »Es sollte doch drei Tage dauern, oder nicht? Warum kommt er früher zurück?«

»Ein großes Fest, hat er gesagt.«

Wir klopften an die Schlafzimmertür. Es blieb still, und ich öffnete die Tür. Christiaan lag quer über dem Bett, seine Jacke und seine Hose waren zerknittert, seinen Hut hatte er nachlässig auf den Boden geworfen, neben die ausgezogenen Schuhe.

Die Luft in dem kleinen Zimmer, von der uns ganz übel wurde, war das Ergebnis von zwei Tagen Männerschweiß, verschüttetem Schnaps und zu wenig Schlaf. Ich hielt mir den Schal vor die Nase. »Ist irgendwas?«, fragte ich. »Warum bist du denn schon wieder zurück?«

Zur Antwort stöhnte er nur und schob seinen Kopf unter das Kissen.

»Bist du krank?«

Elsken und ich schauten einander an und zuckten mit den Schultern. Wir wollten gerade die Tür hinter uns zuziehen, als er mühsam aufstand und zu mir kam. Er drückte sein Gesicht an meinen Hals, und seine Stimme klang erstickt.

»Ich bin es nicht geworden.«

Ich machte mich von ihm los und hielt ihn auf Armeslänge von mir weg. »Das ist doch nicht so schlimm, oder?«

»Nicht so schlimm?« Christiaan hielt sich an meinen Schultern fest.

»Es kommt doch wieder eine neue Gelegenheit, sie haben dich doch schon einmal zur Wahl aufgestellt.«

Elsken hatte noch nichts gesagt, aber sie verfolgte ihren

Bruder mit Blicken. Ich gab ihr ein Zeichen, dass ich mich um ihn kümmern würde, und ihr Gesicht verriet ihre Erleichterung, als sie hinausging. Christiaan ließ die Arme sinken und lief aufgewühlt im Zimmer auf und ab.

»Na komm«, sagte ich. »Die Welt geht nicht unter, weil jemand anders beim alljährlichen Aufmarsch die Fahne schwenken darf.«

»Dumme Trine!« Er sprühte vor Zorn. »Du verstehst doch überhaupt nichts. In dieser Stadt ist man nur jemand, wenn man im Vorstand sitzt, und das hätte meinen Aufstieg besiegelt.«

Ich streichelte ihm die Wange. »Nächstes Mal werden sie dich wieder fragen.«

Er setzte sich auf die Bettkante und schob die Hände zwischen die Knie. »Wie können sie mir Coning vorziehen?«

Mir war inzwischen zu Ohren gekommen, dass der bekannte Stadtschreiber Samuel Ampzing ein Freund von Cornelis Coning war und Gedichte zu seinen Radierungen verfasste. Mir fiel niemand ein, der für Christiaan einstehen würde.

»Ich dachte wirklich, dass sie mich wählen würden«, sagte Christiaan. »Es war der richtige Zeitpunkt. Die Werkstatt floriert, ich habe ein Vermögen gemacht. Ich bin noch jung und muss keine Kinderschar unterhalten …«

Ohne ihn anzusehen, strich ich ihm übers Haar. »Beruhige dich«, sagte ich.

Er ließ sich aufs Bett zurückfallen und zog die Beine an. Ich blieb bei ihm sitzen und streichelte ihn, bis er in einen unruhigen Schlaf fiel. Es war meine Pflicht als seine Ehefrau, ihn zu beruhigen und zu unterstützen, auch wenn ich fand, dass der Streit um den Posten eines Reserveoffiziers es ganz bestimmt nicht wert war, so außer sich zu geraten.

27

Elsken und ich falteten die Bettwäsche zusammen und legten sie in den großen Schrank im Flur. Als Hausherrin müsste ich eigentlich die Schlüssel von ihr verlangen. Sie klingelten bei jedem Schritt, den sie tat, an ihrem Gürtel und bekräftigten ihre Stellung in diesem Haushalt. Aber auch diese Gelegenheit ließ ich wieder verstreichen.

Die untergehende Sonne färbte die Bettwäsche orange. Elsken strich einen Stapel glatt und schloss die Schranktür. Wir gingen in mein Schlafzimmer, um das Bett zu machen.

Im nachlassenden Tageslicht blieb sie ganz gedankenverloren stehen.

»Hat Christiaan dir schon mal erzählt, dass unser Vater Zimmermann war und Mutter als Wäscherin arbeitete? Ihre Hände waren ganz rissig, und abends schmierte ich sie ihr immer mit Fett ein.«

»Nein«, sagte ich. »Er spricht eigentlich nie von ihnen.«

Die Wäscherei lag außerhalb der Stadt an der Spaarne. Die auf der Wiese ausgebreiteten Laken bildeten einen wunderschönen Kontrast zum grünen Gras und dem

Himmel dort oben. Eine Szene, die man zeichnen und danach malen sollte.

»Meine Mutter war gerade mal fünfunddreißig Jahre alt, aber ihr Rücken war schon ganz krumm, weil sie den ganzen Tag über die Eimer mit Wasser und Kleie gebeugt stand. Die Haut an ihren Händen war rot und rissig vom Auswringen. Trotzdem sang sie bei der Arbeit, und ich hatte nie den Eindruck, dass sie sie zu schwer fand.«

Elsken zog das Laken über der Strohmatratze glatt, und gemeinsam schlugen wir die Kanten unter. Sie setzte sich auf den Bettrand und legte die gefalteten Hände in den Schoß. Auch ihre Fingerspitzen waren rau von der Wäsche und der Putzarbeit in unserem Haus. Heute Morgen hatte sie auf Knien gelegen, um die Wandfliesen in der Küche zu putzen.

»Ich war ein Mutterkind«, sagte sie. »Ich folgte ihr überallhin. Wusstest du, dass ich außer Christiaan noch einen zweiten Bruder hatte?«

»Christiaan hat mir von seinem Tod erzählt.«

Elsken nickte. »Meine Brüder spielten Schwarzer Mann und Fangen auf der Weide. Sie schlugen mit Stöcken gegen die Bäume und rissen Insekten die Beine aus. Ich saß meiner Mutter zu Füßen, und später half ich ihr, die Asche mit Leinsamen zu mischen, oder wir breiteten die Wäsche aus und besprenkelten sie mit der Gießkanne.« Sie stand auf und zündete eine Kerze an.

Ich wagte nichts zu sagen, fast nicht zu atmen, um ihre Erinnerungen bloß nicht zu stören. Es war die einzige Art, überhaupt mal ein bisschen mehr über Christiaan zu erfahren. Jedes Mal, wenn ich ihn nach seiner Jugend fragte oder nach mehr Einzelheiten zu dem großen Brand, bekam ich zu hören, dass er seine Augen lieber auf die Zukunft richtete. In diesem Haus hingen keine Porträts der Eltern, ich musste raten, wie sie ausgesehen hatten.

»Weißt du, wie ich meine Eltern und meinen Bruder verloren habe?«

»Ist Thijmen nicht von einer Leiter gefallen, als sie versuchten, aus dem Fenster zu entkommen?«

Elsken zupfte an einem losen Faden im Laken. Sie sah aus, als würde sie jeden Augenblick in Tränen ausbrechen. Ich legte ihr eine Hand auf den Arm. »Ich verstehe es, wenn du nicht darüber reden möchtest.«

»Nein, es tut gut, darüber zu sprechen.«

Sie nahm mich mit auf eine Reise zurück zum Abend des Brandes. Ihre Stimme klang verbittert. »Ich habe versucht, den Tag zu vergessen, an dem ich meine Eltern und Thijmen verlor, aber schon allein meine Narben lassen das nicht zu. Zu Anfang konnte ich mich kaum erinnern, was passiert war, aber später kamen in den verrücktesten Momenten Bruchstücke zurück, bis ich die gesamte Geschichte zusammensetzen konnte.«

Ihre Hände strichen rastlos über die Bettwäsche. Ich wollte eine Hand nehmen und an mein Herz drücken, aber genau in diesem Augenblick stand sie auf und begann auf den Holzdielen auf und ab zu laufen.

»Wir waren an dem Abend zeitig schlafen gegangen,

denn am nächsten Tag mussten wir alle früh aufstehen. Christiaan hatte gerade als Lehrling bei de Grebber angefangen, schlief aber zu Hause, weil unsere Eltern nicht das Geld hatten, um Kost und Logis beim Maler zu bezahlen. Thijmen und Vater mussten zu einer Arbeitsstelle außerhalb der Stadt. Auch meine Mutter und ich wurden beim ersten Licht des Morgens in der Wäscherei erwartet. Das Feuer war abgedeckt und die Kerzen ausgeblasen. Hatte meine Mutter eine vergessen? Oder waren sie bei brennendem Licht eingeschlafen? Als ich wach wurde, konnte ich vor lauter Rauch nichts sehen.«

Elskens Stimme wurde leiser, und als sie weitererzählte, flüsterte sie fast. Ich musste mich vorbeugen, um sie noch zu verstehen. Ein Schauer lief mir über den Rücken. Wollte ich den Rest ihrer Worte überhaupt hören?

Sie räusperte sich und sprach weiter. »Ich habe versucht, durch den Rauch zu spähen, und rannte zum Bett meiner Eltern. Der Gestank, der mir in die Nase stieg, war schrecklich. Ich weiß noch, dass ich schrie und schrie, bis ich so heiser war, dass kaum mehr ein Laut aus meiner Kehle kam.

Als ich aus dem Fenster schaute, sah ich Christiaan. Gelähmt, bewegungsunfähig. Thijmen war nicht bei ihm. Ein Nachbar hämmerte ans Fenster, und ich begriff, dass ich mich in eine Ecke zurückziehen musste.

Als die Scherben ins Zimmer flogen, war es, als wollten sich die Flammen einen Weg nach draußen bahnen, und ich konnte nichts mehr sehen. Irgendwoher wusste ich, dass mir nicht mehr viel Zeit blieb, und ich schnellte zum

Fenster, während ich versuchte, herabfallenden Balken und brennenden Möbelstücken auszuweichen.

Wo war Thijmen? Ich stieg auf einen Hocker und schwang mein Bein über den Fensterrahmen. Christiaan saß in einiger Entfernung vom Haus und starrte in die Luft. Irgendjemand hatte ihm eine Decke über die Schultern gelegt, und sein Gesicht war schwarz vom Ruß. Da hoben mich starke Arme hoch und zerrten mich hinaus.«

Sie schwieg wieder, und ich fand keine Worte für meinen Ekel. Sie schaute mich an, bevor sie weitersprach.

»Sie trugen mich zu Christiaan. Er saß zitternd da, und unsere Blicke begegneten sich genau in dem Augenblick, als man mich auf dem Boden absetzte. Sein Mund verzog sich vor Ekel. In dem Moment spürte ich erst den Schmerz. Hautlappen hingen mir von der Wange und vom Hals. Ich wurde ohnmächtig. Als ich wieder zu mir kam, stand mein Bruder neben mir, beugte sich über mich und sagte, dass es ihm leidtat.«

Sie wischte sich mit der Hand über die Augen.

»Warum bist du bei ihm geblieben, in diesem Haus?«, fragte ich.

Elsken ergriff die Bettdecke und schüttelte sie aus. Sie holte tief Luft.

»Ich wüsste nicht, wo ich sonst hingehen sollte.«

28

Es war noch früh, als ich mit einem drückenden Gefühl im Magen wach wurde. Neben mir lag Christiaan. Er schlief mit dem Rücken zu mir. Ich griff nach dem Bettrand und kniff die Augen fest zu. Draußen zwitscherten die Vögel, das Licht, das durch einen Spalt zwischen den Fensterläden drang, war unbestimmt und grau.

»Oh Gott.« Stöhnend zog ich mich hoch und schaffte es gerade noch bis zum Nachttopf.

Christiaan setzte sich auf. »Was hast du denn?«

»Es geht schon wieder.« Ich wischte mir die Lippen ab und schenkte mir ein bisschen Wasser aus der Karaffe in einen Becher. Irgendwie wusste ich, dass es klüger war, jetzt nichts zu schlucken, und spülte mir nur den Mund aus.

»Du bist doch nicht etwa krank?« Er sah besorgt aus.

Kopfschüttelnd sank ich in die Kissen zurück.

Er legte mir den Arm um die Taille und küsste mich auf den Hals. »Schlaf noch ein bisschen.«

Es beruhigte mich, seinen Körper an meinem zu spüren.

Als wir aufstanden und ich in die Küche ging, um zu frühstücken, wurde mir vom Geruch des gebratenen Herings wieder schlecht.

»Für mich keinen«, sagte ich, als Elsken einen Teller vor mich hinstellte. »Ich muss gestern Abend irgendwas Schlechtes gegessen haben.«

Sie musterte mich mit ernster Miene von oben bis unten. »Hast du deine Binden in letzter Zeit eigentlich selbst ausgewaschen?«

Ich starrte auf die glänzende Fischhaut, den schimmernden saftigen Kopf und musste schon wieder würgen. Auf einmal war mir alles klar. Ich konnte nicht glauben, dass es so schnell gegangen war. Wir waren doch erst seit Kurzem verheiratet, es musste gleich bei einem der ersten Male passiert sein.

»Bitte sag noch nichts zu Christiaan. Ich will es erst ganz sicher wissen.«

Elsken legte den Finger auf die Lippen. »Unser Geheimnis. Worauf hättest du denn Appetit?«

Ich bat um ein Stück Brot und einen Becher Milch. Bier war mir zuwider, Käse und Butter ebenfalls. Elsken nahm den Teller mit dem Hering weg, mir graute vor dem Anblick des starrenden Tierauges. Sie scharwenzelte um mich herum, legte ein verkehrt herum liegendes Messer richtig hin.

»Das bringt Unglück«, sagte sie entschuldigend. »Oh, ich werde dich so in Watte packen die nächste Zeit.«

»Hör auf mit dem Getue, sonst merkt er es sofort.«

Doch Christiaan sah nichts, er setzte sich zu uns an den Tisch und aß, ohne aufzublicken. In Gedanken war er schon beim Geschäft des Tages: Korneel Sweerts kam heute, um sein Porträt abzuholen.

»Fünfzig Taler bei Übergabe. Du hast gute Arbeit geleistet bei den Händen, Hester. Franciscus hat es tatsächlich nicht so besonders gut hingekriegt. Danke für deinen Einsatz. Soll ich dir ein neues Kleid schneidern lassen?«

Das hätten wir dann nur zu bald weiter machen lassen müssen.

»Schauen wir mal«, sagte ich.

»Oder willst du lieber Ohrringe? Oder eine Perlenkette?«

»Du bist ja strahlend gelaunt.« Geräuschvoll setzte Elsken sein Bier auf den Tisch, dass es über den Rand spritzte.

Mit einem Schlag war seine gute Laune wieder beim Teufel. »Hattest du etwa erwartet, dass du auch einen Anteil bekommst? Willst du, dass ich dich für deine Hausarbeit bezahle wie ein Dienstmädchen? Du kannst froh sein, dass du ein Dach über dem Kopf hast. Jede andere Frau deines Alters hätte sich schon längst einen Mann gesucht, statt ihrem Bruder zur Last zu fallen.«

Elsken, die ihm den Rücken zuwandte, erstarrte. Man hätte eine Nadel zu Boden fallen hören können. Ich hielt den Atem an und war außerstande, irgendetwas zu tun oder zu sagen.

Seit ich bei ihnen wohnte, hatte keiner von beiden angedeutet, dass die Situation seltsam war oder nicht ihren Wünschen entsprach. Ich verstand nicht, woher auf einmal diese Gemeinheit kam.

Als Elsken sich zu Christiaan umdrehte, glänzten Tränen in ihren Augen. Die Haube mit den langen Seitenteilen bedeckte die Hälfte ihrer Narben. Sie zog sich den Stoff aus dem Gesicht, und das Licht fiel ungehindert auf die vernarbte Haut.

Ohne ein Wort verließ sie die Küche.

»Das war gemein«, sagte ich. »Wozu war das denn nötig?«

Christiaan zuckte mit den Schultern, aber seine Miene war verunsichert.

»Sie macht hier den ganzen Haushalt, wie konntest du nur?«

Er blickte auf und setzte den Krug an den Mund. »Dafür hab ich doch jetzt dich, oder?«

Darauf hatte ich keine Antwort.

Den ganzen Morgen kämpfte ich mit meiner Übelkeit. Das Leinöl und Terpentin, all die Gerüche, mit denen ich aufgewachsen war, waren mir zuwider. Ich öffnete die Fenster, damit frische Luft hereinkam, ich stand von meinem Hocker auf und lief auf und ab.

Ich war allein in der Werkstatt. Christiaan war verschwunden, ohne mir zu sagen, wohin er ging.

Es zogen keine Essensgerüche von der Küche ins Atelier, und obwohl ich mir Sorgen um meine Schwägerin machte, war ich ganz froh, dass das Mittagessen offenbar ausfiel.

Am frühen Nachmittag war die schlimmste Übelkeit vorüber. Erleichtert spülte ich die Pinsel aus. Vielleicht war es nur eine vorübergehende Erkrankung, und ich war gar nicht schwanger.

»Wie geht es dir?« Elsken hängte ihr Umschlagtuch an den Haken neben der Tür und schaute in den Spiegel, während sie sich die Haube zurechtzupfte.

»Das sollte ich wohl eher dich fragen.«

»Ach, mein Bruder hat alle naslang solche Anwandlungen. Wenn er in so einer Stimmung ist, verschwinde ich eben.«

»Du solltest ihm sagen, dass du das nicht so hinnimmst.«

Sie lief zum Raritätenkabinett mit den Tulpen und ließ ihre Fingerspitzen über das Bild gleiten. »Hast du noch nicht begriffen, wer hier das Sagen hat?«

Ich hatte noch die Pinsel in der Hand, als ich ihr den Arm um die Schultern legte, und sie lehnte ihre Wange an meine.

»Darf ich dich mal was fragen?«

»Natürlich.«

»Warum hast du ihn geheiratet?«

»Ich habe keinen anderen Ausweg gesehen.«

»Der Grund ist genauso gut wie jeder andere.« Seufzend machte sie sich von mir los. »Er will nicht, dass du malst.«

Ich räumte mein Skizzenbuch und die Schachtel mit der Kreide fort, schob die Schweineblasen auf dem Tisch zurecht und stapelte die Schalen mit den eingetrockneten Farbresten aufeinander. »Wie kommst du darauf?«

Ihre Hände zitterten ein wenig, als sie wieder an den Seitenteilen ihrer Haube zog. »Ich weiß es einfach. Versprich mir, dass du gut aufpasst.«

»Warum?«

Sie stellte ein paar Teller mit Essensresten zusammen, die wir am Vortag hatten stehen lassen, und ging zur Tür. »Pass einfach auf.«

»Wenn ich nicht weiß, worauf ich aufpassen soll, ist das aber schwierig.«

Elsken blieb nicht stehen und gab auch keine weiteren Erklärungen, sondern zog nur leise die Tür hinter sich zu. Ihre Worte blieben im stillen Atelier hängen. Auf einmal störten mich die ganzen Porträts mit ihren starrenden Augen. Als ob sie mich alle vor etwas warnen wollten, was ich nicht ganz verstand.

Ich ging zum Bild meiner Mutter, nahm es in die Hand und schaute sie lange an. Wäre alles anders gekommen, wenn sie noch gelebt hätte?

Der Tod meiner Mutter hatte zu meiner Ausbildung bei Onkel Elias geführt, sein Beschluss, mir das Gemälde mit den Schmetterlingen zu übertragen, führte zu meinem Weggang aus Leiden. Die Pest hatte mich mittellos gemacht, sodass ich mehr oder weniger gezwungen war, Christiaan zu heiraten. Oder war es alles ganz anders? Ich stellte das Gemälde mit dem Gesicht meiner Mutter auf den Boden und räumte weiter auf. Es war nun mal so geschehen, nun konnte ich auch nichts mehr ändern. Ich würde auf jeden Fall versuchen, auf meine Worte zu achten, wie Vater es mir beigebracht hatte.

Als Korneel Sweerts kam, um sein Bild abzuholen, war ich nicht dabei, weil ich mit Elsken zum Fischhändler gegangen war.

Als wir nach Hause kamen, war Christiaan bestens gelaunt. Er legte das Geld auf den Tisch und rieb sich die Hände. »Und er will, dass ich auch ein Porträt von seiner Frau mache.« Ganz in sich gekehrt starrte er auf den Haufen Münzen. Vielleicht rechnete er gerade aus, was er davon alles kaufen konnte. Ich stellte fest, dass er neue Rosetten an den Schuhen hatte, Verzierungen, die große Ähnlichkeit mit denen seines Kunden Sweerts hatten.

Heute Nachmittag sah er in jeder Hinsicht aus wie ein vermögender Mann. Ich musste gestehen, dass ich mich nicht darauf freute, wenn Mevrouw Sweerts kam, um Modell zu sitzen. Aber Gott sei Dank hatte ich jetzt eine gute Entschuldigung, um wegzugehen.

»Ich hatte vor, morgen zu Ravensbergen zu gehen«, sagte ich.

Christiaan zog an den Enden seines Bärtchens, das er sich seit ein paar Wochen stehen ließ. »Musst du Elsken nicht mit der Wäsche helfen?«

»Du hast mir selbst erlaubt, den Auftrag anzunehmen«, erinnerte ich ihn. »Wenn ich seine Blumen malen soll, muss ich jetzt so viel Zeit wie möglich in seinem Garten verbringen. Bevor man sich's versieht, sind meine Vorlagen nämlich verwelkt.«

»Da ist was Wahres dran.«

Ich streichelte seine Finger, die die Münzen umschlossen. »Der Auftrag bringt viel ein. Davon kannst du dir noch größere Rosetten für deine Schuhe kaufen.«

Offenbar war ich zu weit gegangen, denn sein Gesicht verzog sich. »Oder eine Wiege«, fügte ich rasch hinzu.

Er schaute mich an. Sanft nahm ich seine Hand und legte sie auf meinen Bauch.

»Ein Kind! So schnell! Was meinst du, wann es kommt?«
»Im Dezember.«
»Ein Sohn, ein starker Sohn.«

Vergessen waren die Geldstücke. Als er aufsprang, rollten ein paar vom Tisch, aber er merkte es nicht mal und umarmte mich. »Ich kann selbst eine Wiege zimmern.«

»Es dauert schon noch ein bisschen«, sagte ich lachend.

»Wir nennen ihn nach meinem Vater. Ich geh uns Branntwein holen. Das müssen wir feiern!«

»Warum hast du es ihm denn jetzt doch erzählt?«, fragte Elsken, als wir die Tür ins Schloss fallen hörten. Ich bückte mich, um die heruntergefallenen Taler aufzuheben, und wog sie in meiner Hand.

»Es schien mir der rechte Augenblick zu sein.« Ich hoffte, ihn damit so günstig zu stimmen, dass er mich in aller Ruhe malen ließ, aber das sprach ich natürlich nicht aus.

29

Ich hatte das Gefühl, dass ich mich beeilen musste. Nicht nur wegen der schnell verwelkenden Tulpen im Garten von Florens Ravensbergen, sondern auch, weil ich Angst hatte, in einem halben Jahr nur noch mit Mühe stundenlang auf meinem Hocker an der Staffelei sitzen zu können. Mein Bauch würde mir im Weg sein, mein Rücken würde schneller steif werden.

Christiaan meinte, dass es ein Junge werden würde. Mir

war es egal, der Gedanke, dass ich in ein paar Monaten Mutter sein sollte, war überwältigend genug. Seit meinem zwölften Lebensjahr hatte keine Frau mehr für mich gesorgt. Ich hatte kein Vorbild, keinen Ratgeber. Elsken fing an, an einer Mütze und einem Hemdchen zu arbeiten, sie nähte winzige Laken für das Bettchen, das wir erst in ein paar Monaten brauchen würden. Mein Bauch war noch flach, aber direkt über meinem Schambein schien sich ein kleiner runder Ball zu entwickeln, und meine Brüste waren überempfindlich. Das Kindchen war noch winzig klein, aber Christiaan und Elsken verhielten sich, als könnte es jeden Moment zur Welt kommen.

Morgens fühlte ich mich schwach, und auch wenn ich nichts aß, musste ich mich in den Nachttopf in der Ecke des Schlafzimmers übergeben. Elsken stellte mir einen weiteren Topf unters Bett, damit ich nicht mehr aufzustehen brauchte, wenn ich brechen musste.

Christiaans Hände hielten mir die Haare aus dem Gesicht, er streichelte mir die feuchten Schläfen.

Ich legte mich rücklings in seine Arme, mein Kopf ruhte an seiner Brust. Seine Zärtlichkeit erinnerte mich an die Zeit vor unserer Hochzeit, als er mich noch angelacht hatte, statt mir zu erzählen, wie sich seine Frau zu benehmen hatte.

Es war diese Seite an ihm, die mir Hoffnung gab, dass wir es retten konnten, auch wenn er wegging, wenn ich im Bett lag, und erst spätnachts nach Schnaps stinkend zurückkam.

So bereitete unser kleiner Haushalt sich auf das kleine

Wesen vor, das in mir wuchs wie eine Blumenzwiebel unter der Erde.

Eines Abends saß ich in einem eiskalten Zimmer neben dem Kamin, um meinem Onkel Elias zu schreiben. Draußen regnete es, der Wind pfiff ums Haus.

Ich zog den Umhang um mich wie einen Mantel. Nach so langer Zeit war es schwierig, den rechten Ton zu finden. War es klug, wenn ich mein selbst gewähltes Schweigen brach? Ich vermisste seine tiefe Bassstimme und das ungekämmte lange Haar, das er sich beim Malen aus den Augen strich. Die Art, wie er konzentriert die Augen zukniff, um meine Leinwand anzusehen. Die freundliche Kritik, die Diskussionen über Farbgebrauch, Nuancen, Motivwahl. Ohne ihn fühlte ich mich richtig unsicher.

Meine Feder fuhr kratzend übers Pergament, meine Hand war fest. Ich tauchte die Spitze in die Tinte und sah, wie unter meinen Augen die Sätze wuchsen. Es gab so viel zu erzählen, ich musste über meinen eigenen Optimismus lächeln. Überraschenderweise war im Laufe der letzten Monate die schlimmste Wut verraucht, und ich konnte ohne Bauchschmerzen an ihn denken. Jacob erwähnte ich mit keiner Silbe.

»Was machst du da?« Christiaan stand auf der Schwelle. Er hatte einen Leuchter in der Hand, und die Kerze beleuchtete die Hälfte seines Gesichts.

»Ich schreibe meinem Onkel, dass ich geheiratet habe und ein Kind erwarte.«

Er trat über die Schwelle und ließ sich auf einen Stuhl fallen.

»Ich dachte, du hättest seine Anschrift nicht.«

»Warum?«

»Du hast nie mehr von ihm gesprochen.«

Ich legte die Feder auf den Tischrand. »Als ich bei Judith wohnte, hat er mir geschrieben.«

Er streckte die Beine aus. »Ich hatte den Eindruck, dass ihr Streit gehabt habt.«

Sein Gesicht verriet keine Regung. Ich stellte das Tintenfass aufs Regal hinter mich und faltete den Brief zusammen.

»Wo warst du eigentlich?«

»Im De Koning.«

»Wenn du das gesagt hättest, wäre ich mitgekommen.«

Bei diesen Worten sackten seine Mundwinkel nach unten, und es lief mir kalt den Rücken herunter. Jetzt war meine Schwangerschaft ein Vorwand, um mich zu Hause zu lassen. Ich nahm meine Haube ab und warf sie auf den Tisch. Seine Augen waren halb geschlossen, als er zusah, wie meine Haare offen auf die Schultern fielen.

»Gehen wir schlafen«, sagte ich.

»Bist du sicher?« Christiaan stand auf und kam auf mich zu. Er griff sich eine Handvoll von meinem Haar und führte es an den Mund. Ich blieb regungslos stehen, seine Finger hakten sich in meinen Locken fest, und er zog mich an den Haaren zu sich.

»Aua! Hör auf.« Ich versuchte vergeblich, seine Hände wegzuschieben, als sein Griff fester wurde. »Du tust mir weh.«

Er schaute mich forschend an, aber ich schlug die Augen nicht nieder. So drohte das, was als spielerische Annäherung begonnen hatte, ein Kräftemessen zu werden.

Schließlich ließ er mich los, ich machte einen Schritt von ihm weg und ging die Treppe hoch. Meine Beine waren ganz schwach, ich musste mich aufs Geländer stützen. Wir wechselten kein Wort und zogen uns aus.

Im Bett drehte er mir den Rücken zu. In einem Versuch, die seltsame Stimmung wieder herumzureißen, schmiegte ich mich von hinten an ihn und legte ihm die Arme um die Taille.

Mir war nicht nur schlecht, die Welt roch auch ganz anders für meine Nase.

Zimt und frisch gebackenes Brot hatte ich immer gemocht, aber jetzt musste ich das Fenster aufmachen, wenn Elsken buk. Zwiebeln, gebratenes Fleisch und sogar Terpentin ließen meinen Magen sofort rebellieren. In Christiaans Haaren hing der Geruch eines fremden Parfüms, vermischt mit Tabakrauch. Ich drückte mir die Hand auf den Bauch.

Seine Atemzüge wurden schnell regelmäßig und tief, während ich wach lag. Mit weit geöffneten Augen starrte ich in die Dunkelheit und versuchte, meine Beklemmung abzuschütteln.

Bevor Judith wegging, machte ich mit ihr einen letzten Spaziergang und nahm sie mit in Florens' Garten, um ihr die Farbenpracht der Tulpen zu zeigen. Den letzten Monat war ich täglich hier gewesen, um zu zeichnen. Wir blieben auf einem der schmalen Pfade stehen, im Schatten eines Baumes. Unsere Arme berührten sich fast, und ich prägte mir diesen Augenblick ganz bewusst ein, damit ich mich später daran erinnern konnte.

Im Abschiednehmen war ich noch nie gut gewesen. Judith fasste mich bei den Schultern und drückte ihre Stirn an meine.

»Vergiss mich nicht.«

»Wie könnte ich?« Ich spürte Tränen hinter meinen Lidern. »Du bist ...«

»Pscht«, sagte sie. »Sag nichts.«

Um uns herum zwitscherten die Vögel, sie flogen hin und her mit dünnen Zweiglein und Moos im Schnabel. Hinter dem Fenster von Florens' Haus bewegte sich nichts.

Wir blieben eine Weile so stehen, mit aneinandergelehnten Köpfen. Ich fühlte, wie mein Herz stetig gegen den Stoff meines Mieders schlug.

»Ich muss dir etwas erzählen«, sagte Judith. »Du bist auch völlig ehrlich zu mir gewesen. Du hättest ja gar nicht erzählen müssen, was in Leiden passiert ist.« Ihr Atem kitzelte mich am Ohr.

Ich hob den Kopf und schaute sie an. »Ich vertraue dir.«

Sie nickte. »Ich dir auch. Darum erzähl ich dir jetzt, dass wir in Heemstede heiraten werden, ohne Familie und Freunde, nur mit ein paar Zeugen. Jan sitzen die Gläubiger im Nacken. Er hat versprochen, offene Rechnungen seiner Mutter zu begleichen, aber er schafft es nicht.«

Ich drückte ihre Oberarme. »Kann er nicht ein paar Gemälde verkaufen?«

»Das geht nicht, Hester. Die Sache mit der Lotterie verfolgt uns ja auch noch.«

»Für die ich auch ein Bild gemacht hatte? Ich dachte, dass der Gewinner sein Los nie bezahlt hat.«

»Der verklagt uns gerade.«

Ich hatte die Sache völlig vergessen, aber ich wusste, dass eine ganze Reihe von Gläubigern hinter Jan her war. Der Metzger, der Lebensmittelhändler, der Vermieter, alle wollten sie Geld sehen. Weil es mich an die Zeit nach Vaters Tod erinnerte, hatte ich Judith das Geld für den Bäcker geliehen.

Die Sorge in ihren Augen tat mir weh. Noch bevor die Hochzeit stattgefunden hatte, sah sie schon aus wie eine ausgelaugte Hausfrau.

»Ich werde Christiaan sagen, dass er euch ein paar Bilder abkaufen soll.«

Sie rieb sich das Gesicht. »Danke. Auch wenn es nur ein Tropfen auf den heißen Stein ist.«

»Judith, ich erwarte ein Kind«, rutschte es mir auf einmal heraus.

Ihre Augen wurden groß und rund. »Wirklich?«

»Ja. Ich habe Angst.«

»Warum?«

»Einfach so.« Mir fiel wieder der billige Geruch einer anderen Frau ein und mein Bemühen, mich nicht zu übergeben. Ich ließ die Arme sinken und beschloss, ihr nichts zu erzählen. Vom grellen Licht, das durch das Grün der Blätter fiel, tanzten Flecken vor meinen Augen, und einen Augenblick lang befürchtete ich, in Ohnmacht zu fallen.

»Ich habe Angst, dass ich nur noch für Christiaan und das Kind leben werde. Oder dass ich ersticke, wenn er mich nicht arbeiten lässt.«

»Der wäre doch verrückt, wenn er dich nicht arbeiten ließe. Vergeudetes Talent, weggeworfenes Geld …«

Ich zuckte mit den Schultern und trat aus dem Schatten des Baumes heraus. »Hast du denn keine Angst, dass dir die Ehe über den Kopf wachsen wird?«

Sie schüttelte den Kopf und scharrte mit den Schuhen über den Gartenpfad.

Dieses ganze Putzen und Schrubben von Elsken. Mir würde keine Zeit mehr für meine Malerei bleiben, wenn ich das alles tun müsste. Ständig gab es eine Mahlzeit zu kochen, eine Hose zu flicken oder Unkraut auf dem Hof zu jäten.

»Wie stellst du dir das denn mit dem Haushalt vor?«, fragte ich.

»Ich nehme ein Dienstmädchen, und wir werden ja auch Lehrlinge und einen Knecht haben. Zum Essen gehen wir ins Gasthaus. Warum sollte es anders laufen als jetzt?«

Sie schaute mich forschend an, und ich wandte mein Gesicht ab.

»Und wenn du schwanger wirst, so wie ich?«

Sie strich sich den Rock glatt und starrte am Zaun vorbei zum Weg. Ein Karren fuhr vorüber. Ein Junge führte das Pferd am Halfter. Er zog den Hut, als er uns sah, aber Judith schien ihn gar nicht zu sehen.

»Ich freue mich darauf, Kinder von Jan zu bekommen.

Genauso blaue Augen, genauso blonde Haare. Ich weiß, dass es kleinbürgerlich klingt, weiß, dass es so nicht ist ... ich so nicht bin. Trotzdem träume ich davon.«

Wie schön es wäre, nur einen Hauch von dem zu spüren, was Judith mit Sicherheit fühlte. Mein sich verändernder Körper, die Beziehung zwischen Christiaan und mir machten mich auf eine Art zerbrechlich, wie ich es noch nie gekannt hatte.

»Amsterdam ist nicht so weit weg«, sagte ich. »Mit dem Kanalboot ist man gleich dort.«

»Ihr könnt uns besuchen. Ich werde dir die Bilder zeigen, an denen ich gerade arbeite, und du musst mir von deinen erzählen.«

»Das werde ich machen.« Ich lachte leise, ein bisschen traurig.

Die Glöckchen an den Schnüren um die Tulpenbeete klingelten wie ein Glockenspiel. Wir sagten nichts mehr, jede war ganz versunken in ihre eigenen Gedanken.

»Ich muss gehen.« Sie zog ihr Umschlagtuch fester um sich. »Schreib mir.«

Ich hob die Finger auf die Höhe meiner linken Brust und nickte.

Durch einen Tränenschleier sah ich ihr nach, als sie den Garten verließ. Eine Wolke verdunkelte die Sonne, als würde der liebe Gott dort oben meine Stimmung fühlen und mich wissen lassen, dass Er verstand, wie schwer das alles für mich war.

Da ging meine Freundin.

30

Die meisten Tulpen waren geschnitten. Vor Florens' Gartenzaun stand ein Korb für die Mädchen und jungen Frauen, die die abgeknipsten Blüten kauften, um Blumenkränze daraus zu machen. Überall in der Stadt hingen jetzt bunte Girlanden, wie zu einem Fest.

Florens war ins Gespräch mit einem Mann vertieft. Ich saß unter demselben Baum, unter dem Judith und ich zum letzten Mal miteinander gesprochen hatten, und zeichnete die letzten Blumen. In ein paar Tagen würde ich keine Vorlage mehr haben. Ich blätterte wieder um und zeichnete die zwei Männer. Der Unbekannte sah nervös aus, während Florens sich auf seine Harke stützte und seelenruhig auf einem Grashalm kaute.

»Wann werdet Ihr sie aus der Erde holen?«

»Irgendwann, spätestens im August. Kommt drauf an.«

»Kann ich sie dann anschauen?«

»Natürlich.«

Sie gingen ein Stückchen weiter, dorthin, wo das größte Blumenbeet lag. Hier standen die weniger interessanten und daher auch weniger teuren Sorten: rotgelbe Gouda-Tulpen und eine verblühte Hyazinthe. Der Käufer schaute die verwelkten Blätter an und kratzte sich hinterm Ohr. Er erkundigte sich nach dem Preis und zog dabei ein leicht gequältes Gesicht. »Was haltet Ihr von …«

Ich konnte nicht hören, was Florens antwortete, ich sah

nur, wie seine roten Locken hin und her tanzten. »Kommt einfach zurück, wenn ich sie gewogen habe.«

»Ich dachte, du handelst nur in den Gasthäusern«, sagte ich, als der Kunde gegangen war. »Ein Kollegium, so hast du das doch genannt, oder? War es denn ein gutes Geschäft?«

Florens lächelte. »Ein Kerl, der auch mal ein kleines Glücksspiel wagen will. Wenn ich die Zwiebeln aus der Erde hole, kommt er wieder.« Er verstreute Asche zwischen den verblühten Blumen.

»Gegen die Maulwürfe«, sagte er, als er meinen Blick bemerkte. »Das mögen sie nicht. Hoffentlich lassen sie meinen Garten diesmal in Frieden.«

»Warum schneidest du die Blätter nicht ab? Das sieht doch hässlich aus.«

Er lehnte sich auf seine Harke, weil er so sehr lachen musste. »Es sieht hässlich aus, sagt sie. Das stimmt schon, aber das gehört zum natürlichen Ablauf. Das muss alles erst komplett zerfallen sein. Dann gehen die Säfte in die Blumenzwiebel und machen sie schön dick.«

Ich schüttelte die Erde von meinem Rock. »Könnte ich auch verhandeln und feilschen?«

Die Fältchen um seine Augen vertieften sich. »Nur, wenn du mit unbewegtem Gesicht verhandeln kannst. Und wenn ich mich nicht irre, tust du dich damit eher schwer.«

»Wetten nicht?«

»Dann zeig es mir.«

Ich warf meine Sachen aufs Gras und lief zu dem Beet

mit den »Sommerschönen«, den einzigen Tulpen, die noch in voller Blüte standen. »Werter Herr, was verlangt Ihr für diese unansehnlichen Blümchen?«

Florens rieb sich das Kinn, beugte sich über die Tulpen und ließ die Finger über die Blätter und Stiele gleiten. »Ich befürchte, Eure Börse ist zu klein für meine Blumen.«

»Zu klein? Ihr habt Euren Preis doch noch gar nicht genannt, Sinjeur.«

»Ach, Mevrouw, das kommt ganz aufs Gewicht an. Je dicker meine Blumenzwiebel, desto mehr klingende Münzen werde ich von Euch verlangen. Aber dass die Tulpen teuer bezahlt werden, das steht fest.«

»Ich kann sie nicht sehen und Ihr auch nicht. Woher wollt Ihr denn wissen, wie schwer sie sind?«

»Bevor sie in die Erde gebracht werden, prüfe ich ihr Gewicht.«

»Und Ihr denkt, das glaube ich Euch einfach um Eurer blauen Augen willen?«

»Alles wird bei der Abgabe noch einmal überprüft, meine liebe Frau. Ihr braucht nicht zu glauben, dass ich Euch betrügen will.«

»Das müssen wir erst noch sehen.« Ich drehte mich um und winkte ihn weg, als er mir nachkam. Es fiel mir schwer, nicht in Lachen auszubrechen. Weil es nur ein Spiel war?

Florens zuckte nicht mal mit der Wimper, sein Gesicht nahm den neutralen Ausdruck an, den mein Vater auch immer zur Schau getragen hatte, wenn er witterte, dass er jemandem etwas verkaufen konnte.

»Siehst du, du kannst es nicht.«

»Mein Vater hat immer gesagt: ›Dein Gesicht ist ein offenes Buch, Hester.‹ Vielleicht hatte er recht.«

Ich hatte keine Lust mehr auf unsere Unterhaltung und packte Skizzenbuch und Stifte weg.

»Es ist schon spät, ich geh jetzt lieber nach Hause.«

»Willst du nicht kurz reinkommen? Etwas trinken?« Florens stellte den Topf mit der Asche auf den Boden und wischte sich die Hände an der Hose ab.

»Lieber nicht.« Gestern hatte Christiaan gesagt, dass ich sehr viel Zeit beim »Tulpenzwiebelhändler« verbrachte. Es gebe noch andere Aufträge, und seine Schwester könne meine Hilfe auch gebrauchen. Wir hatten uns gestritten. In letzter Zeit war er reizbarer. Elsken und ich gingen ihm tunlichst aus dem Weg. Wenn er nach dem Essen ins Wirtshaus verschwand, nahm die Spannung im Hause ab, und wir saßen plaudernd und lachend in der Küche.

»Du bist sicher müde«, sagte Florens jetzt. »Es wird mir fehlen, wenn du nicht mehr zu den unmöglichsten Zeiten hier auf dem Grundstück herumläufst.«

»Du kannst ja jederzeit bei mir vorbeikommen, um dir anzuschauen, wie die Arbeit an deinem Florilegium vorankommt.«

»Ja.« Er schlug die Augen nieder. »Das ist aber nicht dasselbe.«

Seine Worte blieben zwischen uns hängen. Reglos standen wir uns gegenüber. Ich drückte mein Skizzenbuch an mich, die Blätter mit den Tulpen atmeten eine bezaubernde Unvergänglichkeit. Auf Papier festgehalten, überstanden sie alle Jahreszeiten. Selbst wenn ich nie wieder hierher zurückkommen würde, waren sie der Beweis, dass ich hier gewesen war.

Er beugte sich zu mir und fasste mich am Arm, bevor ich ihn zurückhalten konnte. Seine Finger umklammerten mich, ich fühlte seinen Atem auf der Haut. Warum leistete ich ihm keinen Widerstand? Warum konnte ich mich nicht bewegen? Seine Augen tanzten vor meinem Gesicht, seine Finger lösten meine Haube, sodass mir die Haare auf den Rücken fielen. Er nahm eine Strähne, schob sie beiseite und drückte seine Lippen neben mein Ohrläppchen, leicht wie ein Schmetterling, der von Blume zu Blume flattert.

Ich riss mich los, raffte meine Stifte zusammen. Meine Haut glühte, das Blut rauschte mir in den Ohren. Ich rannte durch den Garten und warf das Tor hinter mir ins Schloss.

Im Laufen drehte ich mich um. Ich wünschte mir aus ganzem Herzen, dass er noch dort stand und mir nachsah.

Doch der Hof vor dem Haus war leer, an einer Wäscheleine flatterte eines seiner Hemden.

Ich war so dumm.

Es war ein heißer, trockener Sommer. Die Hitze machte mich ganz matt. Regelmäßig saß ich mit einem Pinsel in der Hand auf meinem Hocker und döste weg. Ich fühlte mich schwerfällig und plump durch das wachsende Kind in meinem Bauch, auch wenn man immer noch nicht viel davon sah.

Ich hatte eigentlich gedacht, dass das Florilegium mich ablenken würde, aber ich hatte überhaupt keine Lust zu malen. Der einzige Vorteil war, dass ich das Leinöl nicht verwenden musste, von dessen Geruch mir so schlecht wurde. Ich mischte die Farben einfach mit Regenwasser und malte direkt aufs Pergament.

Wie froh ich war, dass ich mir bei meinen Zeichnungen im Frühjahr Notizen gemacht hatte. Das Grün der Blätter war nicht bei jedem Stängel dasselbe, und auch die Blütenblätter hatten ihre eigenen Nuancen. Karminrot, Zinnober, Scharlachrot. Für jeden Rotton eine andere Pigmentzusammenstellung. Früher hatte ich Blumenstillleben gemalt, aber dabei hatte ich ehrlich gesagt nie so genau auf die richtige Farbe oder Form geachtet. Wir Maler stellten alles in einer Vase zusammen: Astern, Nelken, Rosen und auch Tulpen. Es kümmerte uns nicht, dass sie nie zur gleichen Zeit blühten. Das Tulpenbuch war eine ganz andere Sache: Das war eine genaue Nachahmung der Wirklichkeit, und damit befand ich mich auf unbekanntem Terrain.

Wenn sich alles vor meinen Augen drehte, musste ich den Pinsel aus der Hand legen und mich aufs Bett legen. Im Laufe des Tages nahm die Unpässlichkeit ab, und ich fühlte mich wieder wunderbar. Am Ende des Nachmittags konnte ich dann wieder weiterarbeiten wie eh und je, bis mich abends eine ganz ungekannte Schläfrigkeit überfiel und ich früh unter die Decke schlüpfte.

Christiaan überließ das Mahlen der Pigmente Franciscus, der ihm maulend gehorchte. Ich wurde ganz nervös von seinem verschlagenen Blick. Der Lehrling murmelte etwas von faulen schwangeren Frauen, die sich für Maler hielten. Ich beugte mich über die Muschelschalen mit der Farbe. Früher hätte ich auf so etwas sofort reagiert, aber jetzt hatte ich einfach nicht die Kraft dafür.

Im August war ich mit sämtlichen Tulpen aus Florens' Garten fertig.

»Begleitest du mich?«, bat ich Elsken. »Ich brauche jemanden, der mir tragen hilft.«

»Wäre es denn nicht praktischer, wenn er zu uns kommen würde?«

»Ich will mal kurz raus.« Ich wagte nicht, ihr in die Augen zu sehen, aus Angst, dass sie meine Gedanken lesen konnte, weil ich nämlich an den Moment dachte, in dem Florens mir die Haare aus dem Gesicht geschoben und die zarte Haut an meinem Hals berührt hatte. Ich hatte sein Haus und den Garten nicht mehr besucht; als ich ihm einmal auf dem Markt begegnet war, hatte ich ihn nur gegrüßt und war schnell weitergegangen. Es überraschte mich, dass er nicht wieder in die Werkstatt gekommen war. Ich wusste nicht, ob ich darauf gehofft hatte, dass er kam, oder lieber wollte, dass er wegblieb.

Ich räumte die Muschelschalen auf und suchte sämtliche Zeichnungen zusammen. Die Zwiebel der Tulpe, die ich von Korneel Sweerts bekommen hatte, hatte ich aus dem Topf genommen und getrocknet, nachdem die Tulpe verblüht war. Vielleicht hätte Florens sie ja gern.

Die Sonne ließ unsere Arme und Gesichter glühen, und wir versuchten, im Schatten der Häuser und Bäume zu gehen. Wir gingen langsam, wegen der Mappe mit meinen

Blättern. Elsken blieb an jeder Ecke stehen, um die schnatternden Enten in den Grachten und das träge strömende Wasser der Spaarne zu betrachten.

Ein Junge und ein Mädchen warfen sich einen Ball zu, Hausfrauen saßen Spitze klöppelnd vor ihren Häusern. Ein Hufschmied beschlug ein Pferd, sein Knecht fachte das Feuer mit einem Blasebalg an. Auf dem Parlaarsteeg beugte sich der Silberschmied unter seiner ausgeklappten Markise aus dem Fenster und hielt ein Schwätzchen mit seiner Nachbarin. Ein Dienstmädchen leerte einen Eimer in die Gosse aus.

Aus den Grachten stieg Fäulnisgeruch. Schlacht- und Fischabfälle trieben zusammen mit verdorbenem Gemüse und ausgemisteter Streu auf der Oberfläche des stehenden Wassers. Würgend hielt ich mir die Nase zu, um den Gestank nicht riechen zu müssen.

Im Herzen der Stadt landeten wir plötzlich in einem Begräbniszug. Schritt für Schritt schleppten sich die Menschen hinter einem Sarg her. Meine Augen füllten sich mit Tränen, als ich ihre bleichen Gesichter sah. Elsken zog mich am Ärmel in eine Gasse, sodass wir aus dem Menschenstrom herauskamen. Der grässliche Geruch, der aus der Gracht aufstieg, mischte sich mit dem durchdringenden Geruch von Pech.

Wir hatten uns schnell an diesen neuen Pestausbruch gewöhnt. Als wir weitereilten, zog ich den Kopf ein, um die zugenagelten Fenster nicht anschauen zu müssen.

Der Tulpengarten lag brach. Florens war nirgends zu sehen. Hatte ich erwartet, dass er noch genauso zwischen seinen Beeten stehen würde wie im Frühjahr? Hatte er alle Zwiebeln verkauft?

Nein, das ging ja gar nicht, er musste ja wieder neue in den Boden bringen.

»Hallo!«, rief Elsken.

Wir klopften an die Tür und schauten durchs Fenster ins Haus. Ich sah den Stuhl, auf dem ich gesessen hatte, die Kästen mit Erde auf der Fensterbank. Der Tisch war leer und abgeräumt bis auf einen Teller und ein Messer.

»Er ist nicht da«, sagte ich. »Wir hätten kurz einen Brief schicken sollen.«

Aber in dem Augenblick ging die Tür der Scheune auf, und da stand er. Das kupferfarbene Haar verschwand unter der Krempe seines Huts, in den Händen hatte er ein Sieb. Ich schlug die Augen nieder, und Elsken stieß mich mit dem Ellbogen an.

Zögernd machte ich einen Schritt nach vorn. »Es ist fertig. Ich dachte, ich bringe es dir vorbei.«

Freundlich nickte er mir zu, aber es lag ein Quäntchen Verlegenheit oder Scham in seinem Blick.

»Meine Schwägerin, Elsken.«

»Willkommen, Elsken.«

Sie nickte ihm zu und warf einen neugierigen Blick in die Scheune. »Ich bin noch nie bei einem Blumenzwiebelhändler gewesen.«

»Die Blumenzwiebeln habe ich schon längst aus der Erde genommen.«

»Darf ich sie mal sehen?«

Er zögerte einen kurzen Augenblick. Doch Elsken war

die Unschuld in Person, nicht die zwielichtige Art Mensch, für die er seine Schnüre mit den Glöckchen gespannt hatte.

Die Zwiebeln lagen zum Trocknen in Regalen, sortiert nach Größe. Im Frühjahr standen die majestätischen Blüten auf glänzenden grünen Stielen und schwankten im Wind, jetzt lag dort ein Haufen nichtssagender Knollen, die eher aussahen wie Speisezwiebeln. Ich konnte mir kaum vorstellen, dass sie ein Vermögen darstellten, für das sich die ganze Nation mittlerweile schier überschlug.

»Schau, die kleinen hier setzen wir im Herbst wieder in die Erde. Die großen verkaufe ich.« Sie standen nebeneinander und unterhielten sich über Ausgraben, Sieben und Schälen. Die Mappe unter meinem Arm wurde immer schwerer, und mein Bauch spannte. Als mir die Zeichnungen aus der Hand glitten, schoss Florens zu mir herüber. »Komm, setz dich, komm mit nach drinnen und trink was.«

Er hakte mich unter und lotste mich zum Haus. Im Zimmer schob er mir einen Stuhl hin und half mir beim Hinsetzen. Er lief in die Küche und kam mit einem Krug Bier zurück.

Seine Aufmerksamkeit tat mir gut. Da lief er, seine Blumenzwiebeln und meine Schwägerin hatte er völlig vergessen. Schamesröte stieg mir in die Wangen. Ich war eine verheiratete Frau! Manchmal vergaß ich ganz, dass ich einen Ehemann hatte, dass wir beide ein Kind bekamen. Ich war viel mehr in mich gekehrt, als gut für mich war. Und wie gerne ich einmal ein richtiges Gemälde gemacht hätte, von der Skizze bis zum Firnissen, nicht die Teile und Bruchstücke, die Christiaan meinem ausgehungerten Geist vorwarf.

Ich nippte von meinem Bier. Florens betrachtete das Florilegium und nickte anerkennend.

»Ich habe dir diese Blumenzwiebel mitgebracht.« Ich schlug das Tuch zurück. Die äußeren Schichten waren trocken und blätterten ein wenig ab.

Liebkosend wanderten seine Finger über die Zwiebel. Seine Hände hatten zahllose Male die Erde durchwühlt. Wie konnte er so viel Liebe für dieses langweilige, braune Ding empfinden?

»Und wen haben wir hier?«, fragte er.

»Nach Angaben des Schenkers ist es eine ›Admiraal de Fransche‹. Ich verstehe nichts davon, ich kann nichts dazu sagen.«

Von hinten holte er eine Waagschale und wog sie.

»Knappe neuneinhalb Gramm.«

Er zählte mir die Münzen in Stapeln hin, legte sie auf die abgeschabte Tischplatte und schaute mich fragend an.

»Für das Florilegium und die Tulpenzwiebel zusammen. Reicht das so?«

»Ich wollte sie dir nicht verkaufen!«

»Nein?«

»Du kannst sie geschenkt haben.«

Er bedankte sich, nahm aber von seinem Geld nichts zurück.

Diesmal stand er wieder in seinem Garten und sah uns nach, als wir gingen.

»Ein interessanter Mann«, sagte Elsken auf dem Rückweg.

»Ganz bestimmt«, sagte ich und mied ihren Blick.

31

Die Hintertür ging auf, und Christiaan kam herein. Es regnete, und endlich nahm die lähmende Hitze ein bisschen ab. Durchs offene Fenster wehte ein stetiger Wind, sodass die Enden des Tischtuchs immer wieder angehoben wurden und herabfielen.

In der Ferne donnerte es, und ab und zu zuckten grelle Blitze über den Himmel. Ich stellte mir vor, wie die Tropfen mein nach oben gekehrtes Gesicht abkühlten.

»Man hat dich mit Ravensbergen gesehen«, sagte Christiaan laut. Als er sich zu mir vorbeugte und sein Gesicht ganz nah vor meines hielt, roch ich das schale Bier in seinem Atem. Inzwischen aß er nur noch selten zu Hause.

Ich schaute zu ihm empor und fürchtete seine Schelte. Sein Blick war kalt, und ich rutschte ein wenig auf meinem Stuhl nach hinten. »Ich bin nur mit Elsken zu ihm gegangen, um das Florilegium abzugeben! Und einmal habe ich ihn auf dem Markt kurz gesehen.«

Elsken stellte ein Hühnchen und einen grünen Salat mit Löwenzahn und Ringelblumen auf den Tisch. Ihre Bewegungen waren ruhig, aber ihre Augen huschten von ihrem Bruder zu mir.

»Die Leute reden.« Christiaan setzte sich und fing an zu essen. Er tunkte mit einem Stück Brot die Sauce von seinem Teller auf.

Der Geruch von Rosmarin stieg mir entgegen, und ich schob mein Essen weg. »Die Leute reden doch immer.« Ich straffte den Rücken und fegte ein paar Brotkrümel vom Tisch in meine Handfläche. »Daran ist nichts Unschickliches. Wir haben uns unterhalten. Warum machst du dir wegen so etwas Gedanken?«

»Ich mag es nicht, wenn ich deinen Ruf verteidigen muss. Im Wirtshaus haben sie sich erzählt, dass er deine Hand festgehalten hat.«

»Unsinn.« Ich lachte freudlos. Ich wünschte, er hätte meine Hand festgehalten, ich sehnte mich danach, dass er mich anfasste, wie vor Wochen in seinem Garten. Aber wegen der missbilligenden Blicke der Menschen auf dem Markt hatte ich meine Arme ängstlich an mich gedrückt. »Die Klatschbasen sind blind. Es gibt keine hübschen Männer, die mir den Hof machen wollen.«

»Du findest ihn also hübsch? Das ist eine Frage des Geschmacks.«

Ich schob meinen Stuhl zurück und fing mit dem Abwasch an. Es hatte etwas Beruhigendes, die Pfannen zu scheuern. Letzte Woche hatte ich mich selbst dabei erwischt, wie ich dasaß und vor mich hin starrte und dabei ganz vergaß, dass ich eine gerupfte Ente zwischen den Knien hatte. Das Feuer war ausgegangen, die ungespülten

Teller und Töpfe standen auf dem Boden. Zwei Tage zuvor hatte ich vor dem Spiegel gestanden und eine Haube ausprobiert, die weniger Haar bedeckte. Ich starrte mein Bild lange an und musste lachen. Wie ein mannstoller Backfisch träumte ich von jemandem, der vor Wochen meine Haare berührt und mich dabei angesehen hatte, als wäre ich das Schönste, was er jemals gesehen hatte. Es wurde Zeit, das loszulassen.

»Er wollte ein Porträt von sich machen lassen. Du willst doch, dass ich zu deinen Auftraggebern höflich bin, oder nicht?«, fragte ich.

»Dieser verdammte Kerl! Warum ist er da nicht ins Atelier gekommen? Was ist ihm in den Sinn gekommen, dass er sich mit so etwas an dich wendet?«

Geisteskrank, dass Christiaan sich einbildete, jemand könnte ihn ernst nehmen. Da brauchte man sich nur die lächerlichen Rosetten auf seinen Schuhen anzuschauen, die jeden Monat größer wurden. Schon seit Wochen erledigten Franciscus und ich zusammen den Großteil der Arbeit. Nach ein paar Stunden warf Christiaan seine Malsachen hin, ging mit einem Käufer ins Gasthaus und kam mit einer Fahne nach Hause, dass mir die Haare zu Berge standen.

»Ich habe keine Lust auf so etwas«, sagte ich.

»Ich verbiete dir, den Kerl noch einmal zu treffen.« Christiaan sagte es in einem kalten Ton, der viel beängstigender war als Geschrei. Er schaute mich durchdringend an.

Ich ließ mich gar nicht beeindrucken. »Du bist nicht

mein Vater. Und zwischen Ravensbergen und mir ist nichts, das bildest du dir bloß ein.«

»Du hast bereits einen schlechten Ruf. Du und dieser Maler in Leiden.«

Meine Kehle war auf einmal wie zugeschnürt, ich schnappte nach Luft. Was wusste er über Jacob?

»Wie kommst du darauf?!«

»Als ich vor unserer Hochzeit Erkundigungen über dich eingeholt habe, habe ich erfahren, dass du keine süße Unschuld bist, wie man zuerst meinen konnte.«

»Ich verstehe nicht, warum du mich dann geheiratet hast, wenn du so schreckliche Dinge über mich gehört hast.« Meine Hände ruhten auf dem Rand des Kochtopfs. Mir standen die Härchen auf den Armen zu Berge.

Christiaan stellte sich vor mich. »Du hattest einfach keine große Wahl, oder? Du konntest nicht zurückgehen, und mit einer eigenen Werkstatt wäre es auch nichts Rechtes geworden. Denn dafür brauchtest du Kapital. Aber der Trottel von deinem Vater hat alles verscherbelt, und du standest auf einmal verarmt da.«

»Wage es nicht, meinen Vater zu beleidigen.« Ich hatte das Brotmesser in der Hand. Das Wasser tropfte davon herab, Seifenschaum glitzerte auf der Klinge. Wie wäre es, wenn die scharfe Spitze in das weiche Fleisch seines Bauches stechen würde? Ich wollte ihm so gern dieses arrogante Grinsen vom Gesicht fegen.

»Du gehörst mir, Hester. Ich habe dich gekauft. Dein Talent und deinen Hochmut. Ein eigenes Atelier – wie bist du nur auf die Idee gekommen?«

»Was hattest du zu gewinnen? Du hättest mich doch nicht heiraten müssen! Ich hatte keine Mitgift, ums Geld kann es dir also nicht gegangen sein.«

»Ich wollte dich zähmen, Hester. Deine Überheblichkeit zermalmen. Ich kann dich einsetzen, wo und wann ich will, dir verbieten zu tun, wonach du dich am meisten sehnst. Oh ja, du bist wirklich gut, und das weißt du auch selbst. Vielleicht bist du sogar besser als ich, aber ich bin trotzdem dein Herr. Du mit deinen ganzen Forderungen und Bedingungen. Was ist dein Name noch wert, wenn ich ganz Haarlem erzähle, warum du aus Leiden weggegangen bist? Warum dein Onkel dich gar nicht schnell genug loswerden konnte? Und dann glaubst du allen Ernstes noch, dass du dir irgendetwas aussuchen kannst!« Er lachte, sein ganzer Körper bebte.

Ich bewegte meine Hand auf ihn zu. Bevor ich zustoßen konnte, wand er mir das Messer aus der Hand. Es fiel auf den Boden und kreiselte auf den Fliesen noch ein bisschen weiter.

»Jetzt hört aber auf!« Hinter uns war Elsken aufgestanden, aber wir beachteten sie nicht.

Ich stand da wie versteinert und nahm das Bild in mich auf. Ein halb betrunkener Mann, der vor Selbstgerechtigkeit strotzte. Eine Frau, die keinen Ausweg mehr wusste. Und eine unverheiratete junge Frau, die nicht recht wusste, für wen sie hier Partei ergreifen sollte.

»Ich habe keine Lust auf so etwas«, sagte ich noch einmal mit Nachdruck. Ich setzte mich in Bewegung, wenn auch langsamer, als ich gewohnt war, auf Grund meines wachsenden Bauches. Ich war schon bei der untersten Treppenstufe, als mich ein Ruck an meinem Rock zurückhielt.

»He! Ich rede mit dir, du dreckige Hure! Wie kannst du dich mit diesem Kerl einlassen?«

»Fängst du jetzt wieder an? Seit wann darf ich mich denn nicht mal mehr mit jemandem unterhalten?« Ich versuchte, nach oben zu flüchten.

»Komm zurück, hörst du!« Christiaan zog an meiner Schürze. An seinem Hals pochte eine Ader, und auf seinen Wangen hatte er rote Flecken. Ich versuchte mich loszumachen.

»Lass sie in Ruhe«, rief Elsken von unten.

Ich lief weiter, der Stoff meines Rocks machte ein reißendes Geräusch, und jetzt hatte Christiaan einen Streifen in der Hand, der nur noch an einer Stelle ganz unten festsaß. Er ließ los, sprang mir nach und packte mich grob bei den Schultern.

Elsken war uns gefolgt, wir erreichten alle drei ungefähr im gleichen Moment den oberen Treppenabsatz.

»Bitte, hört auf«, sagte Elsken. Sie packte seinen Arm, aber er schüttelte ihre Hand ab.

»Halt die Klappe«, sagte er. »Misch dich da nicht ein, geh weg!«

Während Christiaan und Elsken miteinander rangen, hatte ich fast schon die Tür unseres Schlafzimmers erreicht. Christiaan knurrte vor Wut, fuchtelte mit den Armen und schlug seine Schwester so heftig auf die Wange, dass ein feuerroter Fleck zurückblieb. Ich zögerte.

»Geh rein, Hester, und schließ die Tür ab«, schrie Elsken.

Er schlug noch einmal nach ihr. Ich lief sofort zurück und hängte mich mit meinem ganzen Gewicht an seine andere Hand, aber er stieß mich weg.

Ganz kurz, bevor ich die Treppe hinunterstürzte, konnte ich mich noch am Geländer festhalten. Doch dann fühlte ich, wie meine Füße den Halt verloren und wegrutschten. Der Sturz war so heftig, dass ich nach Luft schnappte. Der Stoffstreifen an meinem Rock riss und flatterte wie ein Taschentuch neben mir, als ich die Stufen hinunterfiel und unten auf den harten Steinfliesen landete.

»Das Kind.« Ich schlang die Arme um meinen Bauch.

In der Stille standen die beiden dort oben und starrten zu mir hinunter. Als eine Schmerzwelle meinen Körper durchlief, biss ich die Zähne zusammen. Die beiden kamen die Treppe heruntergerannt, als ich nicht allein aufstand.

»Hester«, sagte Elsken. »Kannst du dich aufsetzen?« Tränen liefen ihr über die Wangen.

Ich stützte mich auf den Ellbogen und machte einen Versuch, aber es wollte mir nicht gelingen, auch nur auf alle viere zu kommen. Mein Blick suchte den von Elsken. Sie biss sich auf die Lippe. »Soll ich den Arzt holen?«

»Sie muss einfach ruhig machen.« Christiaan hob mich hoch und trug mich in die Küche. Er wischte sich den Schweiß von der Stirn.

Es fühlte sich an, als würden mir Messer in den Bauch gestoßen, meine Muskeln waren völlig verkrampft. Seit zwei Tagen hatte ich des Öfteren ein leises Flattern im

Bauch verspürt, wenn ich meine Hand darauflegte. Jetzt drückte ich die Finger auf dieselbe Stelle, aber es blieb ganz still.

»Ich will kurz liegen«, sagte ich. Sie hielten beide meine Arme fest, einträchtig wie zwei sanfte Lämmchen. Elskens Alkovenbett war das nächste.

Als ich auf dem Bettrand saß, wurde der Schmerz so heftig, dass ich zischend einatmete.

»Oh Gott, Hester.« Elskens Gesicht war ganz blass, bis auf Christiaans Handabdruck. »Du ...«

Ich schaute nach unten. Zwischen meinen Füßen bildete sich eine Blutlache.

Das Kind, dachte ich. Es passierte ihm doch nichts, oder? Ich würde trotzdem Mutter werden. Benommen merkte ich, wie sie mir halfen, mich auf den Strohsack zu legen. Elsken schob meine Röcke hoch und stopfte mir Lappen zwischen die Beine. Das Blut lief aus mir heraus, ich spürte, wie es auf die Leinenlaken tropfte. Es hinterließ Flecken auf meinen Händen, meinen Kleidern und der Bettwäsche. Zwischen meinen Schenkeln klebte es. Ich zog die Beine an, die Schmerzwellen überwältigten mich. Ich wollte meine Knie anziehen und unter die Laken kriechen, aber Elsken ließ es nicht zu.

»Steh nicht so rum«, hörte ich sie schreien. »Hol den Arzt, bevor es zu spät ist!« Mit einem Knall flog die Tür ins Schloss, sie hatte Christiaan weggeschickt. Gut so. Ich wollte nicht, dass er mich so sah. Meine Angst wuchs mit jedem Strahl Blut, der aus mir herauskam.

Ich musste ungefähr im fünften Monat sein. Ich sah das kleine Gesicht meiner Nichte Maria vor mir, die schon vor Jahren auf die Welt gekommen und gestorben war. Ich hatte gehofft, meine Tochter nach ihr zu benennen. Ein Mädchen, dem ich all die Dinge beibringen würde, die ich Maria so gerne beigebracht hätte.

»Ich seh das Köpfchen«, sagte Elsken. »Komm, Hester, press, so fest du kannst!«

Sie machte mir Mut. Ich wollte ihr sagen, dass sie meine Knie gegeneinanderdrücken sollte. Dass ich ihre Hilfe brauchte, um die Geburt zu verhindern, weil es viel zu früh war. Das Kind war nicht lebensfähig: Ich musste es da drinnen behalten und weiterwachsen lassen. Wie die Tulpenzwiebeln unter der Erde. Meine Gebärmutter war der fruchtbare Boden, den das Kind brauchte. Doch dann, mitten in einer haushohen Schmerzwelle, gab ich auf.

»Komm, weiter, Hester, auf alle viere! Mach weiter!« Elsken schrie jetzt, ihre Nägel gruben sich schmerzhaft in meine Schultern.

Mein Körper übernahm, die Wehen folgten so schnell aufeinander, dass mir der Atem wegblieb. Ich hörte mich selbst schreien, und ich spürte, wie buchstäblich etwas in mir zerriss. Mit einer Welle aus Blut kam der kleine Körper meines Kindes zusammen mit der Plazenta heraus. Es glitt zwischen meinen Beinen heraus. Elsken fing das Kind auf und wickelte es in ein Tuch.

Ich wollte unbedingt aufstehen, um wieder Herrin meines eigenen Körpers zu werden. Aber mir war so schwindelig, dass ich wieder aufs Bett zurückfiel. Ich wollte meine Tochter sehen und den Geruch ihrer Haut einatmen.

»Ein kleiner Junge, Hester …« Elskens Stimme war tränenerstickt.

Was redete sie denn da? »Bist du sicher?«

»Ja, meine Liebe, es war ein Sohn. Es tut mir so leid …«

Sie stand da mit dem kleinen Bündel in den Armen.

»Gib her.« Ich stützte meinen Rücken in den Kissen ab. Mein Unterleib fühlte sich grauenvoll an. Überall Blut und Fruchtwasser. Sinnlos, vergebens.

Elsken schlug das Tuch zurück und legte mir ein bläuliches Wesen in die Arme.

Ohne etwas zu fühlen, schaute ich auf meinen Sohn nieder. Ich hörte eilige Schritte auf dem Flur, die Tür ging auf, und Christiaan kam mit dem Arzt herein.

Mir brach der kalte Schweiß aus. Der Arzt machte ein ernstes Gesicht, nahm mir das Bündel aus dem Arm und fühlte nach meinem Puls. »Ihr habt Glück gehabt, Mevrouw. Jetzt müssen wir nur noch hoffen, dass Ihr kein Fieber bekommt.«

Glück? Der Kerl wusste ja nicht, was er da redete.

Im Hintergrund erzählte Elsken im Flüsterton von der Geburt und zeigte den jämmerlichen Körper meines Sohnes vor.

Ich machte die Augen zu und schlug sie auch nicht auf, als Christiaans Hand mir durch die Haare fuhr.

32

Draußen schwankten die Baumwipfel hin und her, der Regen prasselte gegen das Fenster. Krachender Donner folgte auf einen Blitzschlag. Einen Augenblick war die Küche erleuchtet wie am helllichten Tag. Sie brachten das tot geborene Kind rasch weg, aber nicht, bevor ich ihm noch einmal den Fuß gestreichelt hatte, der aus dem Tuch herausschaute.

Welchen Namen hätte ich dem Jungen gegeben? Es war egal. Der Unfall, wie Christiaan es gegenüber dem Arzt nannte, hatte meiner Mutterschaft ein Ende gesetzt.

In den Tagen nach der Frühgeburt flammte ein kurzes Fieber auf. Mein Gesicht glühte, ich strampelte die Bettdecke weg. Wenig später war mir wieder eiskalt, ganz egal, wie sehr sie das Feuer schürten oder die Decken auf mich stapelten.

Der Schmerz brannte mir ein Loch ins Herz. Ich stellte mich schlafend, wenn sie kamen, um nach mir zu sehen. Hinter meinen Augenlidern zog eine Reihe von Kindern aller Art vorbei. Die Einzelheiten ihrer Gesichter schienen sich in meinem Kopf festzusetzen. Blonde kurze Haare, Mädchen mit langen Zöpfen. Blaue, braune und grüne Augen. Genug Kinder für ein ganzes Heer. Verrückterweise war kein einziger Säugling dabei, als hätte mir mein Gehirn den Anblick dieser kleinen Wesen abgenommen.

Nach zwei Wochen war ich so weit genesen, dass Elsken mich auf einen Stuhl beim Fenster im Atelier setzte. Mit den gefalteten Händen auf dem Schoß schaute ich die vorbeilaufenden Menschen an. Ein Knecht mit einem Korb auf dem Rücken, eine junge Frau mit farbenfrohem Rock, zwei Kinder mit einem Reifen. Schäfchenwolken zogen wie ein Seufzer den dahingleitenden Vögeln hinterher. Ihre Silhouetten zeichneten sich vor dem dunkelblauen Abendhimmel ab. Es wurde still auf der Straße, während ich mit ausdruckslosen Augen nach draußen starrte. Elsken packte mich wieder ins Bett und fütterte mich löffelweise mit Suppe.

Wieder ein Tag vorbei.

Die Auftraggeber blieben aus. Franciscus wurde nach Hause geschickt; Christiaan mied das Atelier. Ich war froh darüber, denn ich konnte seinen Anblick nicht ertragen. Sein Blick traf mich nur selten, und ich hatte kein Bedürfnis, mit ihm zu reden.

Die Nachbarin kam vorbei, ich hörte, wie sie in der Küche mit Elsken sprach. »Sie ist noch jung, sie wird schon noch ein anderes Kind bekommen. Ich hab selbst drei verloren, und schau mich an.« Von mir aus konnte sie gerne wegbleiben mit ihren gut gemeinten, aber verletzenden Trostworten.

Ich erkannte mich selbst nicht wieder, wenn ich meine Bewegungslosigkeit sah. In meinem früheren Leben, das noch gar nicht so lange her war, hatte sich alles um Farbe und Leinwand gedreht. Meine alten Ziele kamen mir jetzt völlig unwichtig vor.

Elsken setzte sich mit einem Stapel Briefe neben mich

auf einen Hocker. Ich erkannte die Handschrift meines Onkels und die von Judith. Ohne sie zu öffnen, legte ich sie neben mich.

»Soll ich dir das Skizzenbuch und das Kästchen mit den Farbkreiden holen?«

Ich schüttelte den Kopf.

»Du darfst mich zeichnen.«

Ich musste lächeln über ihren kindlichen Versuch. »Ich hab gerade keine Lust.«

»Soll ich dir die Briefe vorlesen?«

»Nein, lass gut sein.«

Sie schaute mich mit Tränen in den Augen an. »Soll ich dir dann die Haare kämmen?«

Ich zuckte mit den Schultern. Elsken ließ sich nicht beirren und löste das Band, mit dem ich meine Locken zusammenhielt. »Morgen wasche ich sie dir. Vielleicht suche ich mein Rezept raus und färbe sie dir auch dunkler.«

Ich antwortete nicht. Der Witz über unsere Haarfarbe war auch noch so ein Überbleibsel aus der Zeit, in der belanglose Dinge wichtig schienen, wie der Wunsch, gut auszusehen. Die Zähne des Kamms stießen ständig auf verklettete Stellen. Ich krümmte mich, überrascht, dass ich überhaupt noch etwas fühlte.

»Wir müssen über den Streit reden«, sagte sie.

»Ach, lass es.« Müde strich ich mir eine Strähne fettiges Haar aus dem Gesicht. »Es war ein Unfall.«

Ihre Hand lag warm auf meiner, und sie legte den Kamm aus der Hand. Hinter meinen Lidern brannten Tränen.

»Es hat keinen Sinn, darüber zu reden.«

»Hester.« Sie holte tief Luft. »Es war meine Schuld.«

»Was soll der Unsinn? Wenn überhaupt jemand Schuld hat, dann Christiaan.«

»Ich hätte ihn abhalten sollen. Ich hätte … etwas … tun sollen.« Ihre Augen glitten zu den Muschelschalen und Mineralien in den Regalen und blieben an den zwei Tulpenbildern neben dem Kunstkabinett hängen.

»Du hast es versucht.« Das Kissen in meinem Rücken glitt von der Lehne. Ich wollte aufstehen, doch Elsken kam mir zuvor. Bevor sie mich zärtlich wieder auf den Stuhl drückte, schüttelte sie das Kissen kurz auf.

»Nicht genug.«

»Es ist mir egal.«

Sie zögerte sichtlich. Ich hatte Mitleid mit ihr, aber dieses Mitgefühl blieb an der Oberfläche. Nichts konnte mir je wieder nahegehen. Mit dem Blut und dem Kind war alles, was die Hester von früher ausgemacht hatte, aus mir herausgeflossen. Übrig geblieben war eine leere Hülle. Ich war ganz klein, jeder Hochmut war mir fern.

»Ist es denn wirklich so schlimm, was da in Leiden passiert ist?« Elsken konnte es nicht ruhen lassen.

Ich starrte auf meine Hände und wünschte mir, sie würde weggehen. Manchmal verschwand sie von selbst, wenn ich lange genug sitzen blieb, ohne den Mund aufzumachen.

Ohne weiter in mich zu dringen, holte sie ein kleines Kohlebecken, in das sie glühende Kohlen gesteckt hatte. Sie kniete sich vor mich und stellte meine Füße darauf. Es war eher etwas für den Winter als für einen Herbsttag, aber es war trotzdem genau das, was ich gerade brauchte. Meine Füße waren Eisklumpen, ich zitterte die ganze Zeit. Elsken stopfte eine Decke um mich fest. Jetzt saß ich eingewickelt da wie ein kleines Kind, das auf seine Gutenachtgeschichte wartet. Tante Antje hatte mich auch so verwöhnt. Wie ich mich nach ihren beruhigenden Händen sehnte, nach ihrem Trost!

Die Erinnerung an meine Tante löste etwas in mir. Ich schlug die Hände vors Gesicht und brach in Tränen aus. Elsken legte mir einen Arm um die Schultern, mit der anderen Hand rieb sie mir sanft den Rücken.

»Wein ruhig«, sagte sie. »Lass alles raus, das ist das Beste.«

Ich war so froh, dass sie nicht von meinem Sohn sprach, denn ich wollte gar nicht an das Blut auf seinem reglosen Gesichtchen denken. Nach einer Weile versiegten die Tränen, und wir saßen nebeneinander, ohne zu sprechen.

Bevor ich wusste, was ich tat, erzählte ich ihr von Jacob. Von der Enttäuschung und von meinen naiven Träumen. Jahrelang hatte ich mir vorgestellt, dass ich nach Rom gehen würde, um die italienischen Maler zu studieren und mehr über die Kontraste von Licht und Schatten zu lernen. Ich wollte die perfekte Komposition des Meisters Caravaggio sehen. Mit ihm, mit meinem Onkel. Ich war ein dummes Kind.

Ich erzählte von Jacobs Verrat, der Enttäuschung, als Onkel Elias dann ihn an meiner Stelle mitnahm. »Bis zum letzten Augenblick dachte ich, dass mein Onkel sich über die Tatsache hinwegsetzen würde, dass ich eine Frau bin.«

Am Ende erzählte ich sogar vom Grund für die Schließung der Malerwerkstatt. »Mit Schmetterlingen bin ich fertig.«

Elsken saß regungslos neben mir, mit aufrechtem Rücken und verschränkten Händen. Ihr Gesicht war ganz ernst. Ich suchte nach Anzeichen von Verachtung in ihrer Miene, aber ich konnte keine entdecken.

»Hast du nie geglaubt, dass alles nach deinem Willen geht? Meine Eitelkeit war grenzenlos, und ich konnte meinem Onkel nicht verzeihen. Ich wollte Gott und der Welt zeigen, dass ich es aus eigener Kraft schaffen konnte.«

Ich schlang die Arme um mich und wiegte mich hin und her. Wieder überwältigte mich der Schmerz. Elsken hielt mich im Arm, auch über ihre Wangen liefen Tränen.

Das kleine Wesen, das ich verloren hatte, hatte mir jedes bisschen Übermut genommen. Ich wollte etwas von mir in dieser Welt hinterlassen, aber jetzt war das alles nicht mehr wichtig.

Ich war eine Raupe, die sich verpuppt hatte und als Schmetterling davonflog. Aber ich war viel zu nah an die Kerze gekommen und hatte mich an der Flamme verbrannt. Jetzt waren meine Flügel versengt, und ich würde nie wieder fliegen.

Schweigend saßen wir nebeneinander. Draußen erstarb das letzte Licht, und ich stand auf. Elsken hielt mich am Arm fest.

»Ich möchte dir auch gern etwas von mir erzählen.«

Ich fühlte mich wie ein ausgewrungener Lappen, aber

sie hatte mich ja auch angehört, deshalb machte ich eine matte Geste, um sie zum Sprechen zu ermuntern.

»Wenn wir Katholiken wären, dann wäre das hier unsere Beichte.«

Sie lachte. Aber es war ein trauriges Lachen. Während sie sich hinter mich stellte und den Kamm wieder in die Hand nahm, fuhr sie mir mit der Hand übers Haar.

»Ich habe einmal einen jungen Mann namens Gerrit kennengelernt«, begann sie. »Er wohnt nicht mehr in der Stadt, dafür hat Christiaan schon gesorgt.

Im Winter nach dem Brand, bei dem Thijmen und meine Eltern umkamen, klopfte es an der Tür. Ich legte gerade einen Stapel Bettwäsche in den Schrank und wartete, dass Christiaan aufmachte. Aber es klopfte erneut, diesmal lauter, ohne dass sich im Haus etwas rührte. Ich schlich mich hinunter, schob den Riegel zur Seite und spähte durch den Türspalt. Der Mann auf der Treppe war kaum älter als ein Junge, ein Korb mit Torf stand vor ihm.

›Wo soll ich ihn hinstellen, Juffrouw?‹, fragte er.

Ich führte ihn zum Speicher. Offenbar mühelos folgte er mir die steile Treppe hoch. In dem engen Kämmerchen unter dem Dachfirst standen wir uns unbeholfen gegenüber, und unsere Arme berührten sich wie durch Zufall.

Gerrit hatte ein offenes Gesicht, strohblonde Haare, die sich über seinem Hemdkragen lockten, und einen breiten Mund, der mich anlachte, ohne sich groß um meine Narben zu kümmern. Nach dem Brand war mein Leben zum Stillstand gekommen, genauso wie deines jetzt, Hester. Ich dachte, der Schmerz würde nie ein Ende nehmen.«

Elsken seufzte, bevor sie fortfuhr. »Seitdem schaut mich jeder nur mitleidig an.«

Sie holte tief Luft. »Ich musste erst noch in meine neue Rolle als Hausherrin hineinwachsen. Als Christiaan mir den Schlüsselbund für die Schränke in die Hand drückte, geriet ich in Panik. Wie konnte ich die Stelle meiner Mutter einnehmen? Ich wusste ja überhaupt nichts über Hauswirtschaft.«

Während sie weitersprach, legte sie ihre Hand auf meinen Nacken. »Damals fühlte ich mich vor allem als junge Frau. Und von dem Tag an hielt ich jeden Tag nach dem Jungen mit dem Torf Ausschau.«

Da sie hinter mir stand, konnte ich ihr Gesicht nicht sehen, aber trotzdem stellte ich es mir jetzt vor. Ihren halb offenen Mund, ihre funkelnden Augen. Gefangen in ihrem Traum. Es wäre ein wundervolles Porträt, wenn ich sie in so einem Moment malen könnte. Wider Willen entdeckte ich einen Funken von Interesse in mir und setzte mich auf.

»Wie ging es weiter?«

»Der Winter war eiskalt, und die Spaarne fror zu. Christiaan nahm mich mit zum Schlittschuhfahren. Ich zog mir eine alte Hose unter den Rock und wickelte mir einen Schal ums Gesicht, sodass nur meine Nase und meine Augen frei blieben.«

Als ich Elsken verstohlen musterte, schien sie ganz versunken in ihre Erinnerung und starrte auf den Boden. Dann sprach sie auf einmal hastig weiter. Die Worte purzelten schneller aus ihrem Mund, als das Wasser bei einem

Platzregen aus der Dachrinne kam. Sie schien sich meiner Anwesenheit nur halb bewusst.

»Das Eis war spiegelglatt. Es hatte wenig geschneit in dem Jahr, sodass sich Eis ganz ohne Huckel und Scharten gebildet hatte. Wir schnallten unsere Schlittschuhe an, und ich glitt an Christiaans Arm davon. Da zischte jemand vorbei, ich sah seine braune Jacke schon in der Ferne verschwinden, als mir aufging, dass Gerrit uns überholt hatte. Er wiederholte sein Kunststückchen noch ein paarmal, jedes Mal etwas näher, bis Christiaan gereizt erklärte, dass er diesem aufdringlichen Kerl jetzt mal eine Lektion erteilen wollte. Er ließ mich los und fuhr Gerrit hinterher, ohne zu wissen, dass der nur deswegen so oft vorbeifuhr, um einen Blick auf mich werfen zu können.

Sowie er mir den Rücken zuwandte, schaute ich Gerrit nach, aber sobald er sich umdrehte, schlug ich schnell die Augen nieder. Christiaan schaffte es nicht, ihn einzuholen. Ein Stückchen entfernt blieb er bei einem kleinen Stand stehen, um sich einen Kuchen zu kaufen. Mein Bruder zerrte mich mit und fuhr so fest gegen Gerrit, dass er ihm mit seinem Schlittschuh gegen den Knöchel rannte. Ich versuchte, ihm ein Zeichen zu geben, dass es klüger wäre, Christiaan nicht wissen zu lassen, dass wir uns kannten. Doch zu spät – er begrüßte mich überschwänglich. Den ganzen Heimweg über fragte mich Christiaan, woher ich diesen Dummkopf kannte, bis ich ihm beichtete, dass Gerrit der Torflieferant war, der immer unsere Vorräte auffüllte. Ich habe ihn nie wiedergesehen. Den restlichen Winter kam ein alter Mann, und als ich ihn nach Gerrit fragte, erzählte er mir, der sei eines Tages einfach verschwunden.«

»Du hattest doch nichts Schlimmes getan«, sagte ich. »Wie gemein von ihm. Das hätte ich nicht von Christiaan gedacht.«

Elsken ließ den Kamm fallen. Sie setzte sich hin und breitete ihren Rock über dem Hocker aus. »Es ist nicht das erste Mal, dass er jemanden als Hure hinstellt.«

»Zwischen mir und dem Blumenhändler ist nichts.«

»Natürlich nicht.« Elsken strich mir die Haare glatt. Sie drehte mich um und begann zu flechten. Ich schloss die Augen und überließ mich ganz ihren weichen Bewegungen.

»Er hält Moralpredigten.«

»Die seltsamerweise nicht für ihn gelten.«

Ich schüttelte den Kopf. »Wer ist es?«

Sie zuckte mit den Schultern. »Jedes Mal eine andere. Ich fand, dass du das wissen solltest.«

»Ich habe es selbst schon erraten. Du weißt, dass ich eher aus praktischen Überlegungen geheiratet habe.«

Sie war ganz in ihre eigenen Gedanken versunken und nickte nur.

Ich hätte ihm seine Abenteuer verzeihen können, denn ich konnte keine Eifersucht bei jemandem fühlen, der seine Schwester und seine Frau mit einer Schreckensherrschaft an der Kandare zu halten versuchte. Sogar seine Doppelmoral hätte ich übersehen können.

Doch ich konnte ihm unmöglich den Stoß verzeihen, den er mir auf der Treppe versetzt hatte.

Wenn ich an diesen Moment zurückdachte, war es, als ob ich aus einiger Entfernung eine Farce anschaute. Dort waren die theatralischen Worte, die grotesken Gebärden. Es war ein Stück über eine Frau, die sich der kleinkarierten Meinung eines Mannes widersetzte. Im Hintergrund spielte die säuberlich ausgeschnittene Treppe ihre eigene wichtige Rolle. Ich sah, wie ich den Boden unter den Füßen verlor und in der Luft schwebte. Einen Augenblick lang hätte Elsken dazwischengehen oder Christiaan meinen Arm fassen können. Dann war der Moment vorbei, und ich balancierte im Bühnenbild über dem Abgrund.

Ich stürzte wie ein Amseljunges, das aus dem Nest fällt, und der Aufprall, als ich auf dem Boden landete, wirkte noch immer in mir nach.

33

Niemand war schuld daran, dass ich mit Christiaan verheiratet war, nur ich. Ich hatte gedacht, ich könnte mein Leben selbst in die Hand nehmen. Nachdem ich mein Kind verloren hatte, wusste ich allerdings, dass es nicht so war.

Wenn ich das schon früher begriffen hätte, würde ich noch immer malen. Es wäre möglich, dass ich immer noch im Dachkämmerchen bei der Witwe hocken würde, das ich mir gesucht hatte, als ich von Judiths Heiratsplänen erfuhr, aber das wäre alles besser gewesen als diese Ehe.

Ich konnte vor Gericht gehen und mich wegen Ehebruchs scheiden lassen. Wenn ich ihn beweisen könnte. Mein Mann war schlau: Nachdem ich einmal bemerkt hatte, dass er nach einer Dirne roch, hatte ich keine Anzeichen mehr gefunden.

Als die Trauer etwas abnahm, wurde ich eines Tages wach ohne die Niedergeschlagenheit, die mir die letzten Wochen vergällt hatte. Neben mir lag Christiaan mit den Händen unter der Wange. Er schnarchte leise, als wäre nichts passiert.

Ich stand auf und öffnete die Fensterläden. Sonnenstrahlen fielen ins Zimmer. Christiaan bewegte sich und blinzelte ins grelle Licht. »Was ist denn mit dir los?«

Eine Welle der Wut überkam mich, und ich drehte mich weg. Er wollte wieder wegdösen, aber ich zog ihm mit einem Ruck die Decke weg.

»Ich will nicht mehr neben dir schlafen.«

»Was ist denn?«

»Ich habe mein Kind verloren.«

»Das ist doch kein Grund, so zu mir zu sein, oder?«

»Du kommst mir nicht mehr in mein Bett.«

»Ich bin dein Ehemann, du kannst mir nicht verbieten, neben dir im Bett zu liegen.«

»Das werden wir schon sehen.«

Mein Brustkorb hob und senkte sich heftig, ich bekam kaum Luft. Ich verstand selbst nicht, woher auf einmal dieser rasende Zorn kam. Er machte mir selbst Angst, aber ich konnte ihn nicht mehr zurückhalten. Ich trommelte ihm mit den Fäusten auf die Brust und schrie, dass er meinen Sohn umgebracht hätte. Erst hielt Christiaan sich schützend die Hände über den Kopf, dann fasste er mich bei den Oberarmen, bis ich wieder zu Sinnen gekommen war. »Du bist doch verrückt.«

Ich zitterte so heftig, dass meine Zähne klapperten. »Ab jetzt schläfst du auf dem Boden«, sagte ich. Mit meinem Umschlagtuch um die Schultern verließ ich das Schlafzimmer und lief die Treppe hinunter, wo ich mich an meine Staffelei setzte. Während ich auf das halb fertige Gemälde schaute, an dem ich gearbeitet hatte, bevor mich der Unfall traf, flüsterte ich mir selbst zu, dass Christiaan es verdient hatte, solche Worte zu hören. Er hatte sich nicht ein einziges Mal entschuldigt. Im Gegenteil: Jeden Tag verschwand er wie ein Dieb in der Nacht weiß Gott wohin, und wenn er zu Hause war, schaute er mich nicht an.

Im frühen Morgenlicht schienen alle Gegenstände im Atelier ihre frühere Wärme verloren zu haben. Wie fand ich wieder Freude daran, einen Pinsel anzufassen und Farben zu mischen? Ich legte die Hände vor die Augen und wiegte mich hin und her. Das Bild des Tuchs, in das der kleine Körper meines Sohnes gewickelt war, tat mir so weh, dass es sich anfühlte, als wäre ein viel zu enger Gürtel um mein Herz gespannt.

Ich konnte meinen Hass kaum verbergen. Christiaan saß am Tisch, bewunderte sein Kunstkabinett oder stand vor den Werken anderer Meister und berechnete seinen Gewinn.

Wenn er mich anschaute, krümmte er sich, sagte aber

kein Wort. Ein paar Minuten später kam ein Kunde, und er erzählte eine lustige Geschichte, oder er schüttelte Elskens Hand ab, die ihm über den Ärmel strich. »Ich hab nichts, lass das Bemuttern!«

Gestern war ein Mann gekommen, der ihm seine Anteilnahme aussprach. Christiaan bekam feuchte Augen und seufzte tief. »Es belastet uns alle, aber am schlimmsten ist es für meine Frau. Sie hatte sich so gefreut, Mutter zu werden.«

Ich wäre am liebsten aufgesprungen, um zu rufen, dass ich schon noch selbst entschied, was ich fühlte. Wahrscheinlich hielten sie mich für verrückt, deswegen zwang ich mich, ruhig auf meinem Stuhl sitzen zu bleiben. Christiaans Tränen hielt ich für gespielt, weil sie nämlich schon wieder getrocknet waren, als der Kunde ein Gemälde in der Ecke des Ateliers betrachtete. Niemand beherrschte seine Tränen so gut wie mein Mann.

Auf seine Art war er nett zu mir: Er brachte mir einen Becher Wein, legte mir ein Tuch um die Schultern. Eines Morgens stand eine Staffelei für mich bereit, die Leinwand tat mir in den Augen weh.

»Vielleicht hast du Lust, heute ein wenig zu malen?«
»Nein, danke.«
»Schade.« Er zögerte so lange, bis ich ihn mit einer ungeduldigen Handbewegung wegschickte.

Den ganzen Tag starrte mich die leere Leinwand an, als wollte sie mir Vorwürfe machen, weil ich keine Grundierung auftrug. Am liebsten hätte ich die Staffelei umgeworfen, aber ich hielt mich zurück. Wie konnte ich die Augen verschließen vor diesem anmaßenden Mann mit seiner Schwäche für schöne Dinge?

Er ist ein Sammler, aber er kann sich der Sachen, die er nicht mehr braucht, auch sehr schnell entledigen. Das waren Judiths Worte, die sie vor nicht allzu langer Zeit im Atelier in der Korte Barteljorisstraat ausgesprochen hatte.

Während wir Hammel mit Äpfeln und Rosinen aßen und ich seinen kauenden Mund ansah, dachte ich darüber nach, wie ich ihn bestrafen konnte. Er schlief nachts schon auf einem Strohsack neben dem Bett. Bevor er die Kerze ausblies, schaute er mich mitleidig an.

Gestern Abend hatte ich so getan, als würde ich schlafen, und ich fühlte, wie er zögerte. Die Matratze sank ein, als er sich ans Fußende setzte, aber als ich mich bewegte und mich umdrehte, beschloss er doch, sich auf den Boden zu legen. Er hätte auch nichts anderes probieren sollen: Wahrscheinlich hätte ich ihm die Augen ausgekratzt. Ich starrte noch lange ins Dunkel, während ich vor meinem inneren Auge sah, wie ich seine Schmuckrosetten in Stücke riss und seinen teuersten Mantel in Streifen schnitt. Aber das alles konnte niemals aufwiegen, was er mir angetan hatte.

Die Fehlgeburt war der Tropfen gewesen, der das Fass zum Überlaufen brachte. Auf einmal kam das ganze Gift, das er mir von Anbeginn unserer Ehe an verabreicht hatte, an die Oberfläche. Ich suhlte mich in meinem Hass, biss mich daran fest wie damals, als Jacob mich verraten hatte. Wenn Christiaan nicht hinschaute, betrachtete ich ihn heimlich unter halb gesenkten Lidern und brannte nur so darauf, ihm das Grinsen vom Gesicht zu wischen.

Und so vergingen die Wochen.

Jeden Abend fragte er schmeichelnd, ob er wieder ins Bett kommen dürfe, aber ich verbot es ihm.

Eines Morgens hatte ich einen Einfall, wie ich es Christiaan heimzahlen konnte. In den nächsten Tagen reifte der Plan: Ich war wie ein Schleifstein, der ein Messer schleift, ich genoss es und sprach mit niemandem darüber.

Damit mein Plan gelang, musste ich sein Vertrauen zurückgewinnen. Es würde mir nicht leichtfallen, aber ich glaubte, dass er durchaus offen war dafür.

Am Abend im Schlafzimmer legte ich meine Arme um ihn. »Ich habe beschlossen, dass wir es wieder versuchen können. Kommst du zu mir ins Bett?«

Seine Augen leuchteten auf, aber im nächsten Moment runzelte er die Stirn. Er stank: nach Schnaps, nach Schweiß und Dreck. Er hatte sein Gesicht und seine Hände seit Tagen nicht mehr gewaschen. Niemand hatte seine Kleider gebürstet. Trotzdem nahm ich ihn in den Arm, küsste ihn auf den Mund und tat so, als fände ich ihn unwiderstehlich.

»Sollten wir nicht erst den Arzt fragen, ob wir das dürfen?«, fragte er.

Kopfschüttelnd zog ich ihn an mich. »Ich habe Lust auf dich.«

Ich schmiegte mich an ihn und schlang ihm die Beine um den Körper. Seine Hände umfassten meine Taille. Er verzog kurz das Gesicht, stützte sich auf seine Ellbogen und schaute mich unter seinem strähnigen Haar an, als könnte er nicht glauben, wie ihm geschah, dann glitten seine Finger an meinem Rücken entlang bis zu meinen Hinterbacken. Ich wand mich und stöhnte in den passenden Augenblicken.

Ach, der Körper, er ist so einfach zu verführen, vor allem der Körper eines Mannes. Kein Wunder, dass Christiaan sofort hingerissen war von der Schauspielerin, die die Rolle der Lijsje Flepkous spielte. Ich musste jetzt auch so eine starke Frau sein und meine Gedanken verbergen, auch wenn es meiner Natur zuwiderlief. Nur dann konnte ich die Idee umsetzen, die sich in meinem Kopf festgesetzt hatte.

Wir saßen auf dem Bettrand; das erste Licht fiel durch die Spalten in den Fensterläden. Ich hatte kaum geschlafen und sah Christiaan zu, der sich gerade das Hemd zuknöpfte.

»Heißt das, dass ich die Strohmatratze jetzt verbrennen darf?«

»Wenn du versprichst, dass du nicht mehr so oft ins Wirtshaus gehst.«

Er erstarrte unter meiner Berührung. »So oft?« Doch dann holte er tief Luft und sagte, ohne sich zu mir umzudrehen: »Du hast recht. Wir fangen noch einmal von vorne an.«

Ich streichelte ihm übers Haar. Mit Bedauern dachte ich daran, dass ich ihm zu Beginn unserer Beziehung wirklich eine Chance hatte geben wollen und dass er manchmal auch richtig zärtlich zu mir war. Wieder sah ich vor mir, wie er meinen Vater ins Bett zurückhievte, und mir fiel ein, wie besorgt er während meiner Schwangerschaft gewesen war. Aber das alles reichte einfach nicht.

Meine Finger fuhren die Linien seines Gesichts nach. »Weißt du noch, das Geld für das Florilegium?«

Sein Kiefer erstarrte unter meiner Berührung. »Müssen wir jetzt darüber sprechen?«

»Ich habe etwas für dich zurückbehalten.«

Er stand auf. Ich sah, dass er gekränkt war, und zog ihn an der Hand zu mir zurück.

»Das war eine Überraschung. Nur für dich.« Meine Hände liebkosten seine Oberschenkel. Er entspannte sich und schaute gleich weniger misstrauisch. »Ravensbergen hat mir außerdem Geld für die Tulpenzwiebel gegeben, die ich ihm mitgebracht hatte.«

»Schon wieder dieser Ravensbergen.«

»Es ging nicht um ihn, sondern ums Geld. Wir könnten es natürlich für ein neues Kleid ausgeben, oder für ein Kunstwerk, das du gerne hättest.«

Christiaan legte den Kopf schräg und schaute mich aus blutunterlaufenen Augen an. »Ich habe da so eine Marmorbüste im Auge.«

Mechanisch streichelte ich weiter. Über seine Lenden, zwischen den Beinen. An der Vertiefung am Rücken entlang bis zu seinem Hintern. »Oder … wir könnten etwas anderes kaufen. Und Gewinn machen. Vielleicht Tulpenzwiebeln?«

Ein leiser Seufzer entschlüpfte ihm. Er schüttelte leicht

den Kopf und schürzte die Lippen. »Ich wüsste nicht, wie. Die Blumenhändler haben sich mittlerweile richtig auf den Tulpenhandel spezialisiert.«

Ich beugte mich über seine Schulter und flüsterte ihm ins Ohr: »Liebling, das kannst du doch viel besser als die! Warum hast du nie Tulpenzwiebeln gekauft? Das sind doch auch nur einfältige Menschen, geblendet von dem Geld, das sie zu verdienen hoffen. So ein guter Geschäftsmann wie du kann sie doch ohne Schwierigkeiten zu einem Handel verleiten, der dir Gewinn bringt.«

Ich wühlte ihm mit den Händen durch die Haare, kraulte ihn hinterm Ohr und suchte die Stellen, an denen er gerne angefasst wurde. »Wir könnten sie sicher für einen vernünftigen Preis bekommen.«

»Von Ravensbergen? Ich weiß nicht, ich kann diesen Mann nicht ausstehen. Er hätte die Finger von dir lassen sollen.«

»Da ist nichts passiert, ich schwöre es dir.«

Ganz kurz drang das Bild meines tot geborenen Sohnes durch meine Beherrschung. Ich schüttelte den Kopf, um ihn nicht mehr zu sehen. Der Grund für den Unfall war nicht mehr wichtig. Und im Übrigen brauchte ich Florens für die Umsetzung meines Plans.

»Er möchte sich von mir porträtieren lassen. So können wir verlangen, dass er uns einen besonders guten Preis für einen Beutel voll Tulpenzwiebeln macht. Wenn wir die wieder verkaufen und die nächste Ladung auch, dann werden wir immer reicher.«

Wir hielten uns bei den Händen, und ich sah die Falte zwischen seinen Brauen. Christiaan stand auf und nahm einen Schluck aus dem Krug, der noch vom Vorabend auf dem Tisch am Fenster stand. Der Wein lief ihm am Kinn herab und tropfte auf die Tischplatte wie Blut.

»Lass mich selbst mit ihm verhandeln.« Ich ließ die Hand nach unten gleiten, in sein Hemd und auf seine Brust. Mein Mund war knochentrocken, ich spürte, wie mir der Mageninhalt hochkommen wollte. Ich war nicht sicher, ob ich Florens unter die Augen treten konnte, aber es war der einzige Weg.

Christiaan setzte den Krug erneut an den Mund. »Du willst mit ihm reden?« Mit zusammengekniffenen Lippen erwog er diese Möglichkeit.

Ich schluckte krampfhaft, schlug die Augen nieder und biss mir auf die Zunge. Manchmal musste man auch schweigen können, hatte Vater mir beigebracht.

Christiaans Hände zerrten an meinem Unterkleid, rutschten zu meinen Hüften. Er zog mich zurück zum Bett und nahm mich auf den Schoß.

»Für dich gehe ich zu Ravensbergen, Liebster. Wir kaufen seine Tulpenzwiebeln und werden sie billig bekommen. Das ist er uns schuldig, oder nicht?«, fragte ich.

»Hm.« Er vergrub die Nase in meinem Haar. »Am liebsten würde ich dem Kerl eine reinwürgen. Ich will, dass er vernichtet wird, geteert und gefedert aus der Stadt gejagt wird. Er hat dich …«

»Ja, ja, schon gut.« Ich flüsterte ihm Kosenamen ins Ohr. Zärtliche Worte, die ich beinahe nicht über die Lippen bekam, Liebkosungen, die aus weiter Ferne kommen mussten. Noch einmal spielte ich die Verführerin.

Er schloss die Augen und ließ sich mit mir rücklings aufs Bett fallen.

Ich glaubte bereits, dass er wieder eingeschlafen sei, da streckte er sich und sagte: »Geh du nur zu dem Schurken, der hat die besten Tulpen der Stadt.«

Wer hätte gedacht, dass er sich so einfach hinters Licht führen lassen würde?

34

Der Herbst kündigte sich mit frischen Regenschauern und Wind an, aber bei uns zu Hause nahm die Hitze nicht ab. Christiaan, der unter der Hitze litt, beugte sich über Blumenbeispiele und Preislisten.

Elsken verstand überhaupt nicht, was los war. Sie schüttelte ratlos den Kopf und fragte ihren Bruder, ob sie noch in die Apotheke gehen solle, um neue Pigmente zu holen.

»Ach, frag Hester. Ich will mich in die Listen vertiefen und mir überlegen, welche Sorten wir am besten kaufen sollen.«

Und so führte ich zum ersten Mal in meinem Leben eine Malerwerkstatt. Ich empfing einen Herrn, der seine Tochter porträtieren lassen wollte, und gab Franciscus den Auftrag, den Hintergrund zu malen. Ich ließ Elsken den

Besuchern im Atelier einen kleinen Imbiss bringen. Es tat mir gut, es lenkte mich von meiner Trauer ab.

Franciscus, der durch die Veränderungen völlig verwirrt war, verfolgte alles, was ich tat. Er fragte nach seinem Meister, und ich erklärte ihm, dass er heute mit mir vorliebnehmen müsse. »Ist er krank?«

»So ähnlich.« Meine Mundwinkel kräuselten sich wie von allein.

Franciscus war enttäuscht. Mit seinen grauen Augen schaute er mich misstrauisch an. Das Atelier war in Unordnung, er hatte heute nicht allzu viele Anweisungen bekommen. Ich hörte ihn geradezu denken: Warum ruft der Meister seine Frau nicht zur Ordnung? Demnächst kommt sie noch auf die Idee, dass sie hier das Sagen hat.

»Komm, geh wieder an die Arbeit.« Ich versuchte, meiner Stimme einen strengen Klang zu geben. »Das Atelier muss weiterlaufen. Der Meister hat mich gebeten, dass ich dir die nötigen Anweisungen gebe. Demnächst kommt ein Tulpenzwiebelhändler, um für sein Porträt Modell zu stehen, und dann darfst du sicher noch häufiger selbstständig arbeiten.«

Franciscus war gerade mal siebzehn, aber er war ehrgeizig. Er hatte seine Zukunft geplant und sich überlegt, wie weit er es in ein paar Jahren gebracht haben würde. Erst die Italienreise und danach ein eigenes Atelier mit mindestens zwei Lehrlingen. Es war kein Geheimnis, dass er eigentlich bei Frans Hals in die Lehre gehen wollte. Doch der befand ihn für nicht gut genug, und so war er zu Christiaan gekommen. Wenn er malte, sah ich seine Fehler. Ihm fehlte der Überblick, um eine gute Komposition zu finden, er schien die Linien willkürlich zu setzen. Christiaan hatte ihm nicht viel Unterricht gegeben. In bestimmter Hinsicht war das Atelier auch nicht besonders gut dafür geeignet, jemanden auszubilden. Es kamen zu viele Menschen, und Franciscus wurde zu oft seinem Schicksal überlassen. Ich sagte ihm, dass er mich rufen solle, wenn er nicht mehr weiterwisse.

Er legte den Kopf schräg, sein Mund war ein schmaler Strich, und er schaute mich an. »Geht der Meister am Ende weg?«

»Nein, nicht dass ich wüsste.«

»Dann warte ich lieber auf seine Anweisungen.«

Ich atmete bewusst langsam aus. Dann sollte er ruhig warten. Wenn es nach mir ginge, sollte Christiaans Interesse fürs Malen ruhig abnehmen.

»Wie du willst«, sagte ich. »Tu, was du für das Beste hältst. Du brauchst mein Angebot nicht anzunehmen.«

»Ihr seid doch eine Frau!« Franciscus schüttelte den Kopf, weil er die Vorstellung so abwegig fand.

»Ich habe ebenfalls meinen Meister gemacht.«

Er zuckte mit den Schultern und mischte noch ein wenig Grün auf seiner Palette.

»Viele Frauen helfen ihrem Mann am Arbeitsplatz. Judith Leyster macht es ja auch.«

Franciscus hörte mir gar nicht mehr zu und fing an, die Falten an einem Tischtuch auf dem Gemälde zu füllen. Ich sah einen Fehler in der Perspektive und beugte mich schon vor, um ihn darauf hinzuweisen. Aber er hatte eben gerade meine Hilfe abgelehnt, und ich hatte keine Lust, übertriebenen Ehrgeiz für diesen hochmütigen jungen Mann zu entwickeln.

Geduld, sagte ich mir selbst. Wenn er sich entscheiden musste zwischen überhaupt keiner Aufmerksamkeit und meinem Interesse, würde er seinen Widerstand bald aufgeben.

Es war noch nicht lange her, da hatte ich gedacht, dass ich nie wieder einen Pinsel anfassen würde. Aber selbst mein gebrochenes Herz konnte diesem inneren Drang letztlich nichts entgegensetzen. Erst nahm ich einen Pinsel in die Hand und streichelte über die Haare. Danach berührte ich die Leinwand und fühlte die Fäden unter meinen Fingerspitzen. Ich rieb Bleiweiß und Ocker, und die Bewegungen waren mir so vertraut, dass sie mir ein freudiges Gefühl vermittelten. Mein Kind war nicht vergessen, aber ich legte die Erinnerung einfach zu dem nie nachlassenden Kummer in meinem Herzen. Der Tod meiner Eltern, das Sterben von Tante Antje. Onkel Elias, der mich verlassen hatte. Maria. Jacob. Judiths Umzug nach Amsterdam. Ich legte den Pinsel zurück in den Halter und faltete Judiths Brief auseinander. Die ganze Zeit hatten die Nachrichten von ihr und von meinem Onkel auf dem Nachttisch gelegen.

Meine Augen huschten über die Zeilen. Ich stellte mir vor, wie sie sich übers Papier gebeugt und mir geschrieben hatte. Hatte es geregnet oder fiel Sonnenlicht durch das Fenster auf ihr Gesicht? Hatte sie Farbflecken auf den Ärmeln ihres Kleides? In den letzten Wochen war ihr Bild in meinem Kopf in den Hintergrund getreten, aber es reichten wenige Worte von ihr, um es wieder deutlich heraufzubeschwören. Sie war hier, bei mir im Zimmer.

Ich verstehe jetzt, warum du nach deiner Heirat nicht mit einer eigenen Arbeit angefangen hast. Ständig hat das Dienstmädchen irgendwas zu fragen. Ob ich ihr den Schrank aufsperre, was wir heute essen wollen? Soll sie die Treppe scheuern oder lieber die Fenster putzen? Wie bei einer echten Schlossherrin hängen die Schlüssel um meine Mitte, bei jedem Schritt, den ich tue, stoßen sie klirrend gegeneinander. Die Verwaltung der Malerwerkstatt habe ich übernommen, du weißt ja, dass ich das in Haarlem auch schon immer sehr gut konnte. Wir haben nie genug Geld, wir haben zwei Gläubiger bitten müssen, uns ihre Forderungen zu stunden, aber die Rechtssache mit der unseligen Lotterie schleppt sich weiter. Der Gewinner will seinen Preis und kann nicht warten, bis wir ihn ausbezahlen. Alles kommt auf einmal. Darum bin ich froh, dass wir nach Amsterdam gezogen sind. Hier sind die Möglichkeiten so viel besser. Ein Neuanfang. Wenn du nur hier wärst, bei uns! Ich vermisse dich, liebe Freundin. Ich hoffe, das Kleine wächst gut.

Deine Judith

Mit einem tiefen Seufzer legte ich das Blatt aus der Hand. Natürlich sprach sie von dem Kind. Hatte ich die Lektüre der Briefe von Onkel Elias und ihr nicht nur deswegen aufgeschoben, weil ich Angst hatte, dass sie danach fragen würden?

Mein Skizzenbuch lag vergessen unter einem Stuhl. Ich hob es auf und suchte eine leere Seite. Unter den schnellen Strichen kam das kleine Gesicht meines Sohnes zum Vorschein. Bevor ich vergessen hatte, wie er aussah. Ich zeichnete, weil es die einzige Art war, die ich kannte, um mit der Trauer fertigzuwerden.

Am nächsten Morgen fragte ich Elsken, ob sie für mich Modell sitzen wolle. Sie zögerte, legte die Finger auf die Wange, auf der der Abdruck von Christiaans Hand nicht mehr zu sehen war. »Warum willst du mich?«

»Ich bin noch nicht bereit für ein echtes Modell, ich muss mich erst wieder daran gewöhnen. Außerdem hast du ein interessantes Gesicht.«

Sie hatte den Atem angehalten, und jetzt stieß sie die Luft jäh aus. »Interessant?«

»Das meine ich wirklich so. Wenn ich mit dem Bild fertig bin, siehst du nichts davon. Du weißt doch, wie Maler die Wahrheit nach ihrem Gutdünken gestalten, oder?«

Sie schaute mich an. »Ich bin froh, dass du dich besser fühlst und den Pinsel wieder anfassen willst. Ich dachte schon, das würde nie wieder passieren.«

»Ich auch«, sagte ich.

»Findet Christiaan das gut?«

Mein Mann beugte sich murmelnd über einen Katalog.

»Ja, schon«, sagte ich.

Genau in dem Moment blickte er von seinen Papieren auf. »Was hältst du von einem Sack geflammter ›Brabanson‹ für den Anfang?«

»Wie viel?«

Er starrte auf die Zahlen. »Hundertdreißig Gulden. Noch teurer ist die ›Semper Augustus‹ ...«

Ich sagte zu Elsken, dass ich sie doch noch nicht sofort brauchte, und legte den Stift weg. »Die ›Semper Augustus‹ scheint mir für uns tatsächlich noch ein bisschen zu hoch gegriffen.«

Christiaan räusperte sich. Seine Haare waren zerzaust, und sein Kragen war ganz zerknittert. »Vielleicht kommt es ja dazu auch noch mal. Das ist die schönste Tulpe von allen.«

Ich legte ihm den Arm um die Schultern und nickte. »Und die teuerste. Mehr wert als dieses ganze Haus. Du musst langsam anfangen. Wollen wir uns auf die ›Brabanson‹ einigen? Hundertdreißig Gulden ist auch schon viel Geld.«

»Ich verkaufe ein Gemälde und meine antiken Münzen.«

Vorsichtig gab ich ihm einen Kuss auf die unrasierte Wange und bebte innerlich vor Angst.

Das Spiel hatte begonnen.

Wissen ist Macht. Eine Woche war vergangen, und ich nahm meinen ganzen Mut zusammen, um den integersten Mann, den ich kannte, zu treffen und ihm Fragen zum Tulpenhandel zu stellen.

Auf dem Weg zum Kleine Houtpoort kam ich an der Grote Kerk vorbei. An der Mauer saß jemand und starrte in die Luft. Er stand schwankend auf, als ich vorbeikam.

»Hütet euch vor der Strafe Gottes. Der Schwarze Tod wütet unvermindert. Wem habt ihr das zuzuschreiben? Bin ich so voller Sünde? Nicht mehr als alle anderen, nicht mehr als mein eigener Nachbar.«

Ich hielt den Atem an, um seine Fahne nicht riechen zu müssen, und machte einen Schritt zurück. Seine Stimme wurde immer schriller. Ich versuchte, an ihm vorbeizugehen, ohne ihn zu berühren, aber der Absatz meines Schuhs blieb an einem Stein hängen. Ich stürzte aufs Pflaster und stöhnte vor Schmerz. Er streckte die Hand aus, und bevor ich wusste, wie mir geschah, hatte ich sie schon ergriffen.

»Juffrouw, Ihr seht aus wie eine ordentliche Frau.«

»Danke«, erwiderte ich zögernd, denn ich war nicht sicher, ob das ein Kompliment war.

»Was haltet Ihr von der Welt? Wird sie demnächst zugrunde gehen?«

»Nun …« Ich wusste nicht recht, was ich sagen sollte, und versuchte mich loszumachen.

Sein Monolog ging weiter, ihm reichte es schon, dass er Gelegenheit hatte, seine Tirade auf einen Bürger loszulassen. Eine Antwort von mir war gar nicht nötig.

»Die Pest. Sie geht an keinem Haus vorbei. Früher dachte ich, dass sie nur die Dreisten, die Habsüchtigen oder die Hochmütigen unter uns heimsucht.«

Ich hätte bestätigen können, dass er die Wahrheit sagte, aber ich wollte nur weg von hier. Menschen blieben stehen und starrten uns an, es bildete sich ein Auflauf. Ich konnte mir gut vorstellen, wie wir für sie aussahen: ein ärmlich gekleideter Mann mit grauem Haar und runzligem Gesicht, der die Hand einer halbwegs jungen Frau festhielt. Sie würden eher an eine Liebesgeschichte als an eine Predigt denken. In der Hoffnung auf einen Streit blieben sie neugierig stehen.

»Meine Frau liegt auf dem Kirchhof hinter dieser Mauer. Mein dreijähriger Sohn, meine fünfjährige Tochter: tot. Danach war meine Schwiegermutter dran. Innerhalb weniger Wochen wurde unsere ganze Familie ausgelöscht. Was habe ich so Schreckliches getan, dass mich eine solche Tragödie trifft?« Er schaute sein Publikum an. An seinem Mund hing ein Speichelfaden, er knetete den Hut, den er in der Hand hielt.

Dann dämpfte er seine Stimme zu einem Flüstern. »Ich habe sie auch gekauft. Die Tulpenzwiebeln. Säckeweise, bis ich genug Geld hatte, um mir noch teurere leisten zu können. Ich wurde ein Tulpenspekulant.« Seine Stimme wurde jetzt wieder lauter. »Hütet euch vor der Göttin Flora, der Verführerin, die euch mitreißt in einen alles verzehrenden Wahnsinn. Denn mit dem Vermögen, das ihr verdient, steigt die Gefahr, dass die Pest euch vernichtet.«

»Ich muss weiter, Meneer...« Schließlich gelang es mir, mich aus dem eisenharten Griff des Sittenpredigers mit seinen Verdammungsszenarien zu befreien. Das Gesicht mit dem Schaum vorm Mund verfolgte mich, als ich schnell weiterging. Noch zwei Straßen weiter hörte ich sein Kreischen.

Kurz hinter dem Stadttor kniete ich mich ans Ufer, wusch mir die Hände und trocknete sie am Gras ab. In der

Ferne kreiste ein Vogel, und unwillkürlich spähte ich angestrengt in den Himmel, um zu überprüfen, ob es derselbe war wie letzten Herbst. Der Mann neben der Kirche hatte meine ständig schlummernde Angst vor der Krankheit wieder geweckt. Darum lief ich schnell weiter, bis ich am Zaun des Blumenhändlers angelangt war.

Florens ließ den Spaten aus der Hand fallen und kam zur Straße. »Hester! Ich habe gehört, du bist krank gewesen.«

Taktvoll schwieg er über den Grund, über den alle in Haarlem längst Bescheid wussten. Verlegen standen wir uns gegenüber.

Ich schaute auf die brachliegende Erde hinter ihm. Er bereitete die Beete vor, bevor die Zwiebeln wieder ihren nötigen Winterschlaf hielten. Der Mist stank, seine Hände und Kleider waren voll davon. Auf der umgegrabenen Erde lag der Spaten. Die Schnüre mit den Glöckchen verliefen nicht mehr über den alten Beeten, sondern waren an den geschlossenen Schuppentüren befestigt.

Florens folgte meinem Blick. »Es gibt immer unehrliche Menschen.«

Er sah nervös aus, als wäre es ihm am liebsten, ich würde gehen, und er erzählte mir schnell, dass er demnächst wegen seines Porträts ins Atelier kommen würde. »Hat deine Schwägerin gesagt, dass ich sie neulich getroffen habe? Ich wollte nicht …«

»Schon gut«, sagte ich. »Deswegen bin ich nicht hier. Wir würden gern ein paar Zwiebeln von dir kaufen.«

Florens biss sich auf die Lippe. »Wollt ihr sie diesen Herbst in eurem Garten einsetzen?«

Ich wich seinem Blick aus. »Nein, wir werden sie weiterverkaufen, um uns etwas dazuzuverdienen. Zu welchen Tulpen kannst du mir raten? Wir hatten an die frühe ›Brabanson‹ gedacht.«

»Die hab ich nicht mehr.«

»Oh.« Andere Blumenhändler kannte ich nicht. »Welche hast du denn dann?«

Er nannte Namen, die mir nichts sagten und die ich nicht richtig verstand. »Und die ›Sommerschöne‹?«

»Eine von ungefähr neunzehn Gramm. Die kostet tausend Gulden.«

Tausend. Es hatte einmal eine Zeit gegeben, da hatte mein Vater bei so einer Summe nicht mit der Wimper gezuckt. Ich selbst könnte all meine Gemälde auf einmal verkaufen und hätte diesen Betrag immer noch nicht zusammen. »Kannst du mir zeigen, was ich für ungefähr hundertdreißig Gulden bekomme?«

Florens holte einen großen Schlüssel aus der Tasche und schloss die Schuppentür auf. Der Geruch von Erde und Pflanzen stieg mir in die Nase, ein Duft, den ich so stark mit dem Mann in Verbindung brachte, der neben mir stand, dass mir schwindelte.

Auf den Regalen lagen etwas weniger Zwiebeln als damals, als ich das Florilegium abgeliefert hatte. »Die meisten sind schon verkauft«, sagte Florens. »Der Rest wandert wieder in die Beete.« Er hielt Abstand zu mir. Es konnte sein, dass ich mir das einbildete, aber vielleicht sah er mich wirklich nur noch als potenzielle Kundin. Ich konzentrierte mich auf die Dicke der übrigen Knollen.

Vorsichtig nahm ich eine Tulpenzwiebel vom Regal und berührte die schuppige Oberfläche. Ich musste mehr über diese Dinger lernen. Welche musste man am besten kaufen, wenn man Gewinn machen wollte? Wann konnte ich sie wieder verkaufen? Ich musste ihm seine Geheimnisse stehlen wie ein Dieb.

»Du bist Malerin, keine Händlerin.« Der trockene Ton, in dem er das sagte, entging mir nicht.

»Schließt das eine denn das andere aus?«

Er schüttelte den Kopf. »Nimm einfach diesen Sack. Wenn du mein Porträt malst, bekommst du die alle für hundertdreißig Gulden.«

35

Im 't Haentje neben der Grote Kerk fand ein Kollegium statt. Als Christiaan und ich hineingingen, war die Gaststube schon völlig verqualmt. Ich war ihm so lange um den Bart gegangen, bis er mich mitgenommen hatte, weil ich Sorge hatte, dass er sich zu sehr mitreißen ließ und uns ruinierte, bevor wir richtig angefangen hatten.

»Kaufen oder verkaufen?«, fragte ein Mann mit länglichem Gesicht und glattem Haar. Er hatte den gehetzten Blick eines Menschen, der zu wenig schlief.

»Verkaufen«, sagte ich.

»Beides«, fügte Christiaan hinzu.

Ich stieß ihn mit dem Ellbogen an. »Verkaufen, und danach sehen wir erst mal weiter.«

»Erstes Mal dabei, hm?«, fragte der Mann und zwinkerte Christiaan zu. »Hat Mevrouw zu Hause auch die Hosen an?«

Christiaan sagte nichts, und ich schickte ein Stoßgebet zum Himmel, dass er so beeindruckt war von dem, was er rundherum sah, dass er nicht wütend wurde. Er musste jetzt bei Laune bleiben.

Die Gaststube war voll mit rauchenden Herren, die Ringe zur Decke bliesen. Holzbretter mit Preisen lagen vor ihnen. Die Wirtin und ihre Kellnerinnen brachten Krüge mit schäumendem Bier. Der Mann mit dem langen Gesicht notierte Christiaans Namen unten auf der Liste auf einer Schiefertafel. Er schien ihn zu kennen, ich vermutete, dass er der Wirt war. Ich wusste nicht, dass Christiaan schon hier gewesen war, ich hatte ihn eigentlich immer im De Koning van Frankrijk gewähnt.

Wir setzten uns an einen Tisch in einer Ecke der Gaststube.

»Passen wir einfach gut auf, was die anderen machen«, flüsterte ich Christiaan zu.

Er nickte und stellte den Beutel mit den Tulpenzwiebeln auf den Boden neben seinen Hocker.

»Die Herren van Santen und Jansen.« Der Wirt reichte den beiden Männern am Tisch neben uns die Schiefertafeln, und sie berieten sich leise mit ihren Freunden.

Meneer van Santen zog mit ernster Miene einen Strich

hinter einen Geldbetrag. Ich sah, dass es um Beträge von mehreren Hundert Gulden ging. Meneer Jansen konnte seine Aufregung nicht verbergen. Er griff sich auch ein Stück Kreide, aber etwas später spuckte einer der beiden auf die Schiefertafel und löschte den Strich wieder aus. Die Tafeln gingen zwischen den beiden Männern hin und her, bis sie sich einig waren.

Das Ganze geschah in so rasend schnellem Tempo, dass ein Laie wie ich kaum folgen konnte. Nach der ersten Einigung folgte noch eine und dann noch eine. Der Wirt tupfte sich den Schweiß von der Stirn und rief das nächste Namenspaar auf. Er nahm einen Schluck Wein, die Männer redeten miteinander und tranken. Manchmal wischten beide Parteien die Striche wieder aus, dann wurde eben kein Geschäft abgeschlossen.

Das Spiel wurde schnell gespielt. Die Wangen der meisten Männer verfärbten sich dunkelrot, ihre Augen funkelten im Kerzenlicht. Die Kellnerinnen stellten Kaninchenbraten mit Mangoldgemüse auf die Tische.

»Willst du hier essen?«, fragte ich.

»Warum nicht?«, erwiderte Christiaan. Sein Gesicht war auch schon röter als bei unserer Ankunft. Es sah ganz so aus, als wäre dieses Kollegium ein ziemliches Besäufnis. Und wer bezahlte das Ganze?

Etwas später verstand ich, dass der Käufer einen Obolus abführen musste, der sich Weingeld nannte: einen halben Stüber auf jeden Gulden des Preises, den er für die Tulpenzwiebeln bezahlte, allerdings insgesamt nicht mehr als drei Gulden.

»Ein gutes System«, meinte Christiaan. »Du kannst auf jeden Fall so viel trinken, wie du willst.«

»Lass es trotzdem ein bisschen ruhig angehen, bitte. Wir müssen einen klaren Kopf behalten.«

Er schaute mich an, als hätte ich den Verstand verloren. »Ach komm, Hester. Ich kenne meine Grenze. Du bist schließlich nicht meine Mutter.«

Mir wurde klar, dass ich ihn noch nie volltrunken gesehen hatte. Beschwipst, das ja. Aber er hatte immer alles unter Kontrolle und fühlte sich unantastbar. Wir würden sehen, wie es heute Abend lief, und ob er dem Begehren, das durch die Gaststube wallte, widerstehen konnte.

War das der Wahnsinn, vor dem uns die Pamphlete über die Göttin Flora warnten? Überall in der Taverne wechselten die Tulpenzwiebeln den Besitzer, als ginge es um kandierte Quitten und nicht um schwindelerregend hohe Summen. Und dann waren wir an der Reihe und sollten verkaufen.

Spekulieren war einfacher, als ich gedacht hatte. Innerhalb kürzester Zeit hatten wir einen Gewinn von dreißig Gulden gemacht und konnten wieder neue Tulpenzwiebeln kaufen.

Der Preis all dieser Tulpen mit ihren klingenden Namen schoss immer mehr in die Höhe. Eine »Sjery Katelijn« von sechs Gramm. Eine »Violett geflammte Ringelgans« zum Preis von siebenhundert Gulden. Eine »Parragon de Man«, eine »Bruyne Lack van der Meer«, eine »Tornay Rijker«, eine »Viceroy« ... Sogar eine »Sommerschöne«, die jetzt noch völlig unerschwinglich für uns war.

Mir schwindelte. Um uns herum boten sie, bis am Ende des Abends ein besessener Glanz in die Augen aller Gäste getreten war. Ich bemerkte die Aufregung auf Christiaans Gesicht und versuchte, meine eigene Begeisterung im Zaum zu halten. Wie leicht wir uns verleiten ließen durch die versprochenen Gewinne, wie kindlich einfältig es war, einen Strich hinter einen Betrag zu setzen. Genauso wie beim Würfelspiel, wenn der Spieler jedes Mal zu den Würfeln griff und glaubte, dass er beim nächsten Wurf gewinnen würde. Genauso magisch wie der Topf mit Gold am Ende des Regenbogens.

Bei manchen Geschäften waren nicht mal mehr Tulpenzwiebeln nötig, sondern es wurden nur noch Namen auf einen Zettel geschrieben. Schuldscheine und Versprechen, darauf lief es am Ende hinaus. Alles heiße Luft.

Geräuschvoll setzte eine Kellnerin eine frische Karaffe Wein auf den Tisch. Sie strich sich eine Haarsträhne aus dem erhitzten Gesicht.

»Hallo, Christiaan.«

Etwas an ihrem Ton ließ mich von der Schiefertafel aufblicken. Die Wärme hatte ihre Wangen gerötet. Christiaan murmelte eine Antwort und beugte sich tiefer über die Preisliste. Ihre hellblauen Augen huschten zwischen uns hin und her.

In diesem Moment wusste ich Bescheid. Sein spätes Heimkommen, seine spärlichen Annäherungsversuche in letzter Zeit. Er hatte eine Geliebte. War sie eine von vielen? Ich wusste es nicht. Wo könnten sie sich geliebt haben? Im

Atelier, wenn ich im Frühjahr weggegangen war, um die Tulpen zu zeichnen? Oder in einem kleinen Zimmer hier im Wirtshaus? Vielleicht hatten sie es im Sommer sogar zwischen den Gräbern auf dem Friedhof gemacht, an einem der schwülen Abende, die kein Ende zu nehmen schienen.

Ich stellte mir vor, wie er ihren Rock hochzog, die Hände über ihre Schenkel gleiten ließ, und begriff nicht, warum mich das immer noch störte. Ich dachte, dass ich jedes bisschen Gefühl für ihn hinter mir gelassen hätte. Aber die Erinnerung an den Geruch des unbekannten Parfüms in seinem Haar war immer noch bitter.

Die schöne Kellnerin schmollte, als sie nicht die gewünschte Reaktion von Christiaan bekam. Ihr Blick streifte mich, als sie sich umdrehte, um die Männer am Nebentisch zu bedienen. Sie schaute sich nicht um, ich fühlte ihre Unsicherheit. Hatte er den Ärger mit seiner Schlange von Ehefrau am Ende also doch beilegen können? Ich konnte mir richtig vorstellen, wie er sich bei ihr ausgeheult hatte: über meine Gleichgültigkeit, über meine malerischen Ambitionen. Hätte es etwas geändert, wenn ich sie aufgegeben hätte?

Ich wandte Christiaan mein Gesicht zu. »Ich glaube, es reicht für heute, meinst du nicht?«

Er nickte langsam und trank sein Glas in einem Zug leer.

Der gierige Blick in seinen Augen war diesmal nicht auf das Mädchen gerichtet, das zwischen den anderen Männern hindurchlief, sondern auf mich, seine Frau.

Heute Abend folgte er mir nach draußen, ohne sich nach ihr umzusehen. Es war eine trockene, warme Nacht. Nach dem anfänglichen Regen war es, als würde der Sommer noch einen letzten Versuch machen, sein Terrain gegen den Herbst zu verteidigen.

»Komm, wir gehen zur Stadtmauer«, sagte ich.

Unter seinem Hut hervor schaute er mich verdutzt an. »Jetzt, um diese Zeit?«

»Ja«, sagte ich und zeigte auf die Tausende von Sternen, die am Himmel funkelten.

»Wo soll ich die Tulpenzwiebeln hintun?«, fragte Christiaan.

»Die können wir nach Hause bringen. Komm, die frische Luft wird uns guttun.«

Im Licht des Vollmonds hoben sich die Umrisse der Stadt dunkel vor dem Himmel ab. Die Details der Gebäude zu unseren Füßen waren auf willkürliche Formen reduziert. Ich kannte Haarlem so gut, dass ich die Einzelheiten mit meinem inneren Auge einfügen konnte. Eine Decke der Ruhe hatte sich über die Mauern herabgesenkt, die Menschen schliefen in ihren Häusern. Die Spaarne war eine silbrige Schleife, auf der nur ein Boot dahindümpelte. Die Taue schlugen leise gegen den Mast. Was für ein Unterschied zum geschäftigen Treiben am Tage!

Ab und zu flackerte irgendwo ein Lichtpünktchen auf: eine brennende Kerze oder der Nachtwächter mit seiner Laterne, der durch die Straßen lief. Hierher drang fast kein Geräusch mehr vor, nur das Glockenläuten vom Klokhuis und die Ratsche des Nachtwächters, der seine Runde durch die Straßen drehte. Nach dem ganzen Lärm und Geschrei im 't Haentje wurde mir ganz friedlich zumute. Nicht mal Christiaan störte mich. Er schien meine Stimmung zu erfassen, denn er legte mir eine Hand auf die Schulter und schwieg.

Zusammen drehten wir uns um und schauten in den unendlichen Himmel über den Wiesen. Ich ließ mich auf den Boden sinken, und er folgte meinem Beispiel. So saßen wir eine Weile nebeneinander, ohne zu reden. Fast wie ein richtiges Ehepaar, ohne Schwierigkeiten.

Wir hatten unseren ersten Kauf getätigt, und obwohl ich eigentlich vorgehabt hatte, ihm mit den Aufregungen des Tulpenhandels die Seelenruhe zu rauben, schien unsere einträchtige Zusammenarbeit ein Versprechen zu beinhalten, dass wir eine gemeinsame Zukunft hatten.

Dann, wie aus dem Nichts, war da wieder der Schmerz. Eigentlich sollte ich hier mit einem dicken Bauch sitzen, mit unserem Sohn sicher und geborgen in seiner Höhle.

Ich schüttelte Christiaans Hand ab und klopfte mir die Erde vom Rock. »Ich möchte doch lieber schlafen gehen, es ist schon spät.«

Er legte den Kopf leicht schräg und schaute gekränkt zu mir hoch. »Wie lange wird es noch dauern, bis du mir verziehen hast?«

»Ich weiß es nicht.« Ich presste die Lippen fest zusammen.

Er stand auf und ergriff meine Hand. »Ich wollte dich nicht die Treppe hinunterstoßen.«

»Hast du aber.«

»Es war auch mein Sohn, Hester.«

Ich gab keine Antwort. Er hatte jedes Recht auf mein Mitleid verspielt. Wie konnte ich auch nur einen Augenblick lang glauben, dass wir es retten könnten?

Als wir wieder unten waren und die Stadt wieder ihre normalen Proportionen hatte, sagte ich mir selbst noch einmal, dass ich das Ziel, das ich mir gesetzt hatte, nicht aus den Augen verlieren durfte. Christiaan sollte büßen für das, was er getan hatte. Ich musste meinen Plan ausführen, wie ich ihn mir ausgedacht hatte, ich musste mich auf den Weg konzentrieren, der vor mir lag.

36

»Schau dir mal die Position von diesem Arm an«, sagte ich zu Franciscus. »Wenn du ihn so biegst, sieht es natürlicher aus.« Ich schob den Daumen durch das Loch in der Palette und mischte Ocker und Leinöl mit meinem Palettmesser, bis die Farbe geschmeidig genug war.

Der Junge nickte und biss sich konzentriert auf die Lippe. Seine Haare glänzten im Sonnenlicht. Inzwischen hatte er sich in die Situation geschickt und nahm meine Anweisungen an, wenn auch nicht von Herzen.

Mit ernstem Blick saugte er jedes Stück Wissen auf, das ich ihm zuwarf. Er war jetzt besser als vorher. Christiaan war ein enttäuschender und launischer Lehrmeister, der sich eher per Zufall einen guten Ruf aufgebaut hatte.

Ich stellte das hölzerne Männchen neben die Staffelei, sodass Franciscus es gut sehen konnte. Um ihm den Unterschied zu zeigen, verstellte ich den Arm, bis er in der richtigen Position war. Neben seiner Staffelei stand ein Gemälde, das Franciscus als Vorlage dienen sollte. Es war ein sehr einfaches Bild, aber der Junge musste ja irgendwo anfangen.

»Wie lange bist du schon hier?«, fragte ich.

»Seit letztem Jahr, Mevrouw.« Er umklammerte seine Kreide wie der Metzger sein Hackebeil. Doch die Linien, die er zeichnete, waren treffsicher, auch wenn sein Gefühl für Perspektive noch unterentwickelt war. Er schaute von der Holzpuppe zu seiner Leinwand.

»Von wem habt Ihr das Malen gelernt?«

Ich erzählte ihm von meinem Onkel Elias und seinem Atelier. Doch während ich erzählte, überwältigten mich die Erinnerungen, und ich musste ihm den Rücken zudrehen.

Gestern Abend hatte ich gewartet, bis Elsken im Bett war, dann hatte ich endlich das Siegel des Briefes gebrochen, den mir mein Onkel geschickt hatte. Er sprach mir sein Beileid zu Vaters Tod aus und beglückwünschte mich zu meiner Heirat und Schwangerschaft.

Ich schnäuzte mir die Nase und las weiter. Jacob und er waren jetzt in Rom.

Er entwarf in seinem Brief ein Bild der zahllosen Kirchen voller Marmor und Gold, der jahrhundertealten Gebäude und Plätze. In der Accadèmia di San Luca hatten sie andere Maler getroffen. Von seinen Beschreibungen der Fresken schlug mir das Malerherz höher, aber am meisten trafen mich die kleinen Zeichnungen in Wasserfarbe. Ich sah sofort, wer die gemacht hatte.

Die neue Peterskirche, 1626 vollendet. Der strahlend blaue Himmel über der Kuppel, der Platz davor mit den kleinen Statuen, die in ihrer Einfachheit meisterlich wiedergegeben waren. Jacob hatte im letzten Jahr viel dazugelernt.

Verzeihst du mir?, stand in so winzigen Buchstaben dort, dass ich sie erst bemerkte, als ich die Zeichnung noch einmal studierte, um auch noch das letzte Detail bewundern zu können.

Mit tränenverschleiertem Blick faltete ich den Brief wieder zusammen.

»Geht es Euch gut, Mevrouw?« Franciscus warf mir einen verstohlenen Seitenblick aus seinen grauen Augen zu, um sich dann gleich wieder seiner Leinwand zuzuwenden.

»Ich hab nichts. Komm, jetzt stell die Hand der Modellpuppe selbst in die richtige Position! Genau, und jetzt schau dir die Kopfhaltung des Mannes auf der Vorlage gut an.«

Mein Herzschlag wurde wieder langsamer, die Ruhe kehrte zurück.

Ich hatte die Zeichnung an die Wand über dem Schrank im Kontor geheftet.

Wahrscheinlich bedeutete das, dass ich Jacob endlich verziehen hatte.

»Das geht mir zu weit«, sagte Elsken. Sie kam ins Atelier und stellte einen Teller mit Brot und Käse auf den Tisch am Fenster. »Er ist nicht mal ins Bett gegangen.«

»Wer?«, fragte ich, ohne den Blick von dem Porträt abzuwenden, an dem Franciscus gerade arbeitete. Was musste ich ihm noch alles sagen?

»Mein Bruder benimmt sich wie ein Dummkopf.« Elsken schenkte uns Bier ein.

»Mach ruhig eine kurze Pause«, sagte ich zum Lehrling und schickte ihn hinaus.

»Ist Christiaan nicht nach Hause gekommen?«, fragte ich Elsken und legte meine Palette und die Pinsel aus der Hand. Heute Morgen beim Aufstehen hatte er nicht neben mir im Bett gelegen. »Er ist doch nicht etwa in die Gracht gefallen?«

»Gott sei Dank nicht.« Elsken winkte mich ins Kontor.

Jeden Abend fand man Christiaan in einem der Gasthäuser, in denen sich die Tulpenliebhaber trafen. Sein Gewinn hatte sich verdoppelt, verdreifacht, vervierfacht! Im Schlaf strampelte er mit den Füßen und murmelte Zahlen, die ich nur halb verstand.

Auf dem Arbeitstisch, der früher mit Zeichnungen übersät gewesen war, lagen jetzt alle möglichen Zettel. Mittlerweile machte er Termingeschäfte, ohne die Zwiebeln selbst noch in der Hand zu haben. Aus dem Augenwinkel las ich: »Verkauft an Christiaan Blansjaar eine ›Jan Gerrits‹ von knapp vierzehn Gramm für zweihundertdreißig Gulden, eine ›Terlon‹ von gut dreizehn Gramm für den Preis von dreihundertachtzehn Gulden. Zwölf Stüber Weingeld.«

Weitere Kaufverträge waren auf den Boden gefallen oder lagen unter Christiaans Armen, auf denen sein Kopf ruhte. Ich hatte keine Ahnung, ob das alte Schuldscheine waren oder nicht, ich hatte schon längst die Übersicht verloren. Neben ihm stand ein mit Kerzenwachs überzogener Kerzenständer, und von der Kerze selbst war nicht mehr als ein Stummel übrig. Ich musste loslachen, aber Elsken stellte ihn auf den Schrank in der Ecke.

»Jetzt achtet er nicht mal mehr auf die Brandgefahr.«

Mit rotem Kopf bückte ich mich, um das Tintenfass aufzuheben, das auch auf dem Boden lag.

»Schau sich einer diese Unordnung an«, sagte Elsken. »Was ist bloß los mit ihm? Als du ihm vorgeschlagen hast, dass ihr Blumenzwiebeln kaufen sollt, hätte ich nie gedacht, dass er so besessen davon werden würde.«

»Da wäre er nicht der Erste«, sagte ich geistesabwesend.

Ich musterte Christiaans Gesicht. Als ich ihn kennengelernt hatte, sah er gut aus. Ein bisschen von sich selbst eingenommen, aber angenehm anzusehen. Was für eine Veränderung er in letzter Zeit mitgemacht hatte! Seine Wangen, die bis vor Kurzem immer glatt rasiert waren, waren voller Bartstoppeln. Sein Kinnbärtchen hatte er schon seit Wochen nicht mehr getrimmt. Seine Haare waren fettig, unter den Nägeln hatte er Trauerränder. Sein Hemd war zerknittert, die Rosetten hingen schlapp an den Schuhen, und er trug keine Jacke. Die weite Pluderhose war fleckig, als ob er sich vollgekleckert hätte oder in den Dreck gefallen wäre. Wer weiß, wohin es ihn auf seiner Suche nach Glück und Vermögen geführt hatte. Ich flüsterte ihm ins Ohr, dass er seine Sache gut mache. Solange er sich wie besessen über seine Zahlen beugte, konnte ich im Atelier schalten und walten, wie ich wollte.

»Er malt nicht mehr, seine Kunden fragen dauernd, wann die Aufträge endlich fertig sind.« Nervös zupfte Elsken an den Seitenteilen ihrer Haube. »Kannst du nicht mit ihm reden?«

Sie ging zu Christiaans Stuhl und blieb hinter ihm stehen. Zögernd legte sie ihm die Hand aufs Haar. Er bewegte sich stöhnend.

»Er setzt bald alles aufs Spiel. Und wofür? So ein paar unansehnliche braune Dinger.«

»Das sind sie nicht, die sind ihr Geld schon wert.«

Ihre Augen füllten sich mit Tränen. »Ich habe Angst, Hester.«

»Pscht«, beruhigte ich sie. »Ich werde mit ihm reden.«

Beruhigt schüttelte sie ihn am Arm, bis er wach wurde. Er schaute mich aus blutunterlaufenen Augen an. Fast prallte ich zurück. Ich stellte mir vor, wie es wäre, wenn er mich einfach durchschauen könnte und sehen würde, welche Gedanken ich für ihn hegte. Dann straffte ich den Rücken und setzte ein Lächeln auf. Er streckte die Hand nach mir aus, und ich machte einen Schritt nach vorn, damit er mich an sich ziehen konnte.

Am Nachmittag saß Elsken für mich Modell, als Florens die Werkstatt betrat. Wir hatten gerade zu Mittag gegessen, und Christiaan hatte sich ins Bett verkrochen. Sein Gesicht war kränklich grün, sodass sogar ich mir Sorgen um ihn machte. Er ließ den Stockfisch stehen und trank nur ein Glas Bier.

Florens war so leise hereingekommen, dass ich erst merkte, wie er uns anschaute, als Elsken unruhig wurde. Ich wischte den Pinsel an einem Lappen ab und stand auf.

»Hast du noch Geld bei uns gut? Ich weiß nie ganz sicher, ob Christiaan etwas von dir gekauft hat.«

Er sagte, dass er gekommen sei, um sein Porträt zu besprechen, und er fragte, wann ich anfangen könne. »Ich habe die Erde der meisten Blumenbeete umgegraben, und jetzt ist es ruhiger, bis neu gepflanzt wird. Ich könnte ein paar Nachmittage Modell sitzen.«

Ich hatte nicht vergessen, was wir ihm von unserem ersten Geschäft noch schuldig waren, aber ich hatte nicht mehr daran denken wollen. Aber jetzt würde ich in den sauren Apfel beißen müssen.

»Willst du den ersten Entwurf sehen?«

Tatsächlich hatte ich an einem Abend, als es ganz ruhig war im Haus, aus dem Kopf eine Zeichnung von ihm gemacht. Ich wagte nicht, meine Skizze vom Frühjahr herauszuholen, weil ich befürchtete, Dinge zu entdecken, die ich lieber nicht wissen wollte. »Tut mir leid, Elsken. Können wir morgen weitermachen?«

»Klar.« Sie zog wieder an den Seitenteilen ihrer Haube und schlug den Blick nieder. »Ich muss auch noch was fürs Abendessen vorbereiten.« Sie war schon bei der Tür, als sie sagte: »Auf Wiedersehen, Meneer Ravensbergen.«

»Wiedersehen, Juffrouw Blansjaar.«

Hinter mir schlurfte Franciscus hin und her. Ich drehte

mich zu ihm um. »Du hast für heute genug gemacht. Räum deine Sachen auf und feg noch kurz zusammen, bevor du gehst.«

Ich bat Florens, Platz zu nehmen, und eilte in die Kunstkammer, wo ich die Zeichnungen aufgehoben hatte. Vor Aufregung stolperte ich über den Saum meines Unterrocks. Bevor ich wieder ins Atelier ging, lehnte ich mich an einen Schrank, bis ich genug Mut gesammelt hatte.

Er stand mit den Händen auf dem Rücken da und schaute nach draußen. Diesen Blick, der so aussah, als würde er von seinem Garten träumen, den würde ich gerne festhalten. In Gedanken mischte ich schon die Farben auf der Palette: Weiß, Rot, Braun. Seine Haare waren eher rostbraun als karottenrot – welches Pigment sollte ich wohl hinzufügen, um den Ton dunkler zu machen?

Da drehte er sich zu mir um und strahlte mir ins Gesicht. Wir schauten uns an, ohne uns zu rühren. Auf der Straße war es laut: Ein Mann rollte ein Fass übers Pflaster, an einer Winde schwankte ein Bündel im Wind. Zwei Männer standen unten und gestikulierten und schrien etwas, was ich nicht verstand. Draußen drehte sich die Welt weiter, hier drinnen stand die Zeit still. Hinter uns pfiff Franciscus ein Liedchen, während er mit schwungvollen Bewegungen den Besen hin und her bewegte, dass die Staubwolken nur so von den Bodendielen aufwirbelten.

Ich bewegte mich als Erste und breitete wortlos die Skizzen auf dem Tisch aus. Florens beugte sich vor. Er hatte den Mund zu seinem typischen schiefen Grinsen verzogen.

»Ist dein Mann zu Hause?«

»Er fühlt sich nicht so gut.«

»Verstehe ich. Gestern Abend habe ich ihn im De Toelast in der Jansstraat getroffen. Ich dachte schon, dass er alles verlieren würde, aber am Ende des Abends verließ er das Lokal doch noch mit einem beträchtlichen Gewinn.«

»So schwer ist das nicht.«

Florens' Hand schwebte über einer Skizze, die ich als letzte gemacht hatte. »Wenn man sich nicht mitreißen lässt.«

»Christiaan weiß schon, was er tut«, sagte ich. »Wir besprechen immer im Voraus, wie viel er ausgeben kann.«

»Er ist also noch kein Opfer des Tulpenwahns?«

Ich sammelte die Zeichnungen zusammen. »Wie kommst du darauf? Wir verdienen uns einfach etwas dazu, und das ist eine ziemlich einfache Art.«

»Hm.«

»Na, Ravensbergen, was führt dich denn hierher?« Christiaan erschien plötzlich auf der Schwelle. Das kleine Schläfchen hatte ihm gutgetan, er sah gleich viel weniger verknittert aus.

»Ich bespreche gerade mein Porträt mit deiner Frau. Diese hier ist die schönste.« Florens zeigte auf die Zeichnung, die ich im Frühjahr gemacht hatte. »Kannst du auch Blumen dazumalen?«

»Wie du magst.«

Wir unterhielten uns weiter über die Details, und ich fühlte, wie mir der Schweiß über den Rücken lief. Ich hatte Angst, dass mein Mann mich sofort durchschaute, aber da musste ich mir gar keine Sorgen machen. Christiaan war viel zu weit weg: Er beugte sich schon wieder über seine Zahlen. Ich schnappte Bruchstücke auf: »›Admiraal‹, vierundzwanzig Gramm. Verkauft und zu liefern ... sobald die Zwiebeln acht Tage aus der Erde sind.« Er murmelte wie im Fieberwahn.

37

Ich stand hinter meiner Staffelei und beobachtete Florens' Gesicht. Jedes Fältchen, jede Pore zeichnete ich. Wie ein Wissenschaftler, der ein Insekt unter seinem Mikroskop studiert, analysierte ich ihn. Ich legte sein Innerstes bloß, ich ergründete den Mann, der er war. Unter meinem Blick rutschte er unbehaglich auf dem Stuhl hin und her, auf den ich ihn gesetzt hatte. Auf dem Porträt würde ich ihn stehend darstellen, aber hier im Atelier wollte ich ihn nicht zwingen, Stunde um Stunde in derselben Haltung zu verbringen.

Ich war mir des Blaus seiner Augen bewusst, der Alabasterhaut seiner Stirn und der leicht rosigen Wangen. Er hatte verschiedene Rottöne im Haar, am Haaransatz Rostbraun, andere Strähnen waren fast orange, weil sie von der Sonne gebleicht waren. Ich schaute ihn an wie eine Malerin, nicht wie eine Frau.

Das Sonnenlicht funkelte im kupfernen Mörser auf dem Arbeitstisch. Er kniff die Augen im grellen Licht zusammen und verzog den linken Mundwinkel wieder zu einem halben Lächeln.

»Bist du müde? Soll ich eine Pause machen?«, fragte ich.

»Ganz kurz«, sagte er und streckte die Arme. Jetzt, wo er sich bewegte, war er wieder der Mann, für den ich viel zu viel empfand.

Ich schenkte ihm ein Glas Wein ein, und er nahm es entgegen, ohne einen Schluck zu trinken. »Ich bin es nicht gewohnt, so lange still zu sitzen.«

»Ich kann auch mit einer Skizze arbeiten, wenn du das besser findest.«

»Wird das Porträt besser, wenn ich öfter komme?«

»Wenn du keine Zeit hast, können wir es auch bei dieser einen Sitzung belassen.«

Im Stillen hoffte ich, dass er mich nicht zurückwies, ich mochte seine ruhige Gegenwart. Aber etwas an seiner Haltung war anders, seit er meinen Hals mit den Lippen berührt hatte, und ich versuchte mit aller Macht, meine Nervosität vor ihm zu verbergen. Er lief im Atelier herum, während ich meine Pinsel wieder einpackte. Es war ganz still, Franciscus war zum Zeichnen hinausgegangen, und Elsken buk einen Kuchen. Wo Christiaan war, wusste ich nicht, er war frühmorgens weggegangen, ohne zu sagen, wohin.

»Wie oft brauchst du mich denn?«

Ich sagte Florens, dass ich das Porträt auch fertigstellen konnte, ohne dass er weiterhin käme, es aber schön wäre, wenn er noch zwei Besuche einrichten könnte. Er legte den Kopf schräg, während er mir zuhörte, und ich bemerkte, dass er einen dunkleren Rand um die Pupille hatte. Meine Augen wanderten vom Mann zur Leinwand. Mit dem Pinsel konnte ich ihn berühren, wo immer ich mochte.

»Du malst einfach weiter. Wie du dich konzentrieren kannst!«

»Das ist nun mal mein Beruf.«

»Es kommt mir vor, als würdest du mich einfach durchschauen und mir all meine Geheimnisse entlocken.«

»Hast du denn welche?«

»Jeder hat doch Geheimnisse, oder nicht?«

Ich senkte den Kopf. »Wahrscheinlich schon. Meines kennst du ja schon.« Ich musste an Meneer van Asperen denken.

»Ich habe nichts zu verbergen. Jeder bekommt genau das, was er sieht.«

Wir sahen uns an, und sein ernster Blick verwirrte mich. Ich versuchte mir vorzustellen, was passieren würde, wenn ich ihm erzählte, dass ich vor einer Zeit überlegt hatte, was er wohl für mich fühlte.

Er nahm wieder seine Pose ein, und ich ließ meine Hand auf der Palette ruhen. Das Herz klopfte mir gegen die Rippen. Ich verstand nicht, was mich da befiel. Betrachte ihn als Motiv, befahl ich mir. Erfasse seine Seele mit deinen Farben, wie du es sonst auch machst.

Aber ich predigte tauben Ohren.

Ich malte mir aus, wie es wäre, wenn ich Florens getroffen hätte, bevor Christiaan und ich ein Paar wurden. Hätte ich ein Zimmer in seinem Haus bekommen, in dem ich ungestört hätte malen können?

Ich schob den gefährlichen Gedanken beiseite, denn ich hatte das Gefühl, wenn ich ihn nur ein klein wenig ermutigte, würde er alle Konventionen über Bord werfen.

Die Spitze meines Pinsels berührte die Leinwand, und ich wurde wieder ich selbst: eine Malerin und ihre Komposition, ein Mann, der in Ölfarbe verewigt wurde.

Am Ende des Tages versuchte ich, die Leinwand objektiv zu betrachten. Das Bild war stimmig, Florens würde zufrieden sein, wenn es fertig war. Aber es würde schon noch ein paar Monate dauern, allein die Blumen würden Wochen in Anspruch nehmen.

Meine Fingerspitze berührte ganz vorsichtig den gemalten Mund, und ein winziger Farbfleck blieb auf meiner Haut zurück. Nicht einmal Jacob hatte jemals einen solchen Sturm der Gefühle in mir hervorgerufen. Reglos stand ich vor meiner eigenen Schöpfung, während die Kopfhaut unter meiner Haube von den Schweißtropfen juckte.

Ich schwankte und überlegte, ob ich die Grenze übertreten und ihm geben sollte, was er wollte. Konnte ich mich beherrschen, hatte ich mich genug im Griff? War dies der entscheidende Moment? Wollte ich der Reihe meiner Sünden auch noch die des Ehebruchs hinzufügen?

Die blauen Augen schienen mir zuzuzwinkern. Dann war der Moment vorbei, und die Geräusche von der Straße drangen wieder zu mir durch. Ich bewegte mich – goss Öl in den Pinselbehälter, sammelte meine Malutensilien zusammen und drehte die Staffelei zur Wand.

Ich nahm mir vor, so schnell wie möglich zu arbeiten. Wenn ich mich zu lange in seinem Bild verlor, kam ich wahrscheinlich nie wieder von ihm los.

38

»Diese Woche habe ich eine Zwiebel für den Preis eines Herrenhauses in Amsterdam verkauft«, sagte Christiaan. »Die ›Semper Augustus‹. Die Zwiebel aller Zwiebeln, der größte Erfolg aller Zeiten.«

Es war später Abend, wir saßen auf der Bettkante. In letzter Zeit ging ich immer öfter allein schlafen, bevor Christiaan von seinen Wirtshausbesuchen zurückkam.

Aber heute Abend nicht. Er war früh nach Hause gekommen und redete ohne Unterbrechung. Seine Hand umfasste mein Handgelenk, bis es wehtat. »Die Gewinne werden immer höher, Hester, es ist unglaublich. Dass ich nicht früher darauf gekommen bin, Malen kostet so viel Zeit. Im letzten Monat hab ich mehr Geld verdient als sonst in einem ganzen Jahr!«

Ich schaute ihn an – ein Zerrbild des Mannes, den ich geheiratet hatte. Er trug schon seit zwei Tagen dasselbe Hemd, das sich an einer Manschette löste und das ich flicken musste. Er hatte das Geld, sich besser zu kleiden, aber er gab alles nur für weitere Tulpen aus, die er so schnell wie möglich weiterverkaufte, damit er möglichst schnell wieder teurere kaufen konnte. Als würde er auf einem Wagen mit einem durchgehenden Pferd dahindonnern, von dem er einfach nicht mehr abspringen konnte.

»Ich habe genug für ein paar Zwiebeln von der ›Sommerschönen‹. Was meinst du dazu?«

»Wie meinst du das?« Ich hatte die Hände hinterm Kopf verschränkt und mich zurückgelegt. Jetzt zog er mich durchaus zurate, während ich mich früher auf keinen Fall in seine Geschäfte einmischen durfte.

Es war, als wollte es nie ein Ende nehmen, als würden die Tulpen von Stunde zu Stunde immer nur im Wert steigen. Gestern hatte eine »Sommerschöne« noch etwas über tausend Gulden gekostet, heute war der Preis schon wieder höher. Wenn wir jetzt kauften, könnten wir demnächst mit einem hübschen Gewinn verkaufen.

»Hast du nicht Angst, so etwas zu wagen?«, fragte ich. »Da setzt du viel aufs Spiel. Stell dir vor, dass die Preise plötzlich in den Keller fallen, bevor wir einen Abnehmer gefunden haben! Dann ist unser Atelier mit dem gesamten Inventar in Gefahr. Wo sollen wir hin, wenn es schiefgeht? Und was soll dann aus Elsken werden?«

»Es geht nicht schief.« Christiaan ließ sich neben mich plumpsen. »Ich kaufe drei. Die ersten zwei kann ich so wieder losschlagen, für die habe ich schon einen Käufer im Auge.«

»Warum dann nicht einfach nur zwei?«

Seine Augen glitzerten vor Gier, als er mich anschaute. Nicht, weil er mich so schön fand. Mir liefen kalte Schauer über den Rücken. Als ich dieses Ablenkungsmanöver für ihn ersonnen hatte, hatte ich ja nicht ahnen können, dass ich ihm nur einen kleinen Schubs zu geben brauchte und der Rest wie von selbst passieren würde.

»Dann mach nur«, sagte ich.

»Morgen.« Er seufzte tief. »Schade, dass es schon so spät ist. Sonst wäre ich noch schnell losgegangen, um eine Vereinbarung zu treffen. Es geht so schnell, ich will nicht doch noch in letzter Minute von einem anderen aus dem Rennen geworfen werden.«

Ich musste lächeln, aber er merkte es gar nicht. Die Augen waren ihm schon zugefallen, und sein Körper bebte leicht. Vielleicht träumte er von kleinen Geldhäufchen, die vor ihm ausgebreitet lagen.

Die Schatten unter seinen Augen waren dunkel. Ich konnte mich nicht entsinnen, wann sie zum ersten Mal so ausgesehen hatten. Durch die Erinnerung an eine Zeit, als sie es noch nicht waren, rührte sich etwas tief in meinem Innersten. Bevor ich dafür gesorgt hatte, dass er dem Tulpenwahn verfiel, war er nie müde gewesen. In seinem Schritt hatte etwas Federndes, Junges gelegen.

In der Zeit vor dem schrecklichen Abend, an dem er mein Herz zerschmetterte, hatte er mir Stück für Stück mein Selbstbewusstsein genommen. Ich würde ihm niemals verzeihen, egal, was passierte. Doch mit jedem Geschäft, das er abschloss, jedes Mal, wenn er sich mit etwas anderem beschäftigte als mit mir und dem Atelier, kehrte ein Stück von der alten Hester zurück. Ich fühlte, wie sie wieder zum Leben erwachte, ich spürte es in meinen Fingerspitzen, wenn ich die Pinselstriche auf die Leinwand setzte.

Gleichzeitig verlor Christiaan immer mehr von seiner früheren Würde. Er verschrumpelte zu einem runzligen Apfel. Seine Lebenslust floss aus ihm heraus, er wirkte wie ein alter Mann, der an nichts anderes mehr denken konnte als an sein Vermögen.

Gott vergebe mir, aber ich hätte laut loslachen können, wenn ich ihn so sah.

Ich fühlte mich zu ruhelos, um mich an die Arbeit zu machen. Meine Hände hielten den Pinsel, aber ich tupfte nur ein paar Schatten auf das Gemälde. Meine Gedanken waren bei den prächtigen Blumen, die im Frühjahr in Florens' Garten sanft auf ihren Stängeln schwankten.

Christiaan verließ das Haus, ohne etwas zu essen. Ich drückte ihm noch schnell ein frisches Hemd in die Hand und gab ihm ein Paar Schuhe mit schön geputzten Schnallen. »Du musst deine Rolle überzeugend und schwungvoll spielen«, sagte ich. »Soll ich mitkommen?«

Der Blick in seinen Augen war beinahe zärtlich, als er über meine Worte nachdachte. »Nein, danke.«

Er drückte sich einen Hut aufs ungekämmte Haar und verschwand, bevor ich ihm viel Erfolg wünschen konnte.

In der Küche briet Elsken Heringe in der Pfanne. »Ist er schon weg?«, fragte sie nervös. Sie sah aus, als hätte sie kaum geschlafen. Die Haare hingen ihr ums Gesicht.

»Wolltest du ihn noch sprechen?«

»Eigentlich schon. Ich habe ein Angebot bekommen.«

Sie stellte den Teller hin. Mein Magen knurrte, und ich griff mir ein Stück Brot.

»Erzähl.«

»Ich weiß nicht, ob du es gut finden wirst, Hester.« Sie wischte sich die Hände an der Schürze ab. »Florens Ravensbergen hat gefragt, ob ich zu ihm kommen und ihm den Haushalt führen will.«

»Warum sollte ich das nicht gut finden?« Meine Stimme klang einen Hauch höher als sonst, ich hoffte, dass ihr das nicht auffiel.

»Na ja ...« Sie schob sich die blonden Haare aus dem Gesicht. »Ihr seid ...«

»Was?«

»Ich will dir nichts unterstellen. Aber ich habe gesehen, wie ihr euch anschaut, und ich bin nicht blind.«

Ich ließ mich auf einen Stuhl fallen. »Elsken, ich bin verheiratet.«

»Ja.« Sie presste die Lippen zusammen. »Das verbietet dir aber nicht, von jemand anderem zu träumen.«

»Oh Gott.« Ich streckte den Rücken durch. »Ich hätte nicht gedacht, dass du so was sagen würdest.«

»Warum nicht?« Sie zupfte an der Fischhaut herum und wischte sich die fettigen Fingerspitzen erneut an der Schürze ab. »Ich bin eben einfach eine Frau, auch wenn ich schon seit Jahren meinen Bruder versorge.«

»Das meine ich nicht. Entschuldige bitte, aber ich dachte, du hättest es schon aufgegeben.«

Sie stand auf, nahm ihren Teller und ließ den Hering in den Abfalleimer fallen, in dem schon die Köpfe und Flossen lagen. Dann öffnete sie die Tür und schüttete alles in die Gracht. Als sie wieder hereinkam, war ihr Gesicht angespannt.

»Hast du schon mal was von Takt gehört?«

»Nein, tut mir leid. Du weißt, dass das nicht meine starke Seite ist.«

Ich ging zu ihr und legte ihr die Hand auf den Arm. »Aber ich betrachte dich als meine Freundin. Die einzige, seit Judith weg ist. Und ich fände es wunderbar, wenn du Christiaans Tyrannei entkommen könntest. Vielleicht ist Florens Ravensbergen wirklich die Lösung. Er würde auf jeden Fall nicht so viel von dir verlangen, und sein Haushalt kommt mir ziemlich überschaubar vor.«

Sie schaute mich an. Ihre Augen glänzten, an den Wimpern hing eine Träne. »Er ist ständig in seinem Garten beschäftigt. Es wäre immer nur einen halben Tag, und das ist besser als nichts. Bekommen wir zwei Schwierigkeiten miteinander, wenn ich sein Angebot annehme?«

»Nein, warum sollten wir?« Mein Herz setzte einen Schlag aus, denn ich begriff selbst nicht, warum ich es nicht bemerkt hatte. Die verstohlenen Blicke, der Krug Bier auf dem Tischchen, über das sie jedes Mal eine Damasttischdecke warf, wenn er kam, um Modell zu stehen. Das Herumwerkeln im Atelier. Elsken hatte ihre eigenen Träume.

Wer war ich, sie ihr zu zerstören? Zwischen Florens und mir konnte niemals mehr sein als diese unausgesprochene Spannung, diesen Beschluss hatte ich vor ein paar Tagen gefasst. Ich glaubte, dass er das auch so akzeptierte. Nach dem einen Mal hatte er nie wieder einen Versuch unternommen, mich anzufassen.

Und ich? Ich wollte einfach nur in Ruhe arbeiten, ohne gestört zu werden.

Bei Sonnenuntergang, als ein bezaubernder roter Schimmer über den Dächern lag, kam Christiaan nach Hause geschlurft, als würde er eine Last schleppen. Aber es war nur ein Paket, das er unter dem Arm hatte.

»Ich dachte, du bekommst deine Tulpenzwiebeln mittlerweile gar nicht mehr zu sehen.«

»Diese schon. Irgendwie hat es mir doch mehr Vertrauen eingeflößt, als der Verkäufer sie mir unter die Nase hielt. Das hat mir den letzten Anstoß gegeben, sie zu kaufen.«

Ich presste die Lippen zusammen und strich meinen Rock glatt, ohne zu wissen, was ich antworten sollte.

»Beinahe hätte es nicht geklappt.« Er schaute mich aus blutunterlaufenen Augen an. »Ich habe die ›Sommerschöne‹ auch sofort wieder weiterverkauft.«

Er hatte außerdem noch eine »Viceroy« gekauft. Sie war so viel wert wie dieses Haus mit seinem gesamten Inventar, erzählte Christiaan. So einen großen Coup hatte er noch nie gewagt. Er hatte ordentlich geboten, und niemand hatte ihn überboten.

Ich nahm die Tulpenzwiebel und hielt sie ins Licht. Sie sah nicht anders aus als die anderen. Von außen konnte man nicht mal sehen, was im Frühjahr rauskommen würde. Die Varianten waren so subtil, dass man mir alles hätte weismachen können. Außerdem war das Ganze von so vielen Faktoren abhängig. Die richtigen Maße, keine Krankheiten. Welche Sorte war schwach und welche stark genug?

Für mich waren Tulpen Objekte, die ich in eine Vase stellte, Vorlagen für eine schöne Komposition. Ich wog die Zwiebel der »Viceroy« in der Hand und schnupperte ihren Erdgeruch. Es war eine hübsche Knolle mit einem Gewicht von neunundzwanzig Gramm.

»Vorsicht!«, sagte Christiaan. »Ich muss noch einen Käufer für diese Schönheit finden. Kein Häutchen, kein Schüppchen darf sie verlieren. Ich hab schreckliche Angst, dass ich sonst mein Geld los bin. Und ich habe noch ein paar Schulden zu begleichen, die ich gemacht habe, um mir diese Tulpenzwiebel leisten zu können.«

Er sah ängstlich aus. Die letzten Male hatte er immer dafür gesorgt, dass er einen gewissen Gewinn machte. Jetzt hingegen hatte er alles auf eine Karte gesetzt.

»Meinst du, dass du sie am Ende nicht loswirst?«

»Doch, natürlich. Aber ich muss schnell sein, wie immer. Die Preise schießen in die Höhe wie Kometen, um dann mit verblüffender Geschwindigkeit wieder in den Keller zu stürzen. Danach können sie wieder steigen. Dieses Spiel kann einen Menschen zum Sklaven machen. In den Wahnsinn treiben.«

Wir schwiegen. Christiaan schaute die Tulpenzwiebel an wie eine Mutter, die ihr Kind nicht aus den Augen lässt, weil sie Angst hat, dass es sich die Knie aufschürft, wenn es über einen Stein stolpert.

»Ich muss sie gut verstecken. Die halbe Stadt weiß, dass ich so einen Coup gemacht habe. Diebe sind überall, und die haben im Handumdrehen meine Adresse heraus, wenn getratscht wird.«

Mit ängstlichem Blick stand er auf. Er drehte den Schlüssel in der Schranktür um und holte ein Kästchen heraus. Behutsam legte er die »Viceroy« auf den Samt. Er schaute sich um, als er den Deckel zuklappte und den Schlüssel wieder im Schloss drehte. Die Schüssel hängte er sich an einem Lederband um den Hals. »Ein paar Tage«, sagte er leise. »Bis ich einen Käufer gefunden habe.«

Mit einem Ruck drehte er sich zu mir um. »Du darfst niemandem verraten, wo wir sie verstecken, Hester – nicht mal Elsken.«

Ich versprach es ihm und wechselte dann das Thema. »Wo wir gerade von Elsken sprechen – hast du schon das Neueste gehört?«

»Sie wird den Haushalt für Ravensbergen führen.«

»Lässt du sie gehen?«

»Was kümmert es mich, bei wem sie in Dienst geht? Ich hab doch dich, du kannst dich um alles kümmern. Und sobald ich die ›Viceroy‹ verkauft habe, höre ich hiermit auf.«

»Womit?« Mein Magen verkrampfte sich, als hätte er mir mit der Faust in den Bauch geschlagen.

»Mit diesem Tulpenwahn. Ich habe genug, um ein Haus auf dem Land zu kaufen. Einen Hof. Vielleicht mache ich das auch – ein bisschen den Herrn spielen mit einem eigenen Landhaus. Ich kann es mir erlauben, ein ganzes Jahr nicht zu malen, und wir können trotzdem noch jeden Tag Fleisch essen.«

»Nicht malen?« Ich hörte ihn kaum durch das Rauschen in meinen Ohren.

»Ich bin meine Schwester los, ich habe eine wunderbare Frau. Gott ist gut zu mir. Du brauchst keinen Pinsel mehr in die Hand zu nehmen, von jetzt an übernehme ich die Fertigstellung der Aufträge. Vielleicht stoße ich das Atelier sogar ganz ab.«

»Und Franciscus?« Ich biss die Zähne zusammen. Das hatte ich nicht vorhergesehen, ich konnte kaum einen klaren Gedanken fassen.

»Der findet schon einen anderen Lehrherrn.« Christiaan beugte sich über meine Hand, streichelte meine Knöchel und drückte einen Kuss auf meine farbbekleckste Hand. »Ein Jahr lang nicht arbeiten – das könnte ich mir wirklich gefallen lassen.«

39

Als Christiaan sich an diesem Morgen anzog, betrachtete er lange sein eigenes Spiegelbild. »Ich gehe zum Barbier«, sagte er. »Ich muss mir unbedingt Haare und Bart schneiden lassen.« Er suchte seine Kleidung sorgfältig aus: eine dunkelgrüne gefältelte Kniehose, die die Farbe seiner Augen unterstrich, ein dazu passendes Barett aus Samt, ein hochgeschlossenes Hemd mit Spitzenkragen.

Ich musste zugeben, dass er schick aussah.

Pfeifend nahm er sein Frühstück ein, während ich mein Essen mehr oder weniger nur auf dem Teller hin und her schob. Ich wusste nicht, wen ich unerträglicher fand: den Christiaan, der in seinem Wahnsinn schon depressiv wirkte, oder diesen übermäßig aufgeräumten Mann.

Tagelang war er überhaupt nicht ins Atelier gekommen, doch jetzt inspizierte er Franciscus' Arbeit. Mit den Händen auf dem Rücken stand er hinter ihm und zeigte ihm ab und zu etwas. Er klopfte seinem Lehrling auf die Schulter und machte ihm Komplimente zu seinem Entwurf.

Mein Entwurf, dachte ich. Aber keiner der beiden ließ mir das Lob zukommen, das ich verdiente. Mich würde es wahnsinnig machen, wenn mir jemand so in den Nacken schnaufen würde, aber Franciscus blühte auf unter der Aufmerksamkeit seines Meisters, während ich verwelkte wie eine Blume, deren Blätter nacheinander abfielen. Onkel Elias hatte mich meistens in Ruhe gelassen, bevor er am Ende des Arbeitstages in sanftem Ton seine Anmerkungen vorbrachte. Ab und zu zeigte er mir etwas, wenn ich es nicht selbst hinbekam, genauso wie ich es mit Franciscus gemacht hatte.

Als Christiaan sich meiner Staffelei näherte, wagte ich kaum aufzublicken. Ich arbeitete am Porträt und malte gerade die Frühlingsblumen.

»Du bist ja schon hübsch weit gekommen.« Seine Hand glitt meinen Rücken hinunter bis zu meinem Hintern. »Aber bald wirst du gar keine Zeit mehr haben, es fertig zu machen.«

Ich verstand nicht, was er meinte, und antwortete nicht, während ich das Laubwerk einer Linde auf die Leinwand tupfte. Er beugte sich so weit vor, dass seine Nase beinahe an die Leinwand stieß. Sein Ärmel kam kurz mit der Farbe in Berührung, er fluchte und rieb sich den Arm. Dann lächelte er wieder. »So ein wunderschöner Tag. Da fehlt uns nur noch eines zum Glück …«

Meine Hand schwebte einen Augenblick in der Luft über dem Bild einer rot-gelben Tulpe, deren Namen ich nicht kannte.

»Es ist ja schon einmal gelungen.« Von seinem Lächeln bekam ich einen Knoten im Magen.

Nein, dachte ich. Von dir werde ich nie mehr ein Kind bekommen.

Die Pinselspitze wanderte wie von selbst in die rechte untere Ecke. Mit einer schwungvollen Handbewegung begann ich den Buchstaben H zu schreiben.

»Was machst du denn da?« Er beugte sich noch weiter vor. »Du signierst das Gemälde?«

Ein Lächeln spielte um meine Lippen, als ich zum Buchstaben F ansetzte. »Ich male es ja auch, deswegen.«

Er kniff mich in den Oberarm. »Es ist doch noch nicht mal fertig.«

»Das ist doch egal, oder nicht? Ich setze meine Initialen darauf, bevor du es von jemand anderem fertig malen lässt.«

»Ohne meine Zustimmung hast du kein Recht, deinen Namen daraufzusetzen.«

»Ach nein?« Ich versuchte, mich loszureißen. »Hast du unsere Absprache vergessen?«

Christiaan fing an zu lachen. Tränen liefen ihm über die Wangen, er klatschte sich auf die Schenkel. Franciscus grinste ebenfalls, erst zögernd, dann lachte er immer lauter, bis die beiden Männer sich japsend den Bauch hielten.

Ich warf meine Sachen hin und nahm mein Umschlagtuch vom Haken.

»Du bist meine Frau, Hester!«

Im Gang lehnte ich mich an die Wand, bis sich mein Brustkorb nicht mehr so heftig hob und senkte und ich mit hoch erhobenem Kopf hinausgehen konnte.

Christiaan drehte sich murmelnd im Schlaf um, während seine Hand nach dem Lederband um seinen Hals tastete. Die Schlüssel zum Schrank und dem kleinen Kästchen, in dem die Blumenzwiebel versteckt war, machten ein leise klingelndes Geräusch, wenn sie aneinanderstießen. Ich musste an Florens mit seinen glöckchenbesetzten Schnüren über dem Blumenbeet denken. Vor lauter Angst vor Dieben lag er nachts im Bett und lauschte auf jedes Geräusch, als müsste er unartige Kinder hüten.

Vor nicht allzu langer Zeit hatte allein der Gedanke an ihn bewirkt, dass ich bis unter die Haarwurzeln errötete, aber jetzt hatte ich Wichtigeres im Kopf. Ich konnte nicht mehr warten, es war Zeit zuzuschlagen.

Jedes Mal landete ich wieder bei demselben Gedanken: Ich hasste Christiaan. Wenn er mir weiter jeden Tag sein Gift einträufelte, würde ich langsam sterben. Das Gift des Kleinhaltens. Wenn ich ein Insekt gewesen wäre, hätte er mir die Flügel ausreißen können, das wäre aufs Gleiche hinausgelaufen.

Durch die halb offenen Fensterläden warf der Mond einen Lichtstrahl auf die Bodendielen. Ein Hund bellte in der Ferne, sein Herr befahl ihm, still zu sein. Der Nachtwächter lief durch die Straßen, seine Ratsche klapperte bei jedem Schritt. »Die Uhr hat drei geschlagen!«

Im Morgengrauen verschränkte ich die Arme unter dem Kopf und kam zu dem Schluss, dass es nur einen Weg gab, Rache zu nehmen.

Ich schmiegte mich an Christiaans Rücken und tastete unter seinem Haar, ob ich den Knoten des Lederbandes fand. Meine Finger glitten über seine Haut bis zu der Stelle, wo er die Enden miteinander verknotet hatte. Mir brach ein Fingernagel ab, und ich fluchte leise. Christiaan strampelte die Decke weg, ohne wach zu werden. Ich hielt die Hand still und machte erst weiter, als er wieder ganz ruhig war. Aber es wollte mir ums Verderben nicht gelingen, die Schnur zu lösen, so fest hatte er sie zugezogen.

Ich schlüpfte aus dem Bett und lief nach unten. Die Treppenstufen knarrten unter meinen Füßen. In der Küche war es noch nicht ganz kalt, weil die letzten Aschereste im Ofen noch glommen. Die Tür von Elskens Bett stand einen Spalt offen. Ich sah ihren Rücken und die langen blonden Haare, die sich über das Kissen ergossen. Auf Zehenspitzen schlich ich zum Schrank, in dem sie alle möglichen Mittelchen aufbewahrte. Wenn ich doch nur eine Kerze anstecken könnte! Ich tastete mich durch die Tiegel und Gläser, bis ich das Bohnerwachs gefunden hatte.

»Was machst du denn so früh hier unten? Geht es dir nicht gut?«

Elsken richtete sich in ihrem Bett auf, und ich erstarrte. »Ich hab das Magenpulver gesucht, das ich mir neulich beim Apotheker geholt habe.«

»Bist du wieder schwanger?«

»Oh Gott, nein. Ich hab nur Bauchweh. Ich glaube, meine Blutung kommt bald. Hast du noch Binden für mich?«

Ich log nicht gern, aber ich wurde immer besser. Sie warf die Decke beiseite und lief zum Schrank. Als sie mir die Tücher in die Hand drückte, schob ich das Bohnerwachs zwischen die Stofffalten.

»Ich leg mich noch ein bisschen hin«, sagte ich. »Danke schön.«

»Willst du das Magenpulver jetzt doch nicht mehr?«, rief sie mir nach.

Ich tat so, als hätte ich sie nicht gehört, und fühlte, wie mich die Erleichterung durchströmte, als ich wieder im Schlafzimmer war.

Christiaans Atem ging noch regelmäßig, er drehte sich auf den Rücken. Die Schlüssel fielen auf die Seite. Ich umschloss einen der beiden mit der Hand, drückte ihn in den fettigen Klumpen und legte ihn vorsichtig wieder zurück auf Christiaans Brust. In dem Moment bewegte er seinen Kopf, und ich hielt den Atem an. Er schlief weiter, und ich blieb mucksmäuschenstill neben ihm sitzen und schaute sein Gesicht an. Einen Augenblick überwältigten mich die Schuldgefühle. Er hatte mich bei sich aufgenommen, als ich nirgendwo anders hinkonnte. Er hatte mich geheiratet trotz meiner Armut und meines schlechten Rufs.

Doch dann fiel mir auch wieder ein, wie er nur zu gern Gebrauch von diesem Wissen gemacht hatte, um dafür zu sorgen, dass ich keinen Ausweg mehr fand. Ich griff mir den zweiten Schlüssel und machte auch von ihm einen Abdruck.

Christiaan schlug die Augen auf. »Na, Schönheit«, sagte er. »Hast du gut geschlafen?«

Ich nickte und versteckte den Tiegel mit dem Bohnerwachs unter der Decke.

Mit den Abdrücken ging ich zum Schlosser und erklärte ihm, dass er sie ganz genau nachmachen müsse, weil ich einen Reserveschlüssel für meinen Wäscheschrank wollte. »Ich bin Malerin, und es ist bequemer für mich, wenn meine Schwägerin und ich beide sämtliche Türen aufschließen können. Sie geht demnächst als Haushälterin zu einem Blumenzüchter am Kleinen Houtweg und ist dann nicht mehr jeden Tag im Haus.«

Misstrauisch musterte er mich. »Warum lässt sie die Schlüssel dann nicht einfach bei Euch?«

Ich legte ihm die letzten Münzen aus Vaters altem Geldkästchen hin. Er zuckte mit den Schultern, drehte sich um zu einem Haufen Eisen und holte zwei alte Schlüssel heraus. Pfeifend feilte er sie zurecht und verglich sie mit den Abdrücken im Wachs. Nach einer knappen Stunde hatte ich die fertigen Schlüssel in der Hand. »Es wäre schneller gegangen, wenn Ihr die Originale mitgebracht hättet. Wahrscheinlich werden diese hier nicht besonders leichtgängig sein. Ihr könnt sie nachfeilen oder einfetten. Sonst kommt Ihr eben einfach noch mal mit dem Original zu mir.«

»Das verstehe ich schon, aber Juffrouw Blansjaar braucht sie. Deswegen hab ich es eben so gemacht.«

Er glaubte mir nicht, das sah ich ihm am Gesicht an. Ich bedankte mich und zog seufzend noch ein paar Stüber aus meiner Börse. »Schön, dass wir das so lösen konnten.«

Hastig lief ich zurück nach Hause. Die ganze Zeit hatte ich Angst, dass irgendetwas dazwischenkam: Vielleicht hatte Christiaan die Blumenzwiebel schon verkauft, oder der Schlosser traf Elsken und verplapperte sich.

Aber es war alles ganz ruhig im Atelier, als ich heimkam. Das Haus war so still, dass ich fast argwöhnisch wurde und es von oben bis unten durchsuchte. Niemand, nur alter Staub auf den Dielen, nachdem sich jetzt keiner mehr die Mühe machte, sie zu putzen.

Ich stand vor dem Schrank in der Kunstkammer und versuchte, den großen Schlüssel ins Schloss zu schieben. Der Bart blieb hängen, und ich drückte mit voller Kraft. Der verdammte Schlosser war ein Angeber, der sein Handwerk nicht verstand. »Verfluchtes Ding!«

Ich lief zurück in die Werkstatt und suchte zwischen den Flaschen und Töpfchen nach dem Leinöl. Damit fettete ich das Schlüsselloch ein. Beim zweiten Mal rührte sich auch noch nichts, aber beim dritten Mal gelang es. Mit dem Kästchen ging es ebenso.

In der Küche schob ich das Gemüse beiseite und legte die Tulpenzwiebel behutsam auf die Tischplatte.

Florens hatte mir einmal erzählt, dass es einen Antwerpener Kaufmann gab, der Tulpenzwiebeln in der Asche seines Herdfeuers erhitzen und dann mit Essig und Öl servieren ließ. Den Rest warf er auf den Abfallhaufen im Garten. Und Cusius, ein Botaniker aus Leiden, hatte untersucht, ob sie essbar waren, und hatte einen befreundeten Apotheker gebeten, ein paar zu kandieren, wie man es ja auch mit den Wurzeln der Orchidee machte, und dann aß er sie, als wären es Naschereien.

Ich siebte das Mehl und wog das Fett ab für den Teig einer Pastete. Von einer Taube entfernte ich Füße und Kopf. Ich presste eine Zitrone aus, würfelte Speck und vermischte Salz, Pfeffer, Ingwer, Muskatnuss und Zucker. Hausarbeit konnte mich nicht fesseln, aber Kochen beruhigte mich, wenn ich nervös war. Es hatte ja auch ein bisschen Ähnlichkeit mit dem Malen: Wenn man alles säuberlich ausführte, hatte man am Ende ein ausgeglichenes Ergebnis. Der einzige Unterschied lag darin, dass vom Essen nichts übrig blieb, wenn die Teller einmal leer waren.

Als ich nach einer Form für den Boden der Pastete suchte, hörte ich Stimmen im Flur. Mit zwei Schritten war ich wieder am Tisch und schob die Tulpenzwiebel zwischen die Zwiebeln. Wenn man sie so anschaute, fiel sie gar nicht ins Auge.

Als sie hereinkamen, stand ich seelenruhig in der Küche und knetete den Teig.

»Was riecht denn da so köstlich?« Christiaan gab mir einen Kuss auf den Hals.

»Taube«, sagte ich. Ich musste mich beherrschen, ihn

nicht gereizt fortzuschieben, so sehr waren mir sein Geruch und seine Hände zuwider. Er kniff mich sogar kurz in den Hintern und ging dann summend nach draußen.

Elsken kam ein wenig näher. »Er ist gut gelaunt. Wenn ich das richtig verstanden habe, hat er sein Vermögen jetzt gemacht und … es hat endlich ein Ende mit diesem Tulpenwahn.«

»Ja, das stimmt.« Ich wischte mir eine lose Strähne aus dem erhitzten Gesicht und betete im Stillen, dass sie sich jetzt nicht hinsetzte. Mit einem halben Ohr lauschte ich auf die Geräusche im restlichen Haus. Jeden Moment konnte es passieren, dass Christiaan den Schrank aufmachte und entdeckte, dass seine Schönheit nicht mehr in ihrem Kästchen lag. Was sagte ich dann? Dass ich sie bloß mal ein bisschen angucken wollte? Und wie sollte ich überhaupt die Schlösser aufbekommen haben, ohne sie aufzubrechen?

Im Atelier hörte ich, wie Stühle über die Holzdielen geschoben wurden. Man hörte Franciscus' Stimme, dann Gelächter.

Mein blasses Gesicht spiegelte sich im Backblech. Wahrscheinlich sah ich ziemlich seltsam aus, denn Elsken fragte mich, ob es mir gut gehe.

»Warte, ich helf dir.«

»Nein!« Ich legte meine Hand auf die Tulpenzwiebel. Die Zwiebeln waren die einzigen Zutaten, die ich noch nicht geschnitten hatte. Alles andere lag bereit, um in der Pastete verarbeitet zu werden.

»Warst du bei Florens?«

»Ja, aber das bedeutet nicht, dass ich jetzt auf meinem

Hintern herumsitzen werde.« Sie schüttelte den Kopf. »Eigentlich bist du doch gar nicht so erpicht darauf, Essen zu machen. Seit du hier im Haus bist, hast du vielleicht dreimal gekocht.«

»Schuldig«, bekannte ich lachend. »Es ist so einfach, dich alles allein machen zu lassen. Höchste Zeit, dass sich die Dinge mal ändern.«

Sie erwiderte mein Lachen nicht, sondern starrte auf den Teig, den ich ausrollte und in die Form legte.

»Hör mal, Elsken«, sagte ich in ruhigerem Ton. »Demnächst wirst du nicht mehr hier sein. Ich muss mich nach Christiaans Wunsch richten, dass ich nicht den ganzen Tag im Atelier herumsitzen soll. Er hat andere Pläne. Mit dem Geld, das er bald verdienen wird, will er einen Hof kaufen. In Heemstede oder irgendwo anders außerhalb von Haarlem. Je eher ich die Hausarbeit übernehme, umso schneller haben wir uns alle daran gewöhnt.«

»Wenn du mich so gern loswerden willst, kann ich dir ja genauso gut morgen die Schlüssel zu den Schränken geben.« Sie ballte die Hände zu Fäusten. »Hast du es deswegen für so eine gute Idee gehalten, dass ich zu Ravensbergen gehe?«

»Aber nein. Bis vorgestern wusste ich doch überhaupt nichts von Christiaans Plänen.«

Elsken setzte sich auf den Boden und vergrub das Gesicht in den Händen. »Das sagst du nur, um mich loszuwerden.«

Ich kniete mich neben sie. Mein ganzer Körper wollte in der Nähe der verdammten Tulpenzwiebel bleiben, die unser Leben auf den Kopf stellen würde, aber ich ließ sie trotzdem weithin sichtbar auf dem Tisch liegen. »Du weißt doch, dass ich am allerliebsten male, nicht wahr? Aber wenn ich wieder Mutter werde, geht das doch nicht mehr.«

Sie schaute mich traurig an und schlang die Arme um mich. »Du bist Malerin. Und das weiß Christiaan auch.«

Jetzt war ich die Niedergeschlagene, aber ich versuchte mich zusammenzureißen. »Komm, setz dich erst mal hin und ruh dich ein bisschen aus.«

»Ich muss noch kurz eine saubere Schürze anziehen.« Sie stand auf und streckte die Hand nach mir aus. Ich ließ mich hochziehen und drückte ihr einen Kuss auf die Wange.

Als sie zurückkam und sich die Schürzenbänder auf dem Rücken band, hackte ich gerade die Zwiebeln. Mit einem Rockzipfel tupfte ich mir die Augen ab.

»Musst du weinen? Lass mich das schnell machen.«

»Schon fertig.« Ich schabte die Füllung in die Form und bestrich den Deckel mit verquirltem Ei.

Lächelnd schaute ich sie an. »So, jetzt muss sie nur noch in den Ofen.«

40

Wir saßen am Tisch mit der dampfenden Pastete zwischen uns. Mein Mund war trocken und meine Hände waren klamm. Ich wischte sie an meinem Rock ab und nahm einen großen Schluck Bier.

Christiaan schnitt die Pastete auf. Unter der Kruste glänzten die Taubenfleischstückchen. Der süßlich dumpfe Geruch der Trauben mit Rosenwasser stieg uns in die Nase.

Er legte sich eine große Scheibe auf seinen Teller, rieb sich die Hände und begann zu essen. Sein Mund machte Kaubewegungen, an seiner Unterlippe hing ein Stückchen Zwiebel.

Ich bekam keinen Bissen herunter.

»Hmm«, sagte Christiaan. »Das ist aber lecker. Meine Lieblingspastete. Tut mir leid, Elsken, aber das kann Hester besser als du. Du kochst ja auch lecker, aber so wie das hier stell ich mir den Himmel vor.«

»Ich weiß nicht.« Elsken wandte mir das Gesicht zu. »Es schmeckt irgendwie anders als sonst. Hast du mehr Ingwer hineingetan?«

»Nein.«

»Zimt?«

»Auch nicht.«

»Irgendwie ist da ein seltsamer Geschmack drin. So bittersüß.«

Zwei Augenpaare richteten sich auf mich, also schob ich mir einen Bissen in den Mund und schluckte ihn hinunter, ohne zu kauen. »Die schmeckt genauso, wie wenn du sie gemacht hast.«

»Ich weiß schon«, sagte Elsken, während sie die Füllung auf dem Teller mit dem Messer auseinanderklaubte. »Du hast weniger Zwiebeln reingetan. Oder kleinere genommen.«

»Nein, wirklich nicht.« Ich musste mich anstrengen, ihr zuzuhören.

»Ich finde, es schmeckt wunderbar, mein Schatz.« Christiaan legte seine Hand auf meine, und ich musste mich beherrschen, sie nicht abzuschütteln.

»Willst du noch ein Stück?«, fragte ich, als er die letzten Soßenreste auftunkte. Er nickte, rieb mir über den Arm und schob mir seinen Teller herüber.

Am Ende war von der Pastete nur noch eine dünne Fettschicht auf dem Boden übrig. Christiaan schob noch die letzten Krümel zusammen und aß sie auf.

Ich verschwand so schnell ich konnte in die Küche.

Als ich mich über den Geschirrstapel beugte und die Arme ins Wasser steckte, begann sich alles um mich zu drehen, und ich musste schnell in die Hocke gehen und den Kopf zwischen die Knie nehmen. Ich holte tief Luft, noch einmal und noch einmal, bis die Übelkeit endlich abnahm und ich aufstand und mit dem Abwasch fortfuhr, als wäre nichts gewesen.

Wie lange würde es dauern, bis Christiaan hereingestürmt kam? Eine ganze Weile geschah gar nichts, und ich wäre am liebsten selbst in die Kunstkammer gegangen, um ihn zu bitten, die Tulpenzwiebel herauszuholen. Alles war besser, als hier zu warten wie ein Lamm, das zur Schlachtbank geführt werden sollte.

Es dämmerte schon, als sich seine Schritte näherten. Ich hatte keine einzige Pfanne abgewaschen, ich hatte nur ein bisschen mit dem Lappen über die Teller gewischt. Das einzige Licht stammte von zwei Kerzen und der Glut des Feuers, neben dem Elsken saß und Hemden flickte. Als Christiaan hereinkam, erstarrte ich und ließ die Arme am Körper herabsinken.

»Wir sind bestohlen worden.« Von seiner eiskalten Ruhe lief es mir kalt über den Rücken.

Ohne mich umzudrehen, flüsterte ich: »Ich weiß.«

»Die ›Viceroy‹ liegt nicht mehr in ihrem Kästchen. Wie durch Zauberei.« Mit ein paar Schritten war er bei mir, seine wirren Haare streiften meine Wange, als er sich über mich beugte. »Das Schloss ist nicht aufgebrochen worden, und ich habe die Schlüssel die ganze Zeit nicht abgenommen.« Seine Finger griffen nach dem Band um seinen Hals, fanden die Schlüssel und umklammerten sie.

Dann ließ er sie wieder los und packte mich bei den Schultern. Seine Hände drückten fest zu, seine Nägel gruben sich in den Stoff meines Kleides. »Wir waren die Einzigen, die es wussten.«

Ich gab keine Antwort.

Hinter uns stand Elsken langsam auf. Sie stieß das Nähkörbchen um, als sie auf uns zukam. Die Strümpfe, die Wollknäuel, alles rollte auf den Boden. Mit der Ferse blieb sie kurz an einem Faden hängen und kam beinahe ins Stolpern.

»Willst du etwa behaupten, dass *sie* etwas damit zu tun hat? Du bist ja noch verrückter, als ich dachte.«

»Du brauchst mich nicht zu verteidigen«, sagte ich und wischte mir über die Augen. Ich hatte gedacht, dass es einfacher sein würde, aber in diesem Moment hatte ich fast schon wieder Mitleid mit Christiaan.

Er sah entsetzlich aus, als wäre auf einen Schlag alle Luft aus ihm gewichen und als könnte er jeden Augenblick zusammenbrechen. Sein Gesicht war aschgrau.

»Hester ...«

Ich schwieg, als könnte ich es damit ungeschehen machen. Da stand er nun, mein Ehemann. Den selbstsicheren Mann, den ich einmal geheiratet hatte, gab es nicht mehr. So hatte ich mir das doch vorgestellt, oder nicht? Warum schreckte ich jetzt vor den Folgen meiner Tat zurück?

»Deine Tulpenzwiebel gibt es nicht mehr.« Nachdem ich die Worte ausgesprochen hatte, befiel mich eine wahnsinnige Erleichterung. Ich schüttelte seine Hände ab und reckte mein Kinn in die Luft. Er zwinkerte ungläubig. Ich hatte den Drang, laut und hysterisch loszulachen, aber ich riss mich zusammen und bewegte mich nicht.

Zerschmettert ließ er sich auf einen Stuhl fallen. »Wo ist sie?« Seine Stimme brach. Ganz kurz sah man Erleichterung auf seinem Gesicht. Hester wusste es. Hester hatte sie nur woanders versteckt.

Jetzt musste ich doch lachen. »Sie ist weg. Puff, verschwunden.«

»Verschwunden?«, wiederholte er dümmlich.

»Ja.«

Er rieb sich die Bartstoppeln am Kinn. Ein misstrauischer Blick trat in seine Augen. »Wem hast du sie verkauft?«

»Niemandem.«

Er verstand es immer noch nicht. Da erschien eine tiefe Furche zwischen seinen Augen, und er biss sich auf die Unterlippe. Die Veränderung auf seinem Gesicht war fast schon komisch, als es ihm langsam dämmerte. Mit weit aufgerissenen Augen starrte er mich an und sprang auf. Er machte einen Schritt auf mich zu und sagte: »Du!«

»Ja, ich.«

»Was hast du damit gemacht?«

»Was meinst du?«

Er zog die Schultern hoch und machte die Augen wieder zu. »Mach jetzt keine Witze.«

»Witze? Da gibt es nichts zu lachen.«

»Hester, halt den Mund«, sagte Elsken. »Denk doch mal nach, Christiaan. Ab und zu kommst du auch todmüde nach Hause, und am nächsten Morgen kannst du dich nur noch andeutungsweise an die Wirtshäuser erinnern, in denen du gewesen bist. Vielleicht hast du das Ding irgendwo anders versteckt, das wäre doch möglich, oder?« Sie schaute von mir zu ihrem Bruder.

»Ich habe schon nachgedacht«, sagte Christiaan gallig. »Die Zwiebel lag in dem Kästchen, das im Schrank in der Kunstkammer steht. Nur Hester wusste, wo sie war.«

Langsam ging er auf mich zu, und seine Augen – die vor jäher Entschlossenheit funkelten – waren die ganze Zeit auf mich gerichtet. Er legte die Hand auf den dunklen Tischrand. Wir sahen das Messer gleichzeitig, und ich machte eine rasche Bewegung zum Tisch, doch er war schneller als ich. Ich sah es nur blinken, und dann spürte ich auch schon die rasiermesserscharfe Klinge an der Kehle. »Wo hast du sie hingetan, du Miststück?«

Ich keuchte, und während das Zimmer um mich herum immer verschwommener aussah, versuchte ich, mich aus seinem festen Griff zu winden.

Alles verlangsamte sich. Ich hörte das Geräusch von Elskens Schuhen auf den Steinfliesen, das Rascheln ihrer Röcke, das Holz, das im Ofen knackte. Ich fühlte Christiaans keuchenden Atem auf der Haut. »Lass mich los, dann sage ich es dir.«

Er ließ mich gerade so weit los, dass ich wieder ein bisschen Luft bekam. »Mach schon.« Seine Stimme hörte sich ganz seltsam an. Er ging noch immer nicht vom Schlimmsten aus.

»Erst musst du das Messer weglegen.«

»Komm, Christiaan.« Das war Elsken. »Du willst sie doch nicht etwa umbringen?«

»In diesem Moment weiß ich das noch nicht.« Er keuchte genauso heftig wie ich, ließ die Waffe aber sinken. Ein Blutrinnsal lief mir über den Hals und hinterließ Flecken auf dem Stoff meines Mieders.

Das Blut erinnerte mich daran, warum ich mir diesen Plan überhaupt ausgedacht hatte. Ich drückte meinen Kopf so fest gegen den Rand des Küchenfensters, dass ich spürte, wie sich das Holz in meine Haut bohrte.

Christiaan setzte sich wieder hin und legte das Messer auf den Tisch. »Also, ich höre.«

Meine Nervosität war völlig verflogen. Als ich anfing zu erzählen, merkte ich, dass ich keine Angst mehr vor ihm hatte. Allerdings lag das Messer noch in seiner Reichweite, und er würde es wahrscheinlich benutzen, wenn er begriff, was ich getan hatte. »Ja, ich habe sie aus dem Kästchen genommen.«

»Erzähl weiter.«

»Ich habe beim Schlosser deine Schlüssel nachmachen lassen und habe gewartet, bis du aus dem Haus warst.«

»Du heimtückisches Miststück!«

Elsken stellte sich hinter Christiaan und legte ihm die Hände auf die Schultern. Ich hätte mir gewünscht, dass sie nicht dabei wäre. Ich wandte den Blick ab und schaute ins fettige Spülwasser.

»Komisch, dass so ein hässliches Ding so viel wert ist, oder?«

»Du hast dein Vergnügen gehabt. Gib sie jetzt wieder her, dann werde ich dich nicht verprügeln.«

Voller Abscheu schaute ich ihn an. »Weißt du, was mit dir nicht stimmt, Christiaan? Du bist so unglaublich selbstverliebt.«

Verdattert schüttelte er den Kopf. »Ich verstehe nicht …« Er versuchte, meine Hand zu ergreifen, aber ich verschränkte die Arme vor der Brust.

»Tut mir leid wegen dem Messer. Ich wollte dir nicht wehtun.«

Ich hörte gar nicht hin. Ich donnerte weiter auf meinem Weg, wie eine Kutsche, bei der niemand auf dem Bock saß.

»Du hast mir meine Würde geraubt und mich so klein gemacht, dass ich am liebsten gar nicht mehr aufgestanden wäre und mir den Tod wünschte.«

»Wirst du mir diesen Unfall mein Leben lang nachtragen? Er war auch mein Sohn, Hester …«

»Du hast mich gestoßen, du hast einen Streit um eine Nichtigkeit angezettelt. Wenn du wenigstens Grund zu der Annahme gehabt hättest, dass ich mit einem anderen Mann ...«

»Du hast recht. Ich muss mit der Tatsache leben, dass ich den Tod unseres Kindes verursacht habe. Wenn du nur wüsstest, wie oft ich mir gewünscht habe, dass ich die Zeit zurückdrehen kann. Ich habe dich nicht zu sehr bedrängt, weil der Arzt mir das geraten hat. Aber wie glücklich ich wäre, wenn du mich im Bett wieder zu dir lassen würdest!«

Ich holte tief Luft. »Und dann, nachdem ich dir eingeflüstert hatte, wie du dein Vermögen machen kannst, und du so darin aufgingst, dass ich endlich in Ruhe arbeiten konnte, hast du einfach so von heute auf morgen beschlossen, dass es genug ist.«

»Man muss aufhören, wenn man auf dem Höhepunkt ist. Bevor man alles verliert. Wir konnten doch nicht ewig so weitermachen, oder?«

»Warum konntest du nicht akzeptieren, dass wir ein Malerehepaar sind? Dass ich Farbe atme und lebe?«

»Ach, Hester, du begreifst es einfach nicht.« Seine Augen waren finster. »Hast du uns denn jemals eine Chance geben wollen?«

Ich zuckte mit den Schultern, und er fuhr fort: Dass ich immer nur täte, worauf ich Lust hätte. Dass er ja versucht habe, mich in den Tulpenhandel einzubeziehen. »Wir haben vielleicht nicht so richtig gut angefangen, aber in den letzten Monaten lernte ich dich immer mehr schätzen.«

Ich biss mir auf die Lippe, bis ich Blut spürte. Ich dachte an die Gründe, aus denen ich ihn geheiratet hatte, an seine Versprechen, die er gebrochen hatte. Meine Wangen brannten, als mir unser letzter Streit wieder in den Sinn kam.

»Ich darf doch nicht mal meine eigenen Bilder signieren. Und dann soll ich dir glauben, dass du mich respektierst?«

»Es hat mich einfach überrascht, dass du die Initialen H. F. gewählt hast. Du heißt jetzt Hester Blansjaar. Ich empfand es als Beleidigung, aber du hast recht, wenn du mich zurechtweist. Ich habe deine Bedingungen angenommen. Aber du bist so kalt, so unnahbar. Ich gehe hier an einem Granitfelsen kaputt. Willst du nicht versuchen, etwas aus dieser Ehe zu machen?«

»Nicht mehr.« Ich umklammerte meine Hände. »Jede Nacht liege ich neben dir im Dunkeln und wünsche mir, dass du zur Hölle fährst. Du hast mir alles genommen. Als mein Kind starb, habe ich den Weg aus den Augen verloren.«

»Wir können doch ein anderes Kind machen.«

»Nein!« Ich raffte meinen Rock und ging mit großen Schritten auf die andere Seite der Küche. »Ich will kein Kind von dir.«

Er kratzte sich unter seinem Barett, bis es ihm ganz schief auf den Haaren saß, und runzelte die Augenbrauen. »Aber was hat das alles denn nun mit der ›Viceroy‹ zu tun?«

Auf seinem Gesicht erschien ein bestürzter Ausdruck, als ich ihm erzählte, dass er seinen kostbarsten Besitz gerade gegessen hatte. Dass seine Backenzähne, während ihm die Soße übers Kinn lief und er gierig um Nachschlag bat, die kleinen Tulpenzwiebelstückchen zermahlen hatten, bis kein Fitzelchen mehr übrig war. Und auch wenn er sie rauskackte, würde er trotzdem nie wieder etwas davon zurückbekommen.

»Sag Adieu zu deinem Hof auf dem Land. Du brauchst mich jetzt, um dein Atelier am Laufen zu halten.«

Nach diesem Schock bekam er den Mund nicht mehr zu. Schweiß lief ihm übers Gesicht, das abwechselnd rot und totenblass wurde. Er stützte den Kopf in die Hände. »Du hast uns ruiniert«, stöhnte er.

41

»Du hast ja keine Ahnung, wie hoch wir verschuldet sind.« Christiaan riss sich das Barett vom Kopf und warf es auf den Boden. »Ich werde alles verkaufen müssen: meine Gemälde, die Kunstgegenstände und wahrscheinlich sogar das Haus.« Er schlug die Hände wieder vors Gesicht, und seine Schultern zuckten. »Ich kann es nicht glauben.«

Ich zitterte am ganzen Körper und schaute dabei auf das Messer, das zwischen uns auf dem Tisch lag. Doch er machte keine Anstalten, danach zu greifen, so zerschmettert war er.

Elsken hatte noch nichts gesagt und umklammerte mit

großen Augen Christiaans Stuhllehne, als könnte sie jeden Augenblick in Ohnmacht fallen. Ich wusste nicht, ob sie mich als Monster betrachtete oder als Befreierin.

Ich war weniger erleichtert, als ich vorher gedacht hatte. In meinem Kopf war mein Vorhaben lange abstrakt und vage gewesen, und jetzt, wo ich diesen niedergeschlagenen Mann vor mir sah, rührte sich ganz kurz sogar ein Gefühl von Mitleid. War der Preis, den wir bezahlten, nicht doch zu hoch?

Das letzte Sonnenlicht fiel durchs einzige Fenster in den Raum und brachte die Kupferschalen an der Wand zum Funkeln. Alles war in friedliches Abendlicht gebadet, und an einem anderen Tag hätte ich Elsken und Christiaan vorgeschlagen, zur Stadtmauer zu gehen und die Landschaft um Haarlem zu bewundern.

Jetzt hatten sie die Köpfe zusammengesteckt und flüsterten, hatten jeden Streit und alle unangenehmen Augenblicke vergessen. Bevor ich kam – der Eindringling –, waren sie bestens zurechtgekommen. Sie hatten einen Waffenstillstand geschlossen, der für beide erträglich war, und ich hatte ihre Welt auf den Kopf gestellt.

Sie achteten gar nicht auf mich, und ich nutzte die Gelegenheit, um aus dem Haus zu laufen, über den Platz hinterm Haus, durchs Haustor, bis die frische Abendluft über mein Gesicht strich. Einen Augenblick schaute ich nach oben zu den sanft im Wind schaukelnden Baumspitzen, dann lief ich mit wehenden Röcken durch die Straßen, bis mich das Seitenstechen zum Stehenbleiben zwang. Ich hatte es wirklich getan!

Ich schob die Hand zwischen die Schnüre meines Mieders und fühlte mein Herz unter den Fingerspitzen schlagen. Die ganze Zeit ging ich weiter durch die Straßen, bis ich irgendwann widerwillig ins Haus an der Bakenessergracht zurückkehrte.

In der Nacht träumte ich von Jacob. Er streckte die Hand nach mir aus, aber als ich auf ihn zulief, wich er zurück. Ich erreichte ihn nicht und strengte mich an, noch schneller zu laufen, bis ich irgendwann stolperte und mit dem Gesicht voran auf eine Wiese mit duftenden Blumen fiel.

»Du bist immer eine Gefangene deiner Verbitterung gewesen. Nur du selbst kannst dich befreien. Komm, Hester, nimm meine Hand.«

Seine Stimme wurde immer leiser, als ich immer tiefer zwischen den roten, weißen und gelben Blüten versank. Die Blätter strichen mir über die Haare, die Augen und den Mund. Ich glitt immer weiter weg. Ich erstickte!

Schweißgebadet wachte ich auf und zog die Decke über mich, die von mir heruntergerutscht war. Der Platz neben mir war leer, auf dem Kissen war kein Abdruck von Christiaans Kopf zu sehen.

Ich starrte auf die Lücke zwischen den Fensterläden, durch die das Mondlicht fiel.

Als ich am Abend rastlos durch die Stadt gerannt war, konnte ich an nichts anderes denken als an den Moment meiner süßen Rache.

Ich hatte Christiaan das selbstverliebte Grinsen ein für alle Mal vom Gesicht gewischt. Und was für ein Anblick das gewesen war! Ich war auf jeden Fall reichlich belohnt worden: Seine Welt war eingestürzt, und er wusste nicht mehr, wohin er sich wenden sollte.

Jetzt noch ein bisschen warten, dann war der Augenblick für den letzten Teil gekommen: die große Schlussszene.

Es war noch früh, als jemand an die Tür klopfte. Elsken ging mit zusammengepressten Lippen an mir vorbei. Auf der Schwelle stand ein großer blonder Mann mit dem Hut in der Hand. Er verbeugte sich. »Ich möchte Meneer Blansjaar sprechen.«

Ich führte ihn ins Kontor, wo Christiaan schon seit Anbruch des Tages am Schreibtisch saß.

Nachdem ich mich nach meinem Albtraum nervös von der einen Seite auf die andere gewälzt hatte, war er doch noch ins Bett gekommen, aber ohne sich auszuziehen. Schweigend lagen wir nebeneinander. Ich bekam kein Auge mehr zu, und ich war sicher, dass auch Christiaan nur in die Dunkelheit starrte. Ich machte keine Anstalten, ihn anzusprechen, und ich konnte durch all seine Ratlosigkeit deutlich seinen Hass spüren. Irgendwann mitten in der Nacht berührte meine Hand zufällig die seine, und er zog sie zurück, als hätte er sich an mir verbrannt. Ich drehte ihm den Rücken zu und rollte mich zu einem kleinen Ball zusammen.

»Blansjaar, ich bin gekommen, um mein Geld zu holen.« Ohne Gruß kam der Mann zur Sache. Er war nicht mal unfreundlich, er war einfach nur geschäftlich hier.

Langsam hob Christiaan den Blick von seinen Papieren. Er zählte und rechnete und versuchte, die hastig hingekritzelten Zahlen anders zu deuten, aber er konnte tun, was er wollte, er fand keinen Weg heraus.

Die Verzweiflung hatte ihre Spuren auf seinem hübschen Gesicht hinterlassen. Seine Kleidung war verknittert, er hatte Tränensäcke unter den Augen. »Ich habe gewisse Schwierigkeiten, Santbergen.«

Der blonde Mann verzog den Mund zu etwas, das wie ein Grinsen aussah. »Heute ist Zahltag. Wenn Ihr heute nicht zahlt, laufen Zinsen auf, und Ihr schuldet mir noch viel mehr.«

»Ein Wucherer?« Ich raffte meine Röcke und stellte mich neben Christiaan. »Was hast du getan?«

»Halt dich da raus, Hester. Schenk Meneer Santbergen lieber etwas zu trinken ein. Lasst uns kurz darüber sprechen, Petrus.«

Ich winkte Elsken heran, aber sie tat, als würde sie mich nicht sehen, und so holte ich selbst die Zinnkaraffe aus der Küche. Als ich zurückkam, saß Petrus Santbergen auf einem Stuhl und musterte seine Fingernägel, während Christiaan einen Monolog über eine gestohlene Tulpenzwiebel vom Stapel ließ. Doch Petrus fuhr sich mit der Hand durchs Haar und erklärte, dass ihm das gleichgültig sei. »Abgemacht ist abgemacht. Seht zu, wie Ihr Eure Schuld bezahlt.« Christiaan zupfte an den Schnüren seines Wamses und deutete auf die Papiere. »Ich habe das Geld nicht. Seht Euch die Ziffern nur an. Ihr könnt ein Gemälde bekommen, oder auch zwei. Würdet Ihr antike Münzen annehmen? Oder einen echten Cellini? Letztes Jahr konnte ich ein Bild von einer Madonna besorgen ...«

»Ich bin nicht im Geringsten interessiert an irgendwelchen Bildhauern.« Der Wucherer ließ die Knöchel knacken und schaute meinen schwitzenden Mann amüsiert an.

»Ich bin kein Kunsthändler, Blansjaar. Heute Abend komme ich wieder, und dann will ich mein Geld haben.«

In einem einzigen Zug trank er sein Glas aus und stand auf. »Danke für das Bier, Mevrouw. Passt ein bisschen auf Euren Mann auf, denn er sieht mir krank aus.« Grinsend verließ er das Kontor. Die Tür fiel hinter ihm ins Schloss.

Christiaan sackte auf seinem Stuhl noch mehr in sich zusammen und fegte mit einer Bewegung sämtliche Papiere vom Tisch. Das Tintenfass warf er hinterher. »Hattest du dir das so vorgestellt, Hester? Wolltest du, dass wir an den Bettelstab kommen?«

Ich lag auf den Knien und sammelte die Papiere vom Boden zusammen. Er starrte mich an, durch halb geschlossene Lider, weil der Schweiß ihm über die Stirn in die Augen sickerte. »Willst du noch was dazu sagen?«

Ich dachte an Vaters Rat, dass es in manchen Fällen besser war, den Mund zu halten, und gab mir Mühe, mir die Antwort zu verbeißen. Christiaan suchte zweifellos Streit mit mir, weil ihm das Versprechen von Petrus Santbergen, ihm einen weiteren Besuch abzustatten, schreckliche Angst machte.

»Ich hätte wissen sollen, was du für eine Schlange bist«, fuhr er fort. »Du mit deiner spitzen Zunge und deinen Vorstellungen von Gleichberechtigung. Ich verfluche den Tag, an dem ich dich geheiratet habe.«

Ich hätte zurückschimpfen können, aber ich beschloss, ihn dort stehen zu lassen, in der tintenbespritzten Unordnung, wo er über Frauen lamentierte, die nicht wussten, wo ihr Platz war. Draußen lehnte ich den Kopf an die Wand. Wir verwünschten einander. Er war verzweifelt.

Ich nicht.

Als ich mich wieder aufrichtete, merkte ich, dass Elsken mich von der Küchentür aus beobachtete. Reglos starrten wir uns an, bis ich einen Schritt in ihre Richtung machte. Sie runzelte die Stirn und machte mir die Tür vor der Nase zu.

In tödlichem Schweigen saßen wir am Tisch und aßen lustlos von dem Kaninchenbraten, den Elsken geräuschvoll auf den Tisch gestellt hatte.

Da hörten wir vom Flur her einen schrecklichen Krach und das Geräusch von splitterndem Holz, das ich im ersten Moment gar nicht einordnen konnte, bis mir klar wurde, dass es unsere Haustür war. Wir wagten nicht, uns zu rühren, als drei Männer hereingestürmt kamen. Ihnen folgte Petrus Santbergen, diesmal ganz in Schwarz. Mit mitleidigem Blick schaute er Christiaan an, der gerade einen Happen zum Mund führen wollte, nun aber in der Bewegung erstarrt war. »Ich dachte, ich hätte mich heute Morgen deutlich genug ausgedrückt.«

Wie ein Hirsch, der in das Licht einer Laterne starrt und weiß, dass der Jäger ihn töten wird, legte Christiaan die

Kaninchenkeule aus der Hand. Wortlos bezogen die drei Männer Stellung rund um den Ofen. Der Wucherer trommelte ungeduldig mit den Fingern auf seine Pluderhose. »Ich hatte ja schon so eine Ahnung, dass du nicht bezahlen würdest.« Er zog ein Blatt aus seinem Wams. »Dein Schuldschein, falls du ihn vergessen haben solltest.«

»Nein.« Christiaans Adamsapfel bewegte sich einmal hoch und wieder runter. »Ich brauche mehr Zeit.«

Santbergen schnalzte mit der Zunge und wandte sich zu den drei Männern. »Zu dumm – jetzt will er Aufschub. Was machen wir denn da, Jungs?«

Der Größte entblößte grinsend seine braunen Zähne, während der zweite Mann sich einen Schürhaken griff und sich neben den Küchenschrank stellte. Der dritte, der einen etwas zarteren Eindruck machte mit seinem alltäglichen Gesicht und dem gestutzten Bart, trat ungeduldig von einem Bein aufs andere. Er hatte den Blick auf Petrus Santbergen gerichtet, als würde er auf irgendetwas warten.

Ich konnte nicht sagen, ob sich im Ausdruck seiner Augen etwas verändert hatte oder ob er irgendein anderes unterschwelliges Zeichen gegeben hätte, aber auf einmal traten alle drei gleichzeitig vor. Der lange Kerl holte mit dem Schürhaken aus und fegte mit einem blitzschnellen Schwung sämtliche Töpfe und Teller von den Regalen. Die Scherben flogen durch die Gegend, während der magere Kerl Christiaan die Arme auf den Rücken drehte und der letzte Mann ihm einen ordentlichen Faustschlag in den Magen verpasste.

Elsken schrie, das Porzellan knirschte unter ihren Schuhen, als sie auf ihren Bruder und die Männer zuschnellte. Petrus Santbergen schlang ihr den Arm um die Taille.

»Lass mich los«, rief sie.

Wie versteinert blieb ich am Tisch sitzen, außerstande, das Bild vor meinen Augen anders aufzunehmen als wie ein sehr schlechtes Theaterstück.

In der Zwischenzeit hatte der erste Mann das Gesicht von Christiaan bearbeitet, und der andere brach ihm an der rechten Hand einen Finger nach dem anderen.

»Wartet!« Ich war nun auch aufgesprungen. »Er hat Sachen, die Ihr verkaufen könnt.«

Ich führte Petrus Santbergen in die Kunstkammer, wo ich ihm die Edelsteine und Mineralien und die Münzen sowie das Atelier mit den Gemälden zeigte.

Franciscus hatte sich unter der Arbeitsplatte verkrochen und sah zu, als der Wucherer und seine Handlanger alles, was sie tragen konnten, mit nach draußen nahmen und auf einen Karren luden. Sogar das Porträt meiner Mutter nahmen sie mit.

Sie ließen nur die Staffeleien und das halb vollendete Gemälde, die Pigmente und die hölzerne Gliederpuppe zurück. Die wunderschön bemalten Türen mit den Tulpenbildern hingen schief in den Angeln, und überall lagen Scherben, zerstörte Tiegel und zerbrochene Pinsel. Das Leinöl sickerte aus einer umgekippten Flasche und zog eine Spur über die Holzdielen.

Ich saß zwischen den Trümmern an der Wand und betrachtete ungläubig das Bild der Verwüstung um mich herum.

42

»Wie geht es ihm?«

Hinter dem Küchenfenster hatte es zu dämmern begonnen. Elsken inspizierte Christiaans Hand im Schein einer Kerze.

»Musst du das wirklich fragen?« Mit steifen Bewegungen ging sie zur Tür. »Kann ich mich darauf verlassen, dass du ihn nicht ermordest, während ich den Arzt holen gehe?«

»Lass Franciscus gehen. Wir müssen reden.«

Zwischen ihren Augenbrauen erschien eine tiefe Falte, und sie biss sich auf die Lippe. »Ich glaube, ich will nicht mit dir reden.«

Ich rief Franciscus und trug ihm auf, einen Arzt für seinen Meister zu holen. Seine Augen waren riesengroß in seinem Gesicht, und er schaute mich mit einer Mischung aus Ekel und Respekt an. Ich bezweifelte nicht, dass in kürzester Zeit jeder in Haarlem wissen würde, dass fast das gesamte Inventar des blansjaarschen Haushalts fortgetragen worden war. Ich zuckte mit den Schultern. Sobald der Junge gegangen war und ich festgestellt hatte, dass Christiaans Verletzungen – bis auf die gebrochenen Finger – in erster Linie oberflächlicher Natur waren, zog ich Elsken aus dem Zimmer.

Sie setzte sich mit kerzengeradem Rücken auf einen Hocker und breitete ihre Röcke rundum aus. Die Haube saß ihr schief auf dem Kopf, und die getrockneten Tränen hatten hässliche Streifen auf ihrem Gesicht hinterlassen. »Du hast Zeit, bis die Sanduhr durchgelaufen ist«, sagte sie.

Ich schaute mich um und sah den Sand, der gleichmäßig auf den Boden des Glasgefäßes rieselte. Von der Stunde war noch keine Viertelstunde vorüber. Sie folgte meinem Blick und schaute dann wieder stur geradeaus.

»Ich wollte nicht, dass irgendjemand verletzt wird.«

»Das ist dir dann wohl nicht gelungen.«

»Elsken«, sagte ich und kniete mich vor sie. »Er hat mich erstickt. Wie kann ich dir klarmachen, dass ich keinen anderen Ausweg mehr gesehen habe? Du musst mir glauben, wenn ich dir sage, dass ich den Besuch von Santbergen nicht vorhergesehen habe. Ich wusste nicht, dass Christiaan bei einem Wucherer war.«

»Hättest du es dann nicht gemacht?«

Ich machte den Mund auf, um zu sagen, dass es ganz anders gelaufen wäre, wenn er nicht so viele Schulden gemacht hätte. Aber ich wusste, dass es nicht stimmte. Tief in meinem Innersten war mein Abscheu vor ihm gewachsen, und ich würde es bei der ersten sich bietenden Gelegenheit wieder tun.

Sie lachte bitter auf. »Das habe ich mir schon gedacht, Hester.« Die Röcke wirbelten ihr um die Beine, als sie aufstand. »Der Sand ist durchgelaufen, deine Zeit ist um.«

»Warte«, sagte ich. »Waren wir denn nicht von Anfang an Freundinnen? Ich hab es zum Teil auch für dich getan.«

»Für mich?« Wieder das verächtliche Lachen, das ich gar nicht von ihr kannte. »Red keinen Unsinn.«

»Er hat dich auch kleingehalten, dabei kannst du so viel mehr. Hast du denn keine Träume? Ein eigenes Geschäft, heiraten ...«

»Willst du dich über mich lustig machen, Hester? Hast du mich schon mal genau angesehen? Die meisten Menschen meiden mich. Ich bin die Frau, die Unglück bringt, die hässliche Hexe, die dem Feuer entkommen ist. Nicht mehr und nicht weniger. Die Kinder laufen schreiend vor mir davon, wenn sie mein entstelltes Gesicht sehen. Nicht jeder weiß, was passiert ist, deswegen denken sie sich ihre eigenen Geschichten aus.«

»Nein. Ich kenne keine nettere Frau als dich. Ich habe noch nie gehört, dass du gegen jemanden die Stimme erhebst, obwohl ich weiß, dass du allen Grund dafür gehabt hättest. Es gibt genug Männer, die bei dir Schlange stehen würden, wenn du das nur erkennen würdest.«

»Und das beschließt du mal eben für mich?«, giftete sie mich an und strich sich eine lose Haarsträhne hinters Ohr.

Ich dachte an unsere erste Begegnung zurück, und mein Herz sank. Von ihrer Sanftheit war nichts übrig geblieben. Schweigend standen wir uns gegenüber. Ich fühlte mich schrecklich, und hinter meinen Augen hämmerte es. Ich kniff die Augen so fest zu, dass ich Sternchen sah. »Es tut mir leid.«

Elsken holte tief Luft. »Und damit soll jetzt alles wieder gut sein? Du hättest lieber zweimal nachdenken sollen, bevor du so etwas tust.«

»Ich war wütend auf Christiaan, nicht auf dich.«

»Mein Bruder ist das einzige Familienmitglied, das ich noch habe.« Sie umklammerte ihre Oberarme mit den Händen, als würde sie frieren. »Auch wenn wir uns nicht immer einig sind«, fügte sie hinzu.

Ich überlegte, ob sie mir wohl jemals vergeben konnte.

Mein Kummer suchte einen Ausweg, und ich machte einen Schritt auf sie zu. Aus der Nähe sah ich die Unebenheiten ihrer Haut, die rauen Narben auf der einen Hälfte ihres Gesichts, die Grube an ihrem Hals. Ich hob die Hand, um ihre Wange zu berühren, aber sie schlug mir mit voller Kraft ins Gesicht.

»Hau ab! Geh weg und nimm deine Entschuldigungen gleich mit. Ich will nichts mehr mit dir zu tun haben. Mir wird speiübel, wenn ich dich nur sehe.« Sie rannte aus dem Zimmer und knallte die Tür hinter sich zu.

Nachdem sie gegangen war, war es totenstill. Die Stelle auf meiner Wange brannte. Ich tauchte einen herumliegenden Lappen in den Eimer in der Ecke und drückte ihn mir auf die Haut. Zum letzten Mal betrachtete ich das Atelier: Die drei Staffeleien nebeneinander, die Schweineblasen, die in einem Häufchen zwischen den Scherben auf dem Boden lagen. Der Reibestein, die hölzerne Gliederpuppe. Dafür wollte ich Christiaan zu Grunde richten?

Ich schleppte mich die Treppe hoch zum Schlafzimmer, das wir einmal geteilt hatten, und spähte um die Ecke. Christiaan war nicht da. Ich vermutete, dass er in der Küche vorm Ofen saß, um auf den Arzt zu warten. Wer würde ihm die Hand verbinden? War es mir wirklich egal, dass er nie mehr malen konnte?

Ohne mich umzusehen, mit nur einem Bündel in der Hand, rannte ich zur Stadtmauer. Meine Börse hatte ich unter den Gürtel geklemmt. Ich hatte mir den Umhang mit der Kapuze über den Kopf gezogen und kletterte auf den Wall, der Haarlem umgab, wobei ich ständig über den Saum meines Unterrocks stolperte. Ich keuchte, um wieder zu Atem zu kommen.

Meinen ganzen Frust und meine Trauer schrie ich über das Land, ich heulte, bis sich meine Kehle geschwollen und trocken anfühlte und mir das Salz in den Augen stach. Die Tränen strömten über meine Wangen und blendeten mich.

Ich hätte Elsken so gerne überzeugt, das Haus an der Bakenessergracht mit mir zu verlassen. Aber es war verrückt zu glauben, dass wir Entscheidungen für andere Menschen treffen konnten.

Zu meinen Füßen lag der Blumengarten von Florens am Kleine Houtweg. Aus dem Schornstein ringelte sich der Rauch.

Ich stieg hinab und richtete meinen Blick nur noch auf die einladende Wärme.

43

Als Florens mich sah, erschien ein Grinsen auf seinem Gesicht. Er stand aus der Hocke auf und klopfte sich die Erde von den Händen. Inzwischen kannte ich sein liebes Gesicht gut genug, um zu merken, dass er vielleicht genauso nervös war wie ich. Wir blieben stehen und sahen uns an: ich am Zaun, die Klinke noch in der Hand, er mit der Schaufel, mit der er gerade den Dung über die Beete gestreut hatte.

Ich wusste nicht, wer den ersten Schritt nach vorn machte, aber dann standen wir auf einmal so dicht voreinander, dass sich unsere Arme fast schon berührten.

»Du hast geweint.« Er hob die Hand, um mir über die Wange zu streichen, aber ich wich zurück und wäre beinahe über eine Schaufel auf dem Weg gefallen.

Florens hielt mich an den Schultern fest und ließ mich auch nicht los, als ich versuchte, mich loszumachen. Dabei flüsterte er mir beruhigende Worte ins Ohr. Am Ende gab ich meinen Widerstand auf.

»Es ist alles ein einziger Trümmerhaufen.«

»Die Stadt brummt nur so vor Gerüchten.« Seine Worte verwehten fast im Wind. »Der Maler Blansjaar hat ein Vermögen verloren. Was ist passiert?«

Ich erzählte ihm von dem Unfall und dem Verlust des Kindes, von meinem Einfall, wie ich Christiaan büßen lassen wollte, von der »Viceroy« und der Pastete. »Jetzt hältst du mich sicher für verrückt.«

»Warum?« Seine Hand glitt über meinen Rücken und blieb kurz über meiner Taille liegen. »Ich hätte dich nicht als rachsüchtigen Menschen eingeschätzt, aber ich kann dich gut verstehen.«

»Wirklich?« Meine Knie gaben unter mir nach, und er ergriff mein Handgelenk, um mich zu stützen.

»Komm mit rein.« Er nahm mich fest bei der Hand, und ich ließ mich mitziehen. »Wenn du die Wahrheit wissen willst: Ich habe deinen Mann nie gemocht.«

»Das überrascht mich nicht.«

Ich raffte meine Röcke und bemühte mich, nicht auszurutschen. Die Frau, zu der ich geworden war, widerte mich an. Die Verbitterung, die mich in letzter Zeit völlig beherrscht hatte, meine Anmaßung, zu glauben, ich könnte damit davonkommen, ohne Elsken wehzutun.

Reue, so viel Reue. Trotzdem war das mein Fluchtweg. Jetzt musste ich nur noch diesen Abschied überstehen, dann war alles vorbei.

»Ich bin gekommen, um mich zu verabschieden.«

Sein Mund öffnete sich, und auf einmal sah er aus wie ein Kind, mit seinem wirren roten Haar und dem unschuldigen Blick. »Wie ...«, begann er.

»Es ist besser, wenn du nicht alle Details kennst.« Ich hörte selbst, wie entschlossen meine Stimme klang.

Als Florens mir über die Wange strich, verschmolz die zielstrebige Hester mit einer weicheren Version ihrer selbst, die ich mir nur gestattet hatte, als ich in Jacob verliebt war. »Du kannst nicht weggehen«, sagte er. Sein Daumen berührte meine Lippen.

Meine Hand hob sich zu seiner Brust, um ihn wegzuschieben. Dabei wollte ich nur zu gern, dass er mich anfasste. Seinen Atem auf der Haut an meinem Hals, wie im Frühjahr. Er drückte seinen Mund auf meinen.

Ganz kurz zögerte ich, es war nicht der rechte Moment, um ihm das zu erlauben. Du hast nur diese eine Gelegenheit, sagte eine Stimme in meinem Kopf. Ich wollte nicht auf sie hören, aber mein Körper bewegte sich doch wie von selbst auf ihn zu. Die pflichtschuldigen Liebesnächte von

Christiaan und mir traten in den Hintergrund. Verlegen schloss ich die Augen, und als ich sie wieder aufschlug, sah ich die Verletzlichkeit auf seinem Gesicht.

»Du bist verheiratet«, flüsterte er.

»Diese Ehe ist Vergangenheit.« Ich nahm seine Handfläche und ließ meine Lippen über seine Haut gleiten. Dann zog ich ihn mit ins Haus, wo ein stabiles hölzernes Bett den Raum füllte. Auf der Fensterbank standen Behälter mit fast verblühten Rosen, und ihr süßer Geruch umfing mich, als ich ihm das Hemd aus der Hose zog und mich vorbeugte, um ihm einen festen Kuss auf den Mund zu geben. Halb versteckt hinter einem Vorhang lag eine abgetragene Jacke, in der ich ihn im Frühjahr oft im Garten gesehen hatte. Seine Kleider lagen zusammengefaltet auf einem Regal. Die Wände waren kahl.

Seine Hände zogen mir den Umhang aus, und dann fühlte ich sie überall: auf meinem Haar, den Ohren, auf Hals und Rücken. Mir wurde klar, dass ich die ganze Zeit darauf gewartet hatte, seit unserer ersten Begegnung in der heißen Gaststube an meinem Hochzeitstag. Ich ließ mich rücklings in die Kissen fallen.

»Willst du etwas für mich tun?«

Das letzte Licht erstarb, durch die offenen Fensterläden sah man die Wolken vorbeiziehen, ein paar Vögel landeten flatternd auf der Fensterbank, wo Florens Brotstückchen ausgelegt hatte. Er stützte sich auf einen Ellbogen und antwortete: »Was immer du willst.«

Lächelnd hielt ich ihn fest und gab ihm einen Kuss

aufs Haar. »Pass nur auf, sonst nagle ich dich darauf fest.«

»Du klingst so ernst.«

»Es ist auch eine ernste Bitte.«

Er legte sich wieder hin, seinen Kopf an meiner Schulter und seine Hand auf meinem Schlüsselbein.

»Es geht um Elsken.«

»Meine Haushälterin?«

»So ist es. Als ich Rache an Christiaan nahm, habe ich seine Schwester mitgerissen. Ich kann ihr nicht verübeln, dass sie mich hasst, ich würde an ihrer Stelle dasselbe empfinden.«

»Wie kann dich nur irgendjemand hassen?«

»Du bist voreingenommen.«

Er drückte seine Lippen auf meine Nasenspitze und schlang mir den Arm um die Taille.

Ihn zu lieben machte einen genauso süchtig wie der Tulpenwahn.

Innerhalb der Stadtmauern deckten die Frauen jetzt ihre Kinder zu und sangen ihnen ein Schlaflied, bevor sie selbst zu Bett gingen. Verräterische Ruhe senkte sich über die Häuser, und ich hätte mir auch nichts mehr gewünscht, als mich in den Schlaf lullen zu lassen.

Aber es war noch nicht vorbei, erst wenn ich ihn überredet hatte, dass er meiner Freundin ein Dach über dem Kopf gab. Wer konnte wissen, was sich daraus noch weiter entwickelte, vielleicht würden sie sich ja auch verlieben? Das war besser als dieser gestohlene Moment, den ich ihm geben konnte.

»Sorge für sie, Florens. Wenn dir an mir liegt, dann pass auf sie auf. Ich weiß nicht genau, was mit dem Haus passieren wird, in dem sie jetzt wohnen.«

»Hat er so hohe Schulden?«

»Weißt du denn nicht, dass sie heute Nachmittag schon unsere ganzen Sachen mitgenommen haben?«

»Den Gerüchten zufolge hat Christiaan Kredit bei einem der schlimmsten Wucherer der Stadt aufgenommen.«

»Davon wusste ich nichts. Sonst hätte ich ihm davon abgeraten.« Ich grub meine Nase in die kleine Grube an Florens' Hals, wo er nach Erde und frischer Luft roch.

»Petrus Santbergen betreibt seine Geschäfte nicht gerade subtil.«

Ich erzählte ihm, dass einer von Santbergens Handlangern Christiaan die Finger gebrochen hatte, während ein anderer sein Gesicht bearbeitet hatte.

»Das ist wohl das Schlimmste, was man einem Maler antun kann. Was, wenn er nun nie wieder arbeiten kann?«

»Er ist selbst schuld.« Meine Stimme klang so bitter, dass ich den Kopf hob, um Florens anzusehen. Ich befürchtete, dass er mich jetzt von sich stoßen würde. Doch zu meiner Überraschung sah ich nur Liebe in seinen Augen.

»Was willst du, was soll ich für seine Schwester tun?«

»Nimm sie in dein Haus auf, gib ihr einen Ort, an dem sie von ihm erlöst ist.«

»Das meinst du nicht im Ernst. Ich dachte, dass ...«

Um zu verhindern, dass er den Satz zu Ende sprach, legte ich ihm die Hand auf den Mund.

Ich hätte lieber gleich weggehen sollen. Jetzt saß ich nicht nur in seinem Herzen, sondern auch unter seiner Haut.

»Wirst du das machen?«, drängte ich ihn.

Er seufzte. »Ich werde mein Bestes tun.«

44

Es war ein kalter, heller Morgen mit tief stehender Sonne, als ich die Tür des Blumenhändlerhauses hinter mir zuzog.

Im verlassenen Garten blieb ich noch einmal neben den ordentlich geharkten Beeten stehen. Bald würden die Blumenzwiebeln wieder unter der Erde schlummern, bis sie im Frühjahr ihre ersten Triebe über die Erde schoben und sich der Sonne entgegenreckten, um wenig später in verschwenderische Farbenpracht auszubrechen.

Vorsichtig bückte ich mich und wühlte mit den Händen durch die feuchte Erde. Obwohl ich aus Haarlem kam, fühlte ich mich hier nicht verwurzelt. Mit einigem Bedauern ließ ich die Erde durch die Finger gleiten. Von Tulpen hatte ich die Nase wahrlich voll.

Ich gab mich der Erinnerung an Florens hin, wie er heute Nacht ausgesehen hatte, als er sich über mich beugte, um mich zu küssen. Das Mondlicht ließ seine Haare wie Silber leuchten. »Hester«, sagte er, aber ich legte ihm einen Finger auf die Lippen. Ich wollte nicht, dass er mich bat zu bleiben. Unsere Hände verschränkten sich, um sich kurz darauf wieder voneinander zu lösen und ihren eigenen Weg zu finden. Worte waren überflüssig, unsere Körper nahmen in ihrer eigenen Sprache voneinander Abschied.

Hinter dem Fenster des Zimmers, in dem ich im Frühjahr so oft ein Bier getrunken hatte, war es jetzt dunkel. Bevor ich aufgestanden war, hatte ich lange sein schlafendes Gesicht betrachtet und war in Gedanken seinen Umrissen nachgefahren. Er hatte es nicht gemerkt, als ich mich leise anzog.

»Auf Wiedersehen, mein Freund«, flüsterte ich in Richtung seines Schlafzimmers.

Die Straßen füllten sich langsam mit Menschen: zwei Jungen mit Körben auf dem Rücken, eine schlurfende alte Frau. Der Bäcker stand vor seinem Laden und blies ins Horn, um zu verkünden, dass sein Brot fertig war, und eine graue Katze rannte vor meinen Füßen in eine Seitengasse. Ich schaute niemanden an und verbarg mein Gesicht wieder einmal unter der Kapuze meines Umhangs.

Während ich die Stadt durchquerte, kam es mir vor, als würde ich meinen eigenen Fußspuren folgen, bis zu meiner Geburt. Auf dem Friedhof, wo der Boden noch taufeucht war, schob ich meine Hand unter dem Mantel hervor und strich das Moos von den Grabsteinen, um die Namen lesen zu können.

Es dauerte eine Weile, bis ich sie gefunden hatte: Cornelia van den Broecke, Gattin des Luc Falliaert. Ihr Bild würde immer ein warmes Gefühl in mir hervorrufen, obwohl ich nicht genau wusste, was das Wort »Mutter« bedeutete. Ich hoffte, dass sie aus dem Himmel auf mich niederblickte und mich anspornte, zu tun, was für mich das Richtige war. Neben ihrem Grab stand der Stein mit dem Namen meines Bruders Govert, den ich nie kennengelernt hatte. Es gab kein Bild von ihm, sodass ich nicht mal wusste, wie er ausgesehen hatte.

Nach einem kurzen Gebet lief ich weiter über den Friedhof und machte mich auf die Suche nach der letzten Ruhestätte meines Vaters. Die genaue Stelle war schwer wiederzufinden. Es kam mir vor, als müsste es viel mehr als ein paar Monate her sein, dass ich hier gestanden hatte. War es bei dem großen Baum? Schließlich entdeckte ich das Grab, überwuchert von Unkraut, weil niemand – auch ich nicht – sich die Mühe gemacht hatte, es zu pflegen. Die Stelle, an der jemand unter der Erde lag, war nicht wichtig, sagte ich mir selbst. Ich trug meine Eltern im Herzen, wohin ich auch ging.

Hier war ich als kleines Mädchen, dem die Haare bis zur Taille reichten, an der Hand meines Vaters entlanggegangen und hatte allem gelauscht, was er mir erklärte. Ich hätte mich gern erinnert, ob meine Mutter bei unseren Spaziergängen auch dabei gewesen war, aber es war zu lange her.

Die Stelle, an der die ungetauften Kinder lagen, mied ich. Hier war mein lieber Sohn begraben worden. Ich warf nicht einmal eine Kusshand in seine Richtung, vielmehr lief ich so schnell davon, dass ich über meine eigenen Füße stolperte.

Bei der Grote Kerk, in der ich getauft worden war, blieb ich kurz stehen, an derselben windigen Ecke wie damals, als mir Maertge nach Vaters Beerdigung begegnet war. In Gedanken dankte ich ihr für ihre jahrelange Aufopferung, und ich wünschte mir, ich hätte sie zu Lebzeiten mehr wertgeschätzt.

Die Spaarne machte eine Biegung, und da erhob sich das hohe stolze Haus meiner Kindheit am Wasser. Im hellen Morgenlicht leuchtete der rote Backstein, die Fensterläden waren bis auf ein Fenster noch alle geschlossen.

Von außen sah es aus, als wäre alles unverändert, aber ich konnte mir nicht vorstellen, dass Korneels Frau Petronella es innen unverändert gelassen hatte. Wahrscheinlich hatte sie überrascht mit ihren großen Puppenaugen geklappert, als sie die altmodische Einrichtung sah, und dann mit allerliebstem Stimmchen verkündet, dass sie hier wirklich nicht wohnen konnte. Aber ich hatte hier nichts mehr zu suchen und drehte den Kaufmannshäusern den Rücken zu.

Der Fluss, die Lebensader der Stadt, mäanderte in einem s-förmigen Bogen ruhig weiter, und ich folgte ihm bis zur Sint-Klaes-Brücke. Am Ende der Häuserreihe warf ich noch einen letzten Blick auf die Stadt. Höchste Zeit zu gehen.

Vor dem Spaarnwouderpoort stand schon das Treidelboot bereit. Das schlanke kleine Schiff mit dem leicht geschwungenen Vordersteven schaukelte sanft auf den Wellen. Ich trat auf den Treidelpfad und winkte dem Treidler zu.

»Ganz allein, Juffrouw?«, fragte er. »Ihr kommt gerade rechtzeitig, wir fahren gleich los.« Das braune Pferd schüttelte die Mähne, der Mann zog an dem langen Seil und hielt den Kopf des Tieres fest, bis es sich wieder beruhigt hatte. »Ihr habt übrigens Glück, dass es noch nicht friert, sonst hätten wir gar nicht fahren können.«

»Es ist doch erst Ende Oktober.« Ich lächelte ihn an, bezahlte die zwei Stüber und ging an Bord.

Unter dem Segeltuchdach saßen ein paar rauchende Herren und eine Dame, die zwei Kinder an sich drückte, von denen mich eines mit großen Augen anstarrte. Der Schiffer stieß das Boot mit der langen Stange vom Land ab, und wir glitten leise vom Ufer weg.

An Deck schlug ich die Kapuze zurück und schaute zur Stadt zurück, deren graue Dächer langsam aus meinem Blickfeld verschwanden. Das Ufer glitt vorbei, das Pferd schnaubte, und der Treidler zog sich den Hut tiefer ins Gesicht, um sich gegen den kühlen Wind zu schützen. Im frühen Sonnenlicht reckten sich die Zweige der Bäume in den wolkenlosen Himmel, in der Ferne glänzten die mit Raureif bedeckten Wiesen wie Perlen.

Mit jedem Zentimeter, den das Schiff vorankam, fühlte ich, wie die Anspannung aus meinem Körper wich. Ich stellte mich aufrecht hin und hielt mein Gesicht in die Sonne.

Im Atelier würde Elsken jetzt wohl gerade Feuer machen. Christiaan würde aufstehen, wenn der Geruch der Frühstücksgrütze in den ersten Stock zog. Hatte er sich gefragt, wo ich heute Nacht war? Gewundert hatte er sich wohl kaum, Elsken hatte ihm sicher gesagt, dass sie mich weggeschickt hatte. Und ansonsten dachte er sicher, dass ich im Atelier war, um die Pigmente zu mahlen, oder dass ich im ersten Licht des Morgens zum Zeichnen hinausgegangen war.

Ich stellte mir vor, was für Gesichter sie machen würden, wenn ihnen im Laufe des Tages klar wurde, dass ich nicht wiederkommen würde. Christiaan tat bestimmt noch jeder Knochen im Leibe weh nach der Abreibung, die er von Santbergens Männern bekommen hatte. Ich schauderte und schlang die Arme um meinen Oberkörper. Das war jetzt alles nicht mehr wichtig. In dem Moment, in dem ich beschlossen hatte, wegzugehen, hatte ich mich sowieso nicht mehr um sie gekümmert. Elsken glaubte vielleicht, sie hätte meine Entscheidung beeinflusst, aber die gehörte zu dem Plan, den ich seit Wochen geschmiedet hatte.

Das kleine Kind kam auf unsicheren Beinchen nach draußen, gefolgt von seinem älteren Bruder. Er hatte einen Kreisel dabei, den er mit einer Peitsche antrieb, während sein Brüderchen hinterherkrabbelte. Der Kreisel rollte über das Deck, bis er vor meinen Füßen liegen blieb.

»Ich beiße nicht«, sagte ich zu den Jungen. Der Ältere schnappte sich rasch den Kreisel und wickelte die Schnur darum. Das Haar fiel ihm bis auf den Kragen, und er musterte mich ungeniert aus haselnussbraunen Augen.

»Wie heißt ihr?«, fragte ich.

»Ich bin Diederik, das ist Joannes.«

Ich nickte dem Kleinen zu, der auf alle viere ging und rasend schnell auf mich zukrabbelte. Er zog sich an meinem Rock hoch.

»Guten Tag, mein Schätzchen.« Ich wuschelte ihm durchs Haar. »Fahrt ihr mit eurer Mutter nach Amsterdam?« Ich schätzte Diederik auf sechs oder sieben Jahre. Seine Hände waren schwarz vom Deck, und er hatte irgendetwas Klebriges am Mund.

»Wir fahren zu Vater, der arbeitet. Hier waren wir zu Besuch bei Großmutter.«

»Das klingt ja toll.« Ich nahm das kleine Kind auf die Hüfte und hielt den Blick starr auf den Horizont gerichtet. »Ich hatte auch einen Sohn.«

»Wo ist er denn?«

Ich antwortete nicht, der Kummer ging durch meinen Körper wie eine Welle, sodass ich Joannes wieder auf den Boden setzen musste. Mein Kind war gestorben, weil ich zu sehr mit mir selbst beschäftigt war. Eine Strafe für meinen Hochmut, Vergeltung dafür, dass ich tagein, tagaus in derselben Haltung vor der Leinwand gesessen und Öl und Farbe eingeatmet hatte. Elsken hatte mich gewarnt und versucht, es mir mit der Autorität einer älteren Schwester zu verbieten.

»Pass besser auf dich auf, iss doch auch mal was.« Ich hatte Christiaan die Schuld gegeben, dabei war ich diejenige, die Gottes Zorn erregt hatte.

Das Kind war schon fertig entwickelt gewesen, alles war

dran. Ich sah noch seine Finger vor mir, die Händchen, die zum Malen gemacht waren. Sein kahles Köpfchen, die geschlossenen Augen. Er hätte nur noch viel länger wachsen müssen.

Als ich die zwei Kinder so anschaute, hätte ich schon wieder weinen können, bis ich keine Tränen mehr hatte. Mit jedem Stoß des Stakens entfernte ich mich weiter von dem Ort, an dem mein Sohn begraben lag. Dem Ort, den ich bewusst gemieden hatte, weil ich mit Sicherheit wusste, dass ich sonst nicht würde weggehen können.

Joannes fing an zu quengeln, dicke Tränen strömten ihm über die Wangen, und an seiner Nase hing ein dicker Rotzfaden.

»Was ist denn los?« Die Mutter hob ihren Sohn hoch und wischte ihm das Gesicht mit dem Ärmel ab. »Fallen sie Euch lästig?«

»Nein«, sagte ich. »Überhaupt nicht. Es sind liebe Jungen.«

In Halfweg mussten wir vom Schiff, und ich half der Mutter mit den zwei Kindern über den Weg zum nächsten Anleger.

Es begann ganz leicht zu nieseln. Diederiks Hand lag warm in meiner, als wir am Zaun entlangliefen, der uns gegen die Wellen schützte.

Diesmal setzte ich mich auf die harte Bank unter dem Segeltuchdach. Die Männer hatten ihre langen Pfeifen weggesteckt, Joannes legte den Kopf auf den Schoß seiner Mutter und war innerhalb weniger Minuten eingeschlafen.

Niemand beachtete mich. Ich legte das Bündel mit meinen Sachen vor mich auf den Boden und öffnete den Knoten. Zwischen meinen Pinseln und Farben schimmerte das Braun der Tulpenzwiebel durch. Die äußerste Haut knisterte in meiner Hand, als ich sie auswickelte.

An dem Tag, als wir die Pastete aßen, war mir der allerletzte, gewagteste Teil meines Plans eingefallen, als ich sie so zwischen den Speisezwiebeln liegen sah, äußerlich kaum zu unterscheiden von den anderen braunen Knollen. Ich fühlte wie fest sie war, als ich die Tulpenzwiebel nahm und in der Hand wog. In dem Augenblick, als Elsken aus der Küche ging, um sich eine frische Schürze anzuziehen, hatte ich meine Gelegenheit ergriffen und die Tulpenzwiebel in mein Mieder gleiten lassen.

Niemand suchte noch groß nach ihr, nachdem ich gebeichtet hatte, dass wir unser Vermögen gerade verspeist hatten. Am Abend schob ich sie in ein Loch in der Wand neben dem Ofen in der Kunstkammer, und dort hatte ich sie gestern wieder herausgeholt.

Die Verbindung zu Christiaan und Elsken war schon eine Erinnerung geworden. Aber das Band zu meinen Eltern, meinem Sohn und Florens würde ich niemals ganz durchtrennen können. Die Gefühle für sie waren ganz tief in mir vergraben, bis zu dem Zeitpunkt, an dem wieder Raum war, sie hervorzuholen und zu genießen.

Ich konnte ganz neu anfangen.

Ich konnte Judith in Amsterdam aufsuchen und sie um Rat bitten.

Ich würde die »Viceroy« verkaufen.

Ich konnte malen, was und wen ich wollte.

Ich konnte mich von der Bedeutung befreien, die andere mir aufgedrückt hatten.

Alles lag wieder ganz offen vor mir.

Ich war ein Schmetterling, der seine Flügel entfaltete und bereit war, davonzufliegen.

Entschlossen wickelte ich mein Bündel wieder zusammen und schaute übers Wasser, meiner eigenen Zukunft entgegen.

Wie dieses Buch entstand

2010 besuchte ich eine Ausstellung im Frans-Hals-Museum in Haarlem. Sie hatte Judith Leyster zum Gegenstand, die erste Malerin, die ihren Meister machte und von der Sint-Lucas-Gilde anerkannt wurde. Ihre Bilder sprachen mich sofort an. Vor allem beim Anblick ihres Selbstporträts, auf dem sie so selbstbewusst in die Welt schaut, überlegte ich, was für eine Frau sie wohl gewesen sein muss.

Es sind nicht viele Bilder von ihr bekannt. Am 1. Juni 1636 heiratete sie in Heemstede den Maler Jan Miense Molenaer, mit dem sie fünf Kinder hatte. Den Großteil ihrer Gemälde malte sie vor ihrer Ehe.

Das fand ich inspirierend, und ich begann zu überlegen. Hatte sie so viel als Hausfrau und Mutter zu tun gehabt, dass sie ihre Leidenschaft aufgab? War das Malen eher eine Notlösung, als sie noch allein war? Auf diese Fragen bekam ich natürlich keine Antwort, aber es beschäftigte mich weiterhin, warum sie aufgehört oder zumindest sehr viel weniger gemalt hatte. Ich verfiel sogar auf die Theorie, dass Jan Miense Molenaer ihr aus Neid auf ihr Talent verboten hatte, weiterzuarbeiten. Seine Gemälde fand ich nämlich gar nicht so interessant wie ihre.

Und schon war ein Roman geboren, über eine Frau, die malen will, der man aber ständig Hindernisse in den Weg legt. Natürlich musste auch Judith einen Platz in diesem Buch bekommen. Sie ist eine fröhliche junge Frau geworden, und ich hoffe, meine Interpretation von ihr als Freundin meiner Hauptperson Hester hätte ihr gefallen.

Weil mich auch der Tulpenwahn schon immer fasziniert hat und dieses Phänomen prompt mit der Periode zusammenfiel, in der Judith Leyster sich in Haarlem aufhielt, schien mir dies ein wunderbares Mittel zu sein, mit dem Hester ihrer einengenden Ehe entfliehen konnte. Als ich Recherchen zu dieser faszinierenden Zeit anstellte, stieß ich auf die Geschichte von Carolus Clusius, der die Tulpe in den Niederlanden einführte. Er untersuchte die Essbarkeit der Knollen und bat einen Apotheker aus Frankfurt, ihm ein paar zu kandieren, wie man es wohl auch mit den Wurzeln von Orchideen machte. Er behauptete, sie schmeckten leckerer als die Orchideen. Vor ihm hatte ein Antwerpener Kaufmann die Knollen mit Zwiebeln verwechselt. Er garte ein paar in Asche und verzehrte sie dann mit Essig und Öl. Den Rest der Tulpenzwiebeln warf er auf den Abfallhaufen in seinem Gemüsegarten.

Den Namen meines Vorfahren Elias van den Broecke habe ich für Hesters Onkel benutzt. Der wahre Elias lebte von 1650 bis 1708 und hat lange in Antwerpen gewohnt. Er malte vor allem Blumen, Kräuter, Eidechsen und Schlangen. Er wurde beschuldigt, Schmetterlinge auf seine Gemälde geklebt zu haben, statt sie selbst zu malen. Dieses Ereignis habe ich in *Tulpenliebe* ebenfalls verarbeitet.

Für weitere Informationen über den historischen Hintergrund dieser Geschichte können Sie meine Webseite besuchen: www.femkeroobol.nl.

Danksagung

Ein historischer Roman erfordert viel Recherche, und ich bin immer froh, wenn andere mir helfen, dass am Ende alle Fakten stimmen.

Ich möchte mich gern bei Piet van der Velden bedanken für die ausgedehnte Führung durch den Hortus Bulborum in Limmen. Die Preislisten, die er mir geschickt hat, auf denen stand, wie viel häufig vorkommende Tulpenzwiebeln auf dem Höhepunkt des Tulpenwahns jeweils kosteten, waren mir beim Schreiben eine große Hilfe. Und es war etwas ganz Besonderes, dass wir in seinem Garten die historische Tulpensorte »Sommerschöne« bewundern durften. Noch schöner finde ich, dass er mir zwei von seinen Tulpenzwiebeln geschenkt hat.

Steffan möchte ich für die genaue Recherche des Krankheitsbildes und des Verlaufs der Pest danken.

Mein Dank gilt auch Willeke, die mir erlaubt hat, ihren wunderbaren, die Phantasie ansprechenden Nachnamen für Florens zu benutzen. Und ein Dankeschön an Sanne für ihre sinnreichen Bemerkungen und ihren kritischen Blick, aber vor allem für ihre Begeisterung für diese historische Erzählung.

Als Letztes möchte ich Lars danken für all die Male, die er mich in der Blütezeit der Tulpen zu den Feldern gefahren hat. Sein ehrliches Feedback beim Durchlesen der allerersten Version und die Überprüfung einiger historischer Fakten waren mir auch diesmal wieder unschätzbar wertvoll. Außerdem hat er mir den Text mit der Rechtssache gegen Jan Miense Molenaer transkribiert, sodass ich sie lesen konnte.

Eventuelle Fehler gehen ausschließlich auf meine Rechnung.

Quellen

- Allan, F.: *Geschiedenis en beschrijving van Haarlem van de vroegste tijden tot op onze dagen.* Boekhandel H. Coebergh, Haarlem 1873
- Cos, P.: *Verzameling van een meenigte tulipaanen, naar het leven geteekend met hunne naamen, en swaarte der bollen, zoo als die publicq verkogt zijn, te Haarlem in den jaare A. 1637.* Wageningen UR Library, Special Collections
- Goldgar, Anne: *Tulipmania, Money, Honor and Knowledge in the Dutch Golden Age.* The University of Chicago Press, Chicago, London 2007
- Krelage, E. H.: *Bloemenspeculatie in Nederland. De tulpomanie von 1636 –'37 en de Hyacintenhandel 1720 –'36.* P. N. van Kampen & Zoon, Amsterdam 1942
- Mensonides, Frans: *In en uit de kap, pamfletten naar aanleiding van de tulpenhandel in 1636/37.* www.fransmensonides.nl
- Noordegraaf, Leo u. Valk, Gerrit: *De gave Gods, de pest in Holland vanaf de Middeleeuwen.* Octavo, Bergen (NH) 1988
- Pavord, Anna: *De Tulp.* Ambo Anthos Uitgevers und Victor Verduin, Amsterdam 1999/2003

- Schotel, Prof. Dr. G. D. J.: *Het Oud-Hollandsch Huisgezin der Zeventiende eeuw*. A. H. G. Strengholts Uitgeversmaatschappij N. V. und Gijsbers & van Loon, Arnhem, unveränderter Nachdruck von 1903 (zweite verbesserte Auflage von Dr. H. C. Rogge)
- Tummers, Anna: *Judith Leyster, de eerste vrouw die meester-schilder wird*. Frans Halsmuseum, Haarlem 2009
- Wijsenbeek-Olthuis, Thera u. Noordgraaf, Leo: *Schilderen voor de kost. Economische achtergronden van het werk van Judith Leyster*. Waanders, Zwolle, Frans Halsmuseum, Haarlem 1993

Im Archiv von Haarlem wurden weitere Quellen zur Tulpenspekulation konsultiert, z. B. *De drie T'zaemenspraecken tussen Waermondt en Gaergoedt over de op- en ondergang von Flora* (Pamphlet, Johannes Marshoorn, Haarlem 1734), P. J. van Campen: *De Geschockeerde Blom-Cap* sowie andere Pamphlete aus Zeitungen und über das Gerichtsverfahren von Jasper von Heemskerck gegen Jan Miense Molenaer (ORA Haarlem, toegang 3111).

Zur Rechtssache gegen Jan Miense Molenaer sind folgende Quellen studiert worden: ORA Haarlem, 3111, Inv.nr. 47.7, 1617, Inv.nr. 159 und 1617, Inv.nr. 165.